蓝眼睛绿眼睛

张静 作品

团结出版社
UNITY PRESS

图书在版编目（CIP）数据

蓝眼睛·绿眼睛 / 张静著. -- 北京 ： 团结出版社，
2017.7

ISBN 978-7-5126-5301-6

Ⅰ．①蓝… Ⅱ．①张… Ⅲ．①长篇小说－中国－当代
Ⅳ．①I247.5

中国版本图书馆CIP数据核字（2017）第156488号

出　　版	团结出版社	
	（北京市东城区东皇城根南街84号　邮编：100006）	
电　　话	（010）65228880 65244790	
网　　址	http://www.tjpress.com	
E-mail	65244790@163.com	
经　　销	全国新华书店	
印　　刷	三河市京兰印务有限公司	
装帧设计	成都天恒仁文化传播有限责任公司	

开　　本	170mm×240mm 1/16	
印　　张	19	
字　　数	265千字	
版　　次	2017年7月第1版	
印　　次	2020年1月第2次印刷	

书　　号	ISBN 978-7-5126-5301-6	
定　　价	66.50元	

目录
CONTENTS

开往天堂的列车

～～❦～～

　　程北北已死了，追悼会上，老领导戴上老花镜历述她的生平，只有几个老校友在底下窃窃私语表示不解：这么年轻就得脑溢血，这个病跟干部选拔似的，越来越年轻化，我们也得小心，不能太玩命工作。余下的人散漫地站在殡仪馆前，他们心里没有她，希望老领导抓紧念完她的生平，早早三鞠躬，围着她的尸体绕一圈，早早回家，坐在电脑前看股票，看电影，或者找院内爱赌的人摆开龙门阵。他们的眼睛有的是蓝色的，有的是绿色的，程北北死后才明白。

　　程北北的死亡已确证，生命之窗早已关闭，魂魄怅然离开空气浓稠的故里，最后的世界，槐花香芬，江山昏沉，在通往天堂的列车上，许多人潜然回首，有的凝眉苦笑，有的长长叹息，有的张臂狂笑，他们形迹诡异，两手空空。不管是上海的、北京的、浙江的，被赶羊一样赶往天堂列车。

　　这辆列车与陆地上的列车有所不同，尾部敞开，火车头部蓝色焰火探进白云深处。列车与地面形成三十五度角，在敞开的尾部，行将消失的人一无所有地爬进去。不能想象的虚拟，梦幻一样。

　　程北北在踏上列车的那刻就意味着与人间死别，她不断回首，泪眼婆娑。现实残酷，不管生前多么轰轰烈烈，难逃死劫、同消共亡。

她必须走了，世界已将她抛弃。幽暗车厢深处，弥漫霉腐气味，地面倾斜，她不得不躬身上行，以适应怪异感觉。提包与喜爱的饰品在与死鬼们的碰撞中坠落，滑向倾斜出口。

在通道尽头，有鬼派发报纸，大声讲述报纸的重要性，仿佛没有它们就不能登上天堂列车。程北北对天堂列车上还有报纸，深感讶异，难道世人负累不够，死后还要不停学习，被教化，或被娱乐。程北北装成系鞋带躲过去，在昏暗角落随人流混入车厢。在密不透风的车厢深处，高的低的背脊比山压抑。说实话，程北北死亡的时点十分糟糕，人满为患，汗臭扑鼻。

灯火亮如白昼，程北北找到角落的座位坐下，在无限陌生的虚幻中，面前似仍有群山呼啸、绿水奔涌、羊群逶迤，似乎仍能看到亲人痴望的泪眼，曾经鲜活的事物，历历在目、清清楚楚。

陌生的声音传来，车厢台基上，站立穿白色长袍的男人，他面部表情严肃地领读："向上向上，忘却忘却！在天堂永生的世界，我们忘却！"他要求车厢里的死人跟读，声音沉闷，如八百年铸造出的铁锈。程北北也绝望跟读，声音无力，孱弱无声。

对面的领诵者忽然发现程北北的记忆顽固坚实，牢不可破，如同不能风化的岩石，他的力量不可以洗刷她的记忆。他的手指继续奋力划动，企图以虚幻的幽蓝海水猛力冲刷她的记忆，任何发力也是徒劳，程北北仍然记得前尘旧事。

"人生还有什么值得留恋呢？"领诵者终于忍不住走到她面前，指着窗外渐远的世界——

的确，就算喜马拉雅山也只余白色小点。世界屋脊上，从没留过程北北的足迹。早年，程北北曾对父亲说，走的地方太少，要走遍全世界。可父亲说，一些农村的老人，至死没走出村子，他们的理想就是种出硕大无朋的庄稼，在乘凉的时候，讲讲儿孙的壮志。程北北不是农村老太，蓝色理想壮大、膨胀、汹涌，她想成为纯蓝的蝴蝶自由飞翔……

三十多年前，街道没有现在宽阔，柏油路在夏日的曝晒下生出漆黑的油，妈妈的汗珠常落在她的脖颈上，她坐在自行车小椅上观赏妈妈又圆又大的帽子，帽子雪白透亮，如同《儿童画报》上戴圆帽子坐神毯飞行的少数民族。程北北是专门研究过帽子的，以为新鲜得紧，可爱得紧，长大以后才明白："戴高帽"不是好名词，那些爱给程北北"戴高帽"的人不同程度地修理过她，她的心在流血，却正经找不到伤害她的人……死后才明白是那些绿眼睛们暗中作祟。

小时候，油油的麦地就在厂区院墙外，她喜欢牵着小车捡麦穗，偶然大雨忽至，就要赶紧了躲在农家守地的塑料棚里，不相识的阿姨水蓝的眼睛分外亲切，她擦了苹果递到程北北手边，还有豁牙小男孩，抬头望向她，善意地笑，淳朴又可爱，程北北倒希望经常有雨，那么她就有理由亲近她们。

那时，程北北没有大宇宙概念，只认得微不足道的事物，方圆百里，有一条清澈的小河，院内生长茂密的白杨林，土房遮覆的沙场，以及工农子弟兵们永远高大站立在厂区迎墙上的形象。她最快乐的事不是被允许买冰棒，不是穿了件花衣裳，也不是疯跑在露天电影的广场，而是骄傲地向小伙伴炫耀，看！妈妈给绣的荷花。妈妈怕她看着衣服上的补丁难看，专意用彩色丝线一针一线在补丁上绣了荷花。程北北看到小伙伴的眼睛变绿了，甚至，哥哥把盒子枪套挂在她肩上的时候，那些牛气哄哄的小男孩也会尖叫起来，假的，准是假的！不是假的！她反驳，为了让他们心服口服，认认真真向一个自愿当靶子的小男孩脸上开了一枪，小木枪里的砸炮在小男孩耳边炸响，他禁不住惊吓，抱着吓傻的脸哇哇大哭着跑了，那一次程北北知道：男人其实也脆弱。

程北北对所有蓝色事物感兴趣，纯蓝的天空、纯蓝的海，在海的柔波里，一切均不重要，许多人与她一样，不远千里跑到威海、青岛、烟台的海边改善心情。他们的眼睛不管过去是蓝的或绿的都要被海水认真洗理。而她，天生的浪漫派，一定要在舱板上极目远望，大声歌唱，不管浪头多大，也要让自己的声音穿破封锁。那时衣袂翩翩，张着手臂，似乎全世界就她自己。人说山东人最是骨头硬，孔夫子圣人兮兮地被人供奉，曾倔强地周游列国。孙膑最是骨头硬，身体残废了仍然在马陵打败了庞涓。陈宫铁定了反曹，至死而不屈。山东北岸一次次被黄河淹没，古山东人仍然坐拥平川，不离不弃。而她纯正的土著人怎敢忘记他们的勇敢？她的眼睛是蓝色的，蓝得那么纯正。

七十年代，许多人披红戴花，敲锣打鼓，有人演讲，挥着胳膊，更有人伏在屋脊上寻衅滋事，孩子们天天疯跑，高喊又打架了，又打架了。那些绿眼睛们喜欢释放仇恨，他们对生活充满了愤怒。程北北还看到一些人蓝色的眼泪，有人疯疯癫癫跑过大街也不知是被谁迫害的。

多少年后，大街小巷开始商业化，新兴产业拔地而起，楼价飞速升温。四四方方的旧城区却越来越古老，新造旧的翘檐翘楚楚地闪着金光。湖波迷人，船帆飘摇，程北北每每在周末观看白色浪花划开碧蓝的胸口。余木楼巍然耸立，黑的檐脊上燕子成群飞翔。抗日英雄就死在这楼上。

这一切已与程北北无关，辽阔的大平原存放不下她的身影。生的时候不着寸缕，死的时候无牵无挂。

逝者必然是钉在墙上的旧画，而逝者的眼睛宁静地望着儿孙：孩子们凄凄哭泣，蓝色眼泪虽令人欣慰，但孩子们七天后仍然会去上学，几个月后渐渐适应逝者不在。

人就是这么简单：前天你还耀武扬威坐在会议室高台上讲话，一场大病忽至就走上断头台，人们会在这坠落的人生里经历失去。

回忆凝结，领诵者若有所思的目光凝视程北北，他发现程北北就是那种顽固不化的人，似乎谁也没法改变她。她没有特殊样貌，普通得像一滴水，清秀，身材略显柔弱，眼睛不大不小，身材不胖不瘦，从哪个方向看，也看不出特别，甚至没有别的女人动人的身段，但不妨碍程北北骨头里的特殊性，刻骨的记忆。领诵者感到，这种奇葩死者只能直接送到天堂之路神使主神面前，如果她的记忆足够牢靠，当可见到他也不曾见过的最高主神。

列车之中，一个冒失的男人适时转移了领诵者目光。冒失男人试图站立起来，但火车显然不够高大，他弯着腰，小学生一样举起手，他问不知如何才能轮回复生。死人们紧张又兴奋，那正是他们希望的：世上的花儿败了能开，草野黄了又绿，为什么人类不可以永续轮回？

领诵者绷着嘴角，眼睛忽蓝忽黑，在考虑种种复杂的答案。

程北北没有耐心听到下文，讨厌压抑着的空间，以及将要迎来的更为恶劣的心情，在机器似的诵读声里，必会疯掉，此地如同牢狱，压抑梦想。然而，作为死者，已经被死亡，如何再挣脱？

斜侧首一人，发现程北北表情异样，瞟她一眼，就拿《天堂冥报》高举过脸，《天堂冥报》整版报道《天堂调查报告》，当程北北看到"调查报告"四字，立时愤然，生的时候天天公文，死后还需再读，难道人生的意义就是不停成为机器……

后来，领诵者点了几个人，要求去轮回车厢，言称轮回车厢在最前方，要求学员路过各时点车厢的时候切切不可停留。名单中居然也开列了程北北的名字。

死者们开始骚动，有人抗议，为什么只有点名的人才能去，为什么在死后也不能得到公平待遇。有人向领诵者挥舞胳膊，发出怒吼声，甚至有人从座位上起来，冲向领诵者。但领诵者手指一点，他们就被安静下来，领诵者的领诵声，压制了冲动。而被点名的人，虽不明白轮回车厢是做什么的，更不晓得，为什么只有他们才能特殊。但他们听到"轮回"二字，多少有些兴奋。他们穿越过车厢，听到死人们大声诵读《遗忘经》。蓝色海水蜂拥而来，但程北北固执得像木头的心，还是无法忘却一些人、一些事。

——程北北似乎看到家人立在楼窗前，眺望她的世界。看到父母突然两眼乌黑，世上没有明天。似乎看到漫过夜色飘来的恐怖，缺少童话的世界，让亲人倍感荒凉。

当程北北陷入沉思的时候，突然被人狠狠撞击。记忆断绝，风筝一样，不知所踪，这时传来天堂诵读声……

"我们要遗忘！在永生的世界，我们完美，我们拥有，我们富藏！"

《遗忘经》不断在耳侧响彻，听得程北北毛骨悚然……

倏忽间，上行者在三年前秋天的车厢奔行，车厢深处，一张木然熟悉的面孔出现在程北北的视线中。死者显然没有发现程北北，《遗忘经》读得太多，眼里已没有光泽。程北北记得他是唯一一个从办公楼七楼顶上摔下来的许林，当时大大小小官员被震惊。他的脖子实实在在断掉，坚硬的水泥路面溅洒大片殷红的血，他的死因无法确定。三年后科室的人不敢走进他的房间。他生前生性木讷、不善言谈，什么活计都做，拖地、洒扫庭除、往来信函、上下咨询、会议通知——唯一程北北不了解的是：他为什么从没交上女朋友，为什么没有得到适当提拔。程北北隐隐感到，消逝的许林一定被什么长久压抑，心中难免生出兔死狐悲之叹。其实，同样足够可怜的沦落在另外世界……

"快走——"郭连刚强拉程北北上行，他就是喜欢看《天堂冥报》的人。程北北搞不懂他热心的来由。他身材魁伟，脸色铁青，眼小如绿豆，程北北及时注意到他眼睛的色彩，一只蓝色一只绿色。程北北惧怕绿色光芒，没有人比她清楚，与两种眼色的男人共处将是多么危险的事情。程北北对眼色的敏感与生俱来。

郭连刚催促："还不快些走，轮回车厢在最前面，你的速度什么时候走到？慢天牛！"他阴阴甩了句。

"我们是不是要穿越唐朝、原始社会，穿越到宇宙尽头，才能抵达轮回车厢？"程北北好奇地追问。

"管它呢！走吧！"郭连刚焦急地说，"到了那里，我们或许就有轮回的资格，懂不懂？！"

蓝色海水汹涌扑来，程北北轻盈分开巨浪，郭连刚用力分开巨浪，往前冲的越来越长的队伍成员奋力分开巨浪。浪头越来越大，能量弱小的鬼们无法阻挡大浪的洗礼，不知于何时就会被卷落到不知名的时点车厢殒命无踪。

气浪森冷，程北北经常寒战不禁，她有些怨愤，在人间受苦不够，还要到天堂受苦。诧异想着的时候，继续被郭连刚拉扯前行，倒是越走越快。

他们走过一节一节车厢的时候，有时会眼见死人突然化掉，死人是在渐渐淡忘中化作白烟，抵达天国。她见此情景不寒而栗，生怕自己也会成为一片白烟，也被消逝……

每节车厢的领诵者一个表情，任务就是清除记忆，漂白人们前世思想。领诵者的声音似咒语，与老和尚念经没有区别……程北北耳朵麻木，心情烦乱，似乎看到下界开不完的会，一轮一轮的活动，重复又重复，她一边走一边扔，包括蓝色海水，直到她看到若有若无的光亮……

轮回车厢的新工作

❧━━━━⟡⟡⟡━━━━❧

不知何时，与程北北们一并行走的鬼大多瞬间消失，每见此景，鬼魂就吓得不言不语，害怕至极。有些消失的鬼，曾同行且熟识，经历漫长旅程，彼此已熟知前世故事，眼见他们说话亲切，熟人一样，又会眼见他们被袭来的失忆浪突然打来，瞬间消亡……穿越者抵达轮回车厢门口的时候，只有9个具形的鬼魂还算清醒地活下来，他们或者庆幸或者哀怨。

与许多新人一样，作为鬼的程北北，首次看到传说中的轮回车厢，在列车尽头，门楣上映射出"轮回车厢"四个烫金的行楷，她此前看到隐隐的光亮就是这4个字发出来的。当鬼们正式抵达此地，全部惊呼起来，这意味着，失忆浪不会让他们瞬间消失，暂时可以保全性命。他们终于抵达老营——终点站。

风从四面八方而来，卷动神秘帘幕，雪色大门紧闭。当它忽然开启，即显露出里面宽敞豪华的写字间，装裱华贵的四壁，猩红色的地毯。工作间含主神室、总编室、编辑部、印刷室、档案阅览室，其间还有几间未标名号的办公室，两两相对。中间是巨大的会客厅，最后正中是高大华贵的座椅，座椅两旁被盆景们围拢着，映出昂扬的绿意，两排是长沙发，沙发后又是花卉的世界。更深处是餐厅与休闲茶座，其间有各色盆景作为装点。地板雪白炫目，宜于成为歌舞场。再往后穿越两条隔绝的过道，能看到截然分开的住宿区：男子宿舍与女子宿舍。

一个身材高大的长相威仪又英俊逼人的男人从会客厅正中华贵的靠背椅上立起身，他头上顶着国王才有的冠冕，披着华贵的金黄色外氅，身穿舞台演出人员爱穿的神秘古式服装，袖口嵌着云朵，他的衣着华贵特异，使所有进来的鬼们肃然起敬。他的长相，无可挑剔，具备天神应有的帅气外观，他深不可测的眼神掠过哪个女鬼，哪个女鬼均会不禁心动，神的力量是无穷的。不过她们心中清楚，神鬼殊途，岂能攀附。在他周围站立三位穿着红、黄、蓝三色长袍的神使，他们的发型如烫过样，卷曲有形，他们不高不矮，不胖不瘦，眼睛炯炯有神。红衣神使向大家介绍，头顶冠冕的男子就是天堂列车的唯一主神，又是天师、主诵神使，故大家可以称他为诵读师。

诵读师逐一阅过来者，当他望到程北北的时候，发现她手中缺少一张《天堂冥报》。他挑挑眉毛，好奇地问："你的报呢？"

程北北没想到主神一上来就发现了她没拿报纸，不好意思地说："我没有。"

诵读师不解地问："你为什么不领报？"

程北北好奇地问："主神，难道我非得领它不可么？"

诵读师瞬间收敛好奇，陷入显而易见的沉思。目光不再停留向她，转身对众人说："你们几个人的任务是编写《天堂冥报》。至于程北北，由于她从没领过《天堂冥报》所以取消她的编报资格，只能做杂工，在图书阅览室分类检索资料，整理人类死亡档案，由其他编辑汇总原因，写出翔实的死亡调查报告，编排印发报纸，程北北不得提职为编辑、总编……"

程北北立刻愕然，那份报纸居然那么重要，还能区别身份！这是什么破烂身份啊！为什么与别人同行，最后待遇竟然天壤之别，只因为一份区区破烂报纸？但她一想到漫长的牢狱般的生活才刚开始，心中便潜藏巨大的不快，程北北忙问："我回去再拿那份报纸好么……"

诵读师微笑说："恐怕不行！人生只有一次机会，你有没有计算过起点到终点的路程？"

程北北这才注意这个问题，当她来到轮回车厢的时候，其实，距离起点已经十万八千里。当程北北走第一个十万八千里，去拿那份报纸的时候，也许又过十年；当再走第二个十万八千里回来的时候，可能又过十年，用二十年的时间换一个高不高、低不低的位职有什么意义与价值？她同时也对白色的失忆浪有些许恐惧感。

诵读师显然看出她的不快，生冷地说："我知道，你一定不满。但这是我们天堂列车铁的规矩，不会为你一人而改变。由于你不喜阅读，不受教化，必然要接受必然的待遇！你还有什么想法吗？"

程北北尽管感到明显的不公，还被无端扣上一个不爱读书的帽子，但还是忍住不快，面无表情地说："那好，你愿意安排给我什么就什么好了。"她尽管心怀不满，但自认为还算幸运地抵达轮回车厢，不曾被洗刷记忆，不曾在时点车厢化为虚无，最少是无数亿中最罕见的例外之一。这正是比上不足，比下有余。她的命运固然不到最好，也总不至太差……

诵读师最后扫视一眼众人，让他们去编辑部、宿处熟悉环境，并让蓝、红、黄衣神使介绍轮回车厢总报编辑部的规定、工作要点以及作息时间，然后他缓缓走进主神室，轻轻关上房门。

只有程北北一动未动，略怀伤感地立在会客厅正中四处观看……

诵读师在主神室默默思索一会儿，摇指对面墙上的画屏，屏幕上出现时点车厢领诵者身影。领诵者因自诵读师接任以来再没被召见过，突然看到诵读师的形象，吓了一跳，整理下衣服，惴惴不安地问："主神，您有什么事情？"

诵读师拿出程北北的照片贴到镜头前问："她是谁，为什么没有报纸也能过来？她的记忆为什么没有被清除干净？"

领诵者慌忙回复："这个我也不清楚！我已经尽力了！但独独在她身上不能成功。我也没有办法，就让她穿越上行，以为半道上的她记忆一定会被失忆浪扫荡干净，而顺利进入天国，根本不可能抵达轮回圣地，谁知，她竟然可以到您那儿……"

诵读师听完他的叙述，迅速地回应："好了，知道了。"他猛然关闭电钮……

休息一夜的新人，迎来新鲜的一天。编辑部工作的人员，在新的工作环境诱引下，惊喜得高声喧哗，嘈杂中带着快乐情绪，被封为编辑的文人原形毕露，有的跷起二郎腿，有的悠闲地喝闲茶，有时还说点小笑话，有时又催促神使们打开音乐匣子倾听美妙乐音。与旁室的喧闹情景正相反，阅读室内静悄悄，只有程北北独自抱着死亡资料埋头阅读。阅读是一种非常繁重的工作，一摞一摞的资料需要精细分类与分析。程北北见识了各种各样的死因，一一记录，分好类别放在不同的文件夹里。由此，她不算孤独。没人催促程北北抓紧干活，编辑们需要暂时无为地游戏。事实上，一堆头领仅率领一个兵，这个兵卒子很安静地做自己的工作。

天堂晚宴开始的时候，编辑们早早坐在豪华的餐桌前，桌上刀叉齐全、菜肴丰盛可口，他们飞舞刀叉，边吃、边聊、边谈笑，而程北北则被安排在偏僻角落，简陋的、单独的桌椅处，她的饭菜并不丰盛，比杂工的伙食好不了多少，有几个扫地女工坐在她旁边的小桌上很认真地端详她，偶尔窃窃私语。

程北北好奇地问她们："你们怎么没当上编辑，也没拿那个破烂的象征编报身份的报纸么？"她侧头问话的样子像无知美少女。

由于某种奇特的崇敬，女工们非常关注她，笑着说："哪儿，我们犯了编辑部的戒规，被贬成杂工。没报的，是不可能到这儿的。"

程北北笑着说："我就没报，我就来了。"

老年女工阿来婆惊讶地说："我在这儿住了很久，真没听说过谁没拿着报，也能到这儿来。活着进来的一个没有，死着进来的没有一个！"另两个女工哄笑起来。

程北北边往嘴里塞饭菜，作狼吞虎咽状，边笑着说："不拿报可就不能活了？"

老女工皱纹满布的脸上透出神秘气息："你猜吧……基本死悄悄，灵魂无有住处。但你居然可以没事儿，要么你是神，要么你是怪！"阿来婆突然点着她亮光涌现的额头大笑。

程北北抿嘴笑道："哦，我知道了，那我一定是妖，九尾神狐……"女工们都笑起来，笑声惊动了四邻。

诵读师缓缓从主神室走出，他瞟了一眼在笑声中的程北北，径直向他的专有宝座走过去。女工们吓得不敢说话，专心吃饭。诵读师的专有宝座在餐厅的正中，金色的座椅，华贵又醒目。他的桌上摆满各种饮料，只是饮料们没有名片、没有商标，无人知晓来路。诵读师每一样品尝一口，似乎就是吃饭。程北北对那些大大小小的饮料，抱有很大好奇，她想，等诵读师不注意的时候，一定偷偷看看，那是什么怪东西。难不成，神仙都得喝风、吃露，不食人间烟火？不杀生？

在餐厅的另一边，郭连刚暗暗盯着程北北，并不是因为她长得格外清秀而有所心动，而是因为某种直觉——在他的眼里，有用的是好的。他见程北北基本扫荡干净残渣剩饭，就微笑凑过去说："哎呀，这种菜也能吃？我服了你了……以后，上我那桌上吃去……"

程北北见是他，多少有些感激，毕竟上行之际，偶尔也是他强拉着她才能来到轮回圣地，不被消失。程北北笑复："不去你那儿，去了，还不是要让诵读师把我提到角落，在他的脑子里，我就该被另类。所以，我们还是不要找这个麻烦了。"

诵读师的耳朵异常灵便，他的名字一被人说出来，眼神就穿越过去，他幽深的眼睛远远凝视程北北。程北北抬眼时冷不防望到他专注审视着的眼神，吓了一跳，不得不把后话咽下，她眨动着光彩夺目的眼睛，暗自观察他，多少觉得诵读师出奇的神秘与冷静，不容改变，禁不住地崇敬与害怕，他眼神幽深，又有些神的魅惑，又会偶然吸引她生动起无边的幻想。诵读师见到她的局促，很快又把目光落在一瓶饮料上。程北北才如释重负，抚抚蹦跳的胸口，阿弥陀佛。

郭连刚并不是一个敏感的人，他满脑子乱七八糟的工作经验以及世侩的东西。在程北北与诵读师目光接触的刹那，他浑然不觉，自顾自地滔滔不绝地说："北北啊，你能不干就不干，干多了，那多受累，我们上天堂不是来玩儿命的。悠着点儿，多活两天儿。我从窗口看到你还挺认真地分拣档案，你那认真劲儿真像在人间的工作人员。"程北北无可奈何地说："你说那能怎么办，诵读师就安排我干这样的工作。"郭连刚嘻嘻笑着说："干工作要抓重点，主神安排你，一定得干。但那些编辑部的人要安排你，你少干！干多了，你也没名，也没利，也累着自己。像我这样对你好的人向你要资料，就要多提供一些，像那些不理睬你的人，就让他们自己找资料去，是不是……"程北北这才找到郭连刚这一堆话的重点。她当天其实查到郭连刚的死亡档案，档案中说，他五十出头死于一场突发性心脏病，典型的酒徒，在机关工作，当到副县级。他当时死亡的时候，还被下面的人讽刺是午间饮酒过量，如果没死，也得得个违纪处分。由于她已经了解此人的特点，知道他满脑子都是提拔、提拔，与她熟悉的那些机关干部没什么两样，可以很轻松地与他对话，她戏谑地眨着眼笑说："哈哈……要是哪天，他们都对我好怎么办？"郭连刚瞪眼说："靠，都对你好！那也得有个先来后到是不是。我帮过你，救过你命，一路上，是不是？他们算什么！论交情，我最好！"他说这话的时候，声音有点大，有些人开始侧目而视。郭连刚连忙压低嗓，端着盘子满面堆笑地走开说："记着，下次吃饭，上我的桌边去。"

　　程北北送走郭连刚，吃完主食开始吃点水果，这时，她听到两个女人窃窃私语。高瘦、穿着时尚的中年女子说："我问过神使了，凡能当到总编的，轮回下界的时候，要么是有钱的大财主，要么是有权的大官。但是当普通编辑，轮回下界的时候不一定是什么角色，有的激怒了主神，还可能变成一条狗。"另一个长得娇小可爱的女子吓了一跳说："狗啊，那还不如不下界，还不如变成空气好呢！好恐怖啊好恐怖！"她转念一想，好奇地怀疑："难不成全天下的狗都是激怒主神变出来的？"旁边一个三十来岁年纪、着装有派的男子听了女孩最后一句，忍不住笑话她们，说她们胸大无脑，越说越离谱，说来的都是精英，怎么可能激怒主神的呢。如果天下的狗是激怒主神变成的，那么，天下狗那么多，主神不得一天24个小时被气个半死！说完还做出一个狗的动作，外加一声"汪汪"，嘲笑她俩。两个私语的女人，立时明白自己的可笑，尴尬地笑笑，红着脸不再言语。

　　程北北知道这个说话的男人名叫冯浩然，冯浩然是某公司的年轻的总经理，他三十刚出头，正干得春风得意的时候，一场意外的车祸夺走了他的性命。总体上历史清白，没有太多世故的东西，但很有经商头脑。

　　当他们回去工作的时候，程北北也回到自己的档案阅读室。房间大而空旷，白墙下是一排排的推拉式档案橱。程北北工作桌就埋在档案橱们的中间，活动范围并不太大，多半像半封闭的监狱。每天早上会有一个神使为她抱来上百个典型档案。有一名女工专门负责为档案阅读室打扫卫生，这个女工名叫阿香。阿香笑起来很甜，有着无可挑剔的精致五官，身材玲珑可爱。程北北对于可爱的小女生也能贬成女工很是奇怪，但又不好问她原因。由于她肯定也属于有"前科"历史的人，程北北对她还是抱有适度的警惕。由于死亡档案仅是记录人的死亡原因，并未记录天堂列车上鬼们的违纪原因，所以，程北北不能知道她在轮回车厢的故事。

　　当天下午，诵读师在程北北专心阅读的时候突然来到她身后，当然，由于程北北过于专心而没能发现他的到来。恰恰此时，她正陷于某个人的有趣儿的前世，忍不住咯咯笑出声。诵读师就在这个时候发话，他沉闷的声音悠悠传到她的耳边："你以为，这份工作是让你看小说？"

　　当清脆的磁性的男声如晴天霹雳般在耳边炸响，程北北立时愕然，吓得慌忙立起身，她不敢正眼看诵读师，她毕竟是笑出声来的，果然是看小说的感觉……她惴惴地辩解说："阅读档案，就要……深入细节，深入细节……就会被感染……"

　　诵读师过于英挺的脸，棱角分明，明亮的灯光下，闪闪发亮的眼神也与脸形一样个性又锋利，有着明晰洞彻的光芒，他冷着脸说："但我让你在这儿工作，不是让你被感染的，是让你分类档案并分析原因的，得把档案按照类别放置在不同类型的文件夹里，放置在不同的档案橱内，供三千年时，由天堂'阆风苑'编制人类发展史，这些分类资料，是由天使驱动天车定时送往'阆风苑'，这些资料作为资料长编的原始资料存储，也是让天堂列车的编辑编报用的，他们编的报纸用来教化人民，净化心灵，提升全人类的先天素养。别看魂魄们仙化了，那也是看不见的物质，懂不懂？"

程北北这才发现这份普普通通的工作还挺重要的，她立时手足无措，诧异地说："那我该怎么办呢？主神先生？"

诵读师继续指出："你的阅读速度太慢，现在每天给你几百份死人档案，如果你只是津津有味地慢慢读，不出十天，案积如山，你的档案室就容不下这些档案了，你自己也得搬出这所房间。由于你只是刚刚接触这份工作，所以，给你的少，再过一个月，每天将交来数千份。那时，你该怎么办？"

程北北一听这数量，着实吓傻了，这不是害人嘛！她不成工作机器了！程北北立时反抗道："那不行，这活我干不了，太难了。我的阅读速度就这样，请你找合适的人来干！"

诵读师见她不愿意承接这苦差使，淡然说："我可以派别人干，但，你或将被贬成女工，或者更严重说，你会立时消失，宇宙中再不会有你这个鬼。"

程北北想到自己会瞬间消失，没有思想，不再存在，还是犹豫了……她咬咬牙说："那我情愿作女工。"

诵读师淡淡笑了下，尽管他笑的时候透出极强烈的男性吸引力，程北北还是毫无快意地盯着他，急切想听他将讲什么。诵读师顿了下，缓缓说："但天堂列车轮回处女工名额已满……你是机关工作的，你应当明白，编制满了，就不能进人了，你好好考虑下……"

程北北震惊得说不出一句话，她没想到结果竟这样，上不能上，下不能下，夹缝中作人不说，阅读的难度之大，工作之累，竟然天下绝无仅有。她悔不该当初轻易丢了那份破烂报纸，小小的草率的举动，让她现在面临如此艰难的局面！不仅要读，而且要速读，不仅要速读，还要分类分析、分类归档！

程北北眼见诵读师要走出房间，在他背后喊住他说："请问，你作为主神，能否达到这种阅读速度呢？如果连你也达不到，凭么能让我这样一个小小的普通的小鬼完成这种艰难的工作？"

诵读师头也不回地说："我的能量，是上天赋予的，你怀疑我是不对的。当然，如果你想见证我的能量，也可以让你看一下。"

程北北大声说："神不神的我不管，得你先能做到，才能要求我，我一定要看！"

诵读师猛然转回身，他的眼中放出异常神采，海蓝海蓝的眼睛像海潮忽起一样波涛汹涌。他突然瞬间移至程北北面前，只三秒的时间，所有档案瞬间被翻一遍，那些档案几乎就是在半空中蹦跳，看得程北北心惊肉跳，神果然就是神，那是没法比较的。他冷着脸说："你问吧。"

程北北每报出一个档案的档案号，诵读师就把里面死人的故事讲述一遍，准确无误，一字不差。程北北彻底无语了，她发现自己太不自量了。

诵读师无声地走了，房间深处就剩程北北一人，其实，许多人透过过道玻璃窗看到这一幕，他们震惊于诵读师的阅读速度，是人间的速读专家实现不了的。

程北北不知该怎么办，脑子里一片空白。她深深感到压力的无形之重，对未来充满无限悲观情绪，她相信活着的时候是被累死的，死了以后的她同样会被累死。

这时多事的阿香从外面走进来，她一进来就皱着眉头，俊俏的脸上呈现神秘的神情，她忍不住说："北北，其实你来之前，这份工作是由15个人共同负责的。"

程北北惊诧地望着她问："他们人呢？"

阿香耸耸肩说："转世了……在下界……我也不知他们现在在干么！"

程北北焦急地说："那为什么现在只安排我一人？"

阿香摇摇头说："我不知道，我们都想不明白……你得问他！"她把手指指向窗外，程北北顺着手指望到主神安详读书的侧影，她真想拿刀子立刻把他杀了。

不消说，新人们的第一个夜晚，大多是快意的，但程北北的夜晚却是沉闷的，她不住地唉声叹气。

这次新进的4个女人以及原来的3个女工，陆续来到轮回车厢的女子宿处。车厢包间的卧铺床榻宽大、温软又舒服，分上下两层，床罩是中国式的花团锦簇，鸭绒被雪白洁净，四壁雪亮，壁上悬挂风景油画与衣架。程北北为了照顾年纪大的女人自睡上铺。下铺的女人沉默寡言，戴着黑色八角帽，她躺下，仍然顶着帽子睡。她眉心有颗痣，细白的脸上透出说不出的忧郁，她虽然已过青春初绽年纪，但风韵犹存。程北北问她叫什么，她只淡淡说："名字重要吗？都是死人！"她将胳膊架在后颅，就闭上了眼睛。其他两个女人诧异地望着她，像看一个怪物。

程北北对面下铺的俏丽时尚的小女生悄声对程北北说："我有名字，我叫刘雅茹。我认为死了也得有名字，最少现在还能交流，等到轮回的时候，想跟大家交流，也找不到人。"小女生二十出头儿年纪，梳着马尾辫，瓜子脸，一双又圆又大的眼睛，轻巧秀气的小鼻子，圆嫩红艳丰满的嘴唇，她拥有丰满的魔鬼身材，穿着天蓝色的百褶裙，腰身束得很紧，细可盈握，惹眼又生动。小女生的小脸上挂着微笑，时常露出一对小酒窝。程北北也自报名号："我叫程北北，程，方程式的程，北，北方的北。"刘雅茹觉得她的"北"不好，很容易被人起小号，叫什么"程背背"之类，是很晦气的，不过她忍住没说出来。

程北北好奇地询问，她是怎么死的。刘雅茹听到"死"字就不自在，她感到程北北太口无遮拦，哪壶不开提哪壶。但想程北北可能不停翻死人档案，这也算她新得的职业病。她说："还是少提那个字，一提那个字，我就害怕！唉，我是被我男朋友害的。他掐了我的脖子，把我按在水中……"

程北北与她上铺的女人吓了一跳，惊呼："这么惨！"

刘雅茹回忆，她所在的城市广阔、漂亮、人流密布，她没事儿的时候就喜欢漫步夜市。她在某公司做文职工作，年轻漂亮，业绩突出，被很多男生追求。其中一个叫夏华的年轻人，对她的迷恋已到着迷的程度，上班儿送她，下班儿接她，尽管从没在她面前吐露爱慕之情，却坚持接送她两年。刘雅茹对这样的男人虽说不出太喜欢，但也被他的持之以恒的关爱感动。刘雅茹最终投入他的怀抱，那段时间她沉浸在幸福之中。但是随着深入接触，却发现他并不是一个优秀男人，其实性格暴躁、执拗，遇到不满就大发牢骚，并对所有接触她的男人疑心重重，有时跟踪伏击。刘雅茹终于忍无可忍提出分手，此人却不屈不挠，始终幽灵一样跟着她。刘雅茹为了彻底躲开他，跳槽到另一家公司工作，并在那里与一个年轻的主管相恋，没三月，风声走漏，夏华找到她大发雷霆，要求重归于好。刘雅茹坚决不同意，于是在一个漆黑的夜晚，被夏华约至荷香园，夏华趁她不备突下狠手……

程北北觉得这就像报纸上登的失恋后凶杀故事，虽然很平常，但由她亲口说出来，还是很有些寒冷。刘雅茹瞪着一双俏生生的大眼问北北："你怎么到天堂列车的？"她明显避了"死"字。程北北淡淡地说："累死的。"

"累死的？"比谋杀还让人吃惊地回答。

"怎么累死的？"她们好奇地问。

"没有为什么，就是工作太累，光荣牺牲。"程北北不愿对她们讲自己的故事，只淡淡地说："还没被授予烈士头衔。"

"真有意思，程北北是累死的，我却是活活被气死的。"对面铺上的中年女人自觉接过了话。中年女人是那种气质优雅的女人，一看就是知识分子，她戴着过千元的水晶眼镜。

"气死的？"两个女人怀疑地望着她，只听过周瑜被气死的，没听过多少人真的被气死过。对面的女人自言姓隋，名颜华，事业单位的工作人员。她工作了二十几年，有相当的资历，是年，她到了评副高的年纪，几个够资格的人曾争得不可开交，有人怕她拿到副高指标，在公示阶段故意诬告她几篇论文不实，写联名信把她的副高告黄了。隋颜华精神上受到打击，突然病倒，又赶上先天性心脏病于是一命呜呼。

程北北听了后，无可奈何地笑笑，各有各的死法。虽然死法不同，却同样来到天堂列车上。程北北长叹一声，钻进被窝，她辗转反侧，不能入眠，一想到不能承受的新工作，禁不住犯愁，她又不是神仙，凭么能完成这份工作？！她渐渐进入梦乡……一个声音从梦中传来："醒醒，醒醒，一个月了……"

"什么一个月？"程北北惊坐起来，一看周边的三个女人安然地睡着，没有一点异常。她又倒下去。

冥报是怎么编出来的

~~~❀~~~

　　程北北的办公室宁静得能听到针落的声音，阅览室没有她人间办公室的吊兰，没有阳光洒落，白天也是灯光照亮，似乎四下里除了黑夜还是黑夜。如果白天夜晚一样黑沉，为什么还要工作？下界的家中曾有鹦鹉，鹦鹉每天早上练嗓，模仿各种声音，逼真又搞笑，但这里没有鹦鹉的巧叫声……周边没有可亲可近的人交流，没有熙来攘往人流穿越。家中人已是飞灰，朋友圈全部断绝。这哪里是天堂，就是地狱。

　　程北北忧伤地坐在椅子上，窗帘的后面没有窗扇，但她遥想窗外有浩瀚星空，冥想投入永恒之中，坠入下界，成为没灵性的物质，又如蚂蚁在爬行，不停地搬运食物，送给肥胖的蚁王，蚁王懒得像头猪。她打了个愣神：连胡思乱想中，自己也这么狼狈！

　　这时，神使们定时送来百余份档案。她看到档案就头晕，沮丧地想：这不是在看小说，就算看小说，看久看多了，也必麻木……

　　就在程北北强逼着自己训练阅读速度的时候，一个六十多岁的端着茶杯的男人走来，悄悄坐在她对面，他老成的眼睛不停观察她，然后又将目光转向一堆堆的档案。她不知他来做什么，望了他一眼，发现此人戴着一副老花镜，肤色黑，且满脸折子。瘦长脸，眼睛细长，眼白多而瞳仁小，两个特小的圆点盯着人，会让人毛骨悚然。他忽然说他叫程思源，友善地递过手来。程北北只好跟这个小瞳仁的程思源握手。发现他的手毛绒绒的，原来是属黑猩猩的。程北北很想看清他眼瞳的色彩，但由于此人瞳仁太小，里面射出的是蓝色或是绿色的亮光，竟然全看不出来，她没想到可以遇到这么奇葩的人。

"我听说你叫程北北，唯一一个没拿《天堂冥报》而能来到轮回车厢的人。咱们还是同姓，真巧呵。"程思源满脸堆笑地对她说。

"对。我是叫程北北。我们那一定是同宗的。"程北北尽管很不想跟这人说话，但是，还是很勉强地回复他。

"我曾是报社的总编，死于突发性心脏病，我们有幸在此地相遇，也是缘分。"程思源笑得温暖，尽管皮肤黝黑又粗糙，但微笑刚好能掩饰这个缺点。

程北北客气地回复，说也很高兴认识他。程思源呷口茶，缓慢发表见解："要说这个《冥报》，办得可真不咋地。我对办报老有经验了。你看上期《冥报》，错别字一大堆，报头设计得粗制滥造，选材毫不新颖，包括花边版式，也俗气得很。也不知上期《冥报》谁办的，那种水平办这种最高级别的天堂报纸，简直亵渎生灵。"他义愤填膺，会让每个见到的人感到他充满正义、充满对工作的认真负责态度。

程北北认真倾听他慷慨激昂的话，单手托腮，一臂扶桌，如小学生一样虔诚。

程思源见她听得专心，继续说下去，他开始分析每一篇文章的得失，对调查报告中的不少内容一一诟病。程北北对此并不关心，她的工作只是分门别类检索要害。程思源说着话的时候，郭连刚突然走过来，对程思源说："不要指责上届报纸，上届报纸最后也是诵读师审阅后下发的。他要听到，不修理你才怪。"程思源听到这话，觉得也确实如此，慌忙打自己的嘴巴："你提醒的是，我咋没想到，罪过罪过。"郭连刚连连给程北北使眼色，努嘴、摇头。程北北没有深刻领会这些动作代表的意义，她只是低下头不再理会他们，专心快速分拣档案。郭连刚趁此良机，迅速把程思源扯离档案阅览室。

会客厅正中座椅上闲坐的诵读师，似乎对这里发生的一切不在意，他始终捧着一本又大又厚的书，是休息抑或思考，无人知晓。

透过巨大的窗玻璃以及耀目的灯光，程北北既能望到诵读师，诵读师也能望到程北北。有时，程北北看档案看累了，就狠狠地扫视诵读师一眼，她恨不能掐伤他的脖子，扯乱他帅呆的发型，然后再在他的脚面上狠狠踩下去……就像《功夫》中的周星驰，把所有斧头帮帮凶们的脚丫踩扁。她正狂想着的时候，诵读师忽然把书从眼前移开，静静望向她。程北北一接触到他幽深的眼神，就吓了一跳，迅速低下头，活像一个被老师欺压惯的小学生。她怀疑神是可以无所不知的，她心里骂他，他或者也能感应到，否则，他怎么就望着她了呢。她心里抱怨："天哪，连在心里骂他也是不可以的！"然后她又瞟向诵读师，发现诵读师脑袋上没有另外长眼，眼神却再次望向她。程北北确认，此神是读心的贼，本领大到能感知她的内心。她皱着眉头，一时惶恐，竟不知怎么办好。她突然发狠，心里想，既然你可以读心，我就用心骂你，看你怎么着我。然后她用眼睛狠狠地瞪着他，在心里骂他："变态狂，变态狂，老妖怪……"诵读师斜视着她，突然忍俊不禁，嘴角露出难见的笑意，然后继续看他的天书。

　　这一天，编辑室内静悄悄，编辑们不再悠闲地玩儿，而是专心研究报纸。除了程北北认识的三女三男，另外两个男人不同程度地注视过程北北。一个身材高大，身形儒雅，一个头顶放光，不停把光秃头顶上仅余不多的头发往中间遮盖。

　　编辑室里之所以静寂无声，是因为他们得知总编肥缺的重要性。他们只有努力工作，才能换来来世荣光。这与第一天的闲散，完全不是一个节奏。过道里有几个女工偶尔过来拖地，或者摆弄各类盆栽中的花花草草，或者为诵读师送来天界饮料。诵读师则指派三个神职使者把办报宗旨、总编竞争方案、量化考核方案、目前各版块的编辑分工发到每一个编辑室成员手中，八位编辑陷入沉思状态。他们偶尔互相看一眼，又复沉默，很显然，他们相互就是竞争对手，总编名额有限，竞争必然惨烈。

　　八位编辑看到量化考核方案后，有的背后冒汗，因为方案太细微，每有一个错字或思想、语言表达上的疏漏，都是要扣分的，扣分多，意味着无法成为总编。根据版块分工，郭连刚负责的是首版仁德版，程思源负责诚信版，陈浩然负责孝悌版，李文瑞负责幼教版，盛泽恩负责多维训化版，冷蓉负责两性教育版，刘雅茹负责无极探索版，隋颜华负责专案版。执行总编轮流制，三天一换临时总编。根据总编竞选方案，最后还有不记名投票与组织谈话的关口。报纸印刷室是由神使专门负责。对外只有一个小窗口，侧门在哪儿，无人知道。每天下午5点整接收清样。晚上7点根据最新死亡人数打印出全部报纸。晚8点通过无线传输系统把全部报纸派发下去，有专门的神使为最新死亡的人员赠发报纸。报纸上印有暂时延缓清除记忆的神符，故而，每一个能够认真阅读报纸的人，能量场聚集能量较强，最有可能延缓消失的时间，延缓时间越长，在微世界具有更强大的信息量与信息场，再返人间就是聪明至极的人。

当他们读了相互的分工后，基本上知道谁是谁。对于这种显而易见的相互竞争，又必须相互处好关系的选拔制度，他们很头疼。如果他们谁都不会投谁一票，意味着，多出的那一票必然是程北北的。只有程北北不参与竞争，又能有关键性的一票。他们同时想到了九头鸟的身子是多么重要。

郭连刚见巡视神使走到近前，急忙问："我们的资料怎么领取？"

神使们瞭了他一眼说："一会儿下发查档安排表。"没一小会儿，神使们就把查档安排表发下去，表中规定，除他们每天早上7点定时接收神使们送来的头一天的分类档案外，每人还有半个小时的历史档案查询时间。历史档案查询时间不准闲聊，当第二个查档的人来到的时候，第一个查档的人必须离开，否则会被神使们扣分处理。他们都被这么严格又规矩的制度震住。这意味着上班时间，自己的一言一行会处于全透明的状态，神使们拥有无处不在的监督权。

头一天的分类档案资料很快被发下去，编辑发现就是一堆堆的死亡档案，只不过死亡档案中偶然闪现出他们分类下的某些亮点，有的明显，有的不突出。郭连刚陷入沉思，他脑内灵光一闪想到对付竞争对手的方法。他望向对面档案阅读室的程北北，发现她头也不抬地皱眉分类档案，速度比昨天快多了，明显进入状态。

编辑们也加快阅读速度，有的一上午看两遍档案，有的一遍也没看完，但是上午拣材完，肯定下午就得把报纸版块内容编排出来，对于这些新人来说，难度很大，压力不小。再一个，他们还得迅速从往期报纸中找到写作要领，也不是这么简单的事。刘雅茹见此情景都快哭了，她过去工作再忙再累也没到这种程度，关键是也想投胎转世有个好的来世，人言无欲则刚，有欲则弱，这正映在她身上。

这一天午餐时间，人人长着脸，不说也不笑，各吃各的。在角落里就餐的程北北目睹此景，既觉好奇，又觉好笑，为了竞争瞬间成路人甲。她其实压力也很大，知道不久的将来，她将面对海一样的档案来袭，她的阅读速度得是这些编辑们阅读速度的十倍不止。郭连刚又悄悄来到她的餐桌前，悄悄说："多照顾我的分类：仁德版，其他人的不要上心。我成功后，一定找到轮回后的你，一定帮携你的，放心。"程北北摇头说："那不行，主神派人到我那宣读了分类规章，我分类不清是要担责任的，我会变成空气消失懂不懂？你们顶多就是争个谁下世有钱有势，我却要保住我的存在感，懂不懂？我是命，你们是运。"郭连刚怔住了，没想到规章制度铁筒一般，点滴不漏啊。他又试探地问："那能不能晚上把最好的档案先交到我手上？"程北北被他幼稚作假的想法搞得哭笑不得："天哪，你就没见到主神就坐我外边，我的一举一动哪躲过他去？怎么可能呢？你以为这儿是下界无规无矩的地方。"郭连刚发现哪个计谋也行不通，忍不住着急地说："你呀你，胆小鬼，哥白顾着你了——"郭连刚还要再说下去，程思源却在一旁阴阴地说："怎么着，你们老乡呢还是同学呢，谈得这么热气腾腾的。"郭连刚担心刚才的话让他听了去，慌忙起身就走，他说："我对她的工作很好奇，看她怎么工作呢。你一准好奇了，你与她是同宗，你们聊吧。"程思源幽幽说："不送哈。"程思源转而对程北北正色说，"我的分类，你要保证质量。我的分类是诚信版，这个是最容易区分的啦，我给你说哪些是要点：这包括社会诚信、经济诚信、政策诚信、夫妻诚信，就是不搞小三之类，待人接物诚信，就是借了人家的钱，是一定要还地……"他话未说完，陈浩然就在一旁冒出来说："大哥，你累不累啊，你作为长辈，能不能体谅小妹子呢，你看人家瘦瘦弱弱的，需要营养，吃饭是很重要的。你看，人家鸡腿未啃完，人家小菜没吃净，人家饭没喝够，人家水果没到口，你这急乎乎的，感情把吃饭时间变工作时间了？"程思源不防被这个年轻人没头没脑用顺口溜狠批了一顿，脸上挂不住了，慌忙对程北北打拱说："北北，别介意哈，我性急了。好好吃。好好吃。"他抓紧起身离开程北北，回到自己的座位上，坐在他对面的郭连刚见此情景，冷笑说："你怎么不在她那儿续同宗了？我还想个儿占这张桌子呢——"

陈浩然正想跟程北北说两句，一旁旁观的神使们突然向这边走来，陈浩然不知与程北北聊天算不算违规，会不会扣分，抓紧退离。神使们来到程北北身边说："主神说，你的吃饭时间延后一个小时，明天开始，他们回编辑室后，你再出来吃饭。"

程北北一听连吃饭时间也不与他们同时，禁不住反抗："凭什么？我又没做错什么事。阅读那么累，吃饭的时候还不能有个说话的？"

神使们冷冷说："这就是规矩。"

程北北反驳："昨天还没这规矩呢，规矩还不是你们定的。什么拿了份破报纸的就能成编辑或总编，没报的就得去那小黑屋里分档案。"

神使们发现程北北还挺厉害的，一时不知怎么回答她。

诵读师缓缓来到她身边，第一次面带微笑，他说："我陪你吃饭，这样总可以。"

程北北怔住了："你陪我？"

诵读师沉着凝重地点点头，然后毫无征兆地转身离开。

程北北一想到他喝的是无名饮料，就想，凭么神仙能与普通的鬼一起吃饭，他吃的又不是饭，喝的是宇宙时空。他那么严肃、恐怖、威严，怎么可能无拘无束。尽管程北北不太想与主神一起吃饭，又没有理由反驳。

下午的编辑工作，对于编辑部的新人来说，还是很有难度的。郭连刚尽管是有文字基础的，毕竟干的不是报纸。程思源尽管是搞报纸的，毕竟不是编的教化类的报纸，他搞的是《经济日报》，其实隔行如隔山，隔了专业也是隔山。所有人遇到不同程度的困难。尽管水平参差不齐，但最后都在4点前排完文字稿。他们像交作业一样，把自己的版块内容交到了临时总编郭连刚的手中，郭连刚认真改过一遍，转交神使手中。神使又把稿件送交主神，主神看到质量很差的，不得不动手修改。修改好后的定稿被神使们交到印刷室。印刷室出了样再次交到编辑手中，编辑们包括郭连刚看到主神大幅度改动的文字，汗流浃背，发现这活还真不是好干的。特别是刘雅茹，她的文字功底最差，她写的东西几乎满版找不到影，只隐约有一点自己编过的痕迹，她捂着脸，暗想，这个总编还是别当了，自己这水平，连编辑也不够格，再干几年也上不去。她当总编的念头一松动，整个人反而轻松了。尽管满脸通红，倒是如释重负。

三遍校核后，定稿交到了印刷室。编辑们如释重负，但是也惴惴不安，或多或少感到总编不容易当。神使们将编辑初稿，郭连刚改动稿，最后主神的审核稿一起呈送到主神面前。主神召来郭连刚说："你自己的版块整理得不错，但你改动别人的版块改得太轻，现在不是让你当老好人，而是要你编好报纸。"

郭连刚抹着额头的汗说："主神，是这样，要是改我的稿，我能知道我有哪些材料，但我改他们的稿，我不能深入，因为我没有看到他们手里的资料。也就是在文字方面纠正偏差，稍微理顺一下。"

诵读师摇摇头说："文字是一个方面，关键是思想性。你要发现问题，以最快速度向他们指出缺陷，最快速度让他们自己修正。"

郭连刚皱眉说："太急了，再给我半天时间还差不多。"

诵读师摇摇头，让他回去。郭连刚还想再说什么，却张张嘴说不出，只好悻悻离开。

郭连刚回到编辑室，许多编辑望向他，程思源见郭连刚一脸阴沉，就知他一定是挨批了，心里那个高兴。他想过，郭连刚第一个当总编，正好是试验品，等他自己当总编的时候正好弥补郭连刚所犯的错误。郭连刚坐下后，发现大家都在看他，他的脸上立刻风云逆转，他干笑着说："哈哈，主神今天给我指出一些小问题，但还认真夸我了呢。"其他人掉转脑袋，并不认真理他。郭连刚转头看了一圈，发现没一个人接他话的，自觉没趣儿，径自首先去了餐厅。后来编辑们有的伸着懒腰站起来，有的继续伏案思索，有的也慢慢踱出了编辑室，当他们纷纷出来的时候，看到档案阅览室的灯光还亮着，看到程北北机器人一样分类档案的情形，他们惊讶地发现，程北北的分拣速度又提升不少。有人突然脱口而出："如果我们的阅读速度与程北北现在这样，我们就能节省很多时间啦。"编辑们纷纷转头望向他，发现是陈浩然。陈浩然对自己脱口而出这样的话很是恼火，这等于也给其他编辑们找到一条捷径。程思源在一旁拍拍他肩膀说："小伙子，想法很好，你一定能超过程北北的阅读速度。"

程北北后来隔着巨大的玻璃窗遥望他们。郭连刚连连伸出手，做出让她出来的动作。程北北皱着眉摇摇头，然后做了个"6"的惯用手势。郭连刚不自觉叫了句："她竟然6点才出来。"陈浩然走过去悄悄对他说："规矩改了，程北北不能与我们同时吃饭了。"郭连刚吃了一惊说："什么……这也太……"他发现诵读师也缓缓出了主神室，吓得不敢多说什么了，自顾地吃饭去。

诵读师对着准备吃饭的编辑们发了句话："你们刚接触这份工作，是有一定难度，要在提高阅读速度与编辑水平上狠下功夫，否则我们是不能提升宇宙微物质信息量的。"

刘雅茹好奇地问："微物质真能接收到我们的信息吗？就算接收到，又能转播到新出生的人类身上吗？"

"宇宙是全息的，它是怎么运作的，你们并不清楚。科学教给你们的东西不足解释它的万分之一。"诵读师笑笑，回到他的餐桌上。

女工们已经坐下，她们并不知道程北北改时间了，纷纷向她招手。程北北作出无奈的表情，冲他们摆摆手。阿香还是忍不住跑到编辑室，问她："为什么不去吃，你忙了一下午一定饿了。"

程北北无奈地回答她："我吃饭的时间改了，必须等编辑们走了以后……"

阿香惊讶地说："这样啊，是不是他逼你的……"她悄悄指向主神。程北北轻轻点点头。

阿香摇头说："这个神太坏了……为什么上天要派这么严厉的神

来管我们，凭什么……"

程北北好奇地说："他那时怎么折腾你来着？"

阿香叹口气："有个男编辑与我谈恋爱，被他瞧见了，就让我当女工了，而且那个男编辑被轮回了，我再见不到他。"

程北北笑着说："要是主神也恋爱了，可怎么办？"

阿香转着眼珠想着，忽然兴奋地说："哦，有意思，要是他也恋爱可怎么办？难不成，他要把自己也处罚了？"

程北北忽然笑笑，否决自己说："但这是不可能的，神是不可能恋爱的，如果恋爱了就不是神了。"

程北北见到众编辑纷纷离桌去宿舍，立时起身，她并不急着出去，而是很沉稳地走出去，她不想让主神看到她急于吃饭的情景。主神似乎没有关注她出来，他一堆饮料早早就摆到程北北的单独的秀气的小方桌上，占了小半个桌子。程北北默默坐到他对面。这时她可以认真地端详主神，她第一次正经没有压力的情况下清楚的近距离地看到他的五官，不消说，他是真正的美男子，不管从肤色到身材到气质到五官的搭配无可挑剔，下界的迷倒众生的演员也绝不会比他强。这时，程北北捧着脸端详他的时候，不自觉碰触到他的目光，那一瞬发觉了他纯蓝的眼神，蓝得那么彻底。程北北不自觉地说出来："你的眼睛真蓝……为什么呢？"

诵读师的眼中掠过一丝惊异，随后惊异又消失，他微笑说："蓝？你能看到我眼睛的蓝色？你还见过谁的眼睛是蓝的？"

程北北皱眉说："我能够看到好多呢，比如郭连刚的是一只眼蓝一只眼绿，陈浩然的蓝多绿少。关键是看到很多人的眼睛多少有些绿色的，只是您的眼睛一点点杂色也没有，是纯蓝纯蓝的……太少见了，我喜欢纯净蓝色的眼神……"然后程北北的眼神就像钻进诵读师瞳中似的，还连带着放电，诵读师一刹间感到从未有过的美丽神采突然张着魅惑伸展过来，竟然是他也无法抵挡的，他必须避开她的目光才能收住心神，而程北北却并没因为他的目光转向别处而不观看，却是更有兴致地看起来，她托着下巴说："天哪，天下独一无二的蓝也……"

诵读师被她娇细生动的话声吸引，又眼看着她年轻童真无遮拦端详的神态，竟半天无语。程北北后来继续问："你说我说得对不对，是不是所有人像我一样，能看到眼睛的色彩？我在人间，小的时候，对妈妈讲人们貌似黑眼睛的瞳中是有两种色彩的，她就说我傻，说我说疯话。你一定不认为我在说谎，因为你是神，你无所不知。"

诵读师这才想起来该怎么从容地回话，他点点头说："我能理解你当时的情况，有些事由于超出人们惯常的思维，就会被认为不真实，是假的，是不可靠的……但是，你自己相信自己就好……"

程北北笑着说："我当然相信自己，我相信我看到了别人看不到的东西……但我并不是怪物。"她又觉得这个话题太沉闷，换了个话题说："我今天进步很快吧，多少提升了些速度。"

诵读师眼也不抬地说："你能提升速度是必然的，我不担心你能像我一样快速阅读，甚至有可能超过我。"

"超过你？"程北北觉得这是绝对不可能的，她喃喃说："怎么可能呢，你那么快，我一辈子也不可能超越你。"

诵读师用手指掐算了下说："你再需三天就能把阅读力恢复五倍以上，你不要自卑，你可以做到。"

程北北不相信五天可以实现，做出狠狠摇头的动作，否决："不可能。"突然，她又异样起来，诵读师用的"恢复"一词，让她深感不解。但由于程北北腹中饥饿感猛然袭击过来，她终于忍不住吃起来。这次是些美味的牛排，胡萝卜炒肉，八宝粥。她吃了一会儿，忽然抬头对着主神说："你也来尝尝吧，好好吃的……"

诵读师冷不防听这话，慌忙笑着拒绝："你吃吧，我不需要这个，我有饮料……"

程北北故意再次让他："哦，主神，这样不行的！你得与群众打成一片！我们吃什么，你也吃什么，才算是与基层百姓心贴心，大家才更有积极性……"

一旁站立的蓝衣神使忍不住截住她的话："不得无礼！主神是天界的大神，是不能吃阴界食品的。"

程北北愣了一下，奇怪地问："什么叫阴界食品……"她忽忽想到自己已是十足的死人了，只不过还有思想的鬼魂，她吃的不是阴界食品，难道会成为阳界食品。她想到此节，忽然有些莫名的悲哀。

诵读师察觉了她的想法，安慰她说："其实神鬼人区别不大，只是换了种存在形式，包括微物质、实体物质，都是物质的，是转变方式存在的，能量是守恒的。"

程北北沮丧地说："尽管是守恒的，但人是可以活得很精彩，鬼却只能有限的活动，神却是单调的生活……所以，还是成为人更快乐一些。"

诵读师一时无语，程北北对神的评价也十分贴切到位……这些岁月，他的的确确单调的生活，全然如机器一样，而且无始无终……诵读师忽然有话想问她，但张张口又闭上，他陷入沉思状态，而程北北却像没心没肺的人一样，继续狼吞虎咽起来。

宇宙的流星舞会

———◆———

　　程北北入梦的时候，似乎走进一座宽敞的明堂，大约二百平方米。她发现四下什么人没有，四方均有一个圆拱雪白的石膏大门，她不知该往哪个方向走。在天花板上是巨大的圣母像，她仰望圣母像，觉得圣母微笑的样子有些像她自己，她既感到奇怪又感到十足神秘。

　　这时，一扇门自动打开，她不知该不该走进去，她试探地走进去的时候，发现自己的倒影逼真又清晰，她暗想，不对啊，鬼是不该有影子的，这是怎么回事……她还是慢慢穿越开开的门，立时被眼前的情形惊呆了，一片片的无边无际的人从台阶下的广场上遥望着她。她立在白玉栏杆内，发现自己也穿着雪白的拖地长裙。那些阶下的广场上的人全部盘腿坐着，并向她双手合十。程北北震惊地倒退回去，猛地关上门。

　　这时诵读师出现在殿内石柱边上，他此时穿着雪白的道袍似的长衣，微笑望她，招手让她到身边。程北北迟疑望他，似乎不认识他了。她惊奇地问："这是你的房子？我这是在哪儿？"

　　诵读师摇头："不，这是你的房间，你是这里的主人。"

　　程北北诧异地问："为什么？为什么我会是这里的主人？房外为什么会有那么多人？"

诵读师微笑说："你是这里的神……所以，你拥有这里的房子，门外的人必须听命于你。"

程北北震惊得倒退："怎么可能呢？我是鬼，不是人，也不是神。"

诵读师凝望着她纯蓝的眼睛说："那你告诉我，你想不想当神……"

程北北惊慌地倒退说："不，我不想当神。那样，我会成为牌位，被人供奉，又单调得要死。"

诵读师一时无语，他看到她眼里焦急的神采，她的心能对口，她说的是真心话。诵读师默默转回身，慢慢走出去。

"主神——你去哪儿，不要丢下我一人，在这儿……"程北北生怕他走了，慌忙去追他，想去扯住他的衣角，但诵读师头也不回地走，瞬间消失在侧门的拐弯处。

程北北从梦中醒来，她惊坐起来，发现还是在上铺，其他几个女人很安静地睡着。她不知为什么会有这样的梦，但逼真到可怕，醒了还历历在目。

当她第二次躺下的时候，另一个梦中传来大夫的呼唤："醒醒，醒醒……两个月了……"她梦中自语："什么两个月，上次一个月，这次两个月，梦还能接续不成……你们好讨厌哦……"

当第三个梦醒的时候，程北北发现其他女人洗漱完毕。刘雅茹批评她："北北，你睡得真沉，真像小懒猫！小心让主神狠狠批你哦！"

"主神……"程北北念着这两个字，心中掠过一丝亲切，一丝温暖，一丝来自心灵深处的莫名的慌乱。

程北北无精打采地来到档案阅读室的时候，发现神使们已将更新的档案卷宗送了过来，明显比昨天的多两倍。她扯着头发，大叫说："天哪，这么多，这不是要害死我么……"她恨不能把所有卷宗全部扫落地上，但她忽然看到主神默默望她的眼神，终于还是忍住没有发作。她很想在他的眼神中看出端倪，她想，要是主神与她做的是同样的梦多好，他能像梦中一样放松地冲她微笑，甚至对她鬼脸，或者放下他神的架子，与自己说说悄悄话……她想到这里，立刻批判自己：程北北，想入非非！你以为你自己是谁！鬼啊！这样痴想着，定睛再去望主神，却发现他的视线早转移走了，继续捧着天书，坐在会客厅的正中。在他的位置，左边可以观察编辑室，右边可以观察档案室，许多编辑明白为什么他会坐在正中间，为什么对着过道的墙上会装有巨大的玻璃窗——因为这叫"透明管理。"程北北后来想到：神，还有必要用透明玻璃么，手指随意一指，那不就想看什么看什么，装上这东西，不过是从心理上恫吓人家罢了。她想到这节后，自觉自己十二分聪明。这时，她再抬眼去望主神，却惊讶发现，他正用手指点着她的档案，然后又指指正堂上悬挂的时英钟。那意思老晚了，该办正事儿了。程北北想到他无所不在的思维穿透力，感到自己无所遁形。她又想，如果他已经察觉自己已经开始有些喜欢他，那么，就算她一言不发，他也应当知道自己的爱意。她心里一想，这样不蛮简单了，就用心说："我爱你——"看他回不回头……程北北心里默念，盯着他的方向。但是她突然找不到他了，她忍不住又顺着玻璃窗望向编辑室与主神室，哪里都看不到他的身影。这时，她身后传来动静，主神的声音从背后幽幽传来："找什么……不专心看档案，小心完不成今天的任务……"程北北心里一热，立刻兴奋地转过身来。果然，诵读师正微笑望她，显然不像早前望到的状态——威严凝重，现在很亲切的感觉。她心里乱跳起来，竟然又不敢看他的眼神，垂下头说："没找什么，只是觉得这里好闷……"主神稍含责备地说："不要想入非非，干点正事吧……"程北北心里咯噔一下，完了，他还是可以读出我的心……她的脸一下红到脖颈。诵读师看到了她的局促，转身低声说："你的速度还没升上来，你得抓紧……"程北北慌乱地点点头，像做错事的小学生规规矩矩地坐在座位上，胡乱地捋着额前的两绺长发。但等主神一出门，她立时又痴望着他的身影，这时，主神又责备似地转回身来。程北北这才吓了一跳，赶忙低头做事。

9点半以后，程北北才算暂时收敛了慌乱的心境，打开第一个卷宗的时候，惊奇地发现是隋颜华爱人向文明的死亡档案。死亡时间竟然是隋颜华死后的40年，也就是他80岁死亡。她看到向文明苍老的形象。联想到隋大姐仍然不老、足够年轻的样子，不禁轻轻叹息。向文明满脸皱纹，老态龙钟，她实在无法把年轻的隋大姐与年纪过大的向文明一起作联想。阅读档案，看到关于他的一些事情：隋颜华死后向文明娶了别的女人。她的孩子很正常地生活，均娶妻生子。程北北叹了口气，发现时间是一把杀猪刀，谁都逃不脱。

这时，编辑室的人阅读速度也有所提升，但他们的阅读速度显然比程北北的要慢很多。长相斯文的李文瑞偶尔抬头望向对面窗口的程北北，他明显察觉她的阅读速度提升得特别快。他暗想，一定找什么机会向她取取经，或许她被诵读师密授了什么速读的秘诀。他忽然想到自己每天有半个小时的到程北北的房间直接查询历史档案的机会。心想，这个机会或是唯一的机会。李文瑞想好后，立刻向巡视的神使们请示，说要到程北北房间查询历史档案。

神使们很警惕地望了他一眼，然后淡然说："查可以查，但好像你昨天的档案还未曾看完吧……"李文瑞这才注意到自己的档案才看了一半，他不好意思地沉下头，继续阅读。但他的动作，提醒了好几个有心人，他们在想这个不言不语的教书先生李文瑞为什么忽然这么性急。郭连刚为了抢个先，以最快速度把昨天的全部档案查阅一遍，然后率先举手要到档案阅读室去查历史档案。神使们允准，放他出去。

程思源气闷，暗骂：这个家伙，什么都抢先。以为抢了先呢，就能当总编……程思源暗自计算，每个人只有半个小时的调档时间，抛开上午的必读时间，大约10点才能翻完一遍，那么上午只有两个小时。只够4个人查档，要是下午再查档，就会缺少编辑时间，编辑时间不能保证，同样不能做好版面。也就是说，必须赶在上午查档才最靠谱。他也抓紧阅读，想争取第二个阅档。但事与愿违，李文瑞抢在他的前面。郭连刚调档完毕，李文瑞先走进去。程思源想到李文瑞的阅读速度比自己快，比自己年轻许多，毕竟此人曾是大学教授，还是教的文，这种人是典型的文化人，于是对李文瑞也有高度戒心。

李文瑞进到档案阅览室并不是真的查档，他很想与程北北攀谈。于是，他假装看了几份他版块需要的教育类的档案，突然很吃惊地说："北北啊，你的阅读速度好快啊。"

程北北头也不抬地说："这还叫快啊，以后档案更多，我都不知能不能在晚八点前看完。"

李文瑞笑着说："没问题。你读得够快，我能达到你的三分之一的速度啊，就很知足了。"

程北北终于抬起头，赞美的话谁都爱听，程北北也不例外，她笑着说："李教授，请坐。"

李文瑞终于可以说出自己心中急切想知道的话："北北啊，你用的什么秘诀啊，我读得不快啊，想向你取经啊。"

程北北皱着眉，望向他，不知该怎么回答，思索片刻说："我真没什么秘诀，就是任务压头，心里想着快快读，就读快了呢。你也这样做，可能就会快了。"

李文瑞想了想又说："不，你一定有一目十行的办法，在下界人间，都是有这样的方法的。"

程北北想了想说："这样吧，我如果查完这些档案，再帮你找找人间具备这个能力的人的死亡档案，看看他们生前使用的什么方法。由于这类档案是不会设置相关分类的，散在别的分类里，所以，找起来肯定有难度。当然，我可以动用内容检索仪调取。"

李文瑞坐在程北北对面，说了一堆感激不尽的话，然后信口聊起他年轻时到海外讲学的经历，各地风土民情一一说到，他自称曾在罗马斗兽场的危墙下驻足，毕尔巴鄂古根海姆博物馆观瞻……听得程北北目瞪口呆，深以为博学多闻。他又给程北北谈论文学作品，古今中外，有程北北看过的，有没看过的，每一个备细讲述情节，写作得失，一一俱到，令程北北不胜汗颜，惭愧自己浅陋无知。他谈吐不俗，口若悬河，有着学者们共有的特性，高强的口才。一通谈话下去，程北北对李文瑞心生敬意。当李文瑞回去的时候，正与程思源打个照面，程思源瞪他一眼，然后擦身而过。

编辑室其余人感到前所未有的压力，这些人能去调档，说明他们的阅读速度占有优势。陈浩然想到，除了那个少头发的老年痴呆症患者，就剩自己是没调档的男人，就很不自在，他想着怎么也得抢在女人们的前面，否则，要多丢人有多丢人。但他的想法没能实现，住在程北北下铺的颇不合群的冷蓉是第四个去的。陈浩然冷冷望着冷蓉出去，心里生出些闷气，当不当总编，他并不十分在意，但输给这样一个半老徐娘，他却绝对无法容忍，他天生有着强烈的大男人主义倾向。

下午的编辑稿件，郭连刚、程思源、李文瑞、冷蓉的实力终于显现出来，得到主神的赞扬。编辑部其他人要么彻底断了争总编的念头，想当一个旁观者，看一下总编究竟花落谁家，要么想办法赶上来……

第三天的夜晚，神使们要求大家不要休息，按照过去的老规矩，这个夜晚有欢迎舞会与流星雨观展。

编辑与编务、女工与神使们渐渐聚拢到主厅。他们发现会客厅的摆设完全变样，成了舞厅。座位们靠在了四面墙上。主神室、编辑室、阅览室的落地窗外被挂上了巨大的落地窗帘，瞬间形成较为封闭的空间。舞池灯光映出变幻转动多彩色。但会客厅西南角闪出一扇巨大的落地窗，窗外是无垠夜空，这些新人第一次发现原来从这个位置是可以看到天堂列车外的夜空的。它的位置正在阅览室外西首，由于过去有折叠门掩着，没有人去注意它。

程北北这才注意到，他们其实是在列车上，只是这列列车既听不到奔跑声，也不知驶向何方。她立在窗前，企图打开列车玻璃窗，向外观看列车的后车身。但是无论她怎么开也开不开。神使们见此情景，急忙阻止她："窗户是不能打开的，如果打开，你将被宇宙吸走，主神也帮不了你。"

程北北好奇地说："也就是说，打开这里的窗子，就等于自杀？"

神使们笑笑点点头，并从托盘中递给她一杯天堂饮料："是的，所以，窗户封得很紧。过去也有人像你一样好奇，也有真的从这个位置消失的。说实话，整个列车，还就这个位置最危险。当然，也发生过谋杀案，事主会变成一条狗。"

这时所有编辑们同时听到神使们的解释，他们思路百转，却不在星空上。陈浩然暗中怔住了，他不料想还真的有人变成狗哦……传言果不是假的……

诵读师见人到齐了，缓缓来到窗前，他过来的时候，大家给他让路。他指着窗外的闪烁的流星说："这个位置，是我专门布置的，以方便大家清楚地看到宇宙中最壮美的流星雨……这里不同于天文望远镜中看到的，它十分清楚，星子们足够硕大，当它们出现流星雨的时候，你们可不要当成烟花……"

　　他的手指空中一划，巨大的星子们纷纷坠落，珍珠一样的星子群在深不可测的深蓝的太空中流动，场面宏大、壮观，女人们欢呼起来。

　　"哇，好美啊！"

　　"我不是在做梦啊，从没见过的壮观。"

　　"好赞的，要是有相机就好了，就可以拍下来。"

　　"……"

　　只有程北北一言不发，但她认真感受到了神的力量，他的手指头就能带动流星雨……魔术师一般。程北北脑子忽忽想到：如果我也是神，是不是也能手指一划，就有流星雨呢？但这念头一出现，立刻就被她自己否决了。

　　程北北神往地望向诵读师，诵读师也机敏地望向她，程北北对于突然奔袭来的目光措手不及，她慌忙避开他幽深的眼神。刘雅茹与阿香却凑过去问诵读师："宇宙有多远，还有什么好玩儿的？能不能有雁舞、鱼翔、龙飞……"诵读师面对两个无知女人的缠问却不知怎么回答，神使们拦住她俩说："你们不要希望太多，能让你们看一次流星雨就很不错了。轮回圣地不是让你们来玩儿乐的。"两个女人瞬间生气起来，她们发现神使们很讨厌，无处不在的样子，总是在多管闲事。

　　舞会正式开始，男女混搭进入舞池。李文瑞的舞姿不错，与刘雅茹的很搭对。由于李文瑞长得帅，刘雅茹足够漂亮，他俩的组合吸引了所有旁观者。陈浩然请程北北跳舞，但程北北就是不跳。陈浩然只好邀请隋颜华，隋颜华嫌他年轻，也是不跳舞。一般情况都很低调的冷蓉，却是同意了陈浩然的邀请，而且跳起来，果断、刚猛，竟然在跳自由舞的时候，有几次差点把陈浩然甩出去。陈浩然没想到与她跳舞这么恐怖，后悔邀请了这个女强人。郭连刚与程思源由于年纪大，也不长于跳舞，所以两个对桌坐着喝闷茶。两个竞争对手，你看看我，我看看你，愣是无话。

　　诵读师端坐在席间，微笑望着他们，当他的视线与程北北碰触在一起的时候，程北北冲他笑起来，不知怎么的，梦中情景好像出现一样……主神冲她招招手，让她坐在旁边。主神问她："你喜欢看流星雨么……"

程北北一时语塞，不知该说真话还是假话，她没有回话。反而让诵读师略略吃惊，这样做，竟然不能让她开心么？多么出乎意料！主神不死心，追问："难道你不觉得宇宙的流星很美？"

程北北笑笑反问他："我很奇怪，你一定经常看流星雨，年复一年，日复一日，总看流星雨，是不是很烦闷……"她笑得戏谑，又笑得可爱，主神倒是被这话问住了，他反思自己，确确是机器人一样地不停地展示流星雨，对于他自己来说确然已足够麻木……

"没有一万也有几千次的展示了吧……主神！"程北北用低低地声音说。

诵读师沉默了，他发现程北北的小脑袋里的东西还挺长远的……他想了一会儿终于回应她："但每一次陪我看流星雨的人都是不同的。"

程北北摇摇头："还是不好。他们都是你手下的机器，又不能有所谓的情趣，纵然换了成千上万，又有什么意义？总是出人与进人，您也够疲惫的吧……"

"神是不会疲惫的，神有固定的不可更改的工作……"

"所以，你们神也是不够好玩儿的。"

四目相对，二人再次无语。

这时郭连刚坐不住了，来到主神面前，让他一定指教怎么才能编好报纸。一脸讨好的神情。程思源见此情景，也走过去，不停地与诵读师交流编报之道，他说起话来滔滔不绝，倒是直接抢了郭连刚的话，郭连刚气得浑身冒火，把程北北扯到一边，不停说程思源的坏话。程北北事实上十分讨厌与他说话，但是又不能拒绝，只能很勉强地听他唠叨。再后来，跳舞的不再跳了，他们开始自由的交流。由于跳舞憋一肚子气的陈浩然故意与李文瑞、隋颜华、刘雅茹他们一起聊天，独独把冷蓉晾在一边。冷蓉倒是很沉稳，对于所有人不理她一点感觉都没有，冷着脸独自喝着饮料。

036

这样折腾了大约一个半小时，舞会散去，他们各自回到自己的房间。

夜半入梦，程北北的第一个梦，又雷打不动的还原到圣母殿里。

她现在知道这是梦，梦中的她在宽敞的大厅中转着圈儿的大笑说："不要骗我了，我知道这是梦了！"她兴冲冲地推开通往外界的那扇门，再次来到白玉栏竿下，发现那里的人都立起来了，而不是盘腿坐着，由于她知道是梦，冲着成千上万的人笑着说："你们抓紧走啊，不要傻站这儿好不好。没人请你们来。我，程北北，不是神，是个鬼啊。"

所有人冲她笑起来，但没有一个人离开。

程北北生气地拍着栏杆说："你们不是当我是神吗？为什么不听我的话？"

这时，诵读师笑嘻嘻地抱着臂膀从旁边的白柱子边转过来说："他们可以听你的，你承认是神，他们就听你的，就散去。"

程北北没好气地说："切，神。我才不要当呢。他们爱怎么样怎么样好了。"程北北又快速冲进殿内。她在厅堂正中转着圈，仰首冲圣母像笑着说："做你这样的人，是很累的，人家才不要当呢。"

她的话音没落，四下冲塞木鱼声，一群和尚从外边涌入，见到她就拜。程北北尖叫说："起来，都起来啊，你们抓紧走，我不要见到你们——"

诵读师出现在厅内，他仍然抱着臂，笑着看她手足无措的样子，他又说了句："你承认你是神，他们就会听你的话走掉了，不信的话，你试试——"

程北北更加倍的生气，她白他一眼，冲到他面前，对他发号施令："你是神，你去命令他们走……"

诵读师摇摇头，一言不发消失了。

程北北只好狂奔出殿，却发现殿外是一片漆黑，伸手不见五指，不知前方有什么……偶尔，还有怪兽一样的眼睛出现在黑暗中。她惊出一身冷汗，梦醒了，她仍然坐在床上，三个室友安详地睡着，毫无异状。

她只好又倒在床上睡下，第二个梦又同样传来"醒醒，醒醒"的呼唤语，还夹着风声雨声，以及护士们凝望的眼神……

真相

程北北醒来的时候，又发现过点了。冷蓉这次忍不住批了她一句：
"你这丫头，有心没心？全编辑部都等你的档案，你要是整天昏昏沉沉，
能干好工作么？"

程北北怔住了，不防一醒来就被人批，她又不知怎么反驳好，只
得闷闷地收拾着起床。刘雅茹与隋颜华看不过去，悄悄对她说："别
理她，理她伤着你自己。她的嘴太快了，小心着她吧。"

程北北嘴里不说什么，但心里对冷蓉有着很强烈的探索欲，她很
想知道这个女人的怪性情是怎么生成的。她一来到档案室，迅速检索
冷蓉的死亡档案，但是由于检索某个人，得找到死亡的确切时间，程
北北却回忆不出她是从哪个时点车厢上碰到面的，隐约记得她在程思
源上行之后会面的，于是在程思源调档的时间间隙，询问程思源，冷
蓉上车的时间点，程思源说这个女人是从比他晚三四个时点上的车，
他记得在穿越上行的时候，这个女人一直走在他的前面，冷若冰霜的
神情特别引起他的注意。

程北北于是埋头查找那两个时点的资料，一张照片突然出现在程
北北面前，她看到一张血淋淋的后脑照片，那是死后最后的一张照片
遗存。程北北看到死者耳边有个又黑又小的痣，感到它在哪儿见过，

后颅轮廓鲜明醒目……她仔细看了看说明文字："死于枪决。"

程北北脑子突然像被击中一样，被枪决的人一定是杀过人的人，再细细一看，果然看到端倪：

冷蓉，外科高级医师，一个疯狂的女人，有极强的报复心理。她为了爱，先后杀死爱人的5个情妇，发誓要把世上所有的坏女人赶尽杀绝。43岁，死于枪决。

程北北说不出是可怜资料中的女人，还是要切齿痛恨世上所有负心的男人。她想到冷蓉从始至终戴着八角帽，原来是遮盖后颅枪决的孔洞的。

程思源也抢过资料认真地读起来，一看这资料，差点笑出来："绝对黑前科啊，绝对黑前科，超级杀人犯……这可是爆炸性的新闻，一定得让主神知道！"程思源很兴奋地离开档案室。

程北北下意识地望了望编辑室坐在最后一排格子间的冷蓉，她此时仍然顶着小小的八角帽，程北北能看到她的帽顶。她一想到下铺睡着一个连杀5个情妇的女人，就说不出的恐怖与不安。

李文瑞随后来了，他问速记方法查到了么。程北北这才发现把他嘱咐的事儿早忘干净了，不好意思地道歉。李文瑞倒也没太责备她，说只要第二天查到就好。李文瑞很健谈，在与程北北的深度交流中，继续天南海北、古往今来，摆出十足的吊书袋巨匠的气派。他喜好论语，又好老庄，讲一些程北北没听过的玄而又玄的东西。还无意中提到人生只有一次生命，一次机会，他唯一的生命就此完结，于是不准备轮回，想成为一个得道的仙人。程北北发现李文瑞与郭连刚、程思源的思想有很大不同，但愿他果然是一个正人君子、潇洒不拘的书生，但愿他能成仙，成为第二个主神，或者更高明的神。

午间吃饭的时候，郭连刚与程思源在席间争吵起来，郭连刚边吃鱼香肉丝，边口水乱溅地说："天堂报纸，又要反映良善，又要反映邪恶，见义勇为的死者事迹，应该大量报道。而邪恶的事件，要全力反映，有一说一，有二说二，我们就是舆论的尖峰。"程思源坚决反对："不对，不对。你理解有误。天堂报纸就是要教化灵魂，让邪恶的变得善良，只能全面报道光明的优秀人格。读着广泛教化的报纸、听着诵读人抑扬顿挫的教义，这些死去的灵魂才能真心向善，才能进入天堂。"郭连刚突然提高音量："你这是在压制自由，你是站在正统神的角度在看世界。你丢掉了作为一个宣传工作者的其码责任心。试问，没有邪恶，怎么有善良？这是一组永远不能改变的矛盾。我们就是要如实反映社会现实。"程思源发现郭连刚在故意把这次简单的谈话弄得尽人皆知，于是气不打一处来地攻击："你有没有系统学习过办报理论，你的每一次谈话，都让人感到惊讶。告诉你，我在报社待了几十年，比你的年纪都大。冥报的作用就是教化，它与下界地方性报纸有所不同，你不能盲目照抄照搬。就算下界的报纸，也是反映正面的多，负面的少。"

神使们见二人快吵疯了，严重影响别的编辑吃饭，对他们说："好啦好啦，不要争了，要争出去争，到禁闭室争去，不要影响他人。"二人一听要去禁闭室，立刻互相指指对方，不再言语，闷头吃饭。

午后，程思源悄悄把冷蓉的资料转给几个男同事。他们大吃一惊，想不到这里也能到来一个杀人犯。

当天下午，程北北被叫到主神室，她第一次来到这个房间。她看到主神室比他们的房间大很多。到处是不知名的花花草草，盆栽特别多，四季花都有开放，几乎就是花房。在群花拥簇中，诵读师坐在超级大的办公桌后，他很沉闷地望着她，让她坐在对面。

"你知不知道今天犯了多大的过错？"诵读师严肃地说。

程北北不知他为什么这么说，摇头说："不晓得。"

诵读师把冷蓉的资料丢到她面前说："这是怎么回事，你怎么把这个交给程思源，凭么传得到处都是。"

程北北怔住了，没想到程思源偷偷拍照并且传播出去。她无言以对，不知怎么说才对。主神语重心长地教育："这样不行，不管别人过去曾经如何，已是过去式，众生平等，允许浪子回头。"

程北北犹豫地低声地怯懦地说："万一这个浪子她……不回头呢，不是很危险……"

主神郑重说："有我呢，她伤不了你。你这样做，她反而可能会报复你。我现在已经清除了传播者脑子里的记忆。记住，下不为例。任何人的隐私不得泄露。你这次要受到处罚，中午吃饭时间在禁闭室1个小时。"

"关我禁闭啊！"程北北满心不快，不开心地走出去。在黑漆漆的禁闭室里，程北北忽然想起《笑傲江湖》里的"思过崖"，想起达摩祖师的面壁，想到武功高手坠落悬崖后就得了绝世武功。她想着这些有趣儿的思过、与世隔绝们，就禁不住地笑。这种禁闭不痛不痒，还能养养精神，还不用阅读档案……于是她安安静静、迷迷糊糊中睡着了。主神的身影悄然出现在禁闭室，他久久注视着她酣睡中娇小妩媚的身姿，竟然很有些着迷。他俯下身去，很想亲吻她的唇，却又想到自己神的身份，临到亲吻的时候又停下，不得不用手抚摸她光滑细腻的小脸，无限的忧伤却漫溢过来，他相信自己短暂的爱情除了能动摇神体，却不能为她做得更多……他又缓缓立起身，从门口的方向消失。这时一个隐藏在禁闭室的红衣神使出现了，他眉头皱起，望着主神消失的方向摇了摇头，也迅速消失身影。

下午编辑们做完功课，刘雅茹与混熟的两个男编辑李文瑞、陈浩然就有说有笑起来，刘雅茹的笑声迷人，生动的蓝裙子在强烈的光芒下格外鲜亮。她漂亮的身段，优雅地呈现在两个编辑面前，活活一个青春亮丽、出水芙蓉的少女形象。两个编辑与她聊得热火朝天。冷蓉看在眼里，气从心头起，迅速昂首冲出编辑室。

晚上回宿舍，程北北再没向任何人讲起冷蓉的事，一为主神严厉的嘱托，一为怕在女人们中产生极度恐慌。在轮回车厢的杀人犯，具有爆炸效应。程北北的视线无意接触到冷蓉投来的目光，还是有些惊惧，唯恐她是能看出来的。

夜晚到来的时候，诵读师依然带着他们看了会儿流星雨。当程北北第一次看流星雨的时候还算有兴趣，当第二次再看流星雨的时候，就疲了。但是，那些编辑们尽管也不再感兴趣了，仍然大声赞美流星雨的诗意，不比第一次的声音低，始终追随主神。

程北北却转身离开，来到会客厅正中，这时，一双阴冷的目光正望着程北北，那是冷蓉的目光。这女人的眼瞳中隐隐射出淡绿色的光芒，程北北吓了一跳，每一根汗毛竖起来。

"你为什么不跟那些女人一样过去巴结他？"坐在沙发深处的冷蓉冷冷说。

程北北一句没回，她不知怎么回答一个心灵有些变态的女人。

"你其实也很可怜，你跟她们也没有区别。"冷蓉起身追在她身后说："你喜欢主神……你梦中呼唤过他的名字……"

程北北的心猛然狂跳一下，转过身，狠狠瞪她一眼，又扭头往前走，不再理她。程北北回到宿舍的上铺，呆呆地望着天花板，烦乱地想：为什么总在梦中梦到他呢？难道真的无意中爱上他了？鬼与神能恋爱吗？她想不通这里面的可能性，烦乱中迷迷糊糊睡着了。

子夜，一阵闷闷的低吼声忽然传过来，程北北朦朦胧胧中见到一个披头散发的女人掐着刘雅茹的脖子，程北北震惊地吼了声："你干什么？"那个披头散发的女人转过头来，她向程北北怒目横眉，由于愤怒，她的脸部扭曲变形。刘雅茹咳了两声，又睡过去。程北北对面铺上的女人依然安然地打着鼾声，小夜曲似地沉于宁静。程北北没想到这种情形，冷蓉被仇恨扭曲的脸格外恐怖，眉毛挤在一起，高高仰起的鼻孔呼着粗气，一双利刃样的眼睛狠狠盯着程北北。程北北也盯着她，如此僵持一分钟，冷蓉从嗓子眼骂了句："她是臭婊子！"程北北也沉沉地吼了声："她已是死人！"冷蓉这才发觉，她正在打算杀死一个死去的人，这是多么荒谬！已死的人再怎么杀死呢？她怔在那儿，没有比这更能打击她。她咬咬牙，铁青着脸突然转身倒在自己的铺上，喘着粗气。程北北长长松了口气，努力平息心境，深呼吸、深呼吸，一个晚上没有合上眼，直到天微微亮。

这天早上，程北北没有晚起，当她下到冷蓉的床边的时候，看到冷蓉凌乱的头发依然恐怖，冷蓉的帽子掉落地上，后脑上的黑洞赫然显现——程北北的心又狂跳一下，迅速逃离宿舍。她近乎狂奔的时候，刚好撞到也抵达会客厅的主神宽厚的肩膀上。她仰头看到主神温柔平静的目光，心又安静下来……她慌忙倒退立定，低首不语。

诵读师默默望着她，开口说："我就知道，你今天准有什么事儿……"

程北北低声说："冷蓉她……"

　　诵读师笑："她想杀人，是不是……"

　　程北北点头称是。

　　诵读师皱皱眉说："如果她真的不改过，将来必然会得到应有下场。除了那扇窗户，她杀不了你们。"

　　这时冷蓉已被惊起，她偷听到两人的谈话，她狠狠地盯着那扇窗户有了主意。

　　程北北摇摇头说："其实，冷蓉也很可怜……"

　　诵读师微笑说："当然，她缺少……爱！"他说这话的时候，很温情地望着北北，海蓝的眼中又微微涌动波澜。

　　程北北迎着他的目光望过去，轻声问他："你缺少么？"

　　诵读师久久地凝视她，不知该怎么回答，最后海蓝的眼睛又复黯淡，叹了口气："你以为，神的爱是什么……不能有私爱，只能有博爱……"

　　"博爱……"程北北深味此词的含义，忽然感到它很能够打击到她自己，禁不住失落，后退一步，又稳住心神，轻声说："那你的生活，一定是不够完美的……"她头也不回地冲到档案阅览室，失魂落魄的背对着门，呆呆站立，许久也不知该做什么。

　　诵读师远远望着她的身影，深吸一口气，缓缓走进主神室，他走得无限沉重，一万年的忧伤突然猛袭过来。

　　这一天，编辑部换了总编，程思源春风得意，他想好了种种方案，提升他办报期间的质量。他想过，最弱的那个才是重点，他以最快速度读完自己的档案资料，又加班阅读了刘雅茹、隋颜华的资料，下午收稿的时候，他又不停地催，让所有编辑提前一个小时完稿，以使他有更多时间改稿。他的编辑加工时间多出一个小时，润色加工更深入。果然，那天收工的时候，诵读师说他这一期办得很好，改得也很到位。程思源几乎是唱着小曲回到的编辑室，所有人看到了程思源的快意神情，郭连刚察觉了他的手段高明，早已气得不得了，但他也说不出什么来。当程思源快走到他座位的时候，郭连刚突然把一只脚从夹道伸出来，程思源没提防，全身往前摔倒，嘴巴歪在地上，脸部挤压变形。全室笑场。程思源从地上狼狈地爬起来的时候，一拳打向郭连刚，郭连刚低头躲过，伸胳膊直直掐住了程思源的脖子。两个人扭在了一处。

神使们见此情景，一人扭住一个，压到了主神室里。

诵读师没想到会出这种事，他狠狠数落二人一番，然后把二人分别关进不同的禁闭室，罚饿一顿饭。

编辑室里的李文瑞见此情景，心中不禁地快意，但是他表面上没有立时表现出来，只是在吃饭的间隙与刘雅茹她们聊得热闹。冷蓉冷冷望着李文瑞春风得意的样子，将脸侧到一边，恰看到主神审视她的样子，别人不怕，但对主神着实怕着，她不敢碰触他的目光，抓紧转移了视线。

入夜，女人们洗漱完毕又开始躺在床上聊天，刘雅茹无所顾忌地说，这次准是李文瑞当总编，他不争，又文笔好，比那两个年纪大的强多了。隋颜华也大赞，说李儒雅，有风度有气质人品好，是总编的合适人选。程北北顾忌冷蓉也心强，怕随着她们说了，刺激这个老有主意的又心狠的女人，没接她们的话，只装没听见。不知不觉她又睡着了……

梦中，程北北又来到圣母殿，这次殿里空旷无人，许久也没见诵读师来到。她着急地四处寻找，当她推开通往广场的大门的时候，看到广场上一个人影也没有。这倒让她很诧异。但她细细观看的时候，却发现主神独自一人立在广场的正中间，由于距离较远，人形很小。她疯了一样越过栏竿奔跑过去："主神，主神，主神……"

诵读师一动未动地立在那儿，眼看着程北北气喘吁吁地赶到，他微笑说："人让我清走了。"

程北北快乐地说："嗯，这就对了，要他们干么？"她看到四下无人，又空旷极了，很想扑在他怀中，又担心主神的梦也是同样的，就试探说，"我这是在做梦，不知你的梦中是不是也是这样的？"

诵读师微笑望她道："怎么可能呢，你的梦只属于你自己，我只是你梦中设计的人。"

程北北大笑："那好极了，反正是梦是吧，我可以和我设计的人相爱，是不是？"她将身子试探地伏到他宽厚的身上。诵读师忽然感受到她温软的身体微热地贴过来，浑身一热，不自觉倒退，那是职业的敏感，让他天生畏惧。程北北生气地说："这是梦好吧，我设计的人怎么可以随意躲开我？"诵读师犹豫地望着她，欲言又止。程北北见此情景有些生气，也倒退回去，愤愤说："没想到，梦中的你也这么无趣！"她转身向圣母殿狂奔而去。

她雪白的身影消失在圣母殿门后的时候，诵读师茫然地望着，久久下不了决心。他不知怎么办好，尽管这是梦，但也违犯天条……如果苍天果然是可怜他的，在这万年间，他确确没有爱过谁。可程北北不同，与他一样是拥有先天神运的人，他可以抵抗普通人，却没法抗拒神使的魅惑……他久久不能走动一步，尽管程北北生气的声音再复传来："木头一样的破神仙，一点儿不好玩儿……"

过了许久，程北北终于从大殿的门口又探出头说："嗨，进来玩儿吧，也没别人陪我。"主神遥望她生动的形象，开始慢慢迈上台阶，每迈一步那么沉重。当他上到台阶上的时候，程北北在台阶上歪头望向他笑："如果我让神仙爱上我，一定是天下独一无二的鬼，是不是？"诵读师终于伸出手，握着她的小手，温情地说："小鬼，你在做梦，这只是梦……"程北北就势倒在他怀里，温柔地说："管它是不是梦呢，只要这会儿开心就好……"主神终于还是忍不住将她的身体紧紧揽在怀中，他平生第一次如此冲动，同时感到他的神体开始动摇……被腐蚀……瞬间，圣母殿倒塌，倒塌下去的瞬间幻做无数碎片，光芒一般注入二人脚下，变成一只水晶船冲浪而起，蓝色的浪花从广场上涌动过来，水晶船载着他们穿越在波涛汹涌的海面上，海浪透明，各种各样的飞鱼穿梭来往……程北北目睹此景，喃喃说："真的是梦啊……好逼真，好美的梦景……"大片大片云朵，从四面八方涌来，程北北随手就能抚摸，她第一次抚摸到真实的云。她捧起一片片的云朵，又抛落一片片的云朵……

忽然，天空飞来一队大雁，她与主神同时飞离水晶船，立在领头雁的左右翼上展臂飞翔……程北北对主神快意地说："主神，主神，我们永远这样好吗……"

突然，她的脖子像被什么卡住，呼吸困难，浑身出汗，她不得不睁开眼，看到冷蓉狰狞的面孔，冷蓉的手卡着她的脖子……程北北奋力挣脱，甩开她的臂膊，手指指着冷蓉狠毒的眼睛说："为什么……

连我也伤害……"

冷蓉恨恨说："我早说过,你与她们没区别,你晚上喊起主神的名字,总共8次,我替你计算过。我不掐醒你,你还会不停呼唤,影响我睡眠……恶心啊,你,发情的女人……"

程北北恨恨说："那是因为你没有爱,你没有被爱过……"

冷蓉瞪眼说："你胡说,我被爱过,只不过,这世上的坏女人太多……"

程北北冷笑："你应当说,你的男人太差,你要别的女人的命是不对的,难道她们就知道你爱人的所作所为?"

冷蓉吃惊地说："你……你偷看我的档案了……我杀了你!"她又要冲过去,但不知为什么,突然遇一阵凌空飘来的冷气,立时瘫倒在地,人事不醒。

程北北立时想到主神就在附近,赤脚纵下地去追他,却什么人没看到,只有过廊暗黄的灯光漫过来。

一定是他……她内心深处升出无限甜蜜与温暖……

总编的竞争

~·—·✿·—·~

　　二周来，程北北每日魂不守舍，每当干完手中的活计，就会在下午的间隙偶尔将目光转向主神，主神的目光也总是准时望向她。她感到神十足厉害。想到诵读师是可以读心的，就故意在心里说，我爱你，我爱你，真的，真的……那时，诵读师果然就转头望向她，不过没有微笑，而是用手指指钟表。每到那时，程北北就很生气，总拿时间来吓唬她。她有时既禁不住快乐，又忐忑不安，既兴奋又无奈。快乐的是，交流是无言的，她能懂。但忧伤的是，这种爱在现实中说不出口，她无法冲破界限，让天界的神张口说爱。与他对脸吃饭的时候，有时拿话来套，问他做不做梦之类。诵读师总是微笑喝饮料，既不说做梦，也不说没做梦，他总是回避地问："怎么呢，总是问这样无聊的问题，多下下功夫提高阅读速度……"他越是笑而不回，她越是想从他嘴里逼出真相，但是总不成功。梦中，她与主神相会，终于有几次亲热的经历，令她心驰神往，但是，主神分寸感十分强烈，就算已亲密无间，也是微笑望她，倾听诉说情话，就是不去吻她。这让北北的浓浓的爱意生长出来，活泼也茁壮生长，甚至微微的怨恨也慢慢滋生。但好在梦中可以放纵地大笑，不必在意任何人，因为北北相信那仅是梦罢了，谁也不能够管得了她。唯一的遗憾，梦中的她可以放纵的大笑甚至无拘无束闹腾，但却无法逼迫梦中的神吻她……

这一时期，经过强力训练，程北北的阅读速度迅速提升，她也不清楚为什么未经任何专业培训就可以一目十行。关于人世各种速读方法，程北北倒是如约转给李文瑞，李文瑞按此训练仅小有起色。诵读师命人每日送到她案头的档案达八百个，她一上午的时间可以完成分类，整个下午在细细把玩档案。但编辑室的编辑没有一个人可以达到她的速度。这种情况，她也很快发现，同样的递进时间，他们的阅读速度提升缓慢，且由于档案越来越多，他们明显吃不消，有时每天上午调阅历史档案的时间也会白白浪费掉。

这些时日，编辑室的编辑阅读水平未见提高，但总编的竞争却是愈演愈烈。

李文瑞接替程思源任临时总编后，由于李文瑞已确知刘雅茹与隋颜华二人已放弃竞争总编，就传授给二人一些简单的可以蒙混过关的编辑技巧，于是初稿加工水平有一定程度提升，这样，当李文瑞改稿的时候就轻松许多，他任总编期间的编报质量相较前两个临时总编时期有所提升，得到主神赞赏。但是，第四个临时总编盛泽恩由于既无人缘，又无编报水平，不仅他自己改稿水平没上去，改别人的稿更是语句不通，越改越乱，逻辑混乱。主神拿到他处理的第一期报纸，就对他说以后不必当临时总编。他尽管心中不快，但也自知自己能力有限，倒也是乖乖出局。第五个继任的临时总编是冷蓉，由于冷蓉的人缘不好，她编的报纸最大的问题还出在刘雅茹与隋颜华身上，编辑部的短板最能测出总编的改稿水平。她尽管使出浑身解数，还是被主神轻描淡写地说了句："太一般，你也放弃吧。"冷蓉冷着脸反驳："你重男轻女，我的不比他们的差。"主神点点头说："好，我可以再试你一期，再试一期还不行，我建议你就不要竞争了。"冷蓉冷笑："再试一期不还是你说了算，你是神，想怎么样怎么样。"主神面对这样的女人，实是无语，他想了想说："我已经把关了一万年，铁面无私……"冷蓉继续批："一万年你都在压制女人。"主神发现这样的谈话无法继续，冲她挥了挥手，让她出去。冷蓉继续说："你修炼一万年，我赌定你过不了美人关……"主神望着钉子一样站立的冷蓉，面无表情地说："你说完了么？说完了，可以离开了。"冷蓉继续说："离开不离开，也是你说了算，你是神，你有绝对权威。这不叫平等，叫不公。"在门外的神使们实在看不下去，直接把她架出房间。第六个继任临时总编隋颜华，但她选择放弃。第七个继任总编是陈浩然，他有着灵活的思路，蹦跳的思维，他要搞标新立异式报纸，把报纸版式、栏目名称到报刊语言全部转换成"陈浩然式"。尽管隋与刘对他极力配合，怎知他的改动之大，出乎所有人的想象。主神拿到报后，差点没气挺，实在是从头到尾是激烈语言式表达，奇形怪状的版面布局："潮"到极限。主神把他叫到主神室，让他倒立着回答问题，陈浩然问凭什么这样子搞，主神问他为什么颠覆报纸风格到这种程度。陈浩然倒立着回答："你太老套，不时尚，这都什么年代了，办报还这么老土。"主神让神使们把他架走，关禁闭室半天。余下的刘雅茹毫无悬念的弃权。所以两周多的时间总编人选就紧缩成3人。郭连刚与程思源明显感到李文瑞的气场与能量超过他们，他俩各自在思谋怎么超越李文瑞。

郭连刚在调阅历史档案的半个小时里，逼着程北北调取李文瑞的死亡档案，有了上次教训的程北北显然没听他的话，说是有规定制度云云，结果郭连刚指着她的鼻子说："你准与那两个笨女人搞联合了，你们住一屋，忘恩负义！你是被主神雪藏起来的后宫，将来，你准是他的老婆人选。别当我不知道，我的眼睛雪亮着呢……"程北北没想到他凶起来能说出这种话，她反驳："不要污蔑主神！他是神。"郭连刚冷笑，蓝绿眼里射出凶光："神？和尚还娶老婆呢，这种事情也就是糊弄糊弄一傻二憨的人。你们天天对着脸儿吃饭，他哪是神，简直就是你的老公。"程北北想狠狠反驳他，但也不禁怔住，他难道说错了？难道她不正深陷在"单相思"里不能自拔？竟然一时语涩。

远远盯着他们的诵读师似乎察觉什么，开始往这边走来。郭连刚眼尖，一眼看到了，抓紧把资料整整，假装看资料。主神思索片刻，又回到他大厅正中的座位里。郭连刚担心程北北会告密，威胁她："我说的话，你要左耳进，右耳出，脑子里不准存一个字，你要胆敢向主神告状，你的好日子也没了。"他气呼呼地推门出了档案阅览室。

程思源也没闲着，他担心被李文瑞超越，苦思对策，他想来想去，最大的难点也正是最大的突破口，他趁着中午吃饭时间对刘隋二人打保票，说只要支持他当上总编，将来他下界的时候当上最厉害的人物，一定会罩着她们的。刘雅茹淡笑："那时我们会投什么样的胎都不知，又怎么找到你并得到你的帮助？"程思源嘿嘿笑着说："我瞳仁小啊，好找啊……"刘雅茹呵呵怪笑说："大叔，你的小瞳仁又凭什么会继承？"程思源一时哑了，后来一个脑筋急转弯，笑："我这是突出特征，一定是显性遗传啦……就像马脸的爸爸生马脸的儿子，鹰钩鼻老爸生鹰钩鼻儿子……"刘隋二人不禁哑然失笑。

李文瑞并非没听到他说的话，只是胸有成竹地独自坐着喝茶，一幅儒雅书生的派。

选举总编投票的当天上午，神使们把全体人员召集在一起，李文瑞发现不仅是程北北，连几个女工竟然也有投票权。他紧张地问神使们为什么这几个人可以投票。神使们微笑说："李教授，她们也有民主选举权。"李文瑞不解地追问："但她们从不知我们怎么编报的，只是打扫卫生，由她们投票又有什么意义？"诵读师这次终于走进编辑室，笑着说："她们投票只是针对你们几个候选人的德行评分划票，不是编辑能力。我早交待她们了，你们随口吐痰扣分，你们对她们说话不礼貌扣分，你们贬低她们加重扣分，你们帮助过她们加分。我们神界追求的就是众生平等，你们不懂这几个字，是不能真正编好天堂教化类报纸的。"三个候选者同时吃了一惊，这三个女工平时一点不显眼，他们也没把她们正经当成像样的人看，甚至有的人对他们一点不客气，有时，女工们扫地快碰到他们脚的时候，会大叫大嚷，或会骂她们一句。包括李教授也有时会批女工几句。但到了关键的时候，却是三个很有力量的选票。女工们的选票上只有"德行度"1个选项，其他人的选票上则有"审稿能力""编辑能力""指挥能力""德行度"4个选项。

程北北觉得毫无选择，把票投给了李文瑞，刘雅茹、隋颜华也投给了李文瑞，三位候选人自己投了自己一票，冷蓉、陈浩然、盛泽恩弃权投票。但是三个女工直接就把3个候选人划成德行度较差，并且在附言里记载下三人哪天何时不礼貌的事件，每个人有数条之多。当神使们把选举结果摆在诵读师面前时，他吃了一惊，要求神使们复查女工所言是否属实，神使们复查后回复说确实如此。诵读师只好低声说："看来这批人里没有合适人选……"神使们征求诵读师意见："放下一批人上来么？"诵读师点点头说："好，降低失忆浪频率，让下一批人顺利上行。"

当下午五点，三个神使们同时从门外走进编辑室的时候，三个候选人紧张地盯着拿着纸张进来的一名神使，此人立在他们前面，展开选举结果，念道："由于三位候选人德行不足，本次投票，未产生总编人选。"

三人面面相觑，最失落的莫过李文瑞，他没想到自己这么精心准备仍然与那两个人得到同样失败的结局。郭连刚与程思源竟然有些隐隐的快乐，这个结果不好，但也没有出现有一人超越过去的最坏结果，说不定还会有第二次选举，他俩竟然不约而同诡异地笑了。

程北北也有些惊异，这个结果也是她未曾预料到的。回到档案阅览室，程北北也对李教授的德行产生了怀疑，她竟然隐忍不住好奇心，开始悄悄查找李文瑞的死亡档案，她找到并打开档案，看到他死亡档案上最后时刻的照片，他的后脑上有一个硕大的孔洞，竟然与冷蓉的一样，程北北大吃一惊。上面清楚写道：

> 李文瑞，46岁，博士学位，南方大学教授。学术骗子，论文命令学生代写，作为一名大学导师，失去应有师德、师范。猥亵13名女生，致3人精神崩溃产生幻觉，造成永久性精神障碍，强奸并杀死1名女生，被判死刑，枪决。

程北北倒吸一口冷气，她忽然想到李文瑞的头发很奇特，略略有些卷曲，或者是在时点车厢里偷的谁的假发，以遮盖不足。她掩卷深思，得出一个教训，人不可貌相，断断不可以外表来判断一个人的善恶。她这才想到，由于这个人没引起她高度关注，也未曾认真注意过他眼瞳里的色彩，或者他两瞳绿光也未可知。

中午午餐时间，餐厅里的编辑们无人说笑，各吃各的，有人拿着本书看，有人闷头吃饭。主神继续摆弄他的瓶瓶罐罐。女工们继续去拖她们的地，或聚众吃饭，如果有点声音，就是从她们那儿传出来的。她们现在很兴奋地笑着，不时说点人间的小笑话，以及变做鬼后的不自由，或偶尔说一下将来轮回，是选择做男人还是做女人的问题。她们的小兴奋多半让李文瑞分外不爽，一想到自己堂堂教授竟然栽在几个下等女人身上就郁闷不已。他匆匆吃完饭，早早踏进编辑室，猛然哐地一声关上了编辑室大门。郭连刚冲程思源努努嘴，程思源望了一眼编辑室的李教授，终于说了一句话："得，又冒出一个冤气鬼。"他又斜眼望了女工们一眼，伸出大拇指冲她们说："领教，牛，你们牛。"女工们都听到了他的话，但谁也不正经理他，一个女工捏起一片托盘里的油菜叶说："唉，我看到一个豆虫嗨！"另两个女工说："怎么了？我们没看到有。"那个女工说："你们怎么能看到呢，人家隐着身呢，但人家说，牛，你们的牛，借我一条牛，找太上老君去……"女工们哄笑。

程思源一听火了，立时坐过去，冲那个说豆虫的年轻女工说："听说你叫阿真，看来你没与你的阿来婆学习好。豆虫是不会到油菜叶上去的，除非你特意放上去。"阿真看到他的超小的眼瞳很觉恐怖，闭上嘴，但眼睛往上翻，做出不屑理会他的表情。漂亮的阿香对阿真说："吃饱了么，阿真，我们回宿舍去，我给你讲一匹小瞳仁野狼的故事去。"阿来婆呵呵笑着说："两个丫头，算我一份，我也想听……"三个女人先后起身。边走边聊天，阿真说："是不是小瞳仁野狼被四眼老虎吃了，或者被六脚大象踩死了呢？"阿香说："哪儿啊，他被猎手座的神抓起来剥皮抽筋，一半是狼餐，一半是皮椅。"

程北北隐约听到她们的对话，差点笑出声，她暗想那几个蠢材怎么知道这几个女工也曾经是编辑，并不是他们想象中的"人类垃圾"。

郭连刚看到程思源狼狈返回的样子，心里窃笑：今天倒不是坏日子。

程北北出来吃饭的时候，看到编辑室里的人都回去了，他们在编辑室里也不说话，各自处理自己的事务。诵读师早早坐在她对面，微笑问："对我的决策，还有怀疑么？北北？"

程北北起先摇摇头，后歪头思考了下说："你的决策，我无法怀疑，我相信神的判断力。但是没有总编，以后又怎么办？"

诵读师将左边蓝色饮料瓶的饮料摇了摇，又倒入红色饮料瓶里，他眼见着它们混合在一起，形成蓝红相间的彩绸般的梦幻色彩，微笑说："不急，总编总会有的，我们有大把时间。"

当天下午，编辑们出工不出力，编辑出的报纸是最差的一期。诵读师调程北北到主神室来取稿，程北北第一次接这样的活，又奇怪又郁闷，她不快地说："凭么让我改，又不让我当总编，你这临时抓壮丁，也不抓个有经验的。"

诵读师微笑说："你刚刚好，拿回去改好，再交给我，我限你半小时改出来，反正你那儿有的是资料……"

程北北怔住，皱眉问："你真要交我这活？这么相信我？"

诵读师果断说："是的。因为程北北曾经是办公室主任，是经常写稿改稿的。"

程北北举举手说："大赞，我同意！"她抱着几个编辑上报的报刊初稿返回档案室。

编辑室有人见到了，惊讶地立起来说："告诉大家一个惊人的消息，主神要升程北北了，她将是总编……"所有编辑惊立起来，顺着说话人的手指望去，果然看到程北北在改动他们的初稿。

郭连刚差点没气背过去，狠狠骂了句："有奸情！她又没拿报纸、不爱学习、超级低能，是个管档案的勤杂人员，她凭什么能当。"程思源也说："对，这里面一定有问题。一开始诵读师自己说绝对不会提拔重用一个没拿报纸、不爱学习的人当总编，才两周就食言了，神也可以这样吗？毫无原则可言！人才必须有资格，拿到准入证的才算有资格。"郭连刚对程思源说："我们找他去！"一旁的神使们试图拦住他俩，竟被二人猛力推开。郭程二人推门直闯主神室，他们激动地说："主神，为什么让程北北改稿，难道升她当总编？"

诵读师似乎早料到了他们的冲动，淡淡说："她永远都不会是总编，我只是让她以她掌握的档案经验为你们写得不好的初稿添点历史材料。因为你们现在已经来不及看更多资料，随着档案的增加，你们阅读速度太慢，没有时间再调档阅读历史档案。"

郭程二人立时怔住，一时语滞，这方面他们的确没法超越程北北。程思源追问："难道以后再改稿，都会让程北北补充资料？"

诵读师微笑说："那得看你们的阅读速度能否提升上来，能不能还有时间查阅历史档案。下个月，程北北那里将每天接收三千卷档案，你们每人将会接到接近四百卷的分类资料，只能上午看完。"

郭程二人面面相觑，他们感到现在的档案量已经吃不消，竟然还要增加。郭连刚把心中的疑问问出来："那么，我们还有没有机会竞聘总编？"

诵读师微笑说："我们神界讲求众生平等，放下屠刀立地成佛，只要你们可以改善自我，弥补过错，还可以继续参加竞聘，但是，机会只给三次。三者为大，过了三之数还不成功，你们就得如普通编辑一样去轮回。"

两个人既得知程北北不会是总编，又得知他们还有机会，就连连向主神道歉，说一定改过自新，立地成佛，修补德行上的过失。主神微笑让他们离开。当他们兴奋地离开后，主神就划开视屏，看到一队手握报纸的人正在漫长的车厢过道穿越上行，其中有一个白发年长的人被一个小伙子搀扶着自信地走在前面。主神看清他眼瞳的色彩是蓝色的，微笑点点头。

程北北的改动稿半个小时后就送到了诵读师面前，主神读了一遍震惊地想：天界果然是派她来的。主神一字未改，就将定稿返回编辑部，让编辑们自己看一遍。编辑们看了后，无语，他们这才知道程北北文笔好到这种程度，编辑们心里想，其实程北北才该当总编。

郭连刚故意提高声音说："这不是程北北的定稿，她只是补充史料，是主神最后改动的稿子，最后定的稿。"但是没有一个人肯信，包括郭连刚本人，因为程北北交稿的时候，所有人从窗口关注了，从她交稿到稿件返回编辑部也就只有两分钟时间。过去主神凡是自己改稿，是需要15分钟的时间的，雷打不动，这个规律所有人十分清楚。隋颜华暗想：不对啊，程北北天姿聪明，以主神的神力怎么会看不出呢，为什么一定把她压在那个位置？这里面或有天机……

晚上女人们返回宿舍，隋颜华悄悄对程北北耳语说："我打赌，主神会升你为天界的神仙，不必去轮回的。"程北北吃了一惊，烦闷说："我才不要当啥神仙，那么那么闷，天界有什么好玩儿的。"隋颜华没想到她会这么拒绝做神仙，她纳闷说："当神仙怎么不好，可以长生不老啊。"程北北摇头说："永恒无趣呗。"

冷蓉一旁冷冷说："主神一定让你当神仙的，好陪着他啦，伸仙眷侣啊。瞎子都能看出来。"

程北北脸一下红了，她没想到，郭连刚与冷蓉都猜着他们有恋情，或者编辑部的人都是这么想的。但是她好可怜的，只是每日梦到主神与她相恋，手牵着手，就算梦中的主神也没吻过她，现实中的更不可能。

冷蓉阴阴地说："我打赌，主神爱得程北北要死，但是却不停装正经。他或者一万年没心动一次，但这次中招了。我看到他望程北北的眼神名叫如痴如魔……"

程北北忍不住截断她的话："不对。神是不会有私情的。你不能这么说他……"

冷蓉继续嘲笑："你也一样，你也是爱得他要死要活，却装不爱他。好在，你恋他也算正当权力，不算第三者。你看他的眼神名叫如魔如痴……"

程北北抓紧上到上铺，用枕巾塞住耳朵，再不与她们聊天。

冷蓉在她的床下冷笑："被我说中了吧，丫头，你也无语了。因为我说的是事实。"

刘雅茹在一旁看不下去了，反驳冷蓉说："就算程北北爱上主神了怎么样，关你什么事，看你叽叽歪歪的，吃不到葡萄说葡萄酸。就因为你也不能当上总编。"

冷蓉被击到痛处，白了一眼刘雅茹，翻身睡觉。

上铺的隋颜华念了句："都少说一句吧，天够晚了，都睡。"

程北北辗转反侧很久才渐渐入梦，梦中，她刚走进圣母殿内，诵读师就迎过来，他握着她的小手说："今天怎么来得这么晚呢，北北。"程北北凝视着他的眼睛说："我今天要你一定吻我。"主神紧紧握住她的小手说："这样不很好……"北北将脸贴在他胸膛上说："我要……"诵读师将脸贴在她的发上，低声说："我也想啊……只是我是神，神有神的制度、规矩，我不可以……"程北北眼泪唰地一下流下来，望着他说："你这是折磨我……梦中的你已不再像神仙，你已有人间的情感，你已经触犯天条，为什么不可以彻底地触犯……"诵读师怔在那儿，喃喃说："你不懂，北北，我们的时间不多了，你进步神速……"程北北纳闷地说："什么进步神速？"主神再次语滞，他突然手捧着她的脸，眼睛对着眼睛，仔仔细细端详着说："听着，我没想到上天派你来，派来一个我最爱慕的小女人过来。这是在给我出难题，是上天设置的情关。我过不了情关，就不可能升为更高一级别的神，还有可能坠入轮回，成为普通的人。"程北北含泪微笑说："成为普通人有什么不好？可以恋爱，可以有各种有趣儿的生活……"主神微笑说："还有可能化成宇宙中的泡沫……"程北北好奇地说："人鱼吗？恋爱了就要变成水中的泡沫……"北北思索一下，忽然浑身像触电一样吓了一跳，推开主神，后退说："那还是算了……我以后都不要梦见你了……"主神前进一步："但我一万年只爱了一次……"程北北眼泪不住地奔涌而下："那也算了吧……"说罢，她伤心地狂奔出殿，但是这个梦竟然不能终结。殿外仍然是深不见底，黑色的旋风舞动在空中，猛烈吹着她的裙袂……她沿着大殿的外围奔走，竟然是走不出去，也不知往哪儿走……这时宇宙的雷声滚滚而来，宇宙中的异兽在天空中睁着怪眼睛遥遥地望着她。她既恐惧，又不敢退回去。这时，主神的手又温暖地握过来："北北，我这一关过不了，就这样吧，我准备彻底地爱你……"程北北紧张地扭过头来，狠狠推开他说："我不能允许你这样，我不要你死……"她再次围着大殿的外廊奔跑，主神黯然立在廊下，一动也不动……

　　早上，刘雅茹呼唤程北北："快醒醒……快醒醒……"在猛力的摇晃中，程北北终于从梦中醒来，她记得最后还是与主神热吻在一起，至于在哪个位置竟然是不记得了，她只记得主神再次追上她，她又逃跑，最后终于是逃到了大殿之外，向深不可测的宇宙中狂奔而去，主神在后面狂追，说那里存在不可知的危险，存在宇宙中的黑洞，她似乎还是掉进了宇宙黑洞中，主神扑向黑洞，将她紧紧抱住，飞出了黑洞，当滚落地面的时候，两人热吻起来，天旋地转，异兽们的呼声越来越大，以致快把他们的喘息声吞噬了去，就这时，刘雅茹摇动她的身体，天塌地陷般，幻境消失，她终于醒来。

程北北坐在床上，喘着气，眼神呆滞，竟然一时回不过神来。她后来拿了一面小镜子观看自己的脸，竟然发现脸上有明显的吻痕……她立时惊呆了，一时搞不清这是真的还是假的……

她在午间与诵读师共进午餐的时候，试探地问他："你晚上也做梦吗？"

主神边拿出一个很小的饮料瓶喝了一口饮料，边平静地回答："做梦。"

程北北惊异地说："你做什么样的梦？"

主神深情地望着她说："梦见与你在一起。"

程北北震惊地立起身，逼问他："为什么你不早说……"

诵读师似笑非笑地望着她，一言不发。

程北北哑在那儿，她料定一切幻境是天界设定的，要么是主神自己设定的，所以，每次他们都在一个固定的场所里，做着相似的梦……

宇宙里的马铃声

当日下午，诵读师接到神使们送来的天书，他接过书信打开阅读，信中大体说他一万年的任期到了，天帝派人来接他，让他升任天堂神院的神谕总监职务。这个职务是除了天帝之外最重要的职位之一，管理全部天堂神使。接他的九天马车即将来到，大约会在九重天的路上行走天界时1周零5天，刚好是程北北完成速读任务的时间。

诵读师把书信折好，放进信封内，又把书信交给红衣神使让他保存好。红衣神使默默地望着他，欲言又止，诵读师发现他有话想说，于是问他："你有什么想说么？"红衣神使忧伤地说："希望主神选择好自己的道路，不管怎么样，我们都会支持你，想念你……"诵读师无言地拍拍他的肩，缓缓转回身去，他似乎听到天界的马铃声渐渐响起。

神使退出主神室后，与另两个神使躲在禁闭室紧急商议……

红衣神使低声说："主神状态不好啊，他有可能违背神谕，因为一旦按神谕来做，他就不可能与程北北在一起。"

蓝衣神使也焦急地说："的确不妙……我们不能眼睁睁看他有危险。"

黄衣神使幽幽说："但是程北北是我们未来的主人……"

蓝衣神使叹息："这个未来的主人不比我们的主神清醒。"

三个神使你看我，我看你，谁都想不出好办法。突然同时想到一个人："天界法老！把他请来……"

他们话音还没落，一个长胡青面老者已悄然出现在禁闭室。三个神使赶忙作揖。天界法老沉声说："他们的事，我已知道，诵读师没通过情关测试。但是天帝念他往日功劳巨大，给他最后一次机会。九天马车上已载着一个后备主神前来。但如果现任主神在最后关头还能回心转意，还可以任到最高的职位。"

三个神使流泪说："我们只求神界对主神网开一面，万一他违背天规，还请给他一条生路……"

天界法老默然无声，他思考很久，才幽幽说："那得看天帝的安排……这里的关键应该不是主神，而是程北北，除非她愿意接受命运的安排……"

红衣神使灵机一动说："也就是说我们能劝服程北北接任就可以了……"

天界法老摇摇手说："但是现在还不到泄露天机的时候，否则也是违犯天条。"

蓝衣神使急道："那样，我们的时间不是很有限……"

天界法老叹了口气："所以，天意是不可变的，如果有异象出现，或是九界玄天圣母那边的安排……"

蓝衣神使作揖说："还请天界法老去九天宫九天玄母娘娘处请示一下仙谕。"

天界法老点点头，瞬间消失了踪迹……

入夜时分，程北北刚刚睡下，就听到隐隐的马铃声传来，这蹄声不能让她入睡。她辗转反侧睡不着，于是问对面床上的隋颜华："颜华姐，你听到马铃声了么？"

尚未完全入睡的隋颜华侧耳听了听，摇摇头说："没有，很安静……"

程北北不相信没有，又问斜下铺的刘雅茹："雅茹，你听到马铃声没有……"

刘雅茹迷迷糊糊地说："没有，没有，我已经睡着了……"

受隐隐的马蹄声干扰，程北北一夜无梦，她第二天就有些失魂落魄，无梦，意味着她不能在梦中与主神幽会……

第二天早上醒来，她很早就起床，焦急地遥望着主神室的方向，蓝衣神使向她微笑说："北北，你为什么这么早就起来了，还不到吃饭时间。"

程北北不知该说什么，六神无主，她忍不住问蓝衣神使："你晚上听到马铃声了么……"

蓝衣神使一怔，立时明白怎么回事，微笑："不好意思，北北，我什么也没听到……"

一会儿红衣神使伸着懒腰走过来，程北北又问了同样的话，他摇头说："对不起，我从没听到过什么马铃声。"

程北北彻底死心，以为自己犯了耳鸣的毛病，她用两手使劲往耳朵上捂，企图把耳鸣症状消灭掉，但是，总是不管用。正当她发疯一样"治疗"耳鸣的时候，诵读师的两只手猛地抓住她的手腕，低声说："没用了，梦不会再有了……"

"什么……"程北北很受打击，不相信地望着他。

诵读师失意地但沉稳地说："马铃声……干扰，我也不曾做梦。"

"为什么……那是什么马铃声……"程北北紧张地追问。

诵读师没再回复她，而是转身走进主神室，并把门锁上。

程北北追过去，眼泪流下来，轻声说："为什么……"

诵读师在玻璃后遥望着她，眼中也湿润了，但是他很快转回身，去看《天界神书》。

程北北理解，在公众面前的主神，不可能对她有过度的亲近，甚至不能有亲切无间的语言交流。她伤心地走进档案室也把门锁上，躲在一个橱柜后，任由泪水流下来，她相信，或者他们的事已被天界察觉，用这种方式干扰他们相会……

果然，当夜马铃声不间断响起，程北北尽管也曾迷迷糊糊睡下一会儿，却是一觉到天亮……

　　第二日，轮回车厢的大门突然洞开，三位新人出现在门前。正中间行走的是一个身材高大的老年男子，大约八十多岁左右，头发花白稀落，眉毛浓但白了，鼻子高挺、国字形脸，胡子雪白，表情严肃，皱纹一大把。左边的年轻人，貌似城里人，腼腆，白净脸，样貌俊逸，穿西装打领结，着高档时新的皮鞋。右边年轻人，貌似乡下人，穿着皱皱巴巴的老式中山装，衣服上面蒙着一层土的感觉，他紫红色的肤色里一双小眼睛炯炯有神。这三个鬼手中各拿着一份冥报。他们的到来，引起编辑部所有人的关注，他们纷纷惊奇地走出编辑室迎接新人，几位总编后备不同程度地吃了一惊，不知后来者什么来路。所以仔细地端详这三人，看哪个人可能是威胁，他们看了半天，发觉他们不是太老，就是太年轻，要不就太乡下。

　　程北北也走出房间观看，她看到年老的似在哪儿见过，眼瞳的色彩全是蓝色的，程北北暗想，唉，这里终于来个好人。另一个年轻人虽外表华丽，眸间却闪着若隐若现的绿光，程北北暗想得提防这个人。另一个虽然外表土气，却有一双深蓝又神采的眼睛。

　　他们三个人一进来，就发现一堆人在好奇地看他们，那感觉就是他们像大熊猫一样被关注，大多有些不自然。但那个土气的年轻农民却没关注人，他上上下下打量的是装裱华丽的车厢，他摸着墙衣自语："木纤维的材料，很环保。"

　　诵读师带领三位神使微笑迎过去，向新人介绍编辑编务与女工。

　　当隋颜华与中间老年男子握手的时候，两个人怔住了，同时说："你是——"

　　隋颜华隐约觉得他就是她生前的爱人向文明，果然此老年男人突然冲动地说："颜华，我就是文明！"隋颜华这才确认，但她瞬间又倒退，向文明太苍老了，简直与四十来岁的时候判若两人，好在隐约还有一点过去的样子。尽管如此，她还是不得不去认他，隋颜华点点头说："是，我是颜华。"向文明望着她依然年轻漂亮的样子，不禁自惭形秽，不好意思说："你还那么年轻……"此时所有人才恍然大悟，原来他们是两口子。隋颜华一时间脑子乱了，因为她去世后感到时间并没过多久，就似在人间过了一个月的光景，一个月前她爱人还年轻着，怎么一个月后就老成这样了，她还真的不好接受这个现实，甚至怀疑它的真实性。编辑们大感诧异，觉得这两个年纪差距巨大的爱人相会是格外不可思议的事情。

乡下年轻人望着颜华，咧着嘴笑了："向大爷，您真有福，有个这么年轻的老婆在天堂等你。"除了他这样笑嘻嘻的，别的人都只是吃惊。

隋颜华开始适应这出乎意料的变化，必须接受老迈的爱人，如果命运就是这样刻意捉弄她，她也只能认命。

神使们为了不让他们的会面影响别人的工作，为他们安排了一个单间，让他们单独说话，二人单独聊天后，隋颜华确知他后来的经历果然与死亡档案中讲得一模一样，只是说了更多细节，比如姑姑、姨娘等是何时去世的，怎么去世的，家里曾有过什么变故等。

最后，向文明不好意思地说："你去世太早，那时你年纪轻轻就没了，我当时很难受，哭了三天三宿。后来，我感到一个人过日子真没法照顾孩子，于是又找一个。那个女人待孩子还算好。她又给我生了一个孩子。所以我一共两个孩子。我们的孩子很争气，工作单位也很好，现在也快退二线。"

隋颜华深深感到世事弄人，人间如梦，转眼成空。她同时深深感到与老年向文明之间有着十分深刻的距离感，不仅是外形上的，更是在内心，向文明有着八十多岁人的沧桑感，而她的心理年龄还停留在去世那年。

午间吃饭的时候，郭连刚与程思源拿着酒杯悄悄坐在隋颜华两口子旁边，笑着说："老夫少妻，绝配啊，兄弟敬你们一杯。"向文明不好意思地与他干杯，连连说"谢谢。"

下午乡下年轻人林森闲坐进编辑室，他对他的新座椅似乎颇不适应，坐不住，翻会儿报就把脏兮兮的鞋子从脚上扒下，脚趾与脚趾不停地互相搓，可能他有脚气，偏偏还是个汗脚，整个轮回车厢弥漫臭鸡蛋的腥臭味，几位女士捏着鼻子，用手掌扇风，她们纷纷骂："哪个人啊，这是什么味啊，真没公德心，死了还害人。"林森酱紫酱紫的脸开始转向她们，精灵古怪的眼睛不屑地瞟她们一眼，然后继续脚上的运动，成心气她们。三位神使看不下去了，把他拖到禁闭室，狠狠用水冲他的脚。然后报告诵读师，说明他脚上的异臭足以影响编辑室的正常工作，主神就拿了一个很小的瓶子交给蓝衣神使，蓝衣神使把蓝色液体滴到林森脚上，他脚上的异味瞬间消失。林森没想到这么神，向神使伸出大拇指。当林森再次出现在编辑室的时候，所有编辑捏住了鼻子。林森也没理他们，径自坐回去。编辑们总是捏鼻子也是受不了的，当他们松开鼻子的时候发现没有异味了。

另一个打扮时尚的城里年轻人，名叫金鑫，曾是明月地毯厂分管销售业务的副厂长，在他的眼中所有人都怪怪的，这个编辑部更是怪怪，他不是一个能够坐得住办公室的人，他认为只有酸秀才能坐得住办公室。他觉得这个区区编辑部根本不能容下他这条金龙，尽管如此，他畏于神使们的威严，还是心不在焉地烦乱地坐在里面。

档案室的程北北正观看档案的时候，忽然听到有谁哭泣，顺声望去，望见阿香出现在门前。她清纯的小脸上露出微许怅意，她说她马上要轮回转世，却对这里恋恋不舍。程北北走过去轻轻握着她的手说："轮回是好事，将有新的生活，去吧……"这个女孩竟然哭起来，她说人生做梦一样，眨眼就一生一死，怕与轮回车厢相识的女人永无相见之日，前面是无底深渊，身后是不可测知的空荡宇宙，人就是这么回事，像一瓢泼出去的水，有去无回。其他女工赶过来，听着她说得悲切，禁不住落下泪来，恐怕人人还要经历更多悲欢离合，谁能料知谁的未来。她们抱在一起痛哭流涕、擦眼抹泪。

晚十九点，远处默立的主神向阿香招手，阿香抽泣着抹泪告别女伴，缓缓向主神走去。阿香留恋的最后望了一眼轮回车厢，她说："永别了，鬼域天堂……"与主神走进一间编辑们从没到过的房间深处，所有人想，那里一定有通往人间的特殊通道。

这处房间光线昏暗，只能隐约看到人影，房内有旋转的风，将衣袂鼓荡而起。它的前方似乎无门无窗，有长长站台可以探入宇宙时空。星子在前方不远，硕大如珠，如北斗一样排列。阿香相信，这所轮回室事实是宇宙巨洞的大门。

黑暗中，主神问阿香："想成为男人还是女人？"阿香犹豫了，为难地说："当男人，争权夺利的怪累心，当女人，又要生小孩，痛得很。"门外偷听的几个女人不禁笑了。主神让她考虑五分钟后给他答案。阿香居然很没主意，又跑到门口问好友："女的好，男的好？"听闻消息赶过来的刘雅茹说："别看现在男女平等挂在嘴上，写在文件上，事实上，男人地位还是高，信不信，八百年也改变不了。"隋颜华点点头说："上一辈子女人，下一辈子当回男人也不错。"冷蓉突然丢了句："真神经病，当什么不都一样，当个一心一意的好人就行。"冷蓉说完拨开人群就走了。她刚走，阿香就向主神说："还是女人吧，我性格内向，保不准成了男人会让更多人欺服。"她渐渐走向轮回通道，向门口观看的女人挥手作别，她哭着说："再见，永别，我永远爱你们……"女人们落下泪来。程北北也内心无限凄凉，她想不管活着多么快乐风光，不过一世，终归匆匆过客，每个人会像流星一样消失于宇宙……主神在黑屋里说了句："她轮回去了，命运不算太差，大家放心。"女人们点点头，渐渐散去。

　　这时，只有程北北还怅然地倚在门口，主神发现她还没从痴想中走出来，主神对她幽幽说："再过一周你就能看到她的死亡档案，但死后的她不一定能再次抵达轮回车厢。人生其实很短暂，比水滴落得还快……"程北北惊呆了："一周我就能看到？"主神望着她生动又多情的眼睛微笑："你认为呢……"程北北久久无语。

　　她立在密布星子的窗口前，想象人间的情景，不知怎么的，似乎房屋树木开始遥遥坠落，河水倒挂，鸟儿失去方向，纷乱扑向四面，所有星星盘旋成一片混沌的光泽，又幻成雾气，白了又暗，暗了又白。在所有明暗之间，程北北失去方向。世上的画卷合拢了，又撑开，七色分离又聚合，在凌乱的色泽中，她看不清未来。

　　诵读师没有离开，忍不住问她："你想轮回，还是想永远留在天上？"

　　程北北摇摇头，叹了口气，说："我也不知道……"她转而望向主神说："如果有你永远陪着，在天上地上又有什么不同？"

　　诵读师也无语了，他暗想，她哪知道按照神谕，他们是永远不可能在一起的，他们只是在玩"交接棒"的游戏，当他走了，她就来，

064

绿眼睛
LAN YAN JING
LV YAN JING

当他又走了，她又来……但当他们同时成为最高级别的神的时候，万众瞩目，又缘何能够造次……他们只有一瞬的欢娱，多么短暂……他们的职责就是冷血，就是抽离情感，成为石头，永恒成星子。

三个神使忽然出现在他们身后，蓝衣神使微笑说："我认为，当神仙最好，没有轮回之痛，永恒存在。"

程北北转回身望向他们，摇摇头说："活那久又有什么用……一瞬即永恒。"

她说着的时候，耳边的马铃声响更大了，她喃喃说："为什么不停有马铃声，它什么时候休息……"

诵读师默默离开，从北北身旁走过的时候低声耳语了句："它该停下的时候，就会停下……该消失的时候，就会消失……"

这时，流星们开始飞舞，一闪一闪，或一束一束，坠落向宇宙的无限深邃。

编辑室里多了向文明，总编后备们还是有些害怕，毕竟，他们三个人是有错在先的，后来的向文明反而是清清白白的，更何况还有他的爱人做后盾，容易拉走女人们的选票。只是，他们料不定向文明的编报水平，不知他过去是做什么的。

程思源为了搞清向文明老先生的实力，专门在一天中午不停地套他的话，终于知道，向文明竟然是某知名党报总编，并且兼任很多小型期刊社的顾问或者特邀编审，唯一的不足是退休多年，偶尔会有癫痫发作。郭连刚也在一旁听了去，感到这个人威胁很大的，但他又想，这人这么老，写字都哆嗦，总编怎么会是他呢……

后来，郭连刚、程思源发现向文明在文字锤炼、语法修辞及其他汉语常识规范，甚至文字修改标记符号，都能熟练驾驭。老爷子还经常讲解办报理念，听得郭程二人一愣一愣的，及至后来，神使们宣布让向文明成为总编后备，他们倒是一点不奇怪。

李文瑞见此情景，就知自己肯定无戏，诵读师一定知道他的前科，或者用女工们测试德行，也只是他的借口。极度失意的李文瑞开始频繁找借口与刘雅茹搭话，由于向文明的到来，一般三餐时间都是隋颜华与向文明同桌吃饭，刘雅茹明显落了单，有李文瑞天天陪着，她正求之不得。渐渐的，她就有了些依赖。李文瑞是天生撩妹高手，再后来，刘雅茹一会儿不见他就魂不守舍，总是深夜才回到宿舍。

在新人进来的第二天晚上，主神带领新老编辑一起观看宇宙中的流星雨，许多人跟过去看，并大加赞美，独程北北远远地望着他，却不看星空。主神偶然将目光望向她，却有些心痛，显然北北对流星雨不感兴趣，那么，这列天堂列车除了流星雨有些风景，还有什么好看呢……除了黑暗就是黑暗，一拨拨的鬼们不停演绎相似的故事……

轮回车厢欢迎舞宴开始。诵读师手指一划，舞池灯光即被燃放，豪华舞厅突现眼前，震惊了全场，女人们尖叫起来，她们优雅的身材与漂亮的服装瞬间在明光下绽放。舞场顶上各色长的短的七彩声控灯扫射启航，人们陷在变幻的光线中兴奋开始张扬，舞厅地面暗黄色木地板上四溢光彩，两旁又被柔纱帘幕的曼妙掩映，富丽堂皇。人影幢幢中，程北北发现自己竟被穿上袒胸露背的金丝蕾边镶钻的舞裙，钻石的光芒吸引了众多关注的目光。程北北从没这么夸张过，捂着胸口有些局促不安。主神精彩的眼神望向程北北，柔情被灯光彻底打亮。被灯光照彻的主神的脸，富于魅力与激情，似乎比平日多了些灵动与更为感性的表情，一扫家长式的庄严。程北北的心这才平定下来，她喜欢现在突然可亲起来的主神，暗想，难道是主神特意安排的，要她开心一次，于是凝视他恬然地微笑。其他女人们为突然艳丽的着装惊喜不已，转着圈地看自己突然出现的漂亮舞裙。但由于裙装大尺度裸露，冷蓉显然惧怕裸出她恐怖的有黑洞的后脑，与上次截然相反，一个人孤零零坐在卡座暗影深处。

舞曲响起后，刘雅茹仍然如上次一样，充分展示她的舞蹈天赋，她会跳探戈，妖娆地扭着胯，让那些好色的男人为之倾倒。她力邀主神配合她，主神果然是无所不会的，他现在已经换上可体的燕尾服，映出他标准的男性身材。刘雅茹银铃般笑着，在他面前极尽妩媚之态。主神的潇洒文雅却更有魅力。引来掌声与叫好声。

华尔兹舞曲响起后，李文瑞邀请程北北跳一曲，程北北勉强接受，一边移着舞步，一边欣赏此人儒雅的舞姿，但在一个大转弯的时候，终于发现他的假发浮动起来，露出脖颈上的黑洞，由于他平时穿着西装不扭动脖颈故而无法发现，但他现在动作太大就显露出黑洞的边沿，程北北忽然想起他曾经是杀人犯，心中不禁有些害怕。但在接触他的臂膊的时候，还是探食指与中指稍稍摸了下他脖颈上的黑洞，手指突然陷下去，程北北真实地唬了一跳。李文瑞并没看出程北北的心理变化，他不失时机地揽着程北北娇细的蛮腰赞美："北北，你这是走的凌波微步吧，太漂亮了，太有感觉了，你乐感很强，有没有参加过比赛？"

程北北身体柔韧地向后仰，返回时回答："不，没参加过……"

再一曲舞曲响起，诵读师与程北北是一对儿，李文瑞与刘雅茹是一对，阿真与陈浩然是一对。三对俊男靓女一起跳舞，场面也算热烈。灯光忽然暗下来，节奏也慢下来，乐声更响。主神低声对北北耳语："怎么样，天堂舞会，还算精彩吧……"程北北摇头说："如果不是你在跳舞，我才懒得跳呢，你以为我喜欢……"主神再次语滞，他不死心地说："那你在这列车上喜欢什么……"程北北微笑凝望他的眼睛，低声说："只喜欢你……"诵读师迎着她勾人的目光甚是无语，凝视着她多情魅惑的眼睛，竟不知说什么好……

李文瑞与刘雅茹跳得火爆，这一切又让陈浩然看着眼热与不爽，他想既然总编当不上，总得有个恋人才不算白来一趟，但这里的好女人少之又少，除了刘雅茹、阿香、程北北也没有足够年轻漂亮的女子了，但是，程北北是陪诵读师的，不是瞎子都能看出来，阿香固然漂亮却地位低下，阿真更不出众，无一是处。所以，这里别无选择，只有刘雅茹适合追求，又眼见李文瑞捷足先登，他自忖自己长相不输李文瑞，年纪比他还小，曾是总经理，比李文瑞不次，他越想越觉得是这样。这支舞曲终了，他就抢着与刘雅茹跳下一舞曲，刘雅茹也是来者不拒，一跳就有些亲热了。

从舞会那次开始，刘雅茹又多了一个粉丝。刘雅茹偶尔在黑影里被李文瑞热吻，偶尔又被陈浩然热拥。

一天晚上，刘雅茹去约会，隋颜华与他爱人在单间闲坐说话，只冷蓉一个人坐在宿舍里静静地流泪。程北北走过去，见她挺可怜，宽慰她："是不是想你过去的老公……他有什么可想呢……"

冷蓉听她这话，立刻敏感地意识到，程北北是看过她档案的，她冷笑说："我早该想到你不简单，你是一个好奇别人隐私的家伙，看人家的档案也不打声招呼……"

程北北不置可否："不是我特意看，我的工作就是看档案。"

冷蓉摇摇头："不要狡辩，你想抓住我的把柄，你这种人我见得多了。"

程北北微笑说："但我不可能害你……"

冷蓉突然打开话匣子："但在人世的坏女人们害我……不过我的故事也没什么见不得人的，我是正义的，被我杀死的臭女人个个该死。"她讲述道："在人间，我是一个外科大夫，工作忙，经常加班给病人动手术，当然我的工资收入也多，那些求我动手术的病人或多或少总要给我送些东西，我家什么也不缺，我家小宝又白又胖，他尽管只有六岁，却比八岁的小男孩还高。我爱人，说实话外表是够英俊的，俗称的小白脸。早年可是他追求的我，他的花言巧语一箩筐，我可是被他骗到手的，那时他的食品加工厂起步时拮据得很，三天两头伸手给我要钱，那时我们同甘共苦倒也相安无事。但随着他的企业越做越大，他在家里的时间也越来越少。我听好友说他经常出入娱乐场所，我一开始并没太当回事，改革开放以后娼妓复燃了，那些女人抓了放放了抓，就没几个改造成功的，我没有办法改变这个社会，我不掌握政策，我不制定法律。只是作为受害的人妻，除了诅咒她们不得好死还能怎么样呢。那些女人会传播疾病，她们会把她们的肮脏间接传播给别人，她们不得好死，居然也想让别人不得好死，如果我是法律制定者，一定让从事这个行业的女人判定终身监禁，让她们在黑牢里度过余生。我眼见爱人堕落了，真是恨铁不成钢。后来，终于发现，他的问题绝没这么简单，在他的名下有七八处房产，有六处房产里养着情人，所有女人都称他老公。我的愤怒已无法控制，他这是公然对一夫一妻制的挑衅，而法律没有惩罚他。这是多么荒谬的事情。那时风气恶劣，有钱能使鬼推磨……既然法律对他无能为力，那么我就有权力捍卫自己的尊严，我拿起手术刀一刀一个宰了那些不知羞耻的女人，还有我的丈夫。我杀人的时候伤心又绝望，我可怜我的小宝，但我必须这么做。我要用这种方法警醒社会。我恶心那些要让妓女职业合法化的所谓专家学者，他们都不是人，他们是畜牲。就是他们的姑息迁就使社会堕落了，醉生梦死，纸醉金迷。"

这个夜晚，程北北被冷蓉的话冲击着心灵，程北北不觉得她的绿眼睛恐怖了，反而多了几分同情，她想迟早有一天，冷蓉的眼睛会涌动出蓝色的海水……

这些时日，程北北自觉有着惊人的阅读速度，许多编辑们却不能适应大批量的阅读，程北北不知怎的，总觉得这里面怪怪的，有什么她不能知道的原因促使她飞速进步。这时，程北北耳边的马铃声更响，尽管有节奏，却足够令她心烦意乱，尽管她再不能入梦，但是她可以想象……

想象中她领了神旨，与主神一起抵达草原，有人呼唤：请到草原来……他们在驼铃声、马嘶鹿鸣中穿越，如同爱太阳的鸟儿乘时间快车一路奔放，从林荫的碧翠中聆听鸟语，道观深处披发修行、朝钟晚鼓……她与主神的恋情无限张扬，她想象与主神端坐在白色的蒙古马上，他们驾马驰奔雪山峰顶，或与浮云相拥相醉红尘……前面一忽是悬崖峭壁，一忽是草原碧翠，一忽是湖光映射，应接不暇。主神悠扬的回声从耳侧传来："北北，喜欢吗！"她无限欣喜又深情地望向他，他的蓝眸闪闪发光，并映出她飞扬深情的神采。她无所顾忌地斜倚在他宽厚的肩头，任马儿狂奔，草原上的牧民惊奇张望，任成群奔马紧紧追随，万马蹄踏，浮云乱卷，她完全陶醉在虚幻。马儿渐渐停下，主神的手臂拥抱她，他温暖的唇暖热她的唇，化成深茧里的蝶，缠绵飞舞而出，所有冷的肌肤被滚烫包裹。马儿缓缓奔跑，掠过纯蓝的海，踏过点点白帆，穿行在浮云里……

一瞬，她又从虚幻中醒来，但耳边依然马铃声声……

在九重天界，四匹天界的宝马驾着九天仙车踏云而来，马车里端坐着四个穿着金色长氅的神使。

一位神使望了望浮云中的前路说："快到了吧……他会随我们走么？"

另一个神使说："或者会，或者不会……"

列车上

星期三的早上，诵读师宣布，后日考察各版面编辑情况，最后采取票选与版面评比的方式，综合考量各方面情况后，从总编后备人选中，选出一名总编。总编享受人间富贵的待遇，但得编够三十期《天堂冥报》后才能轮回。版面评比的方式，一是看文字功底，考一篇社论；二是看最后一次版面设计与编辑水准，历次版面设计较好的可以加分。过去有扣分项的继续累加计算。主神、总编后备、编辑、编务的评价分值比例是4:3:2:1。女工依然划出德行分值，作为参考。

四名总编后备，或多或少有些紧张。他们开始紧张地去程北北的档案室查阅资料。郭连刚再次逼着程北北调取程思源、李文瑞、向文明的档案，程北北死活不答应，郭连刚差点把她档案室的桌子掀翻，临走骂她："程北北，我这次再当不上总编，你就小心着吧……"程思源没有硬来，她也与郭连刚想的差不多，但他并没逼着程北北拿出来。一见北北不愿意，就转移方向，说多找一些社论类的资料让他参考一下。程北北想了想，觉得他提的这个要求还算正当，就迅速给他找到许多社论资料。向文明由于编的天堂报纸较少，自觉这是一个弱项，就请求北北给他挑一些好些的期刊让他学习。程北北觉得这个要求也比较合理，于是也满足了他的愿望。李文瑞自知诵读师顾忌他有前科，很难重用他，但后来一想，万一主神宽怀大度呢，也说不定不计较这个，那么，他还是有机会的，毕竟机会只有最后一次了，他最后也到档案室去查资料，查找与他的版面内容相关有代表性的案例。

当天下午，程思源就洋洋洒洒把社论写好了，其他人看了都有些吃惊。而李文瑞是第一个把版面核心内容排好的。郭连刚也不示弱，在程思源之后完成了社论。向文明写字哕嗦，到第二天下午才慢慢完成社论与版面设计，这比前三位速度慢了三个小时左右。

当天晚上，隋颜华不停劝说室友投她老公一票，刘雅茹表面上说："好好，我一定投。"但她心里想一定投给李文瑞。程北北权衡几个人的特点，她也认为向文明更靠谱一些，于是欣然答应。冷蓉一旁首次微笑着对隋颜华说："颜华同志，最近我看你一心一意对你年迈的老公，很是敬佩，要是换了我，倒是也不容易做到的。所以，看在你专一的份上，我一定投你老公一票。再一个，我也看不惯那几个自以为是的家伙，尤其是那个小白脸教授！"刘雅茹一听她说自己的心上人，立时火了，愤然说："你有什么资格这么说他？"

冷蓉冷笑说："我当然没资格了，你才有资格啦。你的情人嘛，尽管他也不是你唯一的……你脚踩两条船，你累不累啊……"

刘雅茹被她当众揭穿隐情，脸一下红了，腾地一下从床上立起来，拿着枕头就狠狠往冷蓉头上砸去。冷蓉为了躲避这一砸，身子猛然歪在一边，八角帽立刻从头上滑落，当然这时她也是没注意到这个细节。冷蓉立时火了，扑到刘雅茹的床上就去掐她脖子，刘雅茹在紧急挣扎中，狠扯冷蓉的头发，不料想竟摸到了她后脑上的孔洞……她的脸唰地一下就吓白了。这时隋颜华与程北北都从上铺紧急下来拉架。这时神使在房外问道："什么事？不要破坏天堂列车行为准则，否则，明天关禁闭。"

隋颜华奋力扯开她俩，程北北在门边探出头对值班的红衣神使说："没事没事……"

红衣神使见程北北这样说，只好后退，但他又说："万一有什么事，随时通知我……"

程北北转过身说："你们看，闹大了吧……"

这时刘雅茹却紧张地指着冷蓉说："杀人犯……后脑上有枪击的洞。"

冷蓉知道她摸到了自己的后脑上的黑洞，她冷静地撒谎："我是女警察，抓犯人的时候，被犯人开了个冷枪，被民政部门授予烈士称号……"

刘雅茹琢磨着好像是这么回事，看着她那么凶，原来是女警察。

程北北望着冷蓉，哭笑不得，没想到冷蓉反应那么快，并且撒谎是不带眨眼的。隋颜华心生敬意，连连赞叹："大姐，厉害，为民捐躯。我们女性的骄傲，女中豪杰……"

冷蓉被隋颜华这样赞叹，还是心里稍稍不安，她挥挥手说："好啦，都睡吧，今天养足精神，明天还要投票呢……"她发现她终于可以不必戴着帽子睡觉，心里倒是舒坦很多，很快入眠。

程北北却很难进入梦乡，马铃声更响了，她用布条塞耳朵，也是不管用的，她一想到主神也与她一样能听到马铃声，就忽忽想到：为什么呢，为什么只有我们两个人可以听到……她突然想起在圣母殿外，主神笑嘻嘻地问她愿不愿意当神仙，如果想当的话，那些殿下的人都会听她的……难道，我也是神使……程北北这念头生出来，就否决自己，自己是鬼，怎么可能是神……她随后又想，万一鬼也可以成为神呢，要不要做神仙……她一想到神有神的规矩，不准恋爱啥的，她就一摇头，心中愤愤想：我才不当啥神仙呢，还不是一万年的木头……但是她又一想，万一她当了神仙，就可以永永远远陪着主神了呢……她忽然快乐起来，那不大好么……她又一转念，还不好，神不能恋爱，只能两个人你看我，我看你，不得亲近。她又一转念，相对而望也好啊，总有其他神仙看不到的时候，稍稍破一破规矩，稍稍牵下手啥的，谁知道啊。下面的人类不知道，其他神仙也不会掐指来算这种小事情。她胡思乱想中，渐渐睡着了……

星期五上午，所有人员集中到编辑室，神使人员早早将选票发下去，然后把总编后备们的简介、编报情况、新社论、最后一稿排版样稿发到每一个人手中。隋颜华与冷蓉不假思索地就把选票填完了，程北北等大多数人开始填选票的时候才填。刘雅茹什么材料没认真看，不停地转眼珠，思考到底该给谁投。隋颜华不停给她使眼色，刘雅茹看着隋颜华总在盯着她，如果不给向文明投票，万一隋颜华将来知道了，同室好友关系立刻泡汤，她想来想去，觉得不能重色轻友，她咬咬牙还是把票投给了向文明。女工们由于已对三个后备的品性非常了解，依然不依不饶地给前面的几位后备填了德行不足，但给向文明填了德行较好。向文明早就听隋颜华说了最后这些女工也会投票的，所以，他加意留心，在女工们偶尔扶着他走路的时候，不停地说感谢类的话，女工们果然心生暖意。后备们自然是自己投自己一票。在冷蓉带动下，一直不起眼的盛泽恩也给向文明投一票，盛泽恩也没有认真阅读后备们的资料，他主要认为向文明年纪大，有涵养，不像其他人耀武扬威，动不动瞪鼻子上脸难伺候。陈浩然也一样，他当然不会把票投给李文瑞，因为是情敌。他也不喜欢郭程二人，所以，他也是别无选择地投给了向文明。那两个跟老爷子一起来的新人别人不熟，不投向文明投谁。所以，向文明总共也就丢了三票。事实上，这些投票的人，就没一个人仔细看竞聘材料的。

当红衣神使将投票结果送到诵读师面前时，主神又吃了惊，没想到向文明票那么高，他仔细一琢磨立刻明白了怎么回事。他仔细审视后备们的材料，总觉向文明的材料还欠点什么，后来想到是生动性。由于年纪大，他写的东西的确有些保守。主神将结果迅速写下来，让神使们送出去。

红衣神使进到编辑室宣读道："向文明高票当选总编，李文瑞升为总编助理。"

向文明得票多是大多数人能想到的，但没一个人想到李文瑞竟被主神破格提升为助理。

李文瑞对这个结果深感意外，他大赞主神公正。最高兴的莫过刘雅茹，恨不能立刻扑到他身上去。冷蓉看在眼里，立时极其生气，没想到小白脸还挺让主神器重……

程北北深感不解，李文瑞是有严重前科的人，主神竟然视若无睹，或者他也不知道……程北北在午休时间把纸条交给神使，由神使递进主神室，诵读师看到纸条后，让程北北到他房间来。程北北缓缓进到主神室，她的肤色在雪衫的映衬下格外光芒夺目，怀疑的表情也表露无遗。主神微笑问她："你认为他有前科就不能当总编助理？"

程北北点点头说："德行一关过不了，你不是上次已否决他，为什么这次却额外加个差使。"

主神微笑说："那次后，我让神使们放行下一拨人，所以，向文明能够顺利上行。李文瑞的眼睛是绿色的，我缘何看不出……助理职务不是常设的。"

程北北好奇地说："原来主神也能看出眼睛的色彩……"

诵读师欲言又止，最后还是说出来："我是可以看出的，但普通人不具备这个能力，这就是神与人的重要区别之一。"

程北北纳闷地问："那为什么我也能看出，难道我也能成神……"

诵读师认真点点头："天生的神……"

程北北恍然大悟，但瞬间又怔住，成为神意味着要守清规戒律，她又不情愿地说："我能不能不当……或者我当神后，能永远与你在一起……"

诵读师有些沮丧地说："如果你成为真正的神，你最少一万年不能见我，就算满一万年期限，你我或者也只能见一面，然后就会被天界安排到遥远的新职务上。那样，什么时候能见面，也是遥遥无期的事情……"

程北北大诧，眼泪忽地涌动而出："告诉我，我们还有多少在一起的时间？"

诵读师掐指算了下，回复："三天。"

"三天？"程北北承受不了这个数字，精神有些崩溃……她喃喃说："这个命运不可更改吗？"

主神静静地望着她，心中也涌动无限悲怆："也可以改变，那就是我送你去轮回……"

程北北惊讶地说："我可以不当神，去当人……那么，在人间，我也能见到你么？"

诵读师不知怎么回答她，想了很久才说："这个命运也不掌握在我的手里，掌握在天帝的手中……"

"为什么……"程北北没想到这样的小事情，神仙竟然是不容易做到的。

这时蓝衣神使出现在门前，惊呼："主神，使不得……她不能轮回……"

诵读师阻止他说："不要再说……"

蓝衣神使这次不再听诵读师的话，大声对程北北说："北北，你将成为这列天堂列车的主神，而诵读师将被九天马车接走，去任更高的天界职务。你是他的后任，如果他放你轮回，他就会万劫不复，化成天空中的泡沫，瞬间消失……"

程北北震惊地说不出话，双手抱住诵读师的脸痛哭说："我不能让你死……我做神，我一万年后见你一面……"诵读师扔掉主神的矜持，拥抱她说："我知道你爱我，但我们只能有一瞬的爱情，这对于我来说，已经足够……你说过，一瞬即永恒……"两人热烈地拥吻在一起……

神使们立在门口，目睹此景，却不好阻止，关门退出。

晚上7点，程北北失魂落魄地返回宿舍，她都不知自己怎么上床的，然后把头蒙在被子里痛哭。冷蓉目睹此景刺激她："一定是受刺激了，快成小傻瓜了……"她又有些可怜北北，对她说，"你为情所困，恋上不该恋的人，早晚是这结局。"

隋颜华去会老公，刘雅茹去私会男朋友，到晚上10点无人回归宿舍。冷蓉计算着时间，冷笑暗想：疯，狠狠地疯……

程北北正睡着，忽然耳边传来嘈杂的人声——

"失火了——快去救火——"

"哪里起火了，男子宿舍……"

程北北立时惊坐而起，闻到空气中充满烟味，她喃喃说："去灭火……"她往对面床上一看，隋颜华未在塌上，她往下一看，刘雅茹也没在床上，冷蓉十分镇定地抬起头说："救啥子火，有男人呢，我们女的不方便去男子宿舍……"

程北北慌忙下床，边下床边说："那也得看看是怎么回事……"

"好奇害死猫……"冷蓉戏谑地笑。

当程北北飞奔到会客厅的时候，被同样奔过来的诵读师一把扯住，他皱眉说："你不要去，我去就好……好好在这守着。"

这时神使已出现场，在男子宿舍中检查燃火点，火此时已被扑灭。男子宿舍里的人倒是很全，他们看到李文瑞的床铺被点燃并烧成灰烬，闻到空气中仍然弥漫着的浓稠的烟火味。神使问李文瑞怎么回事，李文瑞说去了趟卫生间，回来就发现起火。女工们忙着打扫，给他换了新被褥。

神使并不放过任何细节："你们有谁吸烟了？".

同室的陈浩然、郭连刚、程思源纷纷否定——

程思源说："天堂列车上没有烟，自己也没有带过来，更无人吸烟。"

郭连刚不快地说："我生前是烟鬼，但去世的时候，家里人却没一个送我香烟的。"

陈浩然摆摆手说："靠，我生前就讨厌吸烟的人，恨不能把同屋吸烟的人整死……死后更不会碰地……"

郭连刚一听这话，立刻狠狠地瞪了陈浩然一眼，那眼神就像用刀子剜他一样，陈浩然立时知道自己说错了话，慌忙躲到一边。

诵读师张开天眼，回放细节，突然脸色铁青，狂奔出男子宿舍，来到观看流星的巨窗下，果然发现那里的窗户已被生生打开……

他要求神使把所有人召集到会客厅里，会客厅灯火通明，天堂列车轮回车厢的人员陆陆续续聚拢过来。诵读师愤怒地说："天堂列车发生一起严重的谋杀案：隋颜华与刘雅茹被人从窗户里推下外界无底的时间孔洞。"

程北北尖叫一声："天哪……"

"这种事在天堂列车上，一万年间，仅仅发生过三十三例，这次就是一例之一，还一次两个人……"诵读师冷冷地说，"那么是谁这么大胆呢，又为什么要这么做呢？"

"李文瑞，你有什么要说的么……"诵读师冷冷望着李文瑞。

李文瑞吓得快瘫在地上，他辩解道："是的，我是经常在这个窗口下的巨型帘幕后与刘雅茹私会，因为这里没有监控，也黑暗。但我：

没、有、杀、人。刘雅茹那么爱我，我又为什么要杀她。"

诵读师又转而望向陈浩然："你呢……"

陈浩然一听刘雅茹三个字，也是吓得魂不守舍，他吞吞吐吐地说："主神明鉴，我不可能杀人……尽管是的，我是有时与刘雅茹在男子浴室约会。但我们的约会地点不是这个位置。我不可能在这里杀人。"

其他人惊呆了，特别是郭连刚，他愤愤说："厉害，总编助理，总做这见不得光的事，我说呢，德行票那么低，还真是有原因地……"

神使们也用天眼回放细节，却都发现，杀人的黑影谁都看不清，但隐约是从男生宿舍奔过来的。隐约看清，是穿黑衣的人先把刘雅茹推到窗外，隋颜华正从男生宿舍走出来，大约是会老公回返女生宿舍的途中，正巧赶到这个位置上并发现了谋杀，企图奔过来阻止，当她来到窗边的时候，也被黑衣人一把推出窗外。

由于谁也看不清黑衣人样貌，诵读师要求搜查宿舍，包括女生宿舍，看谁有那件黑色的衣服。当神使搜到刘雅茹床铺的时候，发现枕下有一本日记，他们赶忙把它交到诵读师手中。

诵读师看到里面记录了详细的幽会细节，刘雅茹与两个男人之间的故事，有的地方有很露骨的描述。特别是后面一页，记载了她与李文瑞吵了一架，因为陈浩然的事被李文瑞察觉。神使们认为这就是证据，黑衣找不到，一定是被火一起烧掉了。

诵读师考虑到不管怎么样，到底人是不是李文瑞杀的，他都有着不能洗脱的嫌疑，且在他眼皮底下行苟且之事，辜负他的信任，所以，气涌心头，命神使直接把他也丢出窗外，诅咒说："来世做狗吧！"

李文瑞在消失的空中最后大喊了一声："我——是——冤——枉——的……"

神使们面面相觑，他们望着诵读师："要是他真是冤枉的……"

诵读师冷脸说："冤枉也得扔……他前世就是色狼，轮回圣地也不改正错误，我已给他两次机会。何况他也没死，下世后是一条狗，如果这条狗会变得好一点，再下一世可以变回人形。"

神使们点点头，说："神主英明——"

诵读师现在转头盯着陈浩然，陈浩然已吓得半死，他死灰着脸说：

"我前世是好人，我在这里只是一时糊涂……"诵读师罚他禁闭半年。尽管这样处理了，他暗中却叹息：爱一个人怎么会有罪呢……

向文明却在一旁痛失爱妻，不停地哭泣，神使们不停劝慰他，他才渐渐平息下来回宿舍休息。

程北北与冷蓉一起回了宿舍，冷蓉看了看空着的宿舍，忽然也有些悲怆，她们是死了，她们的死，又能带给她什么……程北北现在完全可以住在刘雅茹的床上，但是，她一想到刘雅茹的死法就不寒而栗，还是返回上铺。

冷蓉幽幽问她："你想念她们吗？"

程北北点点头说："想啊，四个人多热闹，现在却只我们两个，你想想，是不是太冷清了……"

冷蓉无语，沉声说："睡吧，再不睡，又得干活了……"

第二天早上，诵读师把冷蓉叫到主神室，他冷冷审视着她，看得冷蓉浑身发毛……

诵读师冷冷问她："我思考了一夜，用天眼回放了细节，察觉那个黑衣人个子真不够高。那个黑衣人穿的黑衣是在前世作案当晚穿在身上的，从没脱过，但她杀人后，又穿了件别人的衣服套在外面。所以，我们是搜不着那件黑衣的。黑衣人一直在盯着刘雅茹的一举一动，及至李文瑞忽然想去卫生间，尾随了去，然后趁其他人睡着，故意把他的床铺燃着。火势未大的时候，黑衣人故意从男生宿舍冲出，把刘雅茹推出窗口。这时不巧，隔壁男生宿舍的隋颜华欲返回女生宿舍，刚好看到凶杀现场发生的一幕，她狂奔过去阻止，却又被黑衣人推出窗外。没多久，李文瑞从卫生间返回，路过宿舍门口，发现火起，赶忙救火。大声呼救，这时黑衣人已经回到宿舍，佯装睡下。我说得对不对，冷蓉……"

冷蓉半晌不言语，面无表情。

"所以，你不能再留在这里，你得去轮回。表面上我也没有证据，但你自己知道自己做了什么……你一定趁深夜，北北睡下，把黑衣烧成灰烬，然后带着灰烬走进洗浴室，把灰烬冲进下水管道。由于卧室不可能安装监控，所以，你有理由相信在宿舍里烧掉衣服是不会被录像的。但是你去洗浴室的时候，监控录下了你的形象。"诵读师冷冷说。

冷蓉说："你想怎么样？把我也变成一条狗？我是不会承认我有罪的。"

"你同意轮回吗？"诵读师问。

冷蓉说："可以，随你便。我无所谓。"

"好，尽管你命不好，但总归是人。"诵读师引领她来到轮回室外，问她道，"你想当男人，还是女人？"

冷蓉说："随你。"

主神与冷蓉同时进到轮回室里，神使们目睹此景，暗暗惊奇："怎么这么快就让她轮回了……"很快诵读师拂拂身上的尘土，缓缓走出轮回室。

神使们过来说："现在人太少了，北北也快升位了，档案室也缺人。"

诵读师淡淡说："降低失忆浪频率，放下一批鬼上来……"

神使们说："好……"

程北北一觉醒来，发现宿舍里一个女人也没有，连冷蓉也不见了，她禁不住地叹息。匆匆下床。她看到诵读师与神使们早早坐在大厅里议论着什么。她走过去问："看到冷蓉了么……"

他们互相看了眼，齐说："她轮回了……"

程北北惊异地说："她也轮回了？"

诵读师将前因后果讲给她，程北北叹息说："要是这样，放她轮回也是危险的，她还会害人。"

诵读师微笑说："如果她再犯错，就会被关进地狱，天天受到煎熬之痛，那可是生不如死……"

天界决别

～•━❀━•～

最后一天，九重天的神使驾着天界马车踏七彩祥云飞速前行，天界马车的车厢里飞舞着仙纱，随风鼓荡，有九界香从四个角往外散播。天界马车准时抵达天堂列车外，神使望着悬在空中的长蛇般的天堂列车，微笑说："到了，这里就是传说中的天堂之路，有多少人知道人生的意义，又有多少人执迷不悟……"

天堂列车内的三名神使与主神迎了出来。正如许多人感受到的，主神明显苍老了很多，不来自模样，来自神情。他最不期盼这刻到来，但是它仍然是丝毫不错的到来了。他引领各时点车厢的领诵者飞至列车车厢顶上，车厢顶上飞铺出无限绵长的红毯，绵延至无穷。神使立在红毯的终端，宣读任命文书，说诵读师即刻接任天堂神谕总监。继任的主神是程北北，即刻领命。诵读师说程北北还未行礼，打开封印。

这时程北北立在车厢内，遥望悬浮在空中的马车，以为是在做梦……隐隐看到车窗内还有人影，车窗内的人同样地望向她。

当九天马车中的四位神使忽然落在轮回车厢会客厅的时候，所有编辑们躲在房中透过玻璃好奇地观看。

天堂列车蓝衣神使对天界神使说："现在是否解开继任主神封印……"

天界神使说："即刻行礼……"

程北北的脸立时吓白了，她没想到，事情发展得如此之快，她竟然很快就要成为真正的神了，她吓得后退说："不，我不要成为神……"她想起人间的丛林，生命中的湖泽，丛丛游戏的人群，以及种种人间的快意的或悲伤的事情……

天界神使之一又向前一步走，手托天帝的法印，再次宣讲文书："万年神使天堂之路继任主神程北北于今日接管天堂之路全部事务。"

程北北怔在那儿，整个人傻掉了，眼前一片茫然。她的小脸瞬间由红变白，眼睛失去神采。

诵读师眼见她傻傻站立的样子，无限心痛，他回顾这一万年来的岁月，竟然是没有爱的无底之洞，他怎么能让自己心爱的女神再次接受炼狱样的神使之路，每日与各种各样的鬼厮混……他走近她，轻声问："你真不要成为神么？"

程北北凝望着他的眼睛，突然伏在他肩上痛哭："不，不要，除非你……你要走了？"她猛然抬起头，无望地望着他，她的泪水如穿心之箭刺穿主神的心腹。

诵读师把她身子扶正，转脸对四位神使说："她现在思想还没转变过来，我带她到一旁劝劝她，她一定可以接任……"

四位神使面无表情地望着他，不置可否。

诵读师领着程北北在众目睽睽之中默默走到轮回室门口，红衣神使立时紧张起来，他对蓝衣神使说："不好，他们要去那个地方……"他们刚想阻拦诵读师，忽然都像被定住一样，一动不能动。诵读师与程北北消失在轮回室的门后。

四位天界神使你看我，我看你，不禁皱起眉头。

其中一人说："他们会出来吗？还是全部消失？"

另一位神使说："我们请他去赴任，是天帝的命令，如果神界有变异，是玄母娘娘的主张，我们该听谁的……"

几位神使谁也不再说话，静等结果……

黑暗中，程北北抽泣着，低声对诵读师说："我可以做神，真的……"

诵读师沉声说:"是自愿的?还是为了我,勉强当神。"

程北北摇头叹息:"自愿与不自愿又有什么区别,我们的命运不由我们自己掌握。"

两个人在黑暗中紧紧拥抱在一起……无限温存的亲吻如浪涛一样汹涌,肌肤的亲热穿越一切阻隔,两人陶醉又绝望……

门外传来神使催促的声音:"考虑好了么……时间到了……再不出来,我们就要进去……"

诵读师知道以他自己的法力是无法阻挡天界神使的天界神力的,他突然推开程北北说:"你不能继任,去轮回吧,去寻找你的爱,哪怕短暂也是有意义的。总要好过我,一万年的行尸走肉,我的命运不能让你重复。"

程北北拼命摇头:"不,那样你会成为毫无知觉的星星,我能忍受万年的寂寞,只需要你还活着!"

诵读师凝视程北北的眼睛,轻轻托起她密布愁容的小脸深深吻下去,轻声耳语说:"记住,人生的最高境界是舍生取义!你知道我为什么总是带领你们看群星吗!因为每一颗星星都是为他人牺牲的神!"

"天哪!!"程北北惊呼。

诵读师把程北北的手捧在他的手心,将一枚幽蓝的戒指戴在程北北的手指上:"看到它,就像看到我……"

程北北抚摸着戒指身心俱碎,仿佛整个宇宙四分五裂。突然,她被推入巨大宇宙空洞之中,她奋力地绝望地往外冲击,竟是不能,她开始高速旋转,眼见诵读师泪流满面消失在面前。

天旋地转之中,主神蓝色眼睛模糊了,英俊清秀的脸粉碎了,身体化成泡沫,在一片蓝色的轻烟中渐渐远离……

主神!

主神!

主神!

程北北从胸腔中狂呼着,身心俱碎,身坠浮云,巨大气团击荡她的身体……

泪水奔流……

天昏地暗……

唐真的新生活

❖━·━❀❁❀━·━❖

　　这是一个不值得留恋的世界，唐真讨厌所有白天。在星星照耀土墙，月亮爬上山岗的时候，辉芒变得像风灯一样可爱又飘摇，在所有逝去的名词里找不到某个星星的名字。她于是坐在高高的屋脊上寻找。曾经喜欢流水，捧起一掬闪着星芒的清冽的山泉，内心才得以平静，像所有嫁出去的新娘，在鸟声的鼓噪中，满心身沉醉。

　　唐真是戴着蓝色宝戒下生的女孩，一出生宝石蓝的光线就吓坏家人。记忆与生俱来，黄土岗子上遍传她的传奇。

　　曾经回到过家乡，清清楚楚记得那条小河，相识的旧人却无从寻找。

　　冥冥中似乎总有一个声音叫她："北北，北北……"但抬头看去，却什么找不见。

　　十八岁那年，她去了草原，牧民教会骑马，在荒凉的戈壁随着驼队奔跑，追寻岩画的踪迹。在远避尘世的日子，内心从容，金色砂子指引前路。她看到一路横陈的羚羊的角，还看到荒漠男人淳朴的笑。曾经穿越死亡之海，漠然望着裹足不前的路人。没人知道她为什么这么勇敢，只有她自己知道。

　　每到寂静的夜，唐真有时会禁不住哭泣，没人知道哭泣的原因。她喜欢看亮丽尾巴的鸟儿，飞越上空，接近无边沉寂的星海。一张面孔被时间揉碎，又被记忆复原。

二十三岁那年，唐真回到城市，每当看到盲人打前经过就想搀着他行走。

人生只有一次机会，错过就不能拥有。

唐真永远的错过，却用整个人生去守候……

可以想见，一个失爱的女人，像一头找不到水的骆驼，缓缓行进在漫长人生的沙漠，那是怎样一种痛苦。唐真以为一生就此完结，对所有事物失去兴趣，行尸走肉一样活着。城市的大街小巷干瘦如蚁，柔软的林荫与飘逸的人们，影子一样毫无意义。这个时代，城市人喜欢坐在阴冷的地铁啃食半块面包看手机，而她却立在遥不可及的天宇下，习惯了孤独。尽管如此，还活得下去，二十五岁那年，她成为龙城知名服装设计师，是潮流的制造者，为那些T台上穿着她设计的服装的高个儿女生加油助威，当辉煌来临之际，也能偶然的骄傲，但没人的时候，却沉默如石。夜晚是美丽的，那么多星光闪烁宇宙，却没有她想看到的那颗，露台宽敞又明亮，却只能安放相思。

唐真作为一名时尚服装设计师拥有自己的车子与房子，她总是开着私家车绕过经常堵车的地段，迂回行进在城市里无所不在的道路上。公休日要飙车，在旷野中的高速公路上行驶，喜欢杰克逊的老歌和麦哲米伦的新歌撞击耳麦。在偏僻的小镇，很多人看到她开快车，紧急刹车或惊呼。她倒希望遇见车祸，当然她不想撞伤任何人，只想自己突然而然的死亡，但是，她一次也没遇到危险。

唐真的跑车有时老有麻烦，不是这里撞一下，就是那里挂一下，她知道那是心不在焉的结果，有时，还敢于迎头撞向某辆高速行驶的私家车，但知道，就算她死了，也没有权利剥夺别人的生命，在紧要关头，她会拐把，她拐过无数次把，在人生的道路上，总是擦着死亡而过……有时她怀疑主神是不希望她就这么草率丢掉生命的，如果那样的话，他的消失还有什么价值？有时，她泪流满面，全身心沉浸在回忆。当然，当不经意的时候撞坏车灯，她会漫不经心的找一家汽车修理厂，让那些在木板搭建的黑漆漆、脏兮兮的厨房里走出来的小伙子支起车子仔细修理，她则会漫不经心地行走在各种各样损坏的旧车堆里欣赏凌乱与残败。有时，她要摸出枝女士烟，百无聊赖抽两下，然后习惯性地仰头望天，调皮的风会漫卷长发漂泊。嗯，她从没得过颈椎病，在颈椎病普遍高发的城市里，她居然安然无恙，不知是该庆幸抑或苦涩。

　　一生的拐点非常奇怪，它是以微不足道的小事物联袂而成。

　　一天，唐真把跑车几乎开坏，钻到山脚下的如家小型汽车修理厂。事实上，她最喜欢的汽车修理厂只有这一家，它拥有靠山的背景。

　　修理厂的小伙子们有礼貌又热情，尽管他们是低物质低工资的人群，但他们的淳朴可以看得见，让人宽心。唐真一开车过去，他们就围过来。她的跑车被支架架起，它腾空而起的时候，偶然看到不远处一张陌生的面孔。他神态忧郁，很有贵族气质的苍白脸面无法被陈旧衣服掩盖，个子高高的，斜斜站立，与她相仿年纪，但他并不靠过来。其他的小伙子言谈间戏称他为"博士"。她以为那是开玩笑，在汽车修理厂工作的肯定不是博士，可能初中未毕业，也可能高中未毕业，或者就算是一个失业的大学生临时在这里打工，也断然不会是博士。她尽管十二分不相信，仍然微笑听他们说话，看他们修理，待他们把跑车修好，就戴上墨镜，给他们醉人的微笑。"博士"偶然也会凝神望向她，若有所思，她感到他的眼神像在哪儿见过。这念头，电光石火一样出现在脑海，瞬间消失。随后，这博士实在不能激起她更多联想，在灵魂深处没有这样的面孔出现过，他陌生得如同山外还远的山野，普通得在大街上丢块破石头就能砸到。

　　她习惯性工作的窗外，鸟儿不停乱鸣，陷在春日里的安逸里，在小巢附近，或更远地方徘徊，但到夜晚，它们就宿在康庄大厦工作间外高高的梧桐上。龙城的林木，必须在狭窄的街域缩着身子生长，纵然阳光普照大地，也无法壮大，却似乎均等分配枝叶。她还不如它们。日渐消瘦的心，看不到未来，每到夜幕降临，就觉得没有家，没有生命，没有爱。

　　唐真唯一的兴趣就是随手画着小画，服装款式灵动又可爱，沙漠、绿洲、海洋，甚至列车，它们穿行在她的心中。所有服装设计风格古怪又清新，所以，业界称她是奇才。也有人关心她的婚事，硬要"拉郎配"，她总是拒绝与逃避。她的心很狭窄。

唐真喜欢蓝色宝戒，与生俱来的亮晶晶、蓝幽幽的小物件，总能勾起回忆。她的回忆牢不可破，坚如城墙，万年不倒。有时眼泪溅落它上面，但没人声回应，世界总归寂寞。

服装设计大获成功的夜晚，唐真曾一夜成名。闪光灯不停落在她身上，女模特儿凑在身边，众星捧月，她是水晶般居中闪烁。她的个子在女模特的映衬下虽显矮小，但没人笑话她。为出席服装设计比赛，专门为自己设计裸露半肩的晚礼服，衣服大胆又创意，有一列金黄色列车盘旋而上，列车头部翘立至她左肩牡丹花心儿里，发簪是云彩的形状，发髻蓬松有形。主持人对她身披的晚礼服感兴趣，问是怎么想到的，面对全场的关注，她淡定又沉着，唐真告诉主持人，源于一个古老的故事，保证没人听过……

唐真回到家，疲惫至极，没一点气力，倒在床上，眼泪打湿枕头。

从此，唐真的名字与唐真的形象登上电视，很多人认识了唐真。

从此，唐真的生活发生了微妙变化与不可思议的事情。

每到夜晚，生活枯燥，耐不住寂寞的她，在初春某天约好友赴她的家宴。晚宴时分，宛婷、捷心、苏娜各挽着老公的手走进她足够宽大的家。

三个女友，虽说四十余岁，却穿着时尚，不输年轻人。宛婷是干洗店老板，捷心是网络公司老总，苏娜在艺术馆工作，讨得一身轻闲。宛婷瘦到穿衣服空空荡荡，捷心稍有肥胖，但穿衣的技巧足以弥补稍微的不足，而苏娜是个十足潮流派的美女，小短发，穿衣比捷心与宛婷不知高了几个档次。

厨房里，唐真活像家庭主妇，不管是西餐还是中餐，在她娇细的手下会有滋有味、像模像样。那班惹眼的朋友，不甘示弱，也要大显身手。她的家，成了厨艺大观园。当她们吃着自己手做的美味的时候，嘻嘻哈哈说："嗨，还是我做得好吃。"一派隐藏的天真全数暴露无遗。唐真羡慕她们，那么爱自我赞美，这个世界就为她们建造的。

那时，唐真蓬乱着头发，立在花鲜的女友间，女友则扯着她一根根竖起的乱发说："哎呀，太不讲究，难怪现在也没有男朋友。"

唐真随意仰脸，不在乎地说："没有男朋友也好啊，很自在……"

一个男人突然分开人群里走过来，他怯懦地说："唐真，很高兴认识你。"他把自己的名片双手递到面前。对于突然出现的人，唐真表示惊讶，印象中从没请过这个人。宛婷忙说是她带来的人，宛婷细窄的脸面现出神秘神态。唐真很勉强的与这个男人寒暄，没说两句就去做别的。宛婷对唐真说这个男人，一米八三，赛娅服装公司的副总杨灿文，有貌有才，与唐真搭对得很，一个搞设计，一个做服装。她劝唐真上心自己的婚事。唐真又翘头望了那人一眼，的确，在男人中间此人算是上等人才。但她又能说什么呢，再上等的人才于她又有何意义？唐真对宛婷悄语："我看他是一个脑袋，也没长出两个脑袋唉。所以，很没戏。"宛婷差点没气晕，气哼哼地说："得，我白替你瞎操心……"杨灿文急着挤过去，找唐真攀谈，唐真却举起手冲大家说："各位各位，我的手艺真不如大家，坚决服输，从明天开始，轮流去你们家吃饭……我决定！"

捷心胖胖的脸蛋里满是笑意，她皱眉说："亲爱的，这样好吗？还是你自己练好手艺……"

唐真用手巾抹抹沾着奶油的手指说："我才没这本事呢……败军之将不言勇，唐真我就要吃定你们了，记住啊……"

女友们的老公纷纷大度地欢迎："好的，唐真，热烈欢迎到我们家中莅临指导。"唐真的几位女友却哄笑起来："小狐狸精，坚决把她嫁出去……"

杨灿文悻悻立在一边，既不能过于亲近唐真，又不能过于远离。他站不是，坐也不是，唐真丝毫没有理会他的意思。他不得不一个人坐在偏僻角落，偶尔宛婷走过去与他说两句话。晚十点左右，唐真的女友及女友的老公纷纷回家，她独自走在花园的小径。在树荫里，习惯性地仰望斜上的天空，以及天空的月光，看它静默地挂在槐树梢顶。初春的夜晚，仍然充满遐想。

"天空就那么有吸引力？"一个陌生的男声传来，在寂静的夜空声音清晰，唐真诧然转首，发现说话的人正是杨灿文。此人原来一直没走，悄悄跟着她。这倒让她感到意外，还担心自己的人身安全问题。

杨灿文头发稍卷，一米八三的个头，较白的肤色，眼睛不大不小很有神采，浓眉毛，高鼻梁，面相一般偏上。西装革履，领结鲜亮。她这才注意到他，侧目打量一番，既没表现出过度惊讶，也没表现出过于的冷漠。唐真微笑送客说："这么晚了，您也该回去了吧。"

"对，我是该回去，但刚才也没机会与您说话。其实家父派我到您这儿来，也是为了请你为公司设计一批服装……"那个男人没有退缩的样子，从容地说，"事实上，我是专程来邀请你的，听说，你的设计能力是空前的。我的服装公司需要你这样的设计师。"

唐真本来以为杨灿文是被宛婷请来向她"求婚"的主，谁知这人竟然还有一番高调的使命，而聘请她的话，又好像很正式，她一时竟搞不清事实真相。她想了一下说："我对你们公司的情况还不了解，你明天把你们公司的资料发邮件给我。"她同样拿出一张名片递给杨灿文。杨灿文拿到名片，如获至宝，微笑伸出手说："改日再会，希望加我QQ或微信。"

唐真的手并没有伸出来，她不认为可以与这个第一次见面的男人有握手的必要。杨灿文的手伸在半空得不到回应，他一时不知怎么办，手仍然停在半空，竟然不能落下。她眼见他不撤回手，竟不知怎么办好，想到既然是宛婷介绍来的，总不能一点面子不给，只好很不情愿地将手慢慢伸出去。杨灿文的手一握住她的小手，立时有些心花怒放，发现她的小手柔软极了。这个时候，他就很有些贪恋握手的感觉，迟迟没有松开。唐真不得不用另一只手狠狠移开他的手。杨灿文这才发现自己不知不觉中失礼，脸上一红，抓紧离开。临走，仍不忘说："过后联系。"

唐真眼见他走远，内心波澜乍起，禁不住想起与主神的点点滴滴，眼中忽有泪水，她不知何时还能与他相见。

假日，唐真提着鞋子裸足跑到大海边儿，任浪花层层冲击，任冰凉透骨而来。有时，她也会躺在沙滩上默默欣赏，美女从她身边走过，脑子里丫丫叉叉，全是各式姿态。她还看到情侣成双结对，想起主神，想起她漂亮的戒指，却不能与他在人间相会。在私密的卧室，到处是主神身影，唐真把他的模样画下来，然后配上各种款式的潮流服装，仿佛他是曾真实存在，扔下金黄的外氅，从壁墙上走过来，与她相会，拥抱……梦中，她一遍遍呼唤他的名字，有时会惊醒，那时窗扇子上的月亮安静地瞭望，映出他忧郁的脸庞。她从没从悲情中走出，世界被她看透，名字叫"全无意义"。她全无意义地活着，全无意义地开着车，全无意义画画，全无意义地瞭望城市的大街小巷、川流不息的人们。

惊人的征婚启事

某日，唐真这世的母亲在焦虑中给她写信，信被邮寄到她手中时，她怅然读着：

唐真：过年，带个男朋友回家……

仿佛天下的父母唯一的使命就是催嫁，而她该怎么办呢？她忽然绝望，相信主神真的不会再出现，他已化成泡沫，永恒沉于宇宙，或成为死去的星球悬挂在太空，那么她就把自己廉价贱卖吧。她把主神画下来，主神身披金黄外氅的形象又被手机拍下，她把它发布在征婚网上，发布征婚广告：

唐真，女，年方三十有三，著名服装设计师，年薪三百万，面向全国征召男友。凡是与此画作人像外观神态皆相似的人均可报名。请加QQ……

这则征婚广告一贴出，立时轰动服装设计界，刺激一些求婚若渴的人们。唐真的门楣人流涌动。她的跑车一开出去，立刻在街市的不少角落射来异样的目光……她怀疑那些大大小小的目光不怀好意。

唐真的跑车开始奔赴各种涉交场合，没错，她像机器一样相亲……

广告的作用是巨大的，网络的作用也是巨大的，酷似主神的年轻人纷纷出现面前，每当看到极似主神的人出现，唐真就心潮澎湃，但他们的举趾言谈与主神的沉稳深邃比起来，有相当的距离，她怀疑这个世界无法培养出优秀人才，太轻飘不谙世事的年轻人身上全无他的贵族气质，与此相反，多了一些黄头发的、市侩的、略显轻薄的气息。

就在唐真怀疑征婚广告是否起作用的时候，设计界的好友纷纷来电："啊哟，按图索骥呀，牛呀，我们心中的白马王子咋没这么寻找过呢，唐真，你真成名人了。"

唐真除却苦笑还是苦笑。她已死，彻彻底底，如果还活着，只是用来等待奇迹……但奇迹没有出现，唐真却不得不面对未来……她的跑车在一次野外疯狂中擦伤骨架，她不得不为她的"老搭档"治病。

这次有些不同，跑车气喘吁吁赶到汽车修理厂，黑沉的平房前突然多出众多记者，他们是一群尾随跟踪、嗅觉灵敏的机器，精确到秒。她在这群怪才面前手足无措。已经下车的她退无可退。眼见被人包围，修理工围过来，问她跑车哪儿出了毛病。她不经意回答的时候，看到"博士"荫翳的眼神，眼神像在哪儿见过，她确证。但这人五官陌生，却又像在哪见过，因为五官毫无个性，任何一处街边均可能诞生他这样的普通人。他性格沉凝内向，却有着莫名的沉稳的贵族气质，让她感到莫名亲切。只有他远远坐在一个角落，一动未动。

记者们举着话筒问唐真："请问，你为什么一定要挑选与画上模样相仿的男生做伴侣，画上的人是不是你的梦中情人，或者是你的前任男友？"

还有记者张着手臂问："请问，你找到意中人没有？"

更有记者推开别人的手臂，抢着把话筒递到她嘴边，高声问："为什么用刊登广告的方式，现实中的恋情很失败吗？"

唐真木然望着他们，不知该怎么回答。这是她的秘密，有什么必要向他们交待！纤细的手指捋捋浓黑又香味十足的长发，给他们一个很假的微笑，突然冷了脸说："无可奉告。"然后，她对汽车修理厂的工人大呼了声，"抓紧给我修好车，我过后来取。"她分开人群，撒腿就跑。

她的脚力相当厉害，如果苍蝇哄哄的记者还没领教过的话。那群笨蛋凭脚力追不上唐真，疯狂钻进各自准备好的车中冲过来，她承认，如果只是与两只脚丫的人比赛谁跑得快的话，她还是有优势的，但是如果让她与那四个轮子的家伙比赛，她必输无疑。好在她是个会利用地形的人，疯狂跑上道旁的高山上，层层啸啸不息的松柏似乎分外欢迎她的到来，送给她初夏的温润与清凉以及斑驳的林荫。

她隐身在崎岖细小的山道上，跟踪者的脚步就慢下来，他们可能觉得抓住她没有太大意义，就算抓住了人，却也撬不开她的嘴。于是，她安静地坐在山顶上，从容遥望太阳落到山后。在太阳落山的地方，主神似乎正微笑望向她。一想起他，唐真内心迷茫：你在哪儿，果然断绝红尘，让无穷宇宙吸附魂灵，永远失去呼吸，失去生命？真的做不成神仙？她心中的问号，没有答案——这个宇宙的名字原叫莫测。

山脚下，汽修厂凌乱的院落，安静在云烟深处，像贴在绿油油山脚下的小贴画，她要趁着夜黑，把跑车从小贴画里开走。

唐真深一脚浅一脚来到汽修厂墙外，为防万一，要做一次贼，不过是偷她自己跑车的贼。当她翻墙而入的时候："博士"居然就坐在墙边的小马扎上喝闲茶，旁边树上放着一个单拐，他冷静又沉着地扇着扇子，肩上搭着条白毛巾，显然是用来擦汗的，虽然穿着背心，却是裸着雪白清瘦的膀子，她跳下来的时候，他瘦长平庸的脸上没有表现出惊讶，只是淡淡说了句："有记者守在门边……守株待兔。"

唐真怔住了，原来那些记者果然是不死心的。唐真望着此人，忽然有些奇特的感受莫名袭来，但她还没法说清感觉，她好奇地咨询："那么，我该怎么出去呢？"

"冲出去，给他们一个措手不及。""博士"嘴角露出浅淡地微笑。

唐真笑了，然后侧转脸好奇地问："你叫什么？真是博士？"

"博士"忽然像陷入回忆，陷入他的故事，眼睛转而望定她，从眸间射出沉着镇定的神采，缓慢回复："我叫李易隐，不是博士，只是一个修理工，还是脚有残疾的修理工。"

他拿起旁边的拐，立起身，唐真这才发现，他的腿一只长一只短，中间差着五厘米。她怔住了。他奇特的背影深深刻在脑海。世上可怜的人很多，她想，正常人给他们的或只是安慰与金钱，除此之外，给不了更多。她收起怜悯，看到修理工冲着她叽叽喳喳，她刷了卡，抓紧钻进跑车，迅速开车冲出去，果然斜倚在车边的记者没想到她行动这么迅速，在她身后空空张着手呼喊。

唐真回到自己的鸟巢，身心立刻宁静，打开电脑，看着一堆堆酷似主神的照片，又禁不住叹息。突然，寂静的夜空传来刺耳的电话铃声，她不得不接听电话，这时从电话那端传来中年男性的声音。

"你好，你是唐真？"中年男性低沉沙哑地问话声从电话中传来。

"我是。"

"那么，你就一定是程北北，只有你这个傻瓜还惦记着他……"那个男声说出如此令人震惊的名字。

唐真立时天旋地转，以为又回到天堂列车上。

"我认识那张画像，我认识他。拜他所赐，我穷困潦倒。"

"……"她失语了，这一定是编辑部的某位大侠。

"世界太小，我轻易就发现秘密，作为他的同党——你，应当受到报应。在你们消失以后，新任主神对我们更为严苛，所谓新官上任三把火。我们这些过气的曾经也算出过力的人，没得到任何好处就被第一时间丢到人间，像垃圾一样被随意处理掉。我估计只有那个老不死的，还算轮回得自在……所以，这笔账，我要算在主神与你头上。"

程北北惊问："你是谁？"

电话被挂断，无人回复，太空中死一样静寂……

"应当受到报应！"她的心立刻提起来：难道天堂列车上轮回下来的人，统统有记忆……他们脑子里还有无限前尘往事，像她一样，奇怪地存活在世间。她估算了下，如果按照打电话的人描述，与她相识的轮回车厢的编辑大体与她同时轮回到世上。那么，冷蓉、郭连刚、程思源、陈浩然们都有可能与她在人间再次谋面，而她现在已经暴露。

他们却可以坐在阴沉又暗冷的角落策划阴谋，又像一枝又一枝的箭镞从暗处破空而来，让她不能找到方向……窗帘被风起伏不定，门被夏风吹动发出吱吱声响，更像恐怖片前奏，她忽然汗毛竖起，从背后生出凉意，彻骨胆战……她感到需要一个伴侣，哪怕只有一个，内心强烈呼唤。

夜晚过得很慢，她一夜失眠，总担心杀手从天而降，把所有门窗紧闭，且不敢宿在床上，躲在橱柜里过了整夜。天未明，她就强迫自己从憋屈的橱柜里弹跳出来，胡乱穿了衣服，跋了鞋就跨出家门。她想，宁可死在光天化日下，也不愿被人暗杀在荒寂无人的家中，那样，在死去的时候，肯定会被人扔掉了衣服，不能光明磊落地离开这个世界。一忽又想，是报警还是找个保镖。她想到报警也是讲不清的，她描述怎样一个仇家在追杀她，说出身世，有谁会信，或是把她当疯子关起来，或是当警方的监控无处不在的时候，仇家在电话中道出天堂列车的诡异，又有谁能真懂。而她的故事则披上神秘的外衣，被迅速传播，又被无聊的人无事生非，生出各种版本，她是做她的事业，还是成为别人的谈资？她无可选择，到时或者只能选择第二个。她边狂想，边观察周围的异动。发现早练的人格外少，就像被专门的狂风吹跑，清寂的街头，没有异样眼神注意她，街巷深处的大姨大伯个个神态安然，卖着早点，或晨练。当日，她以最快速度找到苏娜，要求她妹妹陪自己一起住，打保票说包吃包住。苏娜就劝即将读大四的妹妹苏心去她那儿同住，夸赞唐真是最会设计潮流服装的服装设计师，与她一起住，可以穿最时尚的漂亮衣服。苏心听了这样的夸赞，当天住进唐真的公寓，缠着唐真给她推荐最"潮"的服装。一周时间，唐真与苏心十分熟悉，一切平平静静，唐真估计的恶劣情景没有马上到来。

苏心，一个很淘的小女生，喜欢穿装嫩装，大热天穿着酷似兜肚的彩色裙装。也难怪，这年头，围裙也能改成时装，更何况兜肚这种时髦元素。但这不是唐真喜欢的服装样式，要是她设计一定丢掉它。但是，没理由反对别人鲜活的创意。在服装设计界小小的集中营，她已经算是超前的那种，善于捕捉品味与风情。但是，明的暗的对手有一批，有时也没太轻松。她不比拼，别人比拼，不得不提高警惕。

把生命交给陌生人

自从苏心搬来，一次恐吓电话竟未打来，再后来，唐真几乎忘却天堂之路来客，心情渐趋平静。

入夏某日晚上，她捧书阅读，读到格林芬的长篇小说《命运》中的一句"你的生命交给陌生人吧"，若有所悟。

苏心在书房侧头看到她读的书，奇怪地问："我怎么从没见过这本书。"

"你当然没见过。"

"喜欢圣诗么？"苏心好奇地问。

"不。"她把脸靠在手臂上，又望向窗外星空。

"你的生命交给陌生人吧，什么意思呢？"

"……陌生产生爱。"唐真忍住笑，发现正经八百的撒谎，听者会误入歧途。

"你会喜欢陌生人吗？完全不了解的人？"苏心好奇地问。

唐真没有回答，她不需要回答这类问题，因为她明了今生全部意义。在她未见明光的时候，心黑着，无人照亮……她的眼睛还是落在照片里，必须从里面挑一个。

唐真把一摞照片交到苏心手里，请求她攥着它们，唐真把眼闭上。

苏心好奇地问："姐，怎么？"

"如果我闭着眼，连续三次摸中同一张照片，就把一生交给那个陌生人。"她郑重地说。

"啊！不是开玩笑吧。"苏心深深地奇怪。

"我的命运掌握在你的手心，你可以随意洗牌。"唐真命令苏心做这种意义重大又太过游戏的活动。

苏心尖叫着说："哇噻，这真让人兴奋。我从没玩儿过这么刺激的游戏，明天一定对姐姐说。"

唐真进入平常玩扑克牌的状态，随手抽一张，睁眼仔细看，照片上是酷似主神的脸，但是其人拥有焦黄头发、无良眼神。她狠狠把它塞进苏心手里，说："再来！"苏心第二轮洗牌。唐真抽了第二张，这张照片的主人老态突现。她摇摇头，把照片又送到苏心手中。如此，连续抽五次，没有一张照片是重样的。唐真冲着苏心微笑说："今天的功课到此结束，明天这个时间再来。"连着五天，她没有得偿所愿。她反复端详那些照片，果然没有一张是中意的，也许是天意。尽管天意弄人，唐真仍然坚定寻找酷似主神的人，就算明知是错，也要固执的我行我素，还要验证相反结论。她心目中的主神，永生不倒。

没多久，她接到设计大赛通知，业界新角逐开始，在那场游戏里她不能输，于是她一边继续找人，一边努力创意设计。荒唐事忽然而然降临到她的头上……

不管她去哪儿吃饭，前脚踏进餐馆大门，后脚就有服务员问候，直接把她领到最雅致宽大的房间，摆一堆美味过来。她看到那么多大大小小的盘子就头晕，指着它们烦闷地对服务员说："谁让你们摆这么多，我一人吃得了吗？我一个人待在这么大的房间，是不是空旷、寂寞？"

男服务生认真说："你放心，已经有人为你付过账。为你买单的人说这些菜，你最爱吃。"她仔细看了看这些菜，真是她喜欢的，超大龙虾、空心菜、红烧茄子、油鸭……包括羊肉串，煎荷包，尽管家常，却真真是她平时吃惯的那种。男服务生把门打开，三个穿着燕尾服的小提琴手提着小提琴肩并着肩走过来，步履一致，模样相仿，如三只受过特殊训练的大黑蚂蚁齐刷刷地走过来，在硕大的餐桌对面站定，面对她一字排开，一起歪着头、夹肩，拉起《梁祝》，那专心劲儿就像登台演出……

唐真指着他们问服务生："请问，这几位的钱别人也替我付了么？"

"付了，"男服务员微笑说，"请放心。"

唐真立时无语，这种照顾她真真承受不起。

此后，唐真到龙城图书馆看书，就有专门房间专人招待。到服装店闲逛，请相信，她只是闲逛，凭借职业敏感观察哪些品牌款式更受欢迎。但是，进门没大会儿，就有人打包送她衣服，拒不接受，衣服就被强行扔到跑车。她纳闷，一周下来，被这种到处的赠予整得焦虑不堪。如果这些账单真的付还好，如果没人付，却被人盯着要钱，几十万不成问题。唐真担心这种事的最后是恐怖花费的陷阱，陷入焦虑与惆怅。

苏心听闻这种怪事，大笑不止，天天穿唐真的衣服，打扮像花蝴蝶，变来变去。她的同学是一群嗅觉灵敏的小野猫，很快聚拢到家，向唐真借用漂亮的晚礼服。由于不是自己的东西，唐真扔得很快，尽管有的衣服快上万，她仍然大声说："拿去吧，拿去吧，都拿去吧。"苏心的女同学拍手大叫："也也，太好了。"她们兴冲冲地穿着高级衣服，去恋人那儿秀温柔。

唐真惧怕非正常的生活，想弄清谁是幕后操纵者。但她的朋友，没一个承认，均说未曾替她付费。

从那以后，唐真下定决心，只吃地摊的饭，不逛服装店。出门之际，她要多拐几道弯。她扮演成地道的特务，去趟公厕就变成卷头发、戴墨镜、戴耳坠、套一堆手镯、涂着大红嘴唇、罩着透明丝巾的怪里怪气女人。她把跑车丢在外面，自己打出租离开，再打电话让苏心把她的老搭档开回。

如此过了几天自由生活，似乎那双无形的眼睛早看破她的鬼把戏，后来，不管她怎么变，人家总能及时提前付费。

唐真见没办法甩脱，只得默认。但脑子狂想：是谁呢，谁？

第一，我救过谁。

第二，编辑部的副总编：两个已经近乎疯狂的竞争者？他们要害我？

第三，后脊上有孔洞的家伙，但也许它转世成为一只动物。

第四，也许是主神……

"天哪，主神！"唐真的热血突然沸腾：会是他吗，真正惊动了他，他来到人间？他没有化成太空的泡沫，而是扎扎实实活下来……她瞬间又被幸福笼罩，仿佛泽光开始漫延，望到披着金黄外氅的他慢慢走来，他伸出手臂说："来……到我身边来……我的北北……"

唐真确信，这世上哪里有那么大的无所不在的力量，别人肯定做不来。她冲动地在化妆镜前，把化妆品摆了一桌，层层保养，像足登台的演员。但对着镜子她惆怅：皮肤已不及十八九，水嫩的肌理已不再，鲜亮的早已远别，为何这时他才出现？是谁于冥冥中启动指南车，找寻已消逝的青春……

晚上，唐真准备两套衣服与一个并不起眼的头套。然后找朋友聚会，告诉他们她突然心血来潮要到五梁山牛角峡谷游玩儿，自驾旅游。女友们纷纷笑着说："你不用刷卡，会有人为你代付。"她边喝酒边笑，故意微笑说："有傻瓜愿付就付吧……"

出游那日，新雨后有一丝凉意，清爽新鲜，宜于旅游。出门以前，她要去那家小小的汽修厂，车开进去后，却发现跛足博士不见了，她笑嘻嘻地问伙计："博士呢！"小伙子们大笑："博士跳槽了！"

"跳槽？"唐真不相信他们的话，保养跑车后，她临走前，扯住一个还算老实的小伙逼问："说实话，博士去哪儿了？"小伙低声说："换老板，炒他鱿鱼了。"

当唐真发觉这儿再见不到博士深不可测的眼睛，忽然觉得这里突然无趣。失去人情味的汽修厂不再是她喜欢的地方。眼看残破的轿车一辆辆从眼前鱼贯而过，她迅速驶离此地。

唐真的行动继续，第一个落脚点是瑞晖酒楼，在酒楼二层洗手间，成功与安娜会面，安娜穿上唐真的衣服，戴上唐真的纱巾和墨镜，而唐真则换上安娜的衣服，把长头发藏在短的假发下。小安娜喜欢那种短小的里出外冒的怪衣服，唐真就穿着怪衣服在洗手间看表，等小安娜走后，她安然走出来，果然看到停车的地方除少了她那辆跑车，还少了一辆轿车。她迅速钻进小安娜的车，开快车沿着牛角大道一路直行。

下个目的地——金江饭店。按照计划，唐真比小安娜早到一个小时。唐真走进金江饭店大堂内，坐在有假树掩映的休闲座椅里，佯装喝饮料，紧盯服务台。北京时间十一点半，一个奇怪的男人出现，首先可以确定一点，她从没见过此人：少白头，酱紫色脸，年轻，精明又机灵。此男子向女服务员比比画画，描述谁的形状，然后拿出信用卡，让女服务员刷卡后，匆匆离去。她把报纸丢在椅子上，问女服务员："刚才那人是不是代人付费？"女服务员诧异望她笑笑："是啊，怎么，你们认识？"唐真也神秘地笑笑，然后走开，钻进小安娜车里，看到白发男人开车走人。轿车飞快启动，他把车开到饭店外一处背静的林荫下，他在驾驶座不停吸烟，胳膊落在车窗外。唐真记下此人的车牌号码。

不多久，小安娜开唐真的跑车出现，跑车一出现，此男就侧过头去，仔细盯她，直到小安娜轻盈步入酒店。从侧面看，小安娜有几分像唐真，但也稍稍不同，她比唐真胖一些，现在小女生很能吃饭，高热量食物摄入太多。但唐真选的这身衣服刚好能遮盖身材，宽松飘逸，观看的人会被飘浮鼓荡而起的彩色纱缦吸引视线。小安娜进去四十分钟后，用手机短信呼唤唐真，唐真很快走进去，在洗手间替换服装。现在监视的人换成小安娜。唐真大摇大摆走出酒店，故意站在门前稍息一分钟，以让少白头看清唐真的脸。跑车很快开动，沿着牛角大道往西走，直入山中。少白头缓慢跟进，小安娜的车又跟在少白头后边，驶离酒店。在牛角乐园，小安娜成功与少白头成为新相识朋友。

情节唐真是这样设计的：唐真故意走进鬼见愁水洞，吸引少白头进去，待黑白无常怪叫一声，小安娜立刻惊叫晕倒在此男身上，少白头不得不扶起她大声呼唤。小安娜故意一声不吭，表现出昏厥样子。少白头不得不令船工把船开走。他不停地呼叫她。那时小安娜醒转，感谢少年搭救之恩,小安娜与少白头结伴同行。小安娜追问他叫什么,那人自称叫武天。问他职业,武天吞吞吐吐,在反复追问下,只说是自由职业,显然,有意隐瞒真实。小安娜不得不在这个问题上放过他。她像膏药一样成功粘住他。不消说,这个年轻人显得六神无主,极力想摆脱小安娜。小安娜始终缠着他,少白头不得不带着小安娜跟踪唐真。武天挥汗如雨,不停用手巾擦汗。唐真则轻松背着背包,穿行在修砌整齐的山道上,在悬崖突起的地方伸懒腰,或在山谷深处大叫一声,以激起奔涌而来的回声。

唐真迅速奔跑的时候,武天也奔跑,直到看他累得气喘吁吁,唐真才停下,沿大峡谷的溪涧冒水行走,把武天看得目瞪口呆。唐真可能是最不惧死亡的人,她有时甚至希望回到死亡列车与主神重逢,又恐此主神非彼主神。人生如梦,转回首,虽往事历历在目,却抓不住寸缕。她胡思乱想之际,越过飞流急瀑,立在硕大的巨石上,身上被瀑布打湿,发上水滴不息,她拧了拧发,沥下水去。抬头之时,正看到对面巨岩上站立一个干瘦的满布皱纹的丑陋男人,此人中等个,略有秃顶,八字眉,小眼瞳,厚唇,肤色焦黄,贫血又近于冷酷。整张脸又瘦又小,五官全挤一处,但居中的高大的鼻子却向天空的方向隆起,硬硬打了个折,以破坏整体"小"的构架,完全不搭调。他虽穿西装打领带,稍有文人气质,但衣服显然很久没洗,不仅有折皱,而且脏兮兮,一看就令人恶心,会让人担心从那个方向发出恶臭。此人厚嘴唇抿紧毫无笑意,斜眼盯着唐真,眼神诡异又森冷,小眼睛不停转动,唐真内心咯噔一下,他的眼睛细长、眼白多到可怕,眼瞳小到没有,这不就是程思远的眼睛……对于眼白过多的人,唐真天生有着特殊的恐惧,不消说,会让她联想到天堂列车,以及列车上的谋杀案。此人斜眼关注她,像看怪物,事实上唐真看他也像看怪物。她迅速超离他的视线,三纵两跳隐身在山石后,偶然回首仍然看到他对她的张望,他的小眼睛充满敌视情绪。不知怎么的,唐真浑身打了个哆嗦,想迅速离开此地。

当唐真沿着狭长山道尾随游客,在牛角峡谷辗转行走,脑子里一直挥之不去那人的眼神,眼神像从地狱而来,带着往世的仇恨。

按照唐真的计划，小安娜成功与少白头成为伙伴，他们时不时地一起说笑，尽管相隔一段距离，仍然可以看到他们的身影。小安娜是苏心的同学，据苏心说，小女生有着毫不含糊的表演天赋，与生俱来，模仿能力超级强悍。在结束牛角山之旅后，唐真接到小安娜的短信，她说成功跟武天进到他的家，或者说那并不是他的家，是他主人的家。她说那里豪华至极，简直逆天。他主人的家坐落于望佛山脚下，有塑金身的巨佛立在山顶，山脚不远，大湖绵长，明镜一样照彻，映着蓝的天色，大湖旁有一片面积不大的小湖，湖上有伸进湖心的凉亭，之间有长桥连绵勾连，据说，这里也是旅游景点，而武天的主人家就在小湖的旁边，有修砌漂亮的山道直通其间。

唐真从书房拿出本市地图，仔细查找，终于找到被称为望佛山的地方，那里被标记为旅游区，据朋友说，村民养花植树，副业发展较好。此楼的主人陈天宇大大有名，在市区开过不少饭店，十足富翁。这就难怪，如果不是富翁也付不起昂贵费用。唐真笑起来，终于找到正主儿。

第二天，天没亮，小安娜居然就来敲门，那时唐真并不知她是谁，只迷迷糊糊中听到有人叫门，还是苏心反应快，立马蹦起，大叫："谁啊，这么早就敲人家门，就不知道人家好不容易盼到个星期天！"估计苏心是听出小安娜的声音，才撒泼似地批评两句。她开开门果然看到小安娜。

小安娜娇红的小脸出现门前，透出不安神情，耸耸肩不好意思地说："唉，我可不是故意要整你，无事不登三宝殿。"

苏心撇撇嘴："你可真麻烦，什么事儿非得大早上说。"

她把小安娜让进屋里。小安娜显然气喘吁吁的，唐真披衣起床，来到客厅，问她："什么事儿？"小安娜用手扇着风说："你们早上不开手机，我打不通电话，只好跑来。别提了，那个武天的主人对我说，你是唐真派来的暗探，你让她自己来吧，如果早上八点半到不了他的家以后就不用找他。"

唐真和苏心面面相觑，没想到世上还有这种人，唐真失笑："真有意思，有人居然给我甩这派，不去就不去，当我愿意去找他。我看这人才吃饱了撑的没事儿干。"

小安娜劝唐真："还是去吧，你要真不好奇，干吗让我跟踪他们？"

唐真当然好奇，但仅止于好奇，小安娜哪里知道她内心深处的恐惧，自从征婚启事贴出后，怪事不断，唐真什么都往天堂列车上的人联想。现在知道他是谁，反而心安，她知道他不是天堂刺客之类，按天堂列车法则，只有向文明才有好的轮回，其他若干人一定平庸甚或境遇极差，他们又怎么可能富甲天下甚或名望较高？

她突然想到：难道是主神重回人间？一想到此，唐真又激动起来。唐真掩着忽然而来的极度冲动，问小安娜："那人长什么样？"

小安娜想了想，缓缓说："他与你年纪相仿，三十岁，戴金边儿眼镜，文气，像文弱书生，有书卷味，白白净净，看样子也不太像坏人，说话幽默，对我也算热情，只是偶尔说话凌厉，有点让人琢磨不透。"小安娜又摇摇头，"我也说不上来，觉得他很神秘，还是你自个儿与他聊。"

唐真点点头，抬头看表，七点四十分，开车去得多半个小时，要去的话只能马上出发。唐真问苏心去否，苏心举胳膊说："我跟你去。"唐真又看了看小安娜，她也举着胳膊说："我也跟你去，有福同享、有难同当嘛。"她说完吐了吐舌头。唐真呵呵笑着，与苏心快速收拾后就出发。

一路上，小安娜没少发问，还让苏心猜那个人为什么要请唐真姐吃饭。苏心嘻嘻一笑说："你说呢？"

抵达望佛山间，雾气沼沼，四下静寂又潮湿，山间道路几无人行。再行不多远，一脉湖水忽现眼前，五层红楼赫然出现，红瓦在幽昧不明的山间格外光芒醒目，反光刺目。渐近红楼，有升降栏杆挡住去路，车缓缓停下。栏杆处传来门卫隐约话声："是不是唐真？"

小安娜打开车窗探出头，用手掌撑在嘴边，大声说："嗨，你们请的客人到，还不开门。"

升降栏杆一侧扬起，当它扬到90度，唐真将跑车开进去。又行百米，红楼里出来一队人，车缓缓停下。她们从车中下来，七个西装革履、身强体壮的年轻人走来。

小安娜轻声说："这些保镖，十分厉害，听说都是好功夫，在少林寺练过。"保镖中藏着少白头，他率先走出迎接，微笑望向唐真，显然对唐真过于熟悉，没少跟踪。唐真则仰起头，冲他微笑，缓缓走过去，边走边问："请问你的老板贵姓高名？"

武天眨眼说："他叫陈熙坤。"

唐真侧过脸不信地说："难道不叫陈天宇？如果我没搞错，这是陈天宇房产。"

武天盯着唐真的脸色，沉默片刻说："他是陈天宇表弟，代为管理望湖山庄，别的我就不知道。"

"那么陈老板又做什么生意？"唐真的话音未落，对面出现一个人，他就像小安娜描述的，高高的，白白净净，文质彬彬，柔弱的瘦男人，惧风、怕光，出家门这么近，就戴着遮沿礼帽，在夏天清早晴好的天气，衣领竖起，活活春秋节气四五十年代大上海男人。脸色惨白，似乎很少见到阳光。很客气地向她伸出手，她看到他的眼神和气又幽深，脸上没有恶意，眼睛光彩自然展露。

"陈经理？"唐真试探着这样称呼他，与他握手。

陈熙坤微笑回唐真："不要叫我陈经理，我只暂代表哥打理一切。"

"那你的表哥呢？"唐真好奇地问。

"他出门有事儿。"陈熙坤瞟了她一眼，带着她们往红楼里走。

唐真暗观陈熙坤，看他戴着礼帽，透着怪异，她一边尾随进门，一边思忖，就在这时，灵光忽现：不错，他那双不太发出光亮的眼睛，像罩着层玻璃。正常人她一眼能看出眼睛里的神采，快乐的、忧伤的，抑或愤怒，蓝的或绿的，当然，有时欣赏不到色彩，一些人隐藏很深，就像眼前这人，反正她一看不出蓝绿，二看不出情绪……但是他为什么要隐藏，这个费解的家伙，难道刻意表现他的沉稳？

唐真疑惑不解之时，看到金碧辉煌的别墅。她不喜欢描述别墅，特别是那种装修上很下功夫的装饰，是炫耀财富，抑或标示与众不同，显出自己身价。宽敞的大厅，约260平方米，一层至二层楼高10米，抬头能看到二楼过道前的三面栏杆，左右均有木质楼梯通道，梯上铺着花色地毯。客厅正对面墙下一排皮质沙发，左右手也有一排皮质沙发，三排沙发各有15个座位，该客厅能同时容纳45人入座。沙发后是密密麻麻的花卉，这让唐真忽忽想到轮回车厢的客厅……唐真发现沙发足够宽大，随意带领两个小妹坐进西首沙发的一个角落。陈熙坤坐在她们对面沙发上。其他保镖，不敢坐进沙发，立在沙发后。陈熙坤不紧不慢地让人上来果盘，雪白缺血的脸上显出一丝笑意，对唐真说："久仰唐真大名，欢迎你的到访。你一定奇怪，我为什么经常请你吃饭，是吧。这很荒诞，在很多人眼里，像恶作剧和天方夜谭。"

苏心与小安娜狠狠点了下头，这的确是很多人的感觉，他居然很坦白地说出来。苏心说："为什么？"

陈熙坤正了正衣领，然后对唐真说："其实，我只是对你的一则征婚广告感兴趣。在我以为，这种征婚方式离谱，且胡闹，就像我现在这样……胡闹。"

唐真真真郁闷，居然又是那则征婚广告，是一个"兴师问罪"的人，只不过，表现方式有些古怪。

陈熙坤喝一小口茶水，眼睛一错不错地盯着唐真，似想从她身上剜下片肉，或想从她的表面看到她的内心，关注她可能表现出的细微表情。

唐真注意到他眼神凌厉，仍然淡淡质问说："那则广告怎么了？我就不能按图索骥？那可是我的自由。"

陈熙坤笑起来，笑得足够冷与勉强……笑得让人感到不真实。他白净失血的脸突然收拢，一张一紧之间，已立起身，对着窗口的方向说话，没有望向任何一个人，自言自语："不识庐山真面目，只缘身在此山中。找得到模特儿，找得到外表，找不到思想。如果一个人有那人思想，其实比有那人的外观更重要。为什么有的人不找一个更像那人思想的人呢？因为，对那个人的认识也是模糊的，只喜欢那个人的外表，喜欢外在，胜于喜欢他的内心。这是许多男女的通病。模样英俊是先决条件，此后，必然会因见到更加的英俊的而见异思迁。"

唐真震惊，立起来反对："才不是，我不会的。"

"就是。"陈熙坤的脸部因某种莫名的愤怒而颤抖起来，转脸望向她："因为他长得英俊，你就喜欢……"

唐真陷入沉思，思想似乎被他击中要害，果然是他说的这样？自己需要外表，而不是内心？爱情这东西又怎能用单一的标准衡量，爱一个人的时候需要这样那样的理由？需要精准的判断，喜欢的是哪个方面？当然不需要。外表是他的标志不是么，最少是比较典型的标志，那么思想，她又去哪儿看到？在汪洋宇宙深处如何捞到他思想的金针？尽管如此，她还是有所触动，因为外表确确不是主神唯一标志。当然，唐真同样不相信面前这人动机纯正，他想吸引她注意，必然有所企图？她突然觉得没有必要深究此人用意，如果他有用意，不与他交往就自然消失，自投罗网才恰中他的圈套。于是，她很客气地对他说："对不起，你不是我，你不会了解我的心境，至于我更喜欢外表或者内心，这是很私人的事，我没有必要按照您所想的去做。另外，希望您不要轻易施予他人，先要问一下被施予人愿不愿意……如果您没有别的事儿，我得走了，因为目前我有很重要的工作需要做。"

苏心与小安娜见唐真态度有变，慌忙起身，跟在她后面。

武天这时突然出来圆场："嗨，刚来怎么就走？这不好吧，陈经理已备好早餐。"

陈熙坤似笑非笑地说："就是啊，不能饿肚子走人，吃了饭再走。"

唐真瞟了一眼苏心与小安娜，她们笑嘻嘻地望着她，那神态似乎告诉她先吃顿饭再走不迟。陈熙坤见唐真迟疑不绝，挽留说："不要害怕，我一不会加蒙汗药，二不会投毒，三不会放海洛因，保证新鲜可口。"

唐真又有好奇，忽然想起这些日子，他安排人给她点的菜，是她喜欢吃的，也偶有些菜是前世为人之时常吃的，但非现在口味……她勉强点点头说："好，吃饭再走——谢陈经理款待。"

望湖山庄的餐厅在一楼东过道最东头，里面是自助餐厅，坐着些三三两两吃早餐的游客。穿越此处上行，进入用餐专用电梯，武天把她们引进四楼装修豪华的单间1111号，他说龙城头头面面人物曾在此吃饭，也偶有接待外地来宾。他说这个号码是独有的，其他房间号均是三位，只有这是4位数。苏心问为什么，武天说，这是最早时候，陈天宇老总专门为接待某位张姓恩人而专设的豪华包间，因张姓繁体字笔画11画，所以，就取11。又因陈天宇信奉基督教，基督教主耶稣12

门徒中有犹大作乱，取11门徒之意以图吉利。后来，恩人得病后不再光顾，此专间就成头面人物的专有用餐包间。窗户是落地窗，可以看到望湖山庄下的湖水，远处山峦，以及山道上穿越而来的车辆与偶尔自驾游的行人，忽然飞过的鸟雀会为窗户平添几分秀色。

若干人落座，望湖山庄的主人让服务员上菜。第一盘上来的是菠萝炒饭，第二盘面包夹草莓酱奶酪，第三盘蒜泥拌黄豆。三样全是唐真常吃的或说是常做的口味。她好奇地问主人："你怎么知道我喜欢吃什么？"

陈熙坤接过侍者递到他桌边的牛肉，拿小刀切下片牛肉递到嘴边，淡淡问："怎么，你喜欢吃什么不已经是公共的秘密？我们这个城市所有餐馆饭店都接到过我的通知。"

唐真放下刀叉回他："答非所问。我问的是，你是怎么知道的。"

陈熙坤突然现出夸张表情，瞪眼说："天哪，这个问题太简单，我派我身边人对你进行严密考察后得出的结论。"

唐真冷下脸说："我天天在家里吃早饭，偶然在外面吃，那是很少有的事。在外面吃的很随意，没有规律。你给我的东西是我独自在家，自个儿一个人做着吃的。"

陈熙坤望着唐真，故做吃惊状问："是吗？这个情况，我还真不太清楚，你把我说懵了，但我手下人打听到了你的习惯。"

唐真转问苏心："苏心，你有没有对别人说起过我早上喜欢吃什么做什么饭？"

苏心举起胳膊报告："向天发誓，我绝对没说过，你喜欢吃什么，因为也没有人问过我。"

唐真冷冷望向陈熙坤，语气中颇带气愤地问："这事儿很奇怪，你告诉我，你难道有千里眼么？"

陈熙坤尴尬地笑起来，不住望向站在一边的武天，武天接过话来："嗨，那有什么，这也是我们陈经理的一番美意。"

唐真站起来，狠狠说："我回家就找人搜摄像头，如果有，告你侵犯别人隐私权。"

陈熙坤又切下一片牛肉，突然幽幽地说："你其实早上不吃这个，你喜欢沿着湖边晨跑一圈，然后喝一杯热牛奶，吃一碟放在冰箱里的小芹菜，再吃两个七成熟的鸡蛋。鸡蛋是放进酱油里的，在微波炉里转上45秒钟后食用。"

唐真这下真的呆住：这是程北北上世的生活习惯，他是没理由知道，除非……

陈熙坤冲唐真很深意地笑了笑，笑得让她莫名其妙。他苍白的脸上，似乎添了一丝光彩："唐真，我没吓着你吧？"

苏心大声反驳："不对，绝对不是这习惯。我跟唐真姐这么久，就没见她这样过。你说得什么湖，简直荒唐，我们住的位置，哪里有湖！我们就住在市区，除了车就是楼。"

唐真没再吭声，她需要确认身份，这对她来说，不够突然，但确实让人兴奋。她知道，他是一个熟人，苏心哪里知道她的内心起着多大波澜，她的情绪逃不出主人的眼睛。

陈熙坤的眼神一刻没离开唐真，他在揣摸唐真的心思。唐真一触到他的眼神，就怔了下，她拿湿手巾拭嘴角，以掩饰迷乱情绪。她开始回忆，不死的回忆死灰复燃，蛇蟒一样纠结过来。小安娜和苏心不时转动眼珠望着她，似乎想弄清楚，她为什么不发脾气——她们不会明白的。

早饭过后，武天和几个保镖缠着苏心和小安娜打牌，她们不打牌，他们又带着她们划木划子，两个小女生与他们一起玩儿起来，像所有受不了诱惑的人那样，笑声时时传来。

唐真望着陈熙坤，一直没有说话，不知该怎么进一步询问他，或者说不知该怎么让他自己说出真正身份。

陈熙坤与她想象中差太大，不该这么苍白，这么阴郁，不该总是透着琢磨不透的眼神。但是所有不该都是次要的，关键是他了解她。他领着她向他别墅后的一片花园走去，他说这儿的花是村民种的，他正好把这儿当世外桃源，散散步，做做操。此时，唐真看到神佛光彩夺目的形象出现在烟云缭绕的山间。

当陈熙坤走到一处桃林下的时候，缓缓停下了脚步说："这儿曾有一群鸟儿失去了方向，迷失在这儿，我于是可以天天在这儿听到鸟鸣。"

唐真听不懂他话里的意思。他继续安静地走下去，沿着山道，沿着溪水流过的地方漫步："你一定很想知道我是谁，是不是？"陈熙坤问。

"我为什么想知道你是谁？"唐真不想马上承认。

"因为，你的眼睛告诉我，你对我充满好奇。这也难免，任何人在你这样的情况下都会好奇。"

"为什么？"

"呵呵，为什么，问得好。你喜欢问很多问题，却没有答案，你愤愤不平，只能发发牢骚，你的笔不能替你表达，你的才华是埋没你的毒药，你的心气高，命却薄，脑子思索太多，血液流动过快，会害了你。害你不能跟亲人团圆，早早梦游仙界。"他一口气说出这一堆话，一点不窘迫。

唐真相信自己完全明白他说的是什么："我听不懂你的话。"

"真的不懂？"他笑望唐真，脸色稍明光，或者是真正太阳升起来，他仅借了点神采。

"不懂。"唐真沉着地回复。

"你喜欢加班儿是吧，彻夜加班，白天晚上，没消停过，领导的报告不能不写。但是你忙完了后仍然喜欢臭美，没事儿就逛百货公司、商场、超市，晚礼服就存了七件之多。你喜欢白西装配小牛仔，脚蹬亮白的小皮鞋。喜欢马尾辫，多大都是小孩打扮。"他深深望着唐真，歪头得意地问："我说得没错吧？"

唐真大笑："你看我现在是那打扮吗？"

"我可不是说的你的现在，你清楚。"他成竹在胸地说，突然，他伸过手臂，抚了抚她的发，"你应该知道我是谁了吧……"

唐真沉下头暗忖，也许他真是主神，但举趾神态分毫不像，也许，所有转世的人会与上世有所不同，包括性情大变。包括她，她不是也有了部分改变么？但是，她仍然隐隐感到他很神秘，远不是她看到的这样。

唐真没有回答他的话，而是举起手机为看到的山山水水照相。陈

108

熙坤跟在她后面继续说："喜欢我这儿吧，我这儿可是人间少有的神山圣水哦。"

唐真微笑扬起脸说："我更喜欢在梦之殿之外与我喜欢的人畅游，一起与唱歌的女孩合唱，你一定也喜欢？"

陈熙坤怔住了，一时不知怎么回答，后来他闷闷地说："她们唱的什么歌来着，一时竟是想不起来了。"

唐真微笑说："是《大同歌》啊。"

陈熙坤立刻说："对，对，《大同歌》……"

唐真立时感到无比的恐怖感猛然袭过来，她没等到中午就带着苏心、小安娜离开这里。她确实需要好好想一想。陈熙坤也没太作挽留，临走时期望还会有一次愉快的会面。

离开望佛镇，唐真从车后窗遥望渐逝山庄，感到诡异又惊心。她必须冷静下来，以适应无厘头遐想，回忆缠身，暂时休息如此间山云缭绕的往事。她已猜到此人必然是天堂列车来客，但知道这些细节的人只能是同宿舍的几个女人，因为偶然的时候，她曾提到生前的生活习惯，但除了冷蓉被转世，另两人已化为乌有，但冷蓉是女人啊……她想不通此间原因。

不过，唐真也没太多心情去思索这些细节问题，比赛将近，她的奇思妙想也该大跨度行动。同行的电话时常会打来，言谈间刺探她的创作动向，她不会对他们说的，也可能许多人把她当成对手。她的设计在悄然进行，不到最后一刻不会公开，以保证最后的惊心动魄。这次她采用的纯中国的水墨风格，配合发型、头饰制造浪漫惊人的造型，它当然像李白诗句一样夸张且有力。大框架出来后，她正做最后的小细节完善工作。她无时无刻不陷入狂想的构思中，以期取得完美惊心的效果。苏心完成功课，走进唐真凌乱的书房，唐真的书房就是书本厚积一起的空间，狭窄无隙。苏心只能歪着头欣赏桌案上她的构思，很难以旁观者角度提出建设性意见。

就在唐真托下巴苦苦思索的时候，夜晚雷雨忽至，窗外惊雷不断，闪电不停……

一个女人赫然出现门外，她手边牵着小女孩。她敲门节奏与雷声的雷脚正好相同，于是她敲很长时间，唐真才隐隐听到声音。苏心开开门的时候，看到牵着小女孩的漂亮女人正浑身湿漉漉、眼神呆滞地呆立在门前，她长发披肩，椭圆形脸，嘴唇圆润可爱，身材丰韵优雅，戴着水晶耳环，穿着黑色吊带真蕾丝裙，脚蹬韩式超高跟鞋。

她诧诧地问："这儿是不是骆红尘的家。"

唐真走到苏心身后，对那个女人摇头说："你弄错了，不是骆红尘的家。"

女人拿着手中的小纸条反复对照门牌号，皱眉说："明明就是这个号嘛，就是这儿。"

她仔细打量她俩，眼中透出越来越惊恐的神态，突然扑通跪到她们面前，哀求："求你们让他出来见我，求你们，他不能不管我们娘俩。"

唐真和苏心异口同声说："真没这人！"

她眼中的神色更慌张，突然站起来，疯了一样闯进去，各个屋里寻找她想象中的人，她们想拦也拦不住，只得由着她到处看，直到她自己也确认没有这个人，她才颓然倒地，垂泪说："不可能，他不可能不在这儿，他怎么会不在这儿呢，他去哪儿了呢？"然后抱着脸大哭，比窗外的雨声更疯狂。她开始大骂男人狼心狗肺，她的男人不是男人，一定是在外面有相好的，卷钱走人，不要她了，嫌弃她生了女儿。唐真迟疑是不是再劝解这个女人，苏心却连拉带扯地把这个女人轰走。但那女人领着孩子在门边大哭，终于惊动左邻右舍，唐真不得不替她们找家就近旅店的拉客，拉客把她们好说歹说劝走。由于此事唐突，影响她正常工作，她不得不早早睡下，闭上眼睛，这些天发生的稀奇古怪的事情鱼贯而过，惶惑烦乱，迷玄中，主神向她招手，他其实出现面前，但是，她似乎无法发现他的存在，似乎又回到梦之殿……主神就默默立在廊下……

奇异的约会

━━•·━❀━·•━━

翌日晨，唐真去工作室的路上，还没拐出天域社区，就被斜刺里窜出来的畜牲吓一跳。奔来的狗儿，冒火的眼珠似乎只望见她一个"仇人"，它不过是一个普通得不能再普通的黄色杂毛狗，拿到狗市上卖也值不了几个钱，就这样，一只黄毛野狗居然追着车狂吠，表现出藏獒一样的勇猛气势，唐真暗自庆幸，幸而它不是藏獒，咬不破胶轮。但是，它干嘛那么勇猛，路上那么多人却只把她当靶子？难道畜生也知道专挑软的捏，发现自己足够柔弱可欺，连它也能闻出味道？唐真好不容易开快车甩掉这家伙，却发现从叉道口钻出一辆出租，稳稳压在跑车前，以给她足够时间看清后车窗招摇滚动的电子广告！她定睛一看，简直震惊到极点——

请伊人秀设计室唐真今晚八点到绿清新茶舫等我。

唐真转头一看，其他飞速驶过的出租车电子广告上全是这句，她知道这是全市交运系统统一安装的卫星定位系统的热播广告，知道它的宣传力度。这真是怪事一桩桩，哪个都令人匪夷所思。是谁这么无聊，把如此私人的邀请弄得尽人皆知，而且不署落款。

唐真稳稳心神继续开车，快到工作室的时候，看到大厦门前已出现一堆报社电台记者的采访车，情知不妙，忙给助理小良打电话，他在电话里低声说："千万别上来，这都没法下脚。"她只得掉转方向回返。

　　记者的电话纷纷打来："唐真，你准不准备去茶舫赴约，要不要带保镖，你知不知道是谁邀请你？"

　　唐真坚决地说："当然不会去。"把手机狠狠关了，丢在车椅上，烦闷地吐气，只想找个清静地方躲起来，谁也找不到。她又直觉想到，也许是某个设计师暗算她，采用的分心大法，她拍着方向盘，愤愤吼了句："以为我会上当……"

　　这时，一个高大的但一步一歪的身影出现人行道上，她十分惊奇。不消说，这个身影她是见过的，一直对他抱有某种程度的好奇。他就是汽修厂被人炒鱿鱼的可怜的残疾人，被小工们戏称为"博士"的男人。她很想呼唤他，又不知该叫他什么。后面有不少车向这边涌来，不得不开快点，眼睁睁看他消失在阁老街。

　　这条街曾藏着明朝阁老，整条街挂着古式的竖式招牌，阁老街的人知书达理，直到现在，也是古玩店、书画装裱店、红木家具店聚集的地方，阁老街于是以书香古雅著称。她怀疑他是到这条街上谋个工作。凭着他的气质猜测八成是进了装裱店。古玩店应收有一定古董鉴定才华的圈内人，他一个新手，又是残疾，手脚不灵便，很难有人愿意收留他。红木家具店帮工一定得有力气、干得苦力，他也绝不合适。只有装裱这个活用手不用力，有一定技术又不太难，或者他遇着个好心人正好收留他。她想到这儿又觉得自己太过好奇了，自己的事尚忙不过来，哪有精力管他。然后，又怀疑自己关心这人的动机，却又是想不出的，于是笑笑开车走远。

　　唐真渐近天域社区，却发现社区公寓也涌出一些陌生人，他们探头探脑往这边张望。她发现不妙，只得转动方向盘把车开往何琳家，何琳负责此次大赛服装的制作。

　　何琳虽在家，却忙得很，唐真走进她乱七八糟的制衣间，坐在靠背椅上看时尚杂志闲静等。直到何琳忙完，才得到她的"恩准"说话。

何琳微笑望着唐真，打趣儿说："你可是新鲜事儿不断，大家围着你找些茶余饭后的谈资。"

唐真合上杂志，正色道："你可别替我操心，专心帮我把赛裙加工好。我会好好犒赏你。"何琳正色说："别介，省了，我可不喜欢被人吃请。"唐真知道这话又在描向自己，唐真笑着狠狠白她一眼，然后仔细看她已经帮她做好的两件雪纺裙。还好，基本按照唐真的心意做出来，只是小细节上还有些不同，唐真指出几处需要重新修饰的地方，折褶的主次关系。她给唐真倒了杯红葡萄酒，说："你今儿晚真不赴约么，胆子这么小，要是换了我，一定会到绿清新茶舫，上去给那人一耳光，让他知道恶作剧下场，知道我们女人的厉害。"唐真看着这个干瘦的骨感美女，心中诧异着呢，想不到这女孩比自己还有个性。

唐真喝了口红葡萄酒挑眉回她："要去你去，那里就一陷阱，一些人巴不能我跳火坑，思想黑炭一样。"不知怎的，唐真喝了几杯就脚下踩棉花，自觉耳朵忽然热了，隐隐听到何琳呼唤，又似乎听到海水的潮浪声。昏昏沉沉中似有谁呼唤程北北的名字，它铮铮作响，又似弦音一样清幽。走进云深处，一双忧郁的眼睛远远望着她，她走过去，它更遥远，梦之殿大门半开半合，她快冲进去的时候又关闭……失落中，她坐在屋宇上，所有星子向眼前冲来，凉凉的，遇到肌肤就化掉。一个声音远远传来：北北，北北……她蓝色的眼睛泛出光亮，缓缓站起来，向星辰扑去，却突然掉下去，跌落万丈深渊……

"哎呀，这么大的床也能掉下去哦，真服了你了。"何琳的声音传来，唐真激灵坐起来，却发现坐在何琳卧室的地毯上。她看了看表，发现已到中午十二点……她纳闷地说："这是怎么回事？我喝了什么？"

时间飞快，完全出乎她的意料。她们随意吃点便饭，何琳便像机器人一样，继续做事，唐真又开始无所事事。午后，唐真特想出去走走，哪怕沿着街巷散散步，于是辞别何琳，开车到处转。

唐真想到瘸腿的"博士"，好奇心魔鬼一样上身。尽管那人微不足道，但她总觉得他的身世到眼神都有可探究。在他出现过的阁老街上显然不让轿车通行，有几个横在路口的钢管路障标明只有行人或自行车可以通过。她只好就近找了车位丢下车，戴上外翻沿的白色帽子，落下遮阳的挂钻的丝网，徒步而行。由于她打扮得体，肤白耀目，优雅温暖，不少人的眼光划过来。她的小高跟鞋清脆敲击泛着青幽光泽的石板路。黄包车另类地停在道口，远看古色古香，她以为得坐这个。但是，唐真转念一想，是要寻找某人，坐了它，难道只是逛街？于是又放弃坐它的打算。她沿着这条街仍然仔细搜寻，一个店铺一个店铺闲逛。装裱店老板们认为她是顾客，不时介绍，超量宣传，令她望而生畏。在走到第六家装裱店的时候，她惊奇发现熟悉的身影，他是一个高大的瘸子，在操作间工作，很用心，里间打开的半扇门帮助了她。他并未发现唐真，唐真于是装着跟老板攀谈，老板是个热心人，他一会儿拿出这字画，一会儿拿出那字画，唐真则不时挑剔它们的毛病。老板发现她是一个内行，最少是一个懂得艺术的人，言谈间表现出敬意。没多久，唐真就知道他姓曹，曹操的曹，名字也特殊，叫老师，她大笑，笑得眼泪快出来。她暗想：这人真好玩儿，就算他不是老师，别人也必须叫他曹老师。老板自己也笑，就是，人人这么说，谁让他父亲突发奇想。这时，唐真用眼角的余光瞥到操作间瘸腿的"博士"突然一惊的表情，他显然偷偷打量过唐真。从此，他工作的动作不再流畅……他的一举一动逃不出她的眼睛，她如此细心地观察他，连自己也认真吓一跳，神使鬼差，为什么要关注！他的眼神中隐隐透出慌乱神情，唐真只是陌生人……这更增加她的好奇。博士握排笔的手颤抖起来，不再游刃有余……

曹老师的手机响了，似乎有客人咨询什么事，他捂了手机，向里面招呼："李易隐！你给这位女士介绍一下字画。"

这时，李易隐缓缓立起身，不得不直面唐真，唐真微笑望向他，想看看他正面回应的表现，李易隐果然有些局促不安，尽管正眼望了唐真一眼，但很快转移目光，像从不认识她，从一卷卷的字画里挑拣着，捧给她三卷，他缓缓打开字画，打开字画的速度缓慢又细心，她让他介绍作者情况，李易隐流利地说着，但显然心不在焉，整个解说过程，没抬头看她一眼。唐真暗想，我不是丑八怪，为什么不看我！唐真看别人的眼睛是一绝，什么色彩都能看到，但是他总回避目光，那么，就很难看清他眼里的色彩。面前这人，说实话，她从脑海中找不到这样的旧迹，他的稍微削瘦的脸，坚毅闭着的嘴角，努力压抑的情绪，奇怪又缺乏印象。但是，唐真就是被他奇怪地吸引。老板打完手机，又让李易隐回到工作间，李易隐如释重负，抓紧丢下字画就走，唐真想大声唤住他："喂！你怎么说走就走了呢！！"但是，这话却没法说出来，作为不相识的客人，怎么可以这样无理？她只得满腹疑惑，随意买了幅字画就走。她暗叫了句："奇怪的家伙呀，唐真俺并不是魔鬼！"

不消说，唐真开车回去的时候，居然像丢了魂儿一样。这样的感觉，她无法描述，但脑子仍然一片空白，第六感却在起作用。

表针指到下午5点，手机短信铃声响起，一条短信出现在手机屏幕上：

程北北，你不来茶舫会后悔的，主神。

唐真脑子立刻轰的一下，天旋地转："天哪，程北北！！主神！！"他真的来了吗？唐真握着方向盘的手巨烈颤抖，这不会是真的吧！这难道是真的！！他没有死，他真的没有死，上天终于安排他来见我，被真心感动了吗？

唐真急踩刹车，脑子似乎炸开一样，后面有一辆车差点撞到她的车上。司机骂骂咧咧地把车开走了。她的眼泪幸福地落下来。整个身心快乐得要死。她要立刻见到他，倾诉她的思恋，她的爱，要告诉他，多少次想死，想去天堂列车上寻觅他，要他彻彻底底拥抱，让他不顾一切拥抱，不用惧怕天荒地老，不用担心万劫不复，不要管它万世轮回，只要彻彻底底地爱，肆无顾忌地爱。哦，可是距八点还有三个小时，漫长的三个小时。而且，在她要去的地方，一定埋伏着好事的记者。但是，现在明知龙潭虎穴，也要去，谁让他是她唯一的主神。但是，这么智勇的主神怎么会采用这种方式呢，他沉稳又执着，不是浮躁的痞子。她瞬间又从狂热状态惊醒：他只会默默召唤她，只会默默回应她。不会给她带来麻烦，永远只为别人着想。否则，他怎么会狠心地把她推到人间！！！她又浑身冰冷，难道这是天堂列车上回来报复她的人设的陷阱？

陷阱！！！她一想到这两个字，心又悬到嗓子眼。那个人说要报复她，而且，她知道要报复她的人可能绝不只是一人。她又缓缓开动车，漫无目的在城市的道路上奔游，将车开到一条铺满绿荫的道路，停车走下，靠着白桦树，看着呼啸在风中的林木，脑中再度空白。这时，短信再次发来，上面写着：

你怀疑这是圈套，你怀疑我的方式，我是要给你一个惊喜呀，傻丫头！让全世界都知道你的主神回来了。

她仍然想不明白：真的，假的？！时间在惊喜又痛苦的徘徊中一分一秒过去。唐真一忽儿高兴，一忽儿胆怯，在冷热交替中充满惶恐。时间终于快指到八点，看样子她必须走。她不能排除他是真的主神，毕竟只有他说出了她前世的名字。那么，她必须冒下险，哪怕就此陷入最深、最恐怖的圈套，她也认了。

她想定后，跑车再次发动，沿着西朵大街的小道逶迤而去。那里有人工河道环绕，沿边是形状各异的石头与花卉。干净的柏油路呈铁黑色，一尘不染。跑车亮白的色彩划过路面。在前方，三层小别墅型茶坊碧绿的色彩飞腾出来，像绿色的云朵。这里没像她想象中那样骚乱，安静得连根针落地也能听到。她打开车门，似乎四下一个人也没有。这令她想象到武侠小说里埋伏着杀手的客栈，诡异的宁静。尽管她没看到杀手，但似乎确凿感到他们存在，他们的呼吸声。她一步步走进去，似乎每一步是有危险的。但她想，总不会有地道战里的暗箭，或突然飞出来的子弹，那些爱折腾的杀手决不会让她轻松离开人世。

她终于来到茶舫门前，大胆的冒险者终于看到微笑排队迎接的人。他们是一群强壮有力又礼貌的侍者，没什么特别的。她很想说，你们这儿怎么这么安静，但这话没有说出口。又有几个女孩子连问也不问她是谁就把她请上二楼。这么小又安静的茶坊是不需要电梯的，她沿着铺着大花团簇的地毯的宽展的木梯上行。沿着一路的"古色古香"上行，两边古中国凝重的色调里点坠着茶画的壁图，她倒乐于进入此环境。她们并没把她领到某处包间，而是把她领到露天的高台上，这是半弯的形状，有木质的雕花的栏杆，突兀在滨水之地，高台上有一个简易亭子，顶不太高但宽展，亭下有一个低矮的四方桌子，桌旁两个木质凳子。茶品早已摆在上面，但凳子上显然没有人。从这儿往四下望去，能看到辽阔的星空，聆听偶然的蛙鸣，还可以被着徐徐清风，温婉在无限幽情里，欣赏不尽的清流，它们缓缓的注脚为夜晚平添一分媚惑。七点五十五分，主角还没有登场。

这时，唐真借着亭下幽微的红灯笼光芒，焦虑地拿出手机看着时间，此刻唐真的心有些放下来，感觉中混乱的场景并未出现，没有摄像机对着她。她处于绝对安静的环境，甚至林木间的闪光灯也不见，他们如果不用闪光灯根本没法把她照下来，更不可能拿出去登报。这倒让人奇怪，难道没有人再关注她奇特的约会？就在她无比狐疑的时候，一只手掌悄悄落在肩膀上，她怀疑这只手是邀者的手，忽地立起来，在月光下，对面之人抿嘴笑着望她。他浓浓的眉毛下一双不同寻常的精彩的深邃的眼睛出现了。她呆呆地望着他，从记忆深处寻找真正主神的样子，不错，面前之人就是主神容貌的翻版，他深不可测的眼神精彩又忧郁。她这时的情绪完全无法控制，像脱缰的野马，飞奔前行，但是，她怯懦的身体又阻碍它们。"主神"忽然伸出手来，将她完全僵住的手捧起来，然后轻轻地吻一下指尖，那么绅士，仿佛，她只是一个他刚认识的女人。然后，他指指桌位，微笑说："喝茶吧，唐真，不，程北北。"他的声音也像极了，有磁性，又温暖。

唐真狠狠闭了下眼，努力让自己心境平静，缓缓坐在他对面，唐真奇怪，他应该拥抱她，应该投入到让她不能离开，但他居然能这么沉得住气。或者隔了几十年，在天界与人间已有不同，他的情绪必须重新培养。

这时，有服务小姐过来服务，送过来清新茶点，然后退出。高台上，只有他们两个人。静寂漫溢，星光倾泻流华，它们一闪一闪地映着他们，蛙鸣一阵阵传来，远处田田的荷叶悠悠地映在心的窗子上。他从怀里摸出小黑本，从里面抽出名片，交到她的手中："我现在的身份，心理咨询师，王威。"她对他陌生的名字感到奇怪。她怔了下，这是陌生身份，显然与过去的感觉有很大不同。她看了看名片，喝口茶，情绪趋于稳定——与他的感觉显然有些陌生。王威耸耸肩说："我的父母是很有名望的人，我一出生就在一个非常好的环境下。你知道，我曾是天神，就算下界仍然具有好的身世与背景。"唐真微笑说："是吗？天神也不见得好，我可记得你当时粉身碎骨，我以为再也见不到你呢。谁知，我们还是有缘见面，而且——"她皱了下眉说不下去。王威忽然握着她的手："一定经常在想我，想我们在天堂列车上美妙的感觉。"她轻轻点点头："当然，那是我最美的回忆。"她将手从他手中抽出来，暗暗叹息，何止美妙的感觉呢，那是永恒的冲动。她努力想从他身上找到往日主神的感觉，眼神、举止，说话的神态，但怎么看都似像非像。他眼里缺少主神凝重炽热的情感力量，缺少主神冷酷又执着的魅力，他表现越来越轻松，仿佛她只是一个陌生人，他说话的语气尽管表现出亲切，但真实中感不到亲切，这难道又是一个冒牌货？她冷冷观察着他的一举一动。心理师可能渐渐察觉出她稍有冷漠的表现，他突然再次握住她的手，眼里似乎有泪光，说他下界后如何想念她，说从出生以后开始想念。经常坐在高高的屋顶上看天上的流星，想念流星雨的夜晚。

唐真微笑问他："我喜欢流星雨吗？"

王威点点头说："当然喜欢，大家都喜欢，你也得喜欢。"他紧紧盯着她的眼睛，想察觉什么。

唐真举起茶杯，微笑对他说："喝茶，我们得喝点茶，你不口渴么。"

王威呵呵一笑说："是啊，没错，我们是来喝茶的。"

唐真看了看杯子里的茶问他："这是什么绿茶？还有甜味。"

王威笑笑："哦，它是黄山毛峰。提神、减肥，女士最宜喝它。"

唐真呵呵笑道："我胖么？"

王威怔了怔说："不，你刚刚好，简直就是模特儿身材，还稍微有些偏瘦。"看来这是他的真实想法。

唐真突然微笑说："神仙，你有女朋友了么？"

王威耸耸肩："这怎么可能，我怎么会有女朋友。我可一心一意惦记着你呢，怎么会找女朋友？"

唐真摇摇头，叹息："我发布公告找你，你怎么就没有找我的行动呢。

我发了那么久的广告，你怎么现在才来见我？你真能沉得住气。”

王威慌忙辩解说："噢，你不要冤枉我哦，我是最近才听说的。听说了，我就抓紧来见你。我兴奋啊，冲动啊，想念这么久的人，终于找到了。"

唐真很想立起身，狠狠给他一个耳光说，行了，别演戏了。但是，如果她这么做就打草惊蛇，找不到幕后元凶了。她对他表现出渴慕的样子："你知道么，我多么想念你。这些年来，我无时无刻不想念你。你知道那种感觉么，很心痛。"

王威握着她的手，狠狠地点头："我当然能想到，我知道你不能离开我，所以我来了，我们再也不分开！我保证。"她看着他那么酷似主神的样子，想到居然是冒牌货，说不出的难过，难道寻找主神是永远的梦幻，除了被人利用，竟无更好结果！她绝望地闭上眼睛，眼泪悄然滑下来。王威拿出手巾擦擦她的眼角，叹息："女人就是多愁善感……"

唐真的火气又腾地一下冲上来，真想再次给这个冒牌货一个响亮的耳光，但是她仍然得忍下来，不得不忍下来！！！！尽管唐真气愤这个家伙的大胆妄为，此夜晚也不是全无收获，其实它也给她一个巨大财富，可以重温主神容貌，往事忽现，侵入骨骼深处，似乎又来到梦之殿，看到他热切的吻，整个世界因他而有意义。王威一直在表演，但他表演得真像，也许他是心理师，天生会察言观色，他有这个本事。他的眉宇间有时也会偶然的陷入深思，那样的表情就会让她浮想联翩。他为了表演得更像主神，特意揽着她的肩，立在栏杆旁，指着星空说："你看星空多美，对于你们女孩子来说，一定喜欢诗意。我真想再去看一看宇宙的流星雨。"她把他的臂膊弯下来，把头虚拟地靠在他肩上，纵然他是个冒牌货，也许可以感到稍微的温暖。唐真忽然想到，可不可以假戏真做，可以试着爱这个冒牌货，因为直到目前为止，只有他最似主神，无可挑剔。

冒牌货深情地望着唐真，他英俊又温情的脸上挂着主神一样的微笑。唐真是要接受这样的吻，要不要假戏真做？主神的魂灵附着在这个冒牌货身上了么？他似乎成为唯一的救命稻草，冒牌货试探地去吻她，在她看来，却未知有几分诚意，或又是陷阱。她在虚拟的遐想中，放纵自己，哪怕有一秒的温馨也是好的，她想，在唇间亮丽的交融中一切柔软下来。她睁开眼就能看到主神一样的俯视亲近的脸，这是多么美妙的感受。她承认越来越疯狂，在圈套里自觉地陷下去，又似乎更进一步，他大胆地抚摸她。她却是暗想：此人真的像主神那样毫无羞愧的假冒。这时蛙鸣小了，四下清风写意地飘过来，舒爽得像凉凉的流水，一些空中飞翔的暗物经常的发出奇怪的声响在身侧掠过。她渐渐接近一条灰暗地带，狭窄又崎岖，那是爱的沟壑，让冲动的心音不断地挑起细流，他顺着她的心跳她的爱意占有过去，小虫一样咬着肌肤，不胜重负的肌肤上爬满张扬的侵袭，血流加速，那里的行船开始起锚。她的手陷在他坚硬的头发里，喃喃轻吟："你真是主神吗？"他没吭声，突然含住她的唇，以致让她没法再开口，这声问话也久久地沉下去。不知多久，他们才从狂热状态苏醒。他看到她的神气突然黯淡，死灰一样。他变得不再能言善语，他忽然皱紧眉头，或者他的良心发现这是不够道德的……

唐真轻轻地问："你要走了吗？"

"是啊。"他闷闷地揽着她就下楼，然后像打发无知少女一样，结账后跟她说再见。他头也不回地走了，坐进他的车。一辆不起眼的私家车。当然她也坐回车中。隔着车窗，他们互相望了一眼，他显然又很专注地打量一眼她，酷似主神的脸上出现奇怪的表情，最后他终于说："你将会有很多麻烦。你太奇怪了，我建议你去精神病院治疗一下。"

唐真对这应的话倒是略略惊奇。他的车开动了，他走得很快，像空气一样，消失在干净无尘的道路上。尽管此人本身就是麻烦制造者之一，她却从他口中听到会有麻烦的话，倒感到意外。

王威的出现，使她突然对神秘的主神的存在深深怀疑，纵然能在现实中找到这样的主神，终究不再是在天界拥有至高权威，威仪又深情的他，他再也不会穿着教父一样奇特的衣服，偶然说出深不可测的话，让她在心理上有顶礼膜拜的神圣感。这个王威无形中矮化了他的形象。王威只是个普通的心理咨询师，居然还有很有地位的父母。他一定是被亲情包裹的人，一个蜜罐里长大的家伙。他这样的家庭无法培养出真正主神的性情，唐真的乌托邦或者早已死亡。

唐真的滑铁卢

唐真驱车回到家里，已晚十点半，四下静悄悄。屋内没有亮灯。似乎与唐真同屋的小女生苏心没有在家。当打开工作间壁灯的时候，惊奇发现屋里乱七八糟，显然很多地方被动过了，包括放在桌上的设计稿也被撕碎，人台上的衣料也被扯下来，人台长杆歪在墙上，万向轮跷起了脚，似乎在向谁屈服。窗子半敞，夜风疯狂地卷着绘着中国水墨画的印花窗帘，外面黑沉沉的世界里只有对面高楼上幽微的光亮。她向窗外望去，什么也看不到。没有绳索，也没有人影。她把窗户关上。一个人无言坐到窗前。窗户变成整个世界，巷子飞扑而来，她的眼睛锁向偏僻角落，一双天蓝色的眼睛水一样清新，一片霜打来，模糊了一切，她打了个冷战，却发觉那只是小睡的幻觉。待她醒彻，却发现桌头上有一张纸条："我无处不在，你和主神必须死。"唐真不喜欢被人威胁，将这个纸片也撕了个粉碎。

这时冒冒失失的小女生却突然闯进来，她尖叫："唐真姐，你的设计稿入围了。"在这个小圈子里，入围是肯定的，唐真怀疑她这么冲动有没有必要，微笑对她说："瞧你高兴的……"接过《入围通知书》，扫了两眼，把纸合上。

苏心待把通知书交到唐真手上，环顾四周，才突然尖叫一声："喂，怎么搞的，怎么这乱，你找什么呢？"

唐真一边收拾桌子，一边低声说："咱这儿啊，进贼了！"

苏心又尖叫："啊，贼，他怎么进来的？不会是蜘蛛侠吧，顺着这么高的楼也能往上爬？"

唐真不知该怎么回她，只是把窗帘拉紧，心中掠过一丝不祥，蛮压抑的，但她不想把这情绪传播给苏心，她还是个小女生，不能受到惊吓。她想了想说："毛贼一个，什么没偷走。赶明儿，我们安结实的防盗窗，就算他是十个蜘蛛侠又能怎么样。"

苏心仍然害怕："哦，不！你没看报看网上吗？那小偷厉害着呢，用根铁丝就能把屋门打开，什么防盗门、保险柜统统不管用。你没被偷那是运气好。我看，我们现在运气大大的坏了，以后难说不会再有人光顾。一定要报警。"

唐真笑她："我们家没放现金，他们来一趟准就不再来了。"但是心里在说，他一定还会来的……

唐真拉开抽屉，在想象着模特身上需要佩戴的饰品，尽管这次没走青花瓷路线，也属于十足古典型，翻了半天没有中意的，连个像样的小折扇也没有。

第二天她又开车出去了，当然那条讨厌的狗仍然狂吠着追她，那时真想找个宠物专家来看看，这家伙究竟怎么了。当天的主要任务是逛逛饰品超市，然后把设计好的饰包样式以及女孩子头顶上戴的高冠样式交到何琳手中，让她赶制出来。工作室还有一些活要接一下，不知那些记者有没有烟消云散。

饰品超市坐落在市区繁华地带，那是浩瀚中别着的水晶小怪物，它的造型奇特，就像一只水晶鞋卡在广场西侧，鞋跟处有个小小开口，那是观光电梯，一路上去到靴筒的最顶端，可以看到最精致的饰品。那儿有着敞亮的光线，通体透明的玻璃，可以从任何一个角度看到市区景象，如果是夜晚，万家灯火亮起，这儿如同天堂一样迷人。饰品楼有一道沿窗的环形地带，方便观光的游人看整个城市的夜景，并配有一圈卡座，以供人们休息。饰品区是由一个一个的格间组成，它们挤在中间，扇面一样张开，中间又划了些小通道，以让客人任意进出。

那些时尚的女孩子或者长发披肩贴着长长的睫毛，或者扎着立式的一字高髻吊着又大又圆的耳环。她们的服装样式也跟着潮流，尽管看不出特鲜活的创意，但站在这儿仍然能感受到平民的时尚。她随意地漫步其间，寻找了些好看的小装饰，但就是找不到扇骨子雕镂精致的小折扇，她不奢望能买到象牙、玳瑁、贝玉折扇，总得样式上看得过去，哪怕有个楠木、黄杨、鸡翅木的也好。当然就算买到了它，还要认真改造一下。逛了十几处小格间，才算看到一把稍微满意点的折扇。拿在手里摇了摇，对着镜子禁不住笑了。买完东西，她随意坐在卡座里，眼睛望向窗外。她今天穿着米黄色经典小套裙，短裙的长度不足膝盖的一半。所以，她坐着的时候必须合拢腿，斜斜地靠在一侧。这时，她就看到她的鞋子，这双普通的金晃晃的小凉鞋由很多不规则的小带子随意缠绕着，她开始琢磨参赛的鞋上也该加个小饰品，不能简单化了。那时她想到气泡一样的绒线球，或者几根羽毛。她立刻选择了后者，但是羽毛并不好找……她又四处寻觅可以立在鞋跟处的羽毛，这次转了几圈也没有找到。累的时候，她又坐回卡座。

正休息的时候，唐真突然感到身侧谁的目光斜斜望她，她忍不住扭头去看，王威此时神使鬼差地出现在面前。他今天穿着亚麻小翻领小纽扣的T恤，露出瘦长的颈，颈上吊着加勒比海盗骷髅头饰品，昨晚并没太注意他的着装，今儿大白天认真看得清楚，她微笑说："你怎么来了？"

他耸耸肩，挑了挑眼，轻佻地说："我当然是来——保护你的……"

唐真可不喜欢被人保护，失去自由，何况，他并不是真的主神。她起身就走："不，多谢好意，我不需要你保护。"

王威凑近唐真低声说："我是神，这一点，你知道，我能未卜先知。真的。"

唐真没有吭声，继续离开这儿。他居然厚着脸皮跟过来，他当然比她走得快。她不得不站住，本来想吼停他，但又一想，他既然是来冒充主神的，而她也必须装着把他当成主神，那样，她才能找到他幕后的主谋。

唐真装成对他温情有礼的样子，盯了他一会儿，终于点点头。就在这时，饰品超市里忽然有个女孩跑上来，把她划卡支付的费用原封不动地交到她手上。王威好奇地说："怎么回事？"唐真知道是谁干的，淡淡地说："听到过免费的午餐没有？你跟着我，就会有免费的午餐。"

"免费的午餐？呵呵，真有意思。"王威纳罕地歪着头望唐真，他的脸上显出主神一样深思的表情。

"有一个问题，那些记者怎么都不见了？昨晚？"唐真边走边问他。

王威并没回答唐真，这时观光电梯门开了，由于是上班时间，没有什么顾客上来，里面空无一人。他们走进去，他贴着电梯弧形的栏杆仔细观察她，他微笑说："你仍然怀疑我，我能感觉到。"她也靠在他对面的弧形栏杆上望着他，安慰他："我真相信你就是主神。只有他知道我前世的名字，你能说出来，你不是主神又会是谁呢。"

王威没再言语，眼睛却望向玻璃外的市区。这时电梯忽然停下来，唐真以为门会打开，会有人进来，但是她错了，电梯门死死关着，锈死一样。天哪，电梯停了。这时王威也察觉不妙，也急了，他狠狠踹门，门没有打开。"怎么两个人就不下了？又不是超载！什么电梯！"他紧急按下所有按键，启动报警按钮。超市里无人应答，似乎控制室里空无人踪。倒是此街对面有人指着停在半空的观光电梯说着什么。她于是联想到昨晚家中被人夜袭的情形，突然害怕起来。王威又紧急拨打手机，手机完全没有信号，他狠狠摔掉手机。

"蹲下吧。等死，也得体面的等死。"唐真怅然说。王威明白唐真的意思，也蹲在电梯里惊恐地说："它会不会嗵一下掉下来，或者，会不会嗵一声飞上去？"她怀疑地望着电梯顶部。

王威摇摇头，叹息："那谁知道，我总算知道跟着你准没好事儿发生。"他从怀里抽出一颗烟，准备点燃，她抢过他的烟，骂他："混啊你，没氧气，我们会死的。"

王威怔怔地望唐真，也害怕地叫起来："对啊，我们会闷死的！我的天！我要给你这家伙赔条命。这超市的保安都死光了么？"

超市的保安死光没有唐真不知道，但能听到门的位置有"吱吱"声响，她渐渐立起来，瞪大眼睛看着楼下，那时大厦前，观光电梯下，聚拢了越来越多的人。她分明看到有穿保安制服的人出来看。他们显然慌了神，急打手机，再后来，消防车开过来，一些消防人员全副武装冲进楼内。王威发现终于有人来了，于是又精神起来，他非常轻松似地耸耸肩："我爷爷找人给我算过命，说我大福大贵，一辈子不愁吃喝，那就是财神下凡。想让我死，也没那么容易。"他这话音未落就听到凿门声，再后来，有人大叫："门被人焊上了，门被焊上了！"

唐真一听这话，才真真被吓一跳。怎么可能焊上？这才多大会儿，也太离谱了！这得多么快速的焊接工具。

楼下的人越来越多了，但是，电梯的门始终没有打开。唐真猜测电梯是卡在两层楼的中间。她看到抗着摄像机的人也冲过来了。她赶忙躲到王威身前，让他手扶着栏杆影着她，唐真斜蹲下去。他奇怪地问："你——成心害我？让我站起来，嗯，万一这电梯掉下去，我不摔成个麻花。"

唐真烦躁地说："你愿蹲就蹲，挡在我前面就好了。"

王威笑："你这么怕记者，怎么混的？还在天堂列车上当过编辑，嗯，就你这样，胆小怕事，早被那些恶鬼撕碎了，知不知道！"

"主神，我没被撕碎，还认识了你，不是吗？"唐真冷冷笑着。她发现了真实的王威的品性，他与主神相差十万八千里，哪有一点点主神儒雅深情忘我的味道，这让唐真失望至极。

他一听唐真叫他主神，脸上神色大变，他立刻收敛了痞子口吻与乖张的神态，装成很深情的样子，他把手在半空中划了下："你看我，在危险面前，慌了神！唉，其实，我根本不把这些当成回事。其实我——"他下面的话说不下去了，估计他也是真的说不下去了，他相信自己已经演穿帮了。唐真仍然不动声色地说："算了。你救过我，我不怪你。电梯一定会打开的，我们只需要等。"

尽管说话的语气很平淡，但内心却像撒了盐样痛，唐真不相信这就是她终生的归宿，就是要面对这样一个假主神，她这才深深明白，她喜欢的是什么。绝不是外表的酷似，这个世界移情的东西太多了，但是，灵与肉岂能割裂。不，不能。唐真绝望地望着他，身心碎了。此情此景，唐真觉得她流泪是不太奇怪的，于是，不再控制自己的眼泪，让泪水忽然而然地涌出来，而且让它一发不收。王威看到唐真突然流泪，倒吓了一跳，他从兜里摸出两张纸巾递到唐真手中。现在他专心地望着唐真，将手抄在休闲裤兜里。由于他伸着脖颈，吊在脖子上的骷髅头呈悬垂状，它荡来荡去，荡来荡去，就在她眼前不远的地方。她现在给他要烟抽："把你的烟给我——"

王威用唐真的话回唐真："我们需要氧气，我们会闷死的。"

唐真指指电梯顶上，冷冷说："闷不死，那里有通气孔。"

王威惊奇地望望电梯顶，果然发现真是有通气孔，才舒口气："切，你知道那儿有通气口，还不让我抽烟。刚才。嗯。现在，我凭么给你烟——"

唐真本来想再次替这个讨厌的家伙提醒一下他的身份，最终，她还是咽下来。把眼泪擦干，缓缓说："如果，这次我们真的死了，我们就可以再次走进天堂列车——"

王威摇摇头："你想让我陪你死，陪你进天堂。哦，有一次就够了，不要第二次。"这次他认真摸出枝烟夹在手里，燃着它，抽起来。瞬间，狭小的电梯里充满烟味。

再后来，唐真听到切割机巨大的声响，随后越来越大的火花与废气喷溅下来，她慌忙躲避火花，王威也不得不捻灭烟头与她退缩在一个很小的角落，空气呛人，她几乎昏过去。就在这时，在电梯偏上端，出现一个小口，刚能上去一个人的样子。王威尖叫一声"噢耶"，不顾一切地冲上去，让几个在上面救援的人伸出手，他抓着人家的手，脚点着电梯壁就上去了，这时，由于他用力太大，上衣的内兜倾斜，从里面掉出几张照片，它们刚好砸在她头上然后滑落在地，她捡起它们，仔细看了看，禁不住笑了，几个美女的赤裸秀照。这时，那些救援人员也拉她的手，但她可够不着，他们不得不弄个绳梯落下来，唐真才缓缓地从里面爬了出去，脱离险境。

回到楼内，才发现是卡在八楼与七楼之间，好在八楼还有半箱的高度，他们就是从那儿脱险的。后来得知，控制室的人员无缘无故都睡了，才没有及时发现有人被困电梯。更奇怪的是，据电梯维修工说，门被人从外面焊上了。已经有警察前来过问此事。唐真并没深入对他们讲什么，匆匆离开这处大厦。但他们出来的一瞬间，终于被几个记者抓拍个正着。他们开始采访，王威大言不惭地说，他在电梯里勇敢极了，一点都不害怕，他指着唐真说，她就不一样了，说哭就哭，软弱得不得了。他临了又补了一句："女人就是胆小，男人女人的差别嘛！"

唐真没再说什么，径直向轿车方向走去，开车就走。他当然也没拦她，估计也得去休息他惊魂未定的心灵了……

事情到这儿戛然而止。唐真已经不再奢望什么。冷酷的心像封上一层霜雪。尽管如此，她仍然习惯性地立在阳台上，遥望无垠星空。这个世界还值得留恋吗？没有了。她一遍遍回答自己。星空似乎需要她的声音，在风的轻抚中，她变成空空的水晶，它们可以自由出入，而不必担心她会阻碍它们。全世界死一样静寂。在天上、在地上，泡沫一样虚幻。一连七天，她足不出户，一个人像木头一样工作。所有稿样都是由苏心传递。她画出一堆炭黑的服装，接近死亡的狂想占据着她的大脑。层层的黑圈，低低的雪花，燕尾荡起的黑涟漪，灰色的楼房全部歪斜，它们歪在肩膀上，一层层的，越来越凝重。拉直的云团，杀气腾腾的星月，水花的厮杀，猫眼，尖叫，以及锣鼓声，这是背景。她画坏的东西，就团成一团狠狠丢在地上。它们的寿命完结，与她无关。七天后，伸了个懒腰，她看到苏心找人安装的防盗窗，它分割开阔的视线，她现在是笼子里的鸟，缺乏血色。

翻开前几日的旧报纸，一条条查看新闻，淡淡扫了几眼，这一扫不要紧，竟然发现了自己与王威的照片：大厦前，唐真快步出屋，王威发表演讲。下面标有一排字：万源银行行长王立业的长子王威与著名服装设计师唐真被困吉贸商厦电梯两个小时之久，最终获救。电梯故障蹊跷，疑是仇家报复，警方已介入调查。她又翻了两日后的一份报纸，发现报上娱乐版也有一条消息，也有配图，她与王威疑有恋情。此照是她在绿清新茶坊门前与王威匆匆出去的样子。她淡淡笑了，还是被人偷拍了下来。

唐真望向窗外，天虽已大亮，但忽然雨声紧急，还有雷声阵阵。这样的天气，很晦气，但符合她的心情。她打把浅粉的小伞要徒步走走。是的，她想独自一人，不要车，不要任何人陪，走在风雨中，感受一下寂寞与孤独的力量，一种平民的忧伤。但她顺着电梯下到楼下的时候，却被满眼碧翠感染了，它们鲜活地扑向眼睛，招展又轻盈，全部尘土投降落地。大地被细流不停地不停地冲刷，雨水巨大的手掌，那么柔韧，富含不屈的精神。而她晶莹的凉鞋也泡在水中，只露出雪白的脚颈，越发鲜亮与夺目。那只爱来咬她的狗似乎还没有起床，估计它的狗窝离此不远。她才不管它，要咬便咬，那是它的自由，它的精神。她忽然把伞也扔了，细雨可以自由得让她冰冷，没有阻碍，雪白的裙子是它们的一员，是水的新伙伴。而她一点不惧怕地走着，任凭风吹雨打，胜似闲庭信步。没多久，她全身湿透了，这很像一些电视剧里的情景，那些情景她可以背下来，男主人公与女主人公相拥在大雨，以表示他们爱的热烈。而她一个人淋着雨算什么，不知道。与他们无关。她一个人静寂的雨，不需要支点。这时，她似乎听到了神的召唤，他在天界遥遥地望着她，他的碎片纷纷扬扬，是这雨声，这零碎的哭泣，这任人忧伤的哭泣，这滂沱的哭泣呀，她的雨声，这一遍遍的哭泣……

　　唐真看到会所檐下，一些呆鸟一样站着避雨的人们，他们用奇怪的目光望她。她奇怪吗？他们奇怪吗？这个世界奇怪吗？宇宙下的星球们奇怪吗？整个生命奇怪吗？短暂的行走奇怪吗？难道不全是奇怪的？她突然被自己近乎疯癫的思想吓了一跳，她知道，这时，有些脱离现实，走向虚妄。她努力让自己镇定下来，绕过那些CEO们高消费的地方，向低矮的平民小店走去，那些卖小吃的小店为了生计还开着门，很小的彩电挂在墙角，店主人们互相说笑着，自然是些与她无关的话。有时还能听到NBA们的忠实崇拜者的大声叹息与惊呼，什么科比、什么霍金斯、什么约翰逊，这些世界上最有力量的男人，不过在做一种投网游戏。嗯，他们也够奇怪的，全地球疯狂看球者，更是奇怪的，他们在消耗生命，这群笨蛋。包括她，疯狂的涂鸦者，不过在玩儿弄布料，在搞一种玩了百遍的游戏，长长短短，刻意制造怪胎。她也是笨蛋。那些政客要员也是笨蛋，把地球修理好，还要眼睁睁看它被外来星球撞碎，这些笨蛋一样的地球人类从此消失！那些笨蛋一样的作家，也在把思想变成废纸，所谓的杜撰，所谓的幻想，不过给人们短暂的安眠与短暂的痴狂。这个无谓的世界，这个冷酷的世界！

　　唐真继续走下去，一路胡思乱想，在路口上，她看到纵横交错的道路外刺向青天的楼宇，她立在窄小但异常干净的人行道上。细雨仍然飘零，它们不因她已突然打起阿嚏而稍有减缓步伐。她如此徒步走了小半个城市，中午在一个很小的地摊上简单吃了碗牛肉拉面，下午继续走，直到自己也累得快虚脱时，来到灯儿胡同口外的小街上，雨已渐息，天也黑下来。这时一辆轿车停在唐真身边，车内漂亮的女人将漂亮的脸蛋露出来，她笑得很疯，但也很好看，一对细长的小酒窝甚是招眼，再加上她贵妇人一样的盘发，使她全身上下散发出旧上海女性的娇妖多姿。

"唐真，你发什么神经，淋雨玩儿吗？你会发高烧！我正赴一个派对，你也去吧。化妆舞会。很刺激的。"她这样叽里咕噜说了半天，唐真才想清楚她是谁——宛婷，这个金沙滩的女老板嫁了一个很有钱的老公，就快把她忘了。唐真认真拉开车门，一步跨进去，宛婷找了个厚厚垫子扔到唐真的座位下，骂唐真，"你真是傻瓜，淋病怎么办！"唐真很自觉地坐在她的厚垫子上。又狠狠甩了甩发，雨星溅到宛婷身上，她撇撇嘴，"没有公德哦，全身是水，看你怎么见人哦——"

唐真这才看到她穿着一件纯黑风格的蕾丝镶花的上衣，下衣居然是黑网裙裤，网孔大到可以清楚看到她修长玉腿的上部。这种风格很眼熟，像在哪儿见过。想了半天，才想到是巴黎时装周上的一种服装式样，她还挺速度的，拿来主义拿得很快。唐真忍不住笑了，然后躺在后椅上，懒懒地问她："你弄了个什么面具呢？"

"唐真，放心吧，够你玩儿的。五个呢，个个很吓人。哈哈。"她笑得很开心，看来是做好了充分准备。

唐真让她拿出来看，却发现不过是几个普通的遮眼罩，一朵大花歪在一侧。这朵大花实在看不出有什么吓人。唐真联想起真正吓人的广西鬼面具，微笑摇摇头："糊弄小孩儿玩儿呢，连嘴也看得到嘛，下巴的形状全看清了。"

宛婷边开车边回唐真："行了，这样蛮好，留出小嘴儿可以亲吻。你连个老公也没有，参加这样的活动不正好对你胃口。你不会真的找那个银行家的儿子当老公吧，他可是出了名的花花公子。哈哈。"她睥睨唐真一眼，然后仰天大笑。

唐真白她一眼，骂她："好了，专心开车。我的事不要你管。你让我开心去玩儿，却不让我把脸全遮住。别人还是很容易认出我。要戴就戴广西面具，脸上长黄毛，面白无色的鬼脸，那才酷。"

　　"你那样戴，也太吓人了。好了，不给你争了。你可真凑巧，我刚好买了件晚礼服，你就先穿我的新衣服吧，瞧你浑身是水，进去也得吓别人一跳。"唐真看到反照镜上宛婷忽然若有所思地望了她一眼。

　　唐真接过她递来的裙子，展开一看，发现是相当低胸、抹肩、V型领纯黑色的丝光面料的晚礼服，做工很精致，是那种十足淑女的裙装，下摆简洁飘逸，但穿这个就不能穿胸衣了。唐真看了半天不知该不该穿她的，唐真不喜欢这样暴露型的裙子，尽管很漂亮很出效果当然也很出位。她思量半天才说："你想，我穿黑的，你也穿黑的，咱俩一进去一对黑蚂蚁。"

　　宛婷轻笑，她又抖出一件亮光闪闪的晚礼服："可别眼红我，我还有呢。这才是今晚穿的衣服，够亮够醒目吧！"唐真看到那是柔和色泽，造型优雅的抹地长裙，上面配有华丽的小背心，有珠片、绣花，能明确显出腰身。这时她已无话可说。她很快驾车来到一个小酒吧门口，她们换好衣服下车。一上到酒吧二楼就看到里面黑漆漆的，激光灯在不停划动中，照耀着混乱的人群，重金属乐声扑面而来，而里面的人显然已经在脸上抹上油彩或戴上面具，不能说群魔乱舞，也得说是场面混乱不堪。她来到这儿的时候，忽然感到非常无聊，也许因寂寞才来这儿，必还会因寂寞而离开吧。不过，现在没人认识唐真，幽蓝的面具足够吓人。宛婷很快就融进去，她笑着离唐真越来越远，唐真相信如果不是她那个漂亮的小马甲，就算她再次返回，也不知她是谁。她跟别的男人说说笑笑，还很能放得开，任意舞动关节、腰肢，活生生水蛇锻造的美女，她就是那种见面熟的人，而唐真只能微笑坐在一个安静不起眼的小角落，服务生过来问唐真要点什么，她要了轩尼斯和冰红茶，边随意品着饮料，边木然望向舞池里跟着节奏随意张狂的面具人……或者这就是化妆舞会的妙处，就像陶醉在网络上的人，人人弄个马甲糊弄别人，可以任意地骂或批，也可以毫无顾忌地表演，获得虚拟的支持或棒杀。唐真在这种混乱状态下，内心仍然是宁静的，不因环境而动荡，任何喧哗也无法改变深深疼痛，它们并非良药，她只看到一群肤浅的人做着肤浅的游戏，以及一些暗处的肤浅的吻，它们掺杂着迷失的味道，具形不具意，具表不具里，一群不需要意义的音符们，他们、她们简单化的派对着，只是人偶们的色彩组合……唐真冷冷地看着他们，酒水只是浅浅地触及。

大约半个小时后，场面有了变化，舞台上开始有人戴着鬼面具吓人，弹着电吉他歇斯底里。而且有人把场子一分为二，中间让出一个窄长的过道，还有服务生紧急为临时过道铺了红地毯，一小群人从门口的方向走过来，簇拥在中间的是一个高大男子，他披着黑披风，戴着《变相怪杰》里才有的凶狠夸张的面具，健步走进来，他走上台去，拿着话筒轻声温柔地说："我就是带头大哥。"

人群里开始有人尖叫，显然他们知道谁是这里的带头大哥。

他向大家摆摆手："这个化妆舞会是我组织的，每次，我总想象能制造一个新鲜的话题或新鲜的故事或新鲜的活动，我们需要精神的家园，在这个美妙多姿的夜晚，又需要甜美的歌声，妆扮我们未来的新娘。现在，请开动大脑，大家可以随意出个题目，我们按照顺序搞个小游戏，如果你的眼睛没有合上，如果你的耳朵还能聆听，那么，让我们一起来做运动……"

舞池里又有人应和、尖叫，跳舞的人停下来，开始关注舞台上的动向。

唐真听着声音有些熟悉，总觉在哪儿听到过，磁性温柔亲切又富含一点诗意。但她确确想不起来他是谁。

这时有人提议要男女对山歌，也有人提议脑筋急转弯，还有人提议猜谜赠礼物……这时，每人被分配了一个号码，当然，唐真也毫无例外的被分配了号码，188号，这个号码真是吉利得很，但拿着这个号有些烫手，这可是容易被选中的号。不过，前两个游戏，她都没有被问到，听着几个男男女女声嘶力竭的歌声，感到好笑又好玩儿。后来，带头大哥突然说："嗨，那么，今晚还有最后一个项目，猜谜赠礼物。我们都图个大吉大利，凡是尾数有8的女士请上台。"

唐真不得不起身，走上舞台，与唐真同行的还有一个女士，她尖叫着率先跑上去，显然她还年轻，不知轻重地拥抱带头大哥一下，然后蹦起来，向舞池里的舞伴们招手。唐真显然还没做好在这种场合抛头露面的准备。但是，好在唐真现在戴着面具，没人知道她是谁。服务生的托盘里出现一个小纸条，唐真随便抽了张，那个小女生也抽了一张。

小女生笑嘻嘻地问带头大哥："冬至已过。打一成语。"

人群里有某男士大声回答："来日方长——我在猜谜网站上见过，标准答案哦。"

小女生笑着说："完全正确！"

带头大哥提醒道："你赠什么礼物给他呢？"小女生想也没想就把玉手镯从腕上取下来，交到上台来的男子手中，人群中又有人鼓掌尖叫起来。

现在必须由唐真打开纸条了，可唐真左思右想也没想起带什么东西来，但是纸条上的谜语必须念出来了，她轻声读出来："玉人何处教吹箫——打一歌曲名。"她微笑望大家，心想，反正不管谁猜出来，她都送不了礼物，除非现买。这个可能有些难度，一时静场。临时主持人数了九个数没人应声，他就笑着说："现在机会留给带头大哥，你可以猜。"带头大哥立在唐真对面，不紧不慢地说："月亮之歌。"

唐真呆了几秒钟，不得不说："很好，你猜中了。"

他开始缓缓伸出手，向唐真要礼物："女士，你的礼物呢？不会不给我吧……"他说罢笑起来。

唐真摇摇头，耸耸肩："不。我今天什么也没带。怎么给你呢，要不，我去外边买个礼物送给你。"

带头大哥突然抓住唐真的手，摸着她左手小指的戒指，轻声说："这个就好。"他一下就把它摘下来。

唐真一看到这枚戒指震惊得说不出话，这是她出生以来就随身而来的戒指，它是主神给她的戒指，他怎么可以说要就要。他拿走它，还振振有词地说："你不会食言吧，现在它应该属于我了。"唐真立刻急了，狠狠抢过去，瞪着他，但他转瞬间又抢走："大家作见证，这枚戒指该不该属于我？"

132

舞池里静下来，没人回答这个问题，他们显然发现，唐真是不乐于送他的。带头大哥见众人没反应，立刻不由分说，一抖披肩就冲下台去。唐真见此情景不得紧紧跟过去，这时穿漂亮马甲的女人突然闯过来拦住他："喂，你这人怎么这么不讲道理，你把戒指还给她。"唐真知道她是宛婷。带头大哥冷冷望着她，低声说："管好你自己……这枚戒指是我的了。这就是游戏规则。"宛婷望着他的眼神，似乎怯懦了，不再言语。

她停下了，但是唐真可不能停下，一直追他出去。这时我们两个人都很滑稽，戴着面具在车来人往的大街上。这时，他停下来，唐真狠狠摘下面具怒视着他。带头大哥的面具没有摘下来。他一直笔直地站着望唐真，由于他戴着面具，根本不知道他的面部表情。

"那是我的——请求你还给我，谢谢。"唐真尽量压着情绪，很礼貌客气地说。

"你要懂得游戏规则。你一定下过棋，一定知道棋道中有落子无悔之说。你总不会把鞋脱下来给我吧？"他哈哈大笑。

"我，我可以把头发剪下来给你。"唐真迟疑说。

"笑话。现在又不是古代，我也没想让你当我妻子，你不是我情人，我干吗要你的头发。"

"听着，我可以再给你买的。求你，把它还给我。因为它是我爱人的。"唐真大声说出来，唯恐他听不明白。

"噢。原来如此，那么，能不能告诉我，他叫什么，在哪儿工作？"

在哪儿工作？唐真真愁死了，这人居然是无赖。这时，他开始大踏步往林荫道上走，她不得不紧紧跟着，他偶然回头看看她，然后继续走下去，她不得不继续跟。他始终没有摘下面具。及至一处绿化带，在路口拐角的花园上，有人工小道曲径通幽。这时，他才停下来。唐真抓紧冲到他前面，拦住他："请把戒指还我。"

此人叹了口气，把戒指高高举起来，就着月光看了看，然后问唐真："他真有这么重要？"

"当然。"唐真坚定地说。

此人沉默了，他思考了一小会儿，轻轻拉下面具。

唐真看到一张与主神一模一样的脸。她尖叫一声。

"我没有吓着你吧，女士，我也是主神，是吧。"

唐真呆呆地望着他的脸，伸手去摸，果然是完好的滑润的脸。他的眼睛那么深情地望着她，她冲动地叫起来："难道你才是真正的主神？"

他突然紧紧抱住唐真，轻声在耳边说："听着，你在梦游，这个世上没有主神，从一开始就没有。你这个梦够长，该醒了。我的出现，就是要告诉你事实真相，你的本命现在在医院的病床上，你昏迷了一年，脑细胞在剧烈活动，而你陷在梦中不能自拔。主神只是你臆想出来的神，在你的梦中，他如同上帝一样神圣，还能陪你看流星雨，操纵轮回。而你在梦中将大折大难，你还是醒来吧，把青春找回来。我是你的催眠师，在2018年的春天向你召唤。"

唐真一听这话，脸立刻变白了，不相信这从头到尾都是梦。不相信主神一下变成子虚乌有的人。她握着他手里的戒指，颤抖着说："这是他给我的戒指，他化成泡沫前给我的戒指！"

此人吻着唐真的额头，缓缓说："亲爱的，你看的安徒生童话太多了，小人鱼的故事太多了，它就形成一种恐怖的存在。他不是你的人鱼。这枚戒指是普通的戒指，没有更多意义，是你强加给这枚戒指以意义。"

唐真浑身冰冷，没有比这刻更恐怖！

"我会瞬间消失，你会发现我如同泡影。如果你愿意，你可以把我当成你的主神。我住在木房子里，一切如同童话故事，我的木房子里到处是鸽子，我会站立在有鸽子的屋顶召唤你。我的信鸽会告诉你，我何时出现。还会预言你何时会遭到劫难。比如这次，你精心准备的比赛，注定成为泡影。至于会出现什么意外，我不会提前告诉你。就算你一时不能醒来，也一定要在梦中好好生活，那么，你的心脏，各项生理指标才能大体维持平衡。记着，不要执着于主神，他只是一个神，比如我，只是一个催眠师，不会给你带来希望，也不会给你带来幸福。"

唐真完全僵住了，面前这个主神变成了催眠师，还给了她所谓人生寓言，告诉她现在完全生活在梦的虚幻深处。哦，天哪，这不是要彻底摧毁她的一切嘛，一切不可以信任，不可以依赖，没有信仰，没有自信，甚至不可能有追求，这是比死亡还恐怖的事情啊！！！

心理师拂了拂唐真的发，脸皮麻木地笑了下，尽管笑得不自然，但她仍然看出他不常见的微笑，然后他又冷下脸，手指勾了勾她黑色晚礼服的肩带："记着，不要让黑色衬托白，让你娇嫩的肌肤和女人的柔软裸露在男人的视线里，这样会给你带来危险。视线的魔爪会不间断侵袭你，那时，你会为你的裸露付出一切。女人，天生被娇宠，而男人天生要攫取。不管是主神还是我在异性之间变得普通，缺少神的毅志与修为。不过，我和主神一样可以左右世界，能够改变梦境。就像所有科幻小说中曾出现的情节，梦境将被未来探测与主宰，在心灵深处，我引导你的心境，改变你的思维，楼上与楼下的你，处身截然不同的境界，一个你真实，一个你虚假，就如一个在现实，一个在梦境。在临走前，先让我触发星朵之间的汇战，不仅是眼睛的深度，散文诗的意境，还有，你看不到的心突然释放的火花、肌肤的焦渴。你愿不愿意接受心理师抑或主神一个够长的吻，大约将持续半个小时……"

唐真一时心乱如麻，对这样的说唱艺术恍如隔世，似乎被催眠，仿佛来到中世纪，或是萨士比亚的大剧院，但是……还没等她回过味儿来，他的嘴唇已贴紧，湿热的口液浸袭过来，经过舌尖的通道，一点点流放到她的心里，他手指的关节开始做滑翔运动，从后脊滑到脖颈，他突然把她抵在树下，分开 V 字领，托起敏感又流放敏感，那时唇热的温度使她晕旋，全部战栗，不知是冰凉的或高热的流水开始升腾或奔泻，都变得模糊……

"醒醒，到家了——"宛婷的脸突然出现了。唐真突然觉得浑身冰冷，像立在寒冬的风中。她睁开眼，发现倒在停在天域社区门口的宛婷的车后座。车窗外还有闪电，一道道划在夜空，偶尔有闷雷声惊起，提醒她大雨将至。她诧异地望着宛婷，喃喃说："我是不是得病了，我记得我不在这儿——"

"那你在哪儿？"宛婷轻松又戏谑地笑着。

"我在——"唐真想起黑影的风中摇摆的树枝，想起不停送到耳际的催眠语，还想起……唐真颤抖起来，裹紧她车上的软垫，"宛婷姐，你有没有见到一个戴恐怖面具的男人立在舞台上……"

"都戴着面具，但没有人在舞台上，舞台上没有活动，大家都在舞池里疯狂跳舞，当然，你一直在喝酒，你喝得很多，我没在你身边。看到你的时候，发现你醉得拿不成个儿，不得不找个服务生把你搀到我的车上。"宛婷一口气说出来，毫不窘迫。

"没人在舞台上……这怎么可能？"唐真皱着眉，完全晕了。

"不，不，有个叫带头大哥的。"唐真近乎疯狂地说。

"没有。带头大哥，你看金庸的《天龙八部》看得太着迷了吧……哈哈……"宛婷笑得都快喘不上气来的样子。

唐真彻底被她说的话整懵了，难道刚才那一幕也不是真的，是喝酒之后的幻觉？

宛婷看看天，叹息说："唉，要有大雷雨了，我劝你还是早早到家休息，我记着后天你们就要正式时装设计比赛了吧……"

唐真晃晃悠悠地下车，这时才感到脚底似乎踩着棉花团，脚一沾地立刻软下去，脚成了面条。宛婷这时只顾着开车，转弯，没太注意她。她停了好大会儿，腿才从麻木状态苏醒，慢慢向天域社区里走去。这时天空中又有雨了，风很冷，而她浑身滚烫。

就在唐真快要走到公寓楼下的时候，暗地里突然传来狗吠声，一声紧似一声，突然，一个狼一样疯狂的狗影出现了，它直扑向她。这时一道闪电划过来，映出它血红的眼珠子，狰狞的大嘴，满口吓人的又白又尖的牙齿。她立刻吓得魂飞魄散。这时，突然从暗地里飞出来一个身影，一棍子把狗打倒在地，在狗的脖子上麻利地套了个圈，那个畜生奋力挣扎着，却被他无情地拴牢在槐树下，那人还在狗嘴里塞了些东西，狗喘息着瘫倒在地。整个过程惊险又快速，她简直惊呆了，直直地站在那儿，一句话说不出。

那身影头也不回地走了，他走路的姿势有些倾斜，一步一倾斜，这个背影唐真在哪儿见过，绝对见过，她的心神突然回来了，她疯狂地扑过去，拦住他："站住。"那人低着头躲她，他向东，她也向东，他向西，她也向西。

他终于抬起头来，唐真在黑暗中，在不停歇的越来越大的雨中，看到一双纯蓝纯蓝的眼睛。她发誓，自从来到人间，从没见过这么蓝的眼睛，从来没有，只有天上的他曾经如此之蓝。

这个完全淋在雨中的人显然没有主神英俊的脸，他非常削瘦，脸庞塌陷，眼睛尽管有深度，却完全无法与主神眼睛的外形相提并论，他是那么普通。但是，他的黑瞳中却有惊人纯蓝的神采，是多么了不起的事情，其码说明，他内心是善良的，他具备优秀品格，绝对纯正的教养。

唐真认出他就是李易隐。唐真奇怪他怎么会出现在这儿，不得不向他开口询问："这么巧，你怎么正好来到这儿，又正好救我，我该怎么感谢您呢？"

李易隐很沉稳简单地说："没什么，我今天给这里的住户送一幅装裱好的画，正好碰到有狗要咬人，我就降服它。如果您没什么事，我就走了。"

"不，我有事。"唐真怕他马上走，还是忍不住大声说。

李易隐立在那儿没动，也没言语，可能要听唐真具体有什么事。唐真仔细在大脑里搜索，有什么事儿呢，她得找个合适的理由。唐真突然灵机一动，笑着说："我需要一幅画。对，一幅山水画，挂在我的客厅里，不过，我还没想好多大尺幅，你能不能陪我上楼看看。"

李易隐怯懦地后退一步，淡淡说："这样怕是不方便的，夜——太深了，如果你有需要，到店里来找我好了。"他说完头也不回地走了，走得很快速，生怕唐真会把他叫回来，唐真甚至认为那就是在逃跑。李易隐终于消失在唐真的视线里。

唐真缓步来到19号楼下，上电梯到她所居住的19层楼的时候，看到一个带孩子的女人坐在棉布单上，一个破旧的毛毯盖在她和孩子的身上，她显然睡着了。唐真诧异地看了两眼，轻轻打开房门，防盗门不可能不发出必要的声响，于是这个睡得很轻微的女人突然苏醒了，她一看到唐真，立刻站起来。

"你住在这儿？"

唐真点点头："不错，这是我的家。"

她又对对门牌号，大惊失色："你是骆红尘的爱人还是情人，还是他的妹妹？"

唐真再次听到这个熟悉的名字，不禁皱紧眉头："你说什么？我不懂，我不认识骆红尘，那人也不可能住在这儿。"

女人显然非常漂亮，二十三四岁，她有一双动人多情的大眼睛，她喘息着说："哦，不，不对，他就给了我这个地址，说如果想他了，就让到这儿找他。"

唐真木然摇头说："不，你搞错了，没有这个人。他是你爱人吗？"

女人坚定地说："当然，我们是领证结婚的，我们是合法夫妻。"

唐真再次摇头，并对她说："你还是找个就近的宾馆住了，有时间再找他。这里真没这个人……前段时间，也有个女的，也是到我这儿找一个叫骆红尘的人，说也是他的妻子，如果你们说的是同一个人，估计都被骆红尘骗了，他随意写了个地址哄骗你们。只是不要再来我这儿，我这儿不方便接待客人。"

唐真狠下心，猛地关上房门。

"噢，不，不可能，这绝不可能。你给我开门，骆红尘准在这儿！"

唐真任她敲得山响，也不开门，她烦透了，一件件事情这么突如其来，不可思议，她冲进浴室，想狠狠把自己的晦气冲掉。但是门声在响，惊心动魄在楼道里。她想明白了，生活就得简简单单的，不要搞那么复杂，否则，她绝对承受不起复杂带来的变故与惊吓，真想恢复过去平稳的生活，真想……

突然，唐真看到身上随处可见的深深的吻痕，这一看不要紧，立刻晕倒在水边。

唐真再次醒来的时候，闻到枕边有阵阵玫瑰花的香味，她的眼皮眨动中看到一束玫瑰花平躺在枕头边儿上，她不相信这是苏心给她的。她穿着睡衣，趿鞋下床，拿着玫瑰花，闻着香味，突然听到房间里传来一声轻咳……

唐真吓了一跳，转头看去，颈上挂着加勒比海盗骷髅头饰的王威出现在面前。唐真唬得倒退数步："你——是怎么进来的？"

王威就坐在她的梳妆台前，拿着唐真的小梳子正梳头，他对着镜子里的他笑笑，同时对着镜中惊讶她的笑笑："你猜：窗户上有防盗窗，门是防盗锁，屋顶上有人住，不是瓦房，嘿嘿……"

唐真突然恍然大悟："原来都是你在捣鬼，昨晚是不是你在装神弄鬼！"

"昨晚？"王威惊奇地望着她，"我昨晚好像没见过你嘛。我老爸这两天关我禁闭，不信你问那个死老头子。"

唐真盯着他的眼睛看了半天，发现这个胸无城府的愣头青不像那晚上说话像念诵的家伙，但是，也不能排除是他在表演的可能。

"你到底从哪儿进来的？"她再次追问。

"我不可能卸你家的窗户，当然是你家的门请我进来的喽！我说，芝麻开门吧，门就开了，哈哈……你看，连你家的门也这么欢迎我。"他说完快乐地大笑起来，仿佛这是他的丰功伟绩。

唐真大声阻止他："够了！你这是私入民宅，触犯法律，知不知道！"

王威从椅子上跳起来，嘴里叼了一枝玫瑰花，他把玫瑰递给她，冷笑说："少拿这话来吓唬我。我又没偷你东西，不过是来看望你。看你那天电梯里吓傻的脸儿缓过劲儿来没有。哈哈……"

"姐，你在给谁说话。昨天可把我吓死了，你居然倒在浴缸里……你要是头泡在水里，你可就……"苏心的话声传来，紧接着苏心轻盈而来的身影出现在门前，她也穿着薄纱一样的睡衣，身材娆妖动人，她一看到王威出现在面前，立刻尖叫一声。

王威看呆了，傻傻地立在那儿："我的天，小仙女哦——"

苏心被一个男人这样看，肯定受不了，她尖叫着跑开了："姐，你房间里怎么有男人啊，太恐怖啦。"王威专注看着苏心逃跑的身影，呼吸急促起来。

唐真轻轻摇摇头，对他说："看来，你会开锁，今儿非把你扭到派出所不可，还不知你开过多少锁，行过多少窃。你爸爸那么有钱，怎么有这么偷偷摸摸的儿子呢？"

王威这才回过神儿来，驳唐真："我可是主神，你难道忘了？还有啊，我那老爸可不是一点半点的抠门儿，越是有钱越护着钱，就一葛朗台、守财奴。我那么多朋友，吃顿饭不要钱嘛，那个稍微赌赌不要钱嘛，玩玩儿游戏不要钱吗？到处逛逛不要钱吗？他什么不给我——"

"那你就学会了这本事，偷钱？"唐真没想到他还兼职盗窃，真是哭笑不得。

"我从不偷别人的钱，我只偷我老爸的，哈哈。"王威大笑起来，他得意的样子，让人觉得是个纨绔子弟。

"那你跟谁学的偷盗呢？"她狠狠盯着他追问。

"我跟一个……我说了你也不知道……他是一个很不起眼的家伙，在我很小的时候就在我住的楼道附近转，后来，我曾发现他偷东西，逼着他收我为关门弟子。当然，我们之间有着特殊的感情，我们形同父子，他从我很小的时候就很关注我，这也是我注意他的原因。"

唐真突然警觉起来，忍不住追问他："你的小偷师父长什么样？"

王威望着唐真的眼神，突然琢磨出什么，开始搪塞唐真："嗨，就是一个普通老头儿，邋里邋遢的，我说了你也不认识。他只是小偷小摸，没犯过大案。"

唐真看他眼光闪烁，绝不可能像他说得那么简单。她没再追问他，就算她追问下去，他也不会说的："说吧，你来我这儿为了什么？"

"真聪明，我结交过很多人，就是没认识过模特儿。我今天来就是为了见见漂亮的模特儿。你今天不是要让她们试穿吗，带我去呗！"王威表现出哀求的样子。

唐真盯着他的眼睛，想看他究竟打什么主意，但他的眼睛里全是诚恳、单纯。她想到，他或者只是为猎艳的需要，满足男人蠢蠢欲动的心，说："好吧，你到那里，不要乱，人家都是名模，只能远远地看，知道吗？"他一口答应下来，苏心这时知道他们是认识的，才放心大胆地走过去，她强调要带她去，说她今天没课，在学校里也是发呆，不如一起去。

苏心问王威在哪个大学"高就"，王威自称在"佛里昂大学"，苏心点点头说："了解，在冰箱大学上学啊。"她说完这话，就咯咯笑起来，王威也跟着笑起来。他死皮赖脸地蹭她们的饭。他吃饭的时候，不住地跟苏心聊天，给她打趣儿，逗得苏心一顿饭笑七八次。唐真在一边却难以下咽，苏心哪里知道这个王威身上可能藏有秘密，当然也只有唐真知道。早上八点多，他们先去何琳家取回参赛服装，然后，驱车直奔南风服装国际博览会表演馆。一路上，苏心与王威摸着漂亮的时装，不停地品头论足。直至到了现场，她忙不停地给程芬、莫小燕等名模试衣服，给她们讲解这系列服装表达的思想精神，她们应如何展示，教给她们展示时需要的小细节，并许诺把其中部分衣服会无偿赠给她们。两个模特显然非常乐意。这次试穿的结果，效果不错，苏心在远处看着，赞叹："哦，真是好手艺，太漂亮太有创意了。"

苏心的赞叹没有任何价值，唐真观察别的参赛选手挂到模特身上的衣服，感到这些决赛选手设计的样式还是有蛮多缺陷的，有的混搭凌乱，有的缺乏细节，有的堆叠过多，烦琐无主次，有的色调过于灰暗，给人沉重感，还有的过于崇外，缺乏中国元素，当然，也有个别设计撞车现象，款式逼近。她琢磨自己设计的这几套女装，个个别出心裁，又系统整体性强，在色调上有大的统一也有色彩上个别的差异，绝无纯一色缺少变化之感，无可挑剔，主题是丝绸之路，处处展示女性的柔媚轻盈古典，还有飞仙形象、千手观音象征性造型，内部造型设计元素是云朵，大线条的流转中，不时地打乱传统，其码拿前三应不会有太大问题。到下午时，开始彩排，彩排中的效果不错。

此间，王威正像所有花花公子所表现出的特质一样，在午休的时候，不停与女模特说说笑笑，那些女模特没有离开后台，只是吃着简单盒饭，有的模特不过啃一个苹果而已，王威于是就以此为话题，像时尚杂志记者对她们即时访谈，并大谈减肥瘦身之道，俨然瘦身专家，他的出现引起一些女模特的好奇，他还对模特颈上玉石或彩贝珍珠项链感兴趣，双眼不时放射出奇异兴奋的光彩，唐真一旁看了，倒担心他会突然施展盗窃之术，引起骚乱。王威趁此间隙，不停与她们眉目传情。有时，王威的手机来电，他的表情会立刻严肃起来，迅速远离人们的视线，如临大敌般回复着谁的问话。苏心在这时并不开心，她原本可爱娇嫩的小脸儿上出现了不同寻常烦躁的表情，她狠狠地盯着他来来去去的身影，咬着嘴唇。在这个过程里，王威始终没在意苏心的表情，简直就把她抛在了脑后。这些细节唐真不会遗漏，对于这个冒牌货的考察刚刚开始。下午彩排的时候，后台化妆间开始清场，王威被清除到场外，苏心陪着他出去，下到T台下，他们坐在T台左侧的前排座位里。那时，王威又揽着与苏心的肩，像她的男友一样，不时跟她说笑，但是苏心却是苦瓜脸，脸上写着反感与不快。整一天，唐真没有发现王威过于不正常的举动，及待晚上要走的时候，他也一直表现出他独有的风度和气派。尽管唐真满腹疑问，也得对他的出现用猎奇者的偶然事件来形容。

决赛的前夜，唐真陷入了深深的不安，总感到有什么事情要发生。梦中出现催眠师的预言，他似乎真的在主宰她的命运……翌日晨起，幻象虽然消失，却情绪格外低落。

会展大厅的聚光灯全部指向T台，那时，唐真的心提到嗓子眼，一切最坏的场景都曾想到，是的，包括，模特会突然摔一脚，或者，几位担任评委的国际知名业界专家同时看中了某款女装。她设计的几款女装排在第九号入场，她呆坐在化妆间，期待最后时刻的到来。

终于，到唐真的参赛服装亮相T台，激动的心情无以言表。唐真赶到轮场归来的模特身边，把衣架上的女装递到她们的手中，她们迅速换装，她又反复说着展示要领，唯恐她们听不清楚。她们终于踩着"丝绸之路"的伴乐声走向T台。她在舞台一角偷偷看着T台下的人们，发现整个场面轰动了，闪光灯不停地闪烁，那些评委的眼睛闪闪发光，特别是看到千手观音独特造型的时候，美国著名视觉设计师、时装设计师吉米站起来，他打出全场最高分。然而就在其他评委马上要把分数公布出来的时候，突然，上场的模特身上的时装同时脱落了，她们裸着上身，尖叫一声，用双手捂住胸口。下面一片哗然，唐真的头禁不住晕旋起来，天哪！衣服怎么会自己掉落呢！唐真明明给她们穿得好好的！这时突然有人推她："快啊，快给她们再穿上！"唐真这才缓过神来，抓紧跑上去，从地上拾起零散的衣服，但是，她惊奇发现，她辛苦设计的服装竟然瞬间变色、变脆，如碎片一样纷扬而下，简直做梦一样，下面口哨声、尖叫声响成一片，闪光灯的光线像下雨一样砸落下来，她呆呆地立在万众瞩目的设计大赛T台上失去了知觉……

唐真醒来的时候，已至深夜，苏心以及好友捷娜她们立在床边，仿佛唐真是病入膏肓的病人。唐真暗想：这一切真是神的旨意，是某种她不可预知的力量在起作用？

她们关切地问候着："没事吧，唐真！你要挺住！天塌不下来！"

"我要喝杯可乐。"唐真冲她们笑笑，平静说着。

"噢，唐真要喝可乐。"女友们对唐真这样的表现抱有狐疑，她们看她就像看一个怪物。

苏心把可乐送到唐真手边，唐真认真喝了几口，没有喝呛。她一下从床上弹起来，歪头冲大家说："怎么，想让我给你们跳舞，还是唱歌啊？"

"噢，只要你不哭就行。"几个女友仍然没有笑。

唐真其实也笑不起来，故作轻松有什么意思。她继续喝了两口可乐，对她们说："别担心我，我不会跳楼的，这只是个意外，我还可以参加别的赛事。"

"但是，那衣服怎么可能碎了呢？为什么同时碎了呢？"捷娜不解地质疑，其他人也期待地看她。

唐真摇摇头："不知道，我不比你们更明白。"

"你上各大报的头条了，简直是爆炸性的新闻。"另一个女友叹息。

"上就上吧，反正已是焦点。"唐真叹了口气，近期不想再看电视、报纸，不想再上网。

苏心微笑说："啊，这也不错。在我看来，知名度提高了，说不定要你设计服装的人更多。"

唐真仰头望着天花板，轻轻摇了摇头，只有唐真知道神秘者的力量，她感到它们在行动，在一步步扼杀她……

她们宽慰的话或者虚浮的质疑，对于唐真来说虽然亲切却不得要领，她们不会明白她的处境，她应付地听她们谈论或者叹息，其实现在她最需要的是安静。她们走的时候，眼见整个世界黑透，姑娘的墨发样的飘落下来，浪漫的羽翼折走了亮白大地，余下白天的痴想，衰落在她的窗台上，发出一丝微风的叹息，整个身心被黑色的洪峰包裹，在窗子的幽暗上空，却寻不到一颗微星，在浮躁的尘埃与乌渍的干扰下失去纯洁的天，曾经在意义上无限广大的全部。

苏心在她们走后，仍然絮絮不止："噢，获金奖的作品一点没有含金量，毫无意义。但那个得奖的女的却高兴地哭出来，真不明白，这样的意外奖励，对她来说有什么意义。最明亮的星星不是她，地球人都明白。姐，你知不知道，就因你，那些评委都吵翻了，天，他们还有的人想让你拿第一，报上也说了，这次你出事太意外了，而且，匪夷所思。不过那台上的模特都给你打过电话了，她们不是探问你的病情，而是索要精神损失赔偿。"

"精神赔偿？……"唐真沉默，这也难怪，她们几乎全裸站在台上，"随她们，她们想要多少，给多少。"唐真烦闷地摸出枝爱喜香烟，燃着，缓缓抽了一口，黯然坐在小靠背椅上。其实唐真不喜欢尼古丁，但是，现在似乎非常依赖它。抽了几口，觉得情绪依然很难回转，转而望向苏心，惊奇发现正扎着围裙的苏心细长雪白的颈上多了一串纯银项链，链坠上的光芒格外耀眼。她为了调节自己的情绪也为了改善苏心的情绪，用特别轻松的语调说："苏心，你的项链真漂亮，哪买的？"苏心没想到唐真突然问她项链，她看着它，竟然有些口吃："它……它是朋友送的。"唐真歪头盯着她笑："朋友，还是男朋友？"苏心可能生怕她想歪了慌忙扎好围裙就跑："当然是一般朋友。"她轻灵逃跑的身影让唐真感到她的可爱与生动。

当苏心走远了，卧室又剩下唐真一个人。这里唯一活动的事物，是迎风摆动的窗帘。唐真缓缓来到窗口，遥望窗外的世界。像雕像一样沉重，又像失忆的人那样空心。

不知何时，一个白色的小点从浓黑中伸展而来，寓言中白衣公主似的扑着雪翼、飞临窗台的优雅小身影出现了，它赫然立在窗台上，就是传说中的鸽子，从神话深处飞来一般。唐真怔怔地望着它，不知是不是在做梦，它显然是为她送信的，脚脖上绑着纸条。她端详它很久，也不能确信它的真实性，但它的脚不停地移动，在窗台上，她不得不抓住它，取下纸条，未及她展开纸条，鸽子已展翅而起，在对面楼的灯影里朦胧无踪。她看到纸条上写着：

明晚4:00竹溪村南坡岭木屋前，你的催眠师等你。

奇怪的邀约，奇怪的地点，又是不祥的夜晚……她不喜欢被人牵着鼻子走。她仔细端详纸条上的字，骨架磊落，笔锋苍劲，非常漂亮的行楷字硬笔。她强迫自己记住这非同寻常的字迹。在上界，她信奉神明，甚至当成至爱，在下界，她不知它的夸张之处蕴含着什么，一半向阳光处猜测，一半向阴暗处回溯，在险峰未来之前，她要好好考虑。这时，她掀起窗帘的一角，像福尔摩斯一样向下瞭望。这时，她看到稍有明光的楼下远处一个似曾熟悉的身影坐在景观园林的长椅上。不知为什么，她的好奇心再次升起来，心脏无缘无故快速跳起来，尽管不清楚这是为什么，但她却快速换好了外衣。正端着苹果粥走过来的苏心惊奇地问她："你要出去吗？这么晚，先吃饭。"唐真看到苏心刚刚为她做好的饭菜，心下过意不去，但仍然说："我一会儿就上来，就在园里。"她头也不回地开门出去。

唐真迅速来到电梯口，电梯迟迟没有下来，似乎有很多人在等。但当电梯下来开门之时，她却看到里面空空荡荡的，电梯门刚刚关闭，就传来一个人的轻咳声，她吓了一跳，这里一个人也没有。电梯里再次传出轻咳声，还有人在空中说话："感觉怎么样，我的大设计师，我等你很久了，生活是不是并不顺意，这是你那个主神也改不了的事实，你要问问他，为什么你被神恩宠的人仍然不够顺利，你一定要去问他。我说过，你从没逃出过我的视线，我无所不在！"

"你是谁？"唐真绝望又惊恐地望着电梯虚空。

电梯没有上行也没有下行，它像浮游在太空里，那人也没有传来声息。

唐真其实受够了这个家伙，从天堂列车里寻觅而来的恶鬼，她恶心的鬼，愤怒突然战胜恐惧，她向他发出凄厉地吼声："不管你是谁，我想得到你会是谁，如果报复我，你就能十分开心，那么你可以笑了，甚至大笑特笑，我允许你把宇宙笑穿。允许你大声诅咒、谩骂攻击，动用你的全部的恶毒，我允许。我还允许你释放体内的全部欢乐，以反证我的悲伤。但是，在你把宇宙笑穿以前，你还要拿着镜子照耀自己，在心腑深处，还有什么不可告人的肮脏！诚然，天堂不是人人平等的，不是人人都有殊缘，可以获得高贵，但是，平凡的心性，不是更能让我们获得平静？在华屋之下的堂皇，果然能储满美妙吗？你读了那么多书，难道还不如平民的教化？地位、金钱，难道是我们的全部？难道天堂列车上的圣诗、诵文，不能教化你的心性，你世俗的理念仍然根深蒂固？"

"我就是一个俗人，顽固心性的俗人！我们都、一、样！"声音再度传来，他的声音颤抖："你不会想到我的处境，你没有帮到我，在他死以后，我们都沦为一堆废物。那个疯子，为你疯掉的人活该成为泡沫。我有头脑，我和你一样喜欢萨士比亚，我喜欢诗歌，也喜欢大段的抒情，如果我愿意，我可以编一个好样的舞台剧，我会设定你为主角，让你大悲大痛。谁让你不能安分地活在你的空间，让我冒火的眼睛刚好找到了你。我会宣布对你的行动，在那些废物们到来前，提早向你施展小手段。如果你能了解我现在的生活，就不会动听地说出以上那些话，你那些无味的说教，只合给幼儿园的小孩子上上课，你的水平，也只能教育他们。你记住，一定要记住，永远记住，你的无能——这就是我要对你说的。"

他开始笑，笑得很凄凉，唐真不得不承认，他发自内心深处的声音充满仇恨。

电梯门突然打开，唐真冲出电梯，想到还要再从这儿上去，浑身充满恐惧。他的声音消失了，但这声音却像一把血淋淋的刀子，深深扎进心里，锋利又隐忍。

就在唐真怀着焦虑不安心情来到景观园林边上的时候，却发现那里已空无一人。李易隐走了，这个奇怪的残疾人，或者休息够了，又回去。他什么也没留下，空气里散布的全是同一的冰冷。林木黑黝黝的影子像一片片乌云，风起云涌，压满她的眼前，压低灰暗心境。她怅然坐在长椅上，茫然望着虚空……

146

"你好，还需要字画吗？"李易隐赫然出现了，他是从深深的竹林里走出的，竹林对面是假山景观、月亮湖，或者他去那边看风景，这才走回来。他依然走不稳的样子，看起来，他是在极力掩盖这个缺陷，尽量控制步伐，以使他走起路只有稍稍起伏。他手里拿着一卷字画，难道这果然是送给她的？

唐真诧然盯着这个普通得不能再普通的残疾人，轻轻点了下头说："是啊，需要。这难道是给我的？"

李易隐神情安然平定，在唐真面前展开字画。他展开的是一幅高仿明代仇英的《赤壁图》，图中有苇汀浅屿、石桥曲涧、秋林霜浓、云房窅深等山间夜景，这若真迹实昂贵至极，好在这是仿画。她端详着它看了片刻说要买这幅。李易隐却言白送。她认为他生活较困难，这画肯定不少钱，以他的经济实力恐怕是吃不消的。她坚决要买。路灯下的李易隐显得较为消瘦，能看出来他最近睡眠不足，眼窝有些塌陷，他把画卷好递到她手中后，又迟迟没有要离开的意思。他望着她的眼睛，久久的，似乎内心酝酿着什么，终于，她听到他主动说出一句话："你的事，我听说了，如果陷入困境，不如……"他的话说不下去了，但显然这些话对于他来说也是够艰难了。

"不如什么？"唐真震惊于他也知道，如果连这样默默的人都知道，岂不是地球人都晓得了。

"不如……忘记。"他艰难地说出这句，他特意把"忘记"二字突出放大了音量，以让唐真听到。

"忘记？"唐真烦闷地摇摇头，"你不明白，有些事是无法忘记的，有时她倒希望自己是个白痴，不是一个顽固性的记忆狂。"她说了这些后悔，对他说了又有什么用，他像别人一样什么也不知道，什么也不明白，他们没有前因后果的具体可靠的理念，只能看到表象。

"你可以开个私人聚会，或者出去旅游，远离这儿，换一下心情。我觉得这很有必要。"李易隐凝望着唐真的眼睛，那刻，她看到他的眼睛那么蓝那么蓝的色彩，她瞬间被这色彩照耀，惊得浑身战栗，如果她没记错，神奇的眼神不该出现在他的眼睛里，应该……她呆呆地完全地陷入狂奇的幻觉中。

李易隐似乎发现唐真不同寻常的表情，迅速避开她的眼神，侧眼微笑说："我说的话，希望你考虑，也许对你有帮助。我要回去了……"

他貌似轻松地给她道别，"再会。"他把名片递到唐真的手中。他的名片简单至极，正面是李易隐的名与手机号码，反面是他的书画装裱业务的宣传广告。

"等，你能不能陪我上电梯！"唐真突然这样大声说出来了，天知道是什么原因。

"上电梯？"他怀疑地咀嚼这句话。

唐真渴望地盯着他，期望他陪她上去："不要问为什么，我不会再请你进家，这么晚了……我只希望你陪我上楼。"

"可是，你总要下楼，还得再上……什么原因惊吓你呢？我看到你的脸色不好，是不是被什么事困扰？"他似乎意识到什么，怔怔地望着她，蓝色的眼神再次毕现，唐真被他这样的眼神照耀着，再次陷入虚幻的狂想……

李易隐望着唐真的脸色，神情越来越凝重，他皱着眉头，闭着嘴角，陷入沉思。

"可不可以？"唐真再次催促他。

"好。"他终于答应。他们一起回家，他虽然走起路来并不平稳，但是他的气场似乎格外强大，走在他身侧，她就有无比的安全感，甚至感到他不是一般的身手不凡。

"能不能告诉我你的腿是什么怎么回事？"她忍不住问他的隐私。

"天生就这样，一只腿长一只腿短。"他瞟她一眼，惨然笑了下，"是上天的安排吧。"

"上天的安排，天意——"她的心突然咯噔一下，是啊，天意是什么，是按她的想象就能产生天意么，它必然是她无法驾驭的，就像他的腿不是由他驾驭一样。她突然被一个推理惊呆了，瞬间感到一直存在的误区……

"能不能告诉我，你的血统，你可是一个混血儿，有欧美血统？"唐真再次追问他。

148

"不，纯正的中国人。"他不动声色地回复。

唐真一时无语。

他显然也在想着心事，看唐真的眼神若有所思，但又有距离感，十分生涩。

他们渐渐来到楼道电梯口，他开始注意地望着这个电梯："电梯运转正常，但是需要经常检修，不知这里的物业是不是经常偷懒。你出入电梯的时候一定要小心。"

"你要是能当我的保镖就好了，我就不用害怕电梯了。"唐真脱口而出。

"怎么，你有电梯恐惧症？但是我是个残疾人，不适合当保镖。"李易隐与唐真一起走进电梯里。

"不。"唐真不敢再说，怕那个家伙再度出现。但是电梯很平稳，很快就到了她所在的楼层，电梯没出现异样的情况。他们出了电梯，李易隐目送她进家，唐真让他回去，他默默转身离开。

苏心好奇地望着他的背影问："他是谁，腿脚好像不太好。"

"卖字画的……"

这话弱弱地说出来，内心却充满柔情，她知道这感觉的重要性，在某种神秘的召唤里，她完全地陷进去，在浓黑中似乎看到一丝明光，生怕它丢失了，唐真直步跨进自己的房间，扑倒在绵软的床上，回忆蓝色，回忆它给她的微澜，在这样普通人的眼中发射出的不同凡响的光芒，纯蓝的眼神，只在主神一人眼中见过，世上不可能有第二个人拥有。她忽忽想到，那是神特具的……她反复咀嚼与他的短暂的又微小的细节，感到他内敛的行为方式也似曾相识，但是这个结论，无疑加深了她的矛盾。彻夜无眠，辗转反侧……

绝境中的唐真

唐真的故事就这样出现转折，在人生的诡异里，她成为洪峰里的一棵草，她被生活的洪流席卷着，又无能为力。

唐真工作室要关门大吉了，这是她始料未及的事。一个月来，未接到一个设计任务。

经常光顾家门的王威只是来逗苏心开心，大谈与模特们交往的故事，说模特儿也是普通人，她们也有挣不到名声的，在行业里苦挨，签约的与没有签约的模特，穿着超高跟鞋不停走秀，前台光鲜，背后黑暗。他笑话这些吃青春饭的姑娘，也跟普通人一样疯狂地泡吧、抽烟，没命节食，以使腰可盈握，有骨没肉。他说他越来越不喜欢她们，感到她们的病态与不健康。她们不停面试、拍片、试装、彩排、演出走秀，根本没多少时间过正常人生活。王威说还是苏心好，可以安安静静的，有时间陪他说话，还能吃得胖乎乎的，招人喜爱。这个挂着主神的脸面的家伙，来到唐真家就是油嘴滑舌地说这些。苏心听他夸她，当然乐得合不拢嘴，有时她会摸着自己的脸笑："其实我也想减肥，脸太圆了，我喜欢尖下巴。"王威震惊地说："千万别减，胖点好，胖点健康。"她逢着这时，就只能远远地望他们一眼，然后回自己的房间。

她知道王威表面上是来找她，其实他是在泡苏心。

苏心这小姑娘也喜欢他不停地说笑话逗她开心。偶然，王威也会悄悄找到唐真，说他最近有麻烦了，总感到有人盯着他，有时会莫名其妙受到恫吓，他说与她有关，这一切恶果都是她带来的，她要负责到底，把这事弄弄清楚。唐真观察他虽这样说了，脸上却并无多少恐惧的表情。她不知该怎么对这个花花公子说，谁让他长了一张完美的主神的脸，又经常来找她，或者，他自觉成为其他天堂列车杀手的误击目标。有时，她面对王威极似主神的脸面，就怅然不已，想象不到，一个如此酷似主神的人居然完全无一点主神的心性，心痛的感觉，难以言说。

主神，其实从没在生活中真正出现过，但是那个催眠师却真的出现了，她去赴约了，大着胆子……

不可想象，明知危险，她还是去了。临去之前，拨通李易隐的手机号码。只隔一天，她就拨通他的手机，这也是奇妙极了。他接手机时，略显惊讶："有什么事？唐真？"

唐真从手机里听到他到声音，感到逼真又亲切，这声音似乎也是熟悉的，真切的声音又让唐真陷入狂想，她轻声说："我……有事请你帮忙，你这次真的得当一次保镖，就一次。"

李易隐迟疑，半天没言语，唐真再追问，他才回答："我是个行动不便的人，我觉得保镖这类事，得找个学过功夫，身强体壮的，而不是我这样的……"

唐真微笑说："这个事，并不需要你身强体壮，只需要你帮我壮壮胆，只要不是我一人去就好。晚上七点，我开车去你那儿，你只需要躲在我的车里……"

"躲在你的车里……"李易隐有点惊奇。

"晚上我会对你细说。"

那晚，星月齐出，无垠黑暗帷幕上缀着珍珠，闪闪发亮，跑车快速行驶在国道上，暗黄色的田野迅速后撤，李易隐在车后座里，唐真能从反视镜里清楚地看到他平静又内敛的神态。

"我今天要会一个奇怪的人，你躲在车里千万别出声。一旦发现有情况，才来救我。"唐真冲他无奈地说。

李易隐望着反视镜中她，眼神中显露出好奇的神情，当他看到她偶尔望向他的眼神，立刻回避。这不妨碍唐真一眼看到他幽蓝色的眼神，在车灯忽然明晰中闪电一样显露出来，李易隐皱眉说："你难道有危险……"

唐真叹息："或许……但有你在，我或就不危险。"

"你去过梦之殿吗？外面布满异兽，还有宇宙的黑洞……"唐真一边开着车，一边突然说出这句话，内心跳得厉害，她想验证一个事实，说话的语气却极力保持平静。

李易隐显然吓了一跳，眼神中略略显出惊异的表现，但他迅速收束表情，他微笑说："听着很神奇，不知是哪里的宝地……？"

唐真看到他隐忍的表情与回避的眼神，就断定期待不出答案，但也不至绝望。因为她对自己眼力的自信是空前的。

眼见抵达竹溪村，唐真发现此地距陈熙坤的豪宅相距不太远。一条浅浅溪水浮游而来，映着粼粼月影，冷风扑面，被风卷落的叶子飘零眼前。当美景映现，却不觉得美好。

唐真临行前，告诉李易隐，她面对的是一个自称来自未来的催眠师。李易隐也着实惊奇了，大诧地望着唐真，直到目送她拉开车门去赴约。

在南坡岭穿行，要发现一座古老的木屋是不容易的，但是要看到有一群鸽子的木屋却不复杂。一群雪鸽飞起飞落，似乎用咕咕的声音、雪白的翼子故意引诱她的到来。

唐真来到木屋前，有些怀疑自己的眼睛，这是一个凌空飞起的架在空中的木屋，木桩粗大，有悬梯通到悬在其上的木屋里，但是木屋前空无一人。

唐真慢慢走出去，发现这儿真是乡村风情，置身于美景中，这儿有山有水有木屋，还有花花草草点缀，参天古木横七竖八的横亘在半山间，巨大的根茎裸露在月光下，还能闻到山野新鲜的气息……但是旷寂中，也显出潜在的不安，她感到那人的眼睛正觑视她，一定藏在某个角落，用古怪的眼神观察她，然后突然冒出，说一些稀奇古怪的，来自未来的话……

唐真立在木屋前，足足有半个小时，也没看到那人出现，只有微微的风忽起忽落。这期间，躲在车里的李易隐没有发出一丝声响，他很安静，很沉稳……

"你可以到这儿来。"阴阴的声音终于传过来，但声音显然是从上面发出的。

唐真顺着声音望去，发现一个黑影就立在木屋的悬梯上端，他像一个黑色的蝙蝠，浑身写满了危险的信号。

唐真凝立着，一动不动，她不会走上悬在半空的木屋。

"你的梦很长，中间需要休息，木屋里有醒梦的茶，你不想进来品尝一下吗？"

"不。"

"我说过，你会在梦中大折大难，怎么样，是不是可以验证我说的，这世上，没有主神，只有催眠师。你最好醒来，回到现实。"

他的身上落满雪白的鸽子，显然，鸽子们是他长期养牧的宠物。月光照耀下，显出他如主神一样神圣有形的脸庞。她望着这样一张脸，竟百味杂陈。

"真的不上来？"他幽幽地深沉地望着她。

"不。"唐真仍然断然说。

"你的戒心很重。程北北，你不相信我。你要放松，你面对的是主神也是催眠师，对你具有同等重要的作用。你只要醒来，你就能见到你渴慕的人。"

"你……"

"你真的不想去我的木屋看看，那里有烛光、鲜花，滋味醇正的香茶，还有我来自真实世界的召唤。"他寻找着她的眼睛，像月光下的神话一般说着魔幻的话。

"不，就在这儿，告诉我真相。希望你的每一个字都是真的，我不喜欢别人骗我，不喜欢虚假造作，不喜欢戏弄别人的人。"程北北冷冷说。

"你其实正躺在梦城医院，睡了很久也没醒来，全靠输液维持生命。我通过梦探仪与你深度交流，试图改变情节，尽快结束你的梦中情景。我想要你明白，我与你，以及所有人都在梦中，包括你的主神也是子虚乌有的人。"

"那，我真实的名字叫什么，我的真实生活是什么？"唐真不能掩饰她的疑惑。

"程北北，29岁，有着姣好容貌，你微笑起来，非常灿烂，你曾是一名中学教师，后来考进了机关，父母亲有工作，他们盼你找到一个有正式工作、身高一米七八左右的爱人。"他平静地说。

"我找了么？"

"当然找到了。在相亲会上，我发现自己非常符合你的要求，大学文化，一米七八，医生职业，医院正式编制，兼职心理师、催眠师。我喜欢搞研究，我还研究出一种能够使人快速入眠的药物。我给你母亲打通了电话，自报家门，你母亲对我的情况详细了解后，决定让你跟我见面。我们第一次约会，谈得很投机，双双坠入爱河，难舍难分。我们婚后育有一女一子，我要说明的是，你梦中天界的主神其实是我本人的原形。有一天，你在我书房闲逛，发现标有圣爱诗橙汁的饮料，那时你刚从外面与我打网球回来，没问我这是什么，就咕咚咕咚喝下去，于是一睡就半年，那瓶橙汁其实是我的清梦茶，味道香甜，但没在人类身上做过实验，笼子里的小白鼠喝过它，一睡不醒，但我没办法叫醒它们，这可是科研难题。我又准备让一只猴子好好睡一觉，以观测这种药物的性能，可惜猴子没喝成它，你却喝了。"

"所以，我一睡不醒，直到现在！"唐真诧异着，听他说完这些陌生经历，将信将疑。

"是啊，你睡得很沉，而且做了一个长长的梦，因为你的梦太长，我不得不采用欧美最先进的探梦仪与你深度交流，使你尽快醒来，你看，我成功走进你的梦中……北北，我爱你，不能没有你，不要再想主神，尽管主神就是我的原形，快快醒来，我期待与你有真正的吻。"

"我的现在真的只是梦！！"唐真太不相信这个结果了。

"没错。"他坚定地说。

"为什么情景这么逼真！历历在目！梦中可以这么清晰么，我可以看到所有细节？我可以看清生活中的所有，花花草草，处处真实可见？梦不是模糊的么，我的梦为什么与真实毫无两样？"唐真遍观周围，鸽子、树木、藤蔓、山石，纤毫毕现。

"亲爱的，我的药物非同寻常。"他耸耸肩。

"天，这才完全颠覆了我的现实。"唐真不相信，她大叫大嚷，"这不可能，这绝不可能，你在骗人，你是世上最大的骗子！"

唐真不相信这是真的，颤抖地摸着他与主神一模一样的脸。他突然轻轻把她揽入怀中："北北，北北，我的北北。"他铺天盖地狂吻着，她在他的柔情蜜意里迷失，任由他把她扑倒在地，温柔爱抚，他温暖的唇间充溢暖流，主神一样帅气深情的模样让她着迷。突然，手机铃声急促响起，她立刻打了个冷战，被它唤醒。她疯狂地把他推倒，从地上爬起来，奔向车门处，他突然冲过来，死死抱住她的腰："亲爱的，快醒醒吧，我，阿南，才是你真正的爱人，你要彻底忘记梦中的我。你的梦中悲剧人生正在上演，你挣脱不了，不如早早醒来，快醒来，醒来你才能解脱。"

唐真扭过头来，望着他忧郁伤感的眼神，全身颤栗、柔软，迈不动一步路。他的情绪显然已无法控制。他紧紧搂着她，生怕她逃脱。她不知该怎么办好，由着他再次发起攻势，看着他抱起……

手机铃声再次响起，想到李易隐正目睹这一切，唐真脸上立刻又热又胀，这次更加不顾一切推开催眠师，疯狂冲进车里，开动跑车走人。催眠师疯狂追着，没追上，她终于甩掉他，下山了。她长舒一口气，对李易隐说："谢谢你。"唐真却没听到回复。她缓缓停下车往车后座查看，却发现后车座，空无一人。

他下车了，他为什么悄悄下车，他为什么不说一声就下车了。唐真的脑子又一次经受刺激。这时一个短信传来：

把车开到山脚下，有老槐树的村口，我在那儿上车。李易隐。

唐真继续开车往前走，看到前方上空的天上掠过一群鸽子，它们雪白的幽灵似的，让她感到莫测高深，生活变得虚幻、梦游，这是什么样的世界！联想到T台上碎成粉末的裙子，就不寒而栗，如果这里果然是不真实的，那么我的真实到底是什么？我的现实，或说是我的梦，还要走多远？是无底洞一样的梦，还是真实的欺骗？

在有老槐树的村口，终于等到李易隐上车，他一进车上，就把一堆小玩意儿丢到她的车前座里："你的车里有人给按了监控，你的所有行动，别人了如指掌。"她看到李易隐扔来的一堆监控摄像头，又一次震惊不已。李易隐微笑："你怎么会上他的当呢，他是个骗子，世上有这么真实的梦吗？我可能是梦中的人吗？绝对不可能。听着，你现在正陷入别人的圈套，不要相信你的耳朵，听风就是雨。我一直潜伏在木屋后，没看到他更惊人的举动，比如突然飞走……我们可以想象，如果是在梦中，我们可以想怎么飞就怎么飞……你走后，他反而是脱下衣服卷起来，扔在草丛中，隐藏进轿车里，车牌号没看清，大体是个豪华车，他钻进去，从另一个山道开下去。我隐约中还看到他又从头上摘下一个东西，但我承认没看清楚。"

"他说的是假的，那你又是怎么能找到监控摄像头。"她更加倍地对他好奇起来。

"其实，我一上车，就发现监控了，在你不注意的时候把它们取下来。"李易隐沉声说。

"你不只是一个卖字画的吧？"唐真开始怀疑他的身份。

李易隐脸上露出难见的一丝笑意："只偶尔处理一些小家电的故障，贴补家用。"

"难怪被人叫博士……"唐真作出恍然大悟的样子。

"这不重要。你最近的处境很危险，这一点才最重要。"他不安地望着她说。

"这么说，我找你来，是找对人了……"唐真也禁不住笑起来，她在反视镜中又暗暗望他一眼，偶然闪现的灯光映射下，李易隐瞳光的湖蓝色无限量地释放过来，唐真竟有些痴了……李易隐显然望见她默默关注的目光，却特意将视线转移向窗外。

此后数日，唐真的客户不再来了，问他们原因，全部支吾不言，似乎存在某种阻力。她不忍心看工作室的人没有饭吃，劝他们转投别处，员工们还不肯走。又一次时装大赛开始，这次她的作品仍然碎成粉末，于是，有人说她被人种蛊了，施了魔法，凡是穿上她设计的衣服，必得落个全裸的下场，没有模特肯于试穿她设计的服装。

或许对于服装公司来说，晦气感强烈的设计师纵然再有能力，也是不敢用的。唐真的近乎空壳的设计公司经济来源继续紧缩，对于她来说有着不小的压力。此时，连那个惯于表现自己财势的陈熙坤，也没再供应免费午餐，免费服装。唐真设计室前门庭冷落。唐真不得解散服装设计工作室，关门大吉。她只是躲在家中，偶然接点小企业的设计稿。

有一次，她接到杨灿文的电话，这次，他的声调高昂，稍有些强势，他仍然希望唐真去他的企业上班，保证能维持生计。唐真偏偏是有骨气的，面对嗟来之食，并未心动，她直觉感到，那个男人是有着个人企图的，而这方面，她无从施予。

唐真的工作地点，从工作室转移到家中，却又要面对一拨又一拨跑来找男人的女人。她不得不报警，让警察记录下这些烂事，他们通过调查，知道一个名叫骆红尘的中年男子骗婚多达十余次，自称是高学历，有着体面的工作，并拿出只登记他自己一个人名的户口本与不同的女人结婚，卷走钱财后，不知所踪。他居然临走时给了女人们同一个家庭住址，那就是唐真的家。他似乎走了很多省，每去一处都与当地女人结婚或同居，有时他周旋于不同女人间，演戏逼真。据警察说，这人还涉嫌电信诈骗，但这家伙显然有着高超的反侦探能力，一时间居然找不到他的身影。这是一个什么样的骗子啊，她怀疑这也是天堂列车上的来客之一，他们的命运难道就是成为一堆社会渣滓？警方说，他有一个显著特征，瞳仁小到看不到……唐真立时明白了，或者骆红尘就是程思源。她忽然明白程思源与郭连刚报复的手段应当都是让她生活困顿或制造些麻烦，与他们一样，而不是把她杀了之类。她想想在天堂列车上的他们也非大奸大恶之辈，不过是心性太高，强要出头。但程思源的作法显然匪夷所思，太离谱了些。

一日，一个陌生人造访唐真的工作室。唐真得承认，这个人一出现，就让她感到他巨大的气场，他是个中年男子，从穿着上看，全身穿着名牌服装，服装价格高达几万元，显然不是平民。他说他是王威的父亲万源银行行长王立业。他长着国字形脸，脸面干净白皙，浓眉深目，温文尔雅。她很客气地接待他。他说他知道她的处境不好，想帮她一把，愿意资助唐真渡过难关。但有一个条件，得把他儿子带好，不让他继续变坏，或者做他的准儿媳，以管束他。唐真谢绝他的好意，但是同意看看能不能改改他儿子王威的性情，但不保证能有显效。王立业发现唐真一分不要，却同意改造他儿子，说了一堆感激的话，说了好久才走。

唐真尽管生活困难，仍然收拾好心情，制定一个可行的方案，以完成王威父亲安排的任务，并挖出王威身后的元凶。

从心理学角度说，王威的确是个叛逆的家伙，他父亲有大把的钱，把他派往国外读书，学成回来，居然仍然不务正业，最喜欢的是搞电玩，玩儿网游，要不与狐朋狗友胡吃海侃，既不懂银行账目，也不学管理之道。他的每次宴会都要花掉大笔的钱，不懂节约，现在都低碳了，他却很高碳。在竞争如此激烈的大环境下，他怎么才能守住他老爸的银行呢，对他来说，的确能力不及。

唐真为了接触到他更多的人与事，有时会提议让他带着她与苏心出席王威的私人宴会，而这正是王威快意的事，他们"一拍即合"。为了掌握他的生活圈子，她注意观察他身边认识的人，在暗暗观察中发现，他有三个铁哥们儿，一个是阿立，一个是白雪，一个是黑子。阿立是个奇怪的人，起码在她看来是很奇怪的，他很沉稳，又老道，还帅气，脸稍有四方，有着迷人的笑容。表面上似乎总是喜欢刺激王威，而暗地里，她却发现他们会亲密的密语。白雪，是一个白白瘦瘦的小伙子，也就二十来岁，长相很卡通，可能在八十后女生眼里，是很酷的造型，有着流行的男士发型，眼睛大并且往外突一些，最大的特点当然是皮肤很白，在男人里面是不多见的肤色，于是被人称为"白雪"，真名不得而知。黑子，当然黑一些，但黑又亮的那种，总穿着雪白无尘的衬衣，以衬托他非洲黑人一样的脸面。这几人经常聚会，有时在一起赌一把，阿立表面上是一家大饭店的大堂经理，白雪是某理发店的小老板，黑子是皮货店的经理。王威约的人很杂，有有教养的有派的年轻人，也有明显有痞气的人，这反而使她摸不清他们具体的交际情况。唐真还很想弄清王威的师父是谁，那个他口中传奇的喜欢偷盗的老爷子。终于，在一次深夜，唐真戴着假面随他出来，正好碰到那个传说中的人，她一见到那人就有些怔住了，夜深沉，月光很好的照耀，唐真看到他师父的眼睛射来一绿一蓝的光芒……

不难想到，双色眼，唐真有多么印象深刻，能使她联想到天堂列车上的人和事，于是，她突然而然地被它震住了，疑似故人来。见面时她戴着小狐狸面具，王威的师傅可能不知道她就在面前，铁青着脸，把王威大少爷叫到他面前，愤怒地挥舞手臂，表情夸张，大骂王威无能，问王威把事办得怎么样了，王威斜眼看了唐真一眼，把这个近乎歇斯底里的老头子扯到一边，然后对他耳语，王威的师傅开始拿眼看唐真，她发现他的眼神里射出诡异的光芒，天太黑还看不清此人的脸面，但朦胧中看到他不规正的脸上凹凸不平，麻点不少，一只胳膊包了起来，不知是折伤还是打伤。

那人走近了些，在弧度优雅的五瓣花灯下，渐渐映出他的真实面目，唐真看到他的眼里射出愈发阴暗森冷的目光，不寒而栗。他的脸色惨白，唯有居中的麻鼻子又红又翘，绿豆一样又小又亮的眼睛在巨大凹陷的眼眶里转来转去，充满皱纹的松散眼皮不停地折叠起伏，里面有历史遗存的苦涩，也有页岩层叠般的沧桑与深沉。寒冬尚未到来，但他脸上布满霜雪。他的头发乱蓬蓬的，从不同方向翘起山峰，稍驼背的后脊配合他不规范的着装，形成荒凉冷漠的落幅。他显然是冲唐真来的，眼见他拄着拐一步一步逼近，唐真禁不住有些慌张，她想，他找我做什么，报复吗，抑或只是搭话。但他向前走，一直向前走，直到唐真要观察他也得扭动脖颈。他没有回头，颤颤危危的身影消失于夜色中。

王威拍了拍唐真的肩膀，眼神精彩闪烁，他笑："看什么呢，他就是我师父，怎么样，很帅吧，他可是这一片的头儿。"

唐真摇摇头，微笑："他很奇怪，年纪这么大，看不出有什么本事，你为什么要听他的呢？"

王威辩道："他会偷，你会吗，他能像蜘蛛侠一样在墙上飞上飞下，你会吗，他够狠，帮里谁有错，他恨不能大卸八块，你能做到吗？你做不到。"

唐真不知该怎么改变他，跟着这个阴沉的老头子，天知道还会做出什么惊人的事："你不觉得他不够阳光……"

王威哈哈大笑："算了吧，你看到杨康会丢掉梅超风吗？我最崇拜杨康，就算他是个死疯子，我仍然要跟他学本事。"

"拜托，那不是有本事。偷窃算什么本事，它只能把你引向邪路！"唐真生气地反驳。

王威用指头敲击着太空："不！别人不会的，就是本事！我能轻易就走进每间房子，畅通无阻，比有万贯家财都快乐。天下的钱，就是我的钱——我看你说话越来越像我老爸，以后少拿这话烦我！"

唐真看着王威因得意而笑得变形的脸，气愤地说："主神，你在天界不是这样的。你安安静静的，绅士一样，懂得所有人间最正确的道理。"

王威怔了怔，立刻收敛了夸张的表情，他诧异地望着唐真，郁闷又生气，或者他在怀疑唐真的智商为什么这么低，到现在也看不穿他……

他的眼睛转了转，冲唐真呲了下牙，亮出雪刃，唐真相信他不会是故意显摆牙齿魅力，牙模的牙齿比他的白亮。他的嘴巴张了张又闭上，用粗大的拇指摸了下鼻尖，冲唐真讪讪地笑，如果月亮不是隐进乌云，一定可以看清楚更多特色，但唐真被他塞进车里。他吆喝着："上车！上车！上车！"他在车上说，"嗨，我刚才说着玩儿，在天上的生活太郁闷，到人间就想痛快着玩儿。你听说过两面人没有，我就属于那种最典型的两面人。"

唐真不再言语，对改造他的工作全然无信心。人言：江山易改，本性难移，要改造这个公子哥，谈何容易？思路到这儿就打结了。她在奔驰的车中，聆听大自然的晚籁，初秋的寒意已迫骨而入，听到遥远的呼唤："北北……北北……"猛然回头，看到后车窗里一个戴面具的人狂奔而来，惊奇张望，像在梦中。她忽然感到呼吸紧促，心口沉重，听到更多的声音："北北……"

可怖的清醒梦

唐真醒来的时候，新设计的四季装还在手边，苏心像发现新大陆一样惊奇地说："姐，你又瘦了！"唐真镜子里的脸果然削瘦，面颊塌陷，骨形可见。一杯热咖啡被苏心端过来，茶杯上泛着云雾，唐真的眼睛被蒸煮，一道晴云挽着窗户，叶片飞奔，每片叶子上写着清醒梦。

苏心好奇地展开四季装，她圆鼓鼓的小脸儿红润了，尖叫："也，它一年四季都能穿么！"

她转眼望唐真，唐真望着她："我昨晚怎么进的家？"

苏心用食指在空中画了一个问号："你自己走回家的呀，你来的时候，我已经睡了！"

"现在几月？"

"九月。"

"前两个月你不是放暑假，为什么一直上学？"

苏心唱着歌："小妹妹我呀，坐船头……"她头也不回地走远了。

唐真忽然浑身冰冷，清醒梦……四季装与金蝉衫相继坠落，唐真不断抓着额头，雪一样碎落下来的是线头、碎布、颜料，唐真五颜六色地立在镜子前。

突然，唐真再次醒来，看到苏心紧张地望着她："你昨天昏倒在门前，究竟发生了什么？"

"什么？"唐真震惊地望着她。

手机声忽然响起，接听——"唐真，王威被车撞折了腿，抓紧来康复新骨科医院……"

"你是？"

"王威的父亲。"

唐真与苏心驾车去康复新，一路上始终有一辆黑色轿车不紧不慢跟着，当车行至偏僻路口，那辆车突然超车向前，并迅速冲向唐真的车，唐真与苏心尖叫一声，刹车已来不及。

就在这时，一个身影从跑车敞开的驾驶座上方飞落，一只大手把唐真扔到副驾驶座，整个动作连贯流畅，一气呵成。他紧急驾车后退，速打方向盘，车拐向左手单行道，冲过来的黑色轿车像喝醉了一样撞向道路护栏，护栏凹下去，歪裂开，有两辆车擦边撞着，横在路边。

唐真的车终于停下了，唐真看到李易隐凝重望向她的表情："怎么样，有没有吓着你？"他没有喘气，平静得像一波不兴的湖面，显然是够严肃的。

唐真好奇地望着他，背后的苏心张大嘴说不出话。

李易隐看到她俩同时惊诧的表情微笑："我小时候在农村翻墙头，上树掏鸟窝，身手敏捷一些。"李易隐瞟了一眼唐真，淡淡笑了下，"你们将来需要提防一切可能的危险。我顺便提醒唐真，你的参赛服上涂有一种很奇特的胶体，能在规定的时间瞬间破裂，我已从相关人员手中得到了衣服的残片，化验出了结果。你最好想想，究竟是谁往你的衣服上洒了这种物质，他们的目的有可能是什么。"

"啊？"唐真吓了一跳，"一种奇特的胶？你让警方调查了？"

苏心赶忙澄清："不要怀疑我，我对你是最忠心的。"苏心吓得大眼不住地转动，显然生怕唐真怪到她头上。

唐真想到可能是何琳，但是想到她一直替她做服装，尽心尽责，无论如何不能将此事与她挂上钩。那么就是王威……唐真想到两次比赛他都找理由接触到服装。但是,他这样做又有什么意义,只是为了让她不顺意?唐真忽然想到他阴暗的师父。她恍然明白了一切,生气地说:"原来是这么回事。"

此时,那辆车一瞬间开远,李易隐开车追下去,他开车的本事惊人,开车速度极快,但处处有惊无险,在密集的车队中来回穿梭,显然车在市区严重超速。就是这样,那辆肇事车仍然跑丢了。李易隐生气地拍了下方向盘,把车停下。

"你知道那辆车要撞我们?"唐真斜眼望着他,像望一个怪物,显然已超出好奇。

李易隐望见唐真呆住的眼神,微笑:"不,我和你们一样不知道,只是正赶巧把你的参赛服的事告知你,谁知就在这里碰到你。"

"真的?"

"真的。"

李易隐的神态告诉唐真,绝没这么简单。唐真想从他身上探寻更多东西,希望从他的目光中找到一些隐约可见的曾经在天界熟悉的东西,但是,那么失望,他像一个裹在套子里的人,甚至眼神也包裹上,每次从渴望到失望,甚至把它当成一种习惯……他是那么冷静,那么理智,但他长得又那么一般、普通,无法崇拜,无法热爱。唐真隐约中也有一种痛,她分不清是爱主神的外貌还是他的心灵,如果在人间的他,已被严重的割裂了,她将怎么办?她呆在副驾驶座上,全然无语了。

在踏进医院的一瞬间,一种感觉忽然扑面而来,这是女人的第六感,唐真承认这种感觉的可怕,感到一双眼睛从看不见的地方注视着她,但是,环顾四周,绝看不到那样一双眼睛。但是冥冥中,总有人说,假的,假的……唐真堵着耳朵,心跳又快起来,血液上涌着,头热热的……

苏心大声说:"到了!"在医院漫长通道深处,标示王威床位的病房赫然出现,她们推门进去,能看到一群人围在病床前,看不到病人的模样。这是一处豪华病房,里面不仅光线明媚,并且配套齐全,有冰柜、微波炉，有漂亮宽厚的布艺沙发与玻璃钢架的茶几，王威的父母就坐在床边沙发里，皱着眉头，尤其是王威之母忧伤地望着宝贝儿子，哭眼抹泪，粉底流失，唇红不见，挽髻墨发松散下坠，面色憔悴。

唐真当然得先给王威父亲——万源银行行长王立业打招呼，王立业看到唐真的出现报以微笑，并向他的夫人耳语几句，他们站起来，给她握手，她显然感受到他们的重视。但是唐真的心是冷的，她明确知道了这些时日来的霉运与王威有着直接的关系，这个貌似胸无城府的家伙，竟然被人授意，在使阴招。而今，他自己也遭人暗算，不正应了"报应"二字。

这时，躺在病榻上输液的公子哥儿没有认真看唐真，倒是望到苏心的瞬间眼睛光芒大盛，酷似主神的脸上露出笑容："乖乖，连苏心也来啦。"苏心表现出焦急神情，双眉紧锁，大惊小怪，她责备王威："你怎么搞的，怎么就让人撞着呢，不会看路啊。"王威可没想到苏心这样说，瞪眼叫了句："你以为我想被人撞，是有人故意撞我嘛，我迟早抓住那家伙……"他说完这句话，在众人面前不避嫌的夸她一句："你这两天又水灵了嘿。"然后，他哈哈大笑，别人也跟着干笑。苏心的脸立刻红了，躲在唐真身后，对她埋怨："你看他，都这死相了，还跟我闹。"王立业好奇地打量苏心，显然发现苏心与王威才有着特殊的亲密。唐真只是微笑不语。

就在这时，病房门突然打开，八个打着鲜红领结、穿西装的高大男人齐刷刷地走进来，分列两边立定，一位面色惨白的美男子出现，他手中捧着一束鲜花，后边是提着礼品的两个跟班儿，其中一个染金黄头发，一个是少白头、焦黄脸色。苏心冲唐真低声说："天，陈熙坤。"来人果然就是陈熙坤，他显然一眼就看到了唐真，他冲她微笑，似乎春天的和风似的，她也冲他微笑，对于这个神秘人物，她倒是希望自己只是远远观望。

陈熙坤很认真地给病床上的王威握手，一个假意的拥抱敷衍出二人的亲密，陈熙坤掀起被角，嘴中啧啧："真背哦，让人撞成这样。好好养病，我替你找出真凶。"王威望他的眼神与望别人的眼神有所不同，他似乎一下郑重起来，谨慎有礼了，他诚惶诚恐，感激得似乎要流泪："老大，你怎么来了，这真是出乎小弟预料。你对我真是太好了。"陈熙坤感忙拿出纸巾，替他擦泪："我来是应该的。有空，我们还去五月飞歌，我给你伴唱。你要好好养病，不要想太多，在龙城，如果有人敢动你，看我不把他们祖宗八代挖出来挫骨扬灰。"陈熙坤又安慰了他几句，起身要走，他临走前，又冲唐真笑了下，他白惨惨的文秀的脸上露出诡异之笑："唐真，你刚来？"

突然被他问到，唐真有些不知所措，不得不回复："是，刚到。"

陈熙坤瞟了一眼王威，又回望了唐真一眼，幽幽说："找到你要找的人没有……"

他这话显然充满了挑衅，故意讽刺所遇非人，唐真一个字也没回复。他盯着她的脸看了几秒钟，开始吐出一口气，鼻子里哼了下，武天此时把宽沿礼帽递到他手中。陈熙坤把帽子戴正在头上，又回望唐真一眼，轻声说："有诗云，白炽灯，黑炽灯，火辣辣的是心灯，就怕不起风！呵呵……"他说完突然亮出白森森的牙，笑了一下，带着一干人等扬长而去。

苏心望着他的背影白他一眼，嘟哝："这人咋这样，怪怪的。"

唐真烦乱地转回身，正看到歪在病床上斜躺着的王威，他正盯着唐真，显然他刚才一定在认真倾听他们之间的对话。他此时变得深沉而凝重，一改公子哥儿的浮躁状态，及至撞到她的目光，他又开始唉哟起来，说腿疼得紧。他的母亲疯狂跑过去，问哪儿疼，要不要叫大夫，她吵吵着，护士都休眠了，不知道时刻照顾着。

唐真与苏心随同探看的大部队告辞，护士们涌进来。王立业紧急走过来，陪唐真到过道，对唐真问长问短，还问需不需要帮助，面对将要到来的施舍，她还是忍住饥荒，说一切好得很，不必挂心，不必破费。王立业盯着唐真，看了半天，见她神情安然，估计问不出什么，只得作罢。他最后说，他的儿子拜托她们照顾了。

她们离开医院的时候，苏心好奇地问："我们照顾他儿子什么了。"

"不，什么也没法照顾。"唐真呵呵笑，心里却打了个转，再过多久也改不了这个公子哥儿的性情，谈何照顾呢！

从医院里走出来，还没见到李易隐的时候，就见一个破衣烂衫的老人出现了，他手里是一堆易拉罐，唐真一看到他正面的样子就大吃一惊，这人不正是王威的师父。

他像活在地狱里的人，把人类文明抛在身后，他阴暗的灵魂很好地隐在邋遢的外形下，他的脸尽管抹着黄泥样的东西，一对怪异精明的眼睛却出卖了他。他在扮演可怜巴巴的行乞者，他盯着巨伟的病房大楼，眼神游移，看样子是想探望他的徒弟。但他徘徊了会儿，终于还是转身而去。

这时李易隐一瘸一拐下了车来接她们，唐真让苏心先跟李易隐上车，而她却一路尾随王威的师父来到一片修砌整齐的林荫道，那儿有不少行人来回过往，风景优美，枫叶似火，在眼前作舞，作画，作一片虚魅的喧嚣或勾着灵魂渲染，但是王威的师父很煞风景地在那儿打地铺，敲着一个破碗，索要嗟来之食。她倒希望他是丐帮帮主，也让她开眼界看到八百年不见的降龙十八掌，只怕他是没本事玩儿这一流武功的，她开始倾听他念叨的什么，他念的竟然是说唱艺术般高深的东西：他在背《论语》，没人能想到一个叫花子居然背得出论语这么古奥又必备的知识，他的声调铿锵有力，吐字清楚，使用标准的普通话，语速流畅自然，如果不看他这个看了就要让人躲的外貌，准以为大学教授在讲课。于是，有些小孩子与带孩子的家长开始停留下来，他们显然被他吸引了，有人开始好奇，问他："喂，你能解论语吗，你能解论语，就给你十元钱。"叫花儿开始解《论语》，比于丹解得精彩，围观的人中有人鼓起了掌："还真专业唉。"他们笑起来，但叫花的空碗里也多了很多一元的硬币。他从怀里摸出一张白纸，有力道的毛笔字出现在纸面上："明晚七点半开讲三国。"晕，叫花子还讲三国呢，这世道真变了，学识高到叫花业，人家这才叫专业啊，叫花的最高水准。人群里开始鼓噪。大家似乎都没工作了，专心听他又念叨《孙子兵法》，孩子任意问他问题，他可以对答如流告诉小孩子哪句讲得什么意思。于是，后来又有人问他什么学历。叫花不屑一顾，不予回复。这么倨傲的叫花，唐真是没见过的，这么有学问的叫花，她也是没见过的，两个没见过，让她对他肃然起敬。她忽忽想到，郭连刚正是这样有才学的人，但也不至于下界后就变成叫花吧……

苏心的电话打来了，唐真不得不离开这儿，离开这个怪才。等唐真上到车上，李易隐和苏心好奇地望她，问怎么回事。唐真说："一个叫花儿，一个好有学问的叫花。"

李易隐似乎立刻就知道他是谁，他说："一定是住在城西，能讲三国的叫花。"

唐真惊奇地说："你也知道？"李易隐郑重地点点头，不再言语。

唐真想到主神的无所不知，无所不能，忽忽明白，李易隐为什么会知道这么多。尽管她已赌定了这件事，但还无法说破，他也没有承认的意思。而她却又如何接受一个外观上绝然不同的真正的主神。但她忽忽想到，主神是因为她才沦入人间，变成一个普通人，变成现在的样子，心中又生出酸涩。纵然他是真的，纵然是救过她的，但是，并不是一个完美的呈现……他再不能划动天空，变出漫天的流星雨，也不能在梦之殿与她相恋，他的法力全部消失，他的外观严重改变，他现在普通得或只余残剩的记忆……

唐真开车把李易隐送到长清街路口，他似乎深意地望她一眼，要求她们行路上加倍小心，以防意外，最好尽快报警。他走了，像谜一样离开。

一路上，唐真与苏心讨论是不是要报警的问题。后来，她们终于在吃过午饭后来到辖区派出所，找到那儿的民警报案，民警做了笔录，接案民警认为，说不定是醉驾逃逸，也可能不是仇家谋害，然后说回家等通知吧，她们就像松了一口气，似乎无形中找到靠山，开车回去的时候，似乎没人跟踪。

唐真静下来的时候，想到李易隐出现得那么准时，像神来之笔，真是匪夷所思，心理师说全是梦境的话，再度响彻耳侧，她辗转反侧，想不清前因后果。

梦中，圣母殿内，主神似乎再度走来，伸出手臂说："北北……"但梦中的她却发现殿内同时出现4个主神，竟然认不出哪个才是真的，她吓得向后躲闪，躲出殿外，一不小掉进万丈深渊……

白天，唐真尽量忘记一切，就像木头人一样工作，改良四季装。

四季装可以随意拆下来，任何一小部分"零部件"经过特定组合就可以拼出不同款式的服装，它的所有元素都标示着新奇，它由16个小部件组成，有的部件间需内拉链连接，有的需要看图示说明组合拼搭，它可以变出50余种样式，绝对满足一衣多用的新奇感，在服装市场上，还没有这样的衣服，绝对真空。她相信它会风靡全球。但是，它需要资金投入，需要广告宣传，但现在显然没有资金。她面对已经设计好的时装样式一筹莫展。当然，最先体验的是苏心，她按她说的方法将衣服变来变去，每出现一种新样式，她都会尖叫起来，太时尚了，不可思议，每种效果那么惊心！最后，她问，能不能变出60种来，100种。唐真哈哈大笑，笑完之后，突然感到如果样式果然升为百种，宣传语就可以叫"百变神衣"或"百变仙衣"或"百变仙衣四季装"，唐真于是又投入工作，增加零部件，尽量想出百种变法。当她设计出百种变法的时候，轻舒了口气，她知道，这简直是奇迹，她完成了一个多么伟大的新奇组合。现在面临两种选择，一是自己组织生产这种服装，一是介绍给厂家生产。其实，她品牌服装出现在市场上，是她的梦想，为什么不去实现它？现在工作室已空无一人，原来的主顾们，谈她色变……

　　现在，唐真认为，还有第三股力量在起作用，使她的生意越来越清淡。她的思想已超离时装界，甚至开始研究起侦探小说，努力思考侦破方法。在福尔摩斯、波洛侦探还没给她的大脑输入有效可示信息的时候，脑海里出现最多的名词是"大侦探"。

　　她灵光一闪，闪电划过黑暗，划过她需要萌生新意的心灵，面前，一座最高的山峰出现了。她的全部热血沸腾了，这道灵光逼着她行动，这无名夜，像透明水晶，认真清扫她的道路，那轮亮贝一般的月光无眠了沸腾的心。

　　翌日，她迫不及待地寻找龙城市最有名的侦探，这样的人不难打听，只需要在百度上搜索信息，就会搜到一片律师事务所的名字，经过三天认真排查，就找到了全市最有名的侦探的住址。据说这个侦探是跟踪高手，在暗中办理过很多离婚案件，为当事人取得相关证据，不仅如此，本市最棘手的案件，刑警破不了的，他可以破，他最长于做那

168

蓝眼睛
绿眼睛
LAN YAN JING
LV YAN JING

些福尔摩斯们才愿意做的事情。

然而，没人见过此人的真面目，他会客的时候，戴着一个假面。这样，她又会想到佐罗，或者与之相关的人或事，还能与那位经常诡异出现的追着她的跑车飞奔的面具人联系上，尽管这个错觉非常让人奇怪，她都无法证实它的真实性，但无疑它在她的头脑深处扎下了根。

那么现在，把那些假想推开，唐真迫不及待地要找到那个人。在威尔士单行道上，她看到侦探所扎眼的幌子："无不胜"金黄芒须的"宽额大脸"在阳光的照晒下映出无比的神秘，她陶醉的欣赏，像小学生，面对私塾先生礼敬地掸掸尘土，飘衣而进。

她的到来，引起大侦探助手李腾空的注意，他正像传说中那样，有着华生一样慈善厚道的面庞，但他显然年轻，并戴着金边眼镜，完全是一幅毕恭毕敬的表情，让客人到来的时候有如坐春风的感觉。事务所的装修简洁，壁墙雪白无尘，木纹裙围子上有开胶的地方，轻微翘起，这儿的建成时间显然久远。她被引到一个狭小房间，里面阴暗着呢，窗帘密闭，大板桌后一个奇特的身影坐在里面，立式灯罩里散发出暖黄色的光泽，刚好照耀在大板桌前的客椅上。大侦探罗杰的脸上果然戴着面具，戴的是广西鬼怪面具，这显然让她吃惊。这在她头脑中曾经一闪而过的面具，竟然出现在他的脸上，这是天意还是她想什么有什么，仅仅是巧合，或是更神秘的力量促使它的出现？

她正诧然的时候，他发话了，问她从哪儿来，所遇何事，他的声调奇怪的闷，就像罩在钟里的声音，她必须认真倾听，不可以走神。

她向他讲述了她的故事，当然也省略了一些情节，很私人的情节。他听着津津有味，这能从他不断好奇地追问中得到证实。这些故事唐真必须讲，包括在天界的情节，如果以他的常识判断，说唐真有妄想狂，她也认了。因为说出它，有助于帮助她破案，面对侦探只能如实反映问题。当她讲完的时候，罗杰陷入沉思，唐真讲完后停了大约五分钟，他才说出了以下的话："我被你的故事吸引了，你是我遇到的最与众不同的人，居然可以了解前世与奇特的列车天堂，还遭到来自神秘远处的当事人的报复。我现在必须相信它是真实的，这是我唯一选择。但理性告诉我，这又有些天方夜谭。告诉我，你不是小说家，你所说的不是杜撰的故事。"面具后的目光是深沉的，它的光芒令她镇定。

"我当然不是小说家，我只是一个时装设计师。这个故事是很荒唐，但是真的。"唐真很肯定地回复。

"好吧，我只能假设它是真的。如果，像你所说的某个人的寓言，我可能只是你梦中人物的话，我会很失望。"他顿了顿说，语调掩饰不住他的忧伤。

"我也不想只是一场梦。"唐真也顿了顿，"如果这只是一场梦，我的世界也太真实了。"

"一切皆有可能。"大侦探忧心地说，"有时最不想的结果，可能就是真实的结果。但我不相信我自己也是梦，真的。这样的话，人生还有什么意思。所以，我宁可相信，天堂列车是真的。"

"如果我是在梦中……其实，我也不敢想象。有时，我会从噩梦中醒来，觉得梦里梦外太真实，浑身出冷汗。"唐真局促地说。

大侦探罗杰再次沉默，时间好像静止了，他显然在梳理思路，过了好久，低声说："好吧，我接这个案子……不过……你要保证，你没得到精神之类的病症，比如臆病。另外，如果结果出乎你的意料，你要做好心理准备，我想它的结果，可能非常让你失望，或者让我失望。"

唐真沉声说："臆症没有，但是在天堂列车上，我除了在圣母殿内的梦，还有一个梦，梦在医院的病床上，总有人呼唤我醒醒……"

罗杰震惊地望着她，语调渐渐低沉："你如果真的在梦中，而不能醒来，在病床上真实的你，将面临巨大危险。你不要一味相信现在的真实性。那样，梦中的你，或就更不会醒来，如果真的，我们都是虚幻的人，我倒不介意消失。人的命天注定，不是么？"

唐真摇摇头，叹息："我不想让你得到这样草率的结论，看你的水平，但我现在只能给你很少的钱，因为我现在资金方面不宽裕。"

大侦探摇头："不，我不需要你的钱，我对这个故事感兴趣，自然会去寻找真相。"

他疑虑地立起身，双手按在案上，担心地说："你经历太独特，我闻所未闻，没有一点可信性。我最奇怪的是，你不是《红楼梦》中的贾宝玉，为什么要戴玉而生？我说的只是大方面，其他方面有待进一步调查。从这一点上看，我又怀疑你出生的真实性……"

唐真被他说得更晕了，不知怎么的突然天旋地转。当她醒来的时候，发现倒在大侦探温热的怀中，那里散发着槐花的香味，她激灵灵打个寒战。他正给她喂水，清凉的水让她身上有了一点点微弱的力道，但仍然昏沉。大侦探始终没有摘下面具，他的臂膀有力，面具也像梦中人那样真实又遥远，她喃喃自语："你知不知道，我不希望主神只是梦中人，这对我打击太大。他是神，是我心中的神，如果陷在梦中，可以与他相聚，我倒希望梦境绵延无期。"

大侦探罗杰呆呆地望着她的眼睛，久久不语，他显然被她的话触动了。

她感到他的手指紧紧抓着她的臂膊，像要陷进去，后来，他把她送回椅子上，松开了手很缓慢地转到座位里。

他突然下逐客令："你走吧，我还有预约的客人，李腾空会给你我的名片。我会认真展开调查。"他扭转了头，背对着她，仿佛这刻他与她无关了。唐真不得不起身告辞。临走前，唐真又扭头望他一眼，罗杰似乎预感到唐真会看他，也转头望了唐真一眼。他们对视了几秒钟，他显然为某种情绪左右，陷在这样的情景中。唐真竟然神使鬼差地望着他，一步移不动。

"听说，你从没摘下过面具，能不能摘下面具让我看看？"唐真不知为什么心跳得厉害。

罗杰广西面具没有摘下，他久久望着唐真，沉声说："外表并不重要，不是吗？只要我可以破案……"

唐真转身离开了，她似乎终于听清了他的声音，似乎在哪儿听到过……

百变仙衣的夜晚

❧

第二天下午，唐真午休醒来，打开微信，就看到一排提示语出现了：

假面舞会现场已被拆迁，原来的老板不知去向。罗杰。

唐真长长叹了口气，使劲晃晃头，希望一切正常起来，这人生既不是梦，又不是虚拟，是实实在在的。她倒希望回到过去简单的生活，甚至流落到草原、沙漠，心境也是平静的。她知道她再也退不回天堂列车，那或才是她的梦，梦应当醒了，她应当开始新的生活。她必须欢笑起来，无忧无虑。但她分明感到存在的压力，虎视眈眈的天堂来客已到来……

苏心晚上回到家，兴冲冲地说："我碰到武天了，他说他的陈天宇老板还没回来，还听说在国外度假的地方也没找到他，包括飞机乘客记录上也没有他的名字……"

唐真皱眉说："难道又是一起谋杀案……"

"谋杀案？"苏心尖叫起来，"不会吧……"

唐真一边手绘着服装设计小样，一边无精打采地说："嗯，他应当被杀了，很多剧情都是这样的，只要找不到人了，就是早被杀了，埋到一个别人不易发现的地方。因为有人要侵夺他的家产。"

苏心突然眨眼说："你说，会不会是他表弟陈熙坤干的……"

唐真在小样上画了一个匕首，摇摇头说："这也难说，因为他也不止这一个亲人，有儿子有老婆有父母，哪轮到他继承呢？"

苏心继续发挥想象："如果是情杀呢？比如陈天宇的爱人与陈熙坤有奸情……"

唐真终于抬起头，把画作推到桌案前面，数落她："别把人家想那么坏好么，没有真凭实据的，就说人家，小心天打雷霹！"

苏心慌忙举着手告退说："好的，我不议论了，反正那人与我也没关系……"她笑哈哈地跑出去。

苏心的身影一消失，唐真就陷入沉思，想起陈熙坤那次奇怪的说辞，忽然想到，如果他是杀人犯，倒吻合了天堂轮回法则，一想到杀人，她立时想到冷蓉，难道：冷蓉来到人间后变成男人了？她这样想着，却又禁不住害怕了，突然想起她冷血杀害那么多女人的故事……但是，硬要把冷蓉与陈熙坤的外形联系起来，还真有些困难，唯一共同的地方，二人似乎都喜欢戴黑色的帽子……

唐真被这个推论惊呆了……难道连她也来阴谋作乱了……

唐真往罗杰的微信中发了一段信息：

请调查陈熙坤，怀疑他是天堂来客之一的冷蓉。唐真。

没有两分钟，微信里就出现一段回复：

陈熙坤的确应当是杀人犯，但是，陈天宇尸体没找到，不能确定死亡，也不能确定第一现场，他所住的山庄外没有监控，警犬搜了十几次查无踪迹。在陈天宇消失前，曾将三处豪宅房产转到了陈熙坤名下，但这也不能认定就是陈熙坤杀的人。另外，是不是冷蓉，现在也不能彻底搞清。罗杰。

唐真皱了下眉头，叹了口气，没想到陈熙坤还很有反侦察能力。

她不禁想到，天堂列车的夜晚，冷蓉悄无声息做下的惨案，害那两个姐妹不能轮回……想到这里，她的心火突然升起来，为什么她不能抓住此人的狐狸尾巴？但是她又有些恐惧，如果与他接触太多，恐也遭不幸……

昏昏沉沉中，她睡着了，梦中，隋颜华哭泣飘来，说她死得冤……此后，刘雅茹也哭着飘来，说替她报仇。唐真在梦中不停呼唤她们的名字，三个人在梦中抱头痛哭……

第二天醒来，窗外阴风呼啸，唐真望着阴沉的天色，忽忽想到梦中的情景，不禁有些黯然神伤。固然逝去的已经逝去，但她们牢固存在心中，竟然是抹之不去的。该不该为逝去的人报仇呢？她陷入久久地沉思中……

罗杰的微信忽忽传来：引蛇出洞计划……

唐真看了看微信内容，惊奇于罗杰的神思，但也正好消除心病。她早早起来收拾着做饭，苏心很快闻到了香味，钻到厨房，连连赞叹："好大厨也，你这是做的什么……"唐真微笑望着还睁着懵懂睡眼的苏心，笑着说："小芹菜、香豆腐、香辣鱼翅、荷包蛋……"苏心瞪眼说："都是我喜欢吃的也。太好了。"

唐真说："后天要开百变仙衣新闻发布会，晚上将安排一场晚宴。你对王威说，龙城的各方阔老要到会，让他张罗下呗……"

苏心快意地说："那一定很热闹了……我喜欢。我今天就对他说，他一定把他的狐朋狗友邀请到。"

唐真微笑说："只他那些铁哥们可不行，需要更多，让他想办法多找些人，我这边，业界的人会到齐，网络上会发消息，各大报业、电视台也会惊动，声势很大，晚宴上你与我一起穿那套百变仙衣来展示，你可一定记牢百种穿法，记不住就请你的女同学来试穿……"

苏心皱眉想了想，歪头对唐真说："我穿上它，仙衣会不会也脱落，那我不太裸露了……"

唐真微笑说："我会有防范措施，你不相信我，就不要穿，我自己穿……"

苏心想到那个晚上，她会很出风头，她的出镜率会很高，笑嘻嘻地对唐真说："嗨，我为了姐姐拼了，一定与你一起穿……"

唐真斜瞟她一眼，继续去炒荷包蛋，想着心事：现在真的没有一个模特肯为她试穿衣服，不用用苏心这个小姑娘，也是不行的。她是王威的克星，王威总不会让她穿的衣服落下来，所以，最少可以保住一套……

当苏心兴冲冲地给王威打电话时，唐真假装在一旁翻看时装杂志。苏心把唐真的话复述一遍，电话那端的王威却并不高兴，他生气说："你穿什么穿，有什么好穿，开那个晚宴可以，你不要什么都凑上去……"

苏心不开心地说："我愿意，你管得着吗？"

王威阴阴地说："小心衣服掉下来，让所有男人观看……她的衣服，还能穿吗？"

苏心反驳："姐姐的衣服我才穿，这叫上刀山，下火海，为朋友两肋插刀。"

电话那头的王威沉默了，他狠狠扣下电话。苏心听到电话是忙音，生气地几乎跳脚骂，她嘟哝了句："神经病，这么点小事也不愿意。"坐在客厅沙发里的唐真合上杂志说："我得去找何琳，今儿得把两套百变仙衣赶制出来。你呢，消消火，抓紧去上学。"

苏心一看时间真的马上到了，草草吃了些饭，就背包走人。苏心来到大学校园，课间的时候就招来她的若干好友，说她要在百变仙衣发布会晚宴上展露百变仙衣，她的女同学们尖叫起来。小安娜却挤过去说："听说唐真现在正走晦运，她的漂亮衣服没人敢穿了，穿了就要落下来……什么都让男人看到。"苏心摇摇头说："怕什么，大不了是内衣秀……"小安娜吓唬她说："要是连内衣也落了呢？"苏心吓了一跳说："那怎么可能……"小安娜轻声说："那些模特的内衣也是掉下来的，你想想吧，一定不是内衣秀这么简单……"苏心的女同学纷纷表示惊讶，都说："还是算了吧，别穿她的衣服吧……"苏心暗思已经答应姐姐了，怎么能反悔呢，她摇摇头说："不行啊，我们一屋住，我不帮她，谁帮她……"女同学们说："在一屋住就得赤身裸体啊，你这也太拼了……"苏心一时没了主张。

这时她们教英文的曹瑞雪老师在一旁望着她们，抱着书本走过去，夸赞苏心说："苏心好样的，要坚持自己的想法噢。"女同学们一见老师来了，都有些局促。苏心惊奇地说："曹老师支持我？"曹瑞雪老师轻轻点点头，她笑着说："我陪你去。唐真的事，全校老师都知道，我们认为，那一定是有人捣鬼的，所以，你们要注意更衣室，要在更衣室里安装监控……"女同学们兴奋地说："抓个现形？"曹瑞雪老师做了个低声的动作："还要记住，只你们自己知道，谁都不要说哦，否则那个贼是不敢来的。"苏心点点头说："有道理，我也不会给那个大嘴王威说的。哼，他一点都不支持我，我要他看看，我是怎么安然无恙展示，还顺便抓个小贼。"女同学有人哈哈大笑说："他怎么不支持你呢，你看人家给你买的项链……"有人将她脖子上的项链掂起来哄笑，苏心脸一下红了，猛推她的同学一把："少来了……"

晚上，苏心回家的时候，眼见王威的车停在楼下，她本来想迎过去，一想到他准是反对她穿唐真设计的衣服，一旁跺跺脚，又往回返，她才没走几步，王威就从身后把她抱住，在她耳边说："别去那个晚宴啦，我陪你去你最想去的电视台的最高处，看龙城夜景……"

苏心转回身，掰开他的手说："哼，你敢上吗？最顶上可是悬梯……"

王威傻了下，想了想说："我们用直升机空降到顶上，这样总可以。"

苏心大吃一惊说："你家连直升机都有了……"

王威得意地说："有，我们家超有钱。"

苏心哼了一声，白他一眼："我听说，富二代没有多少有出息的。你能例外吗？"

王威手指点着她的额头说："我说苏心，你不是单纯的小女生吗？怎么现在完全就是那些黄脸婆、大妈们的啰里巴嗦呢。好啦好啦，我不给你废话。反正你不能去唐真安排的晚宴上穿她的衣服……"

苏心本来想反驳他，但想到她要是不同意，王威一准会继续纠缠下去，于是笑笑说："好啦，我让我同学穿她的衣服好了。我同学中有傻乎乎的，或能代替我。"

王威惊喜不已，一下子就把苏心抱起来，打了两个转圈说："太好了，终于开窍了……"苏心的双手拍着他的脑袋，要他松开手。哪知王威继续抱着她往竹林子里狂奔，钻进了树丛……

　　唐真在房间里画着画，却不见苏心回来，眼见着已过九点半，她忍不住拨通苏心的手机。苏心的手机响起，苏心疯狂地推开王威，从林子里钻出来，鞋子掉了一只，她后来发现了，又返回去捡起鞋，赤着脚进入19号楼的电梯里。王威追过去，眼见着电梯门关上，苏心可爱的小身子骨立刻消失在电梯门后，他立时懊恼异常，发现好事近，却被唐真的电话给搅了局，气不打一处来，他发誓要狠狠修理唐真。

　　苏心一进家门，唐真就赶忙赶过来说："苏心，你没事儿吧……"苏心一只手提着鞋，在门边摆了个造型说："苏心我，什么事也没有……"然后，她笑嘻嘻地钻进门里，得意地看着唐真。唐真把门合上，问："什么事，这么高兴，就好像你捡个金元宝……"

　　苏心微笑说："我的曹老师说了，她有办法能让你把那个捣乱的家伙抓住。"

　　唐真反而诧异了，微笑说："说来听听……"

　　苏心得意地说："就是在更衣室安装监控！"

　　唐真一听，忍不住有点惊奇，这个方法正是她与罗杰共同商量出来的。她对苏心的曹老师微微感兴趣，忍不住问："这个曹老师多大年纪，看样子，她很精明的，人品也好啊。"

　　苏心微笑说："那是当然，她是我的英文老师。我也想看看那个贼长得什么样。"

　　唐真点点头说："好，就按曹老师说的，在更衣室安装监控！"

　　入夜，唐真合上眼，入梦，瞳孔里出现强光，一个强光手电筒照着她的眼睛，一会儿又归于黑暗。

　　粗声男声说："她的各项体征还可以，比猴子的还健康。"

　　细声男声说："但小白鼠总醒不过来，体征出了问题。"

　　粗声男声说："小白鼠的梦太简单，没法形成连贯的故事链。所以，它的机械的想象让它疲惫，而且确实没有能够触动它醒来的关键性情节。所以体征会差。也很难醒来。但北北不同，她的梦是连贯的，还很复杂……"

细声男声说："张博士已介入她的梦，要催醒她……"

粗声男声说："他的担心目前来看是多余的，处于复杂梦境的梦人是不会马上就出问题的。就算出了问题，我们也可以通过控制故事情节，以全毁灭的方式逼她醒来。"

细声男声说："但那仍然很危险，她是活人，我们不能拿一个健康人的性命做试验。不如让张博士把她唤醒，换成一个濒临死亡的人来做这项实验。"

粗声男声说："正因为她是健康人才可能将梦做得足够长久，而体征很差的人，又怎么可能做这么长的梦。她会成为世界之最。而我们的实验才能称其为伟大。不是吗？"

细声男声沉默了。

粗声的男声说："要想成为神话，我们得把梦的长度推到极致。所以，你应当介入故事情节里，与张博士一样，成为她的梦中人，要让她在目前阶段感到梦是真实世界。"

细声男仍然有些犹豫地说："但张博士知道了，会生气的。我不想激怒同事。"

粗声男声说："我是探梦项目组的负责人，你应当按照我的意思做。我保证会让她在最后关头醒来，让她拥有一个世界最长的且完整的梦……"

细声男声犹豫很久说："好吧，我尽量隐藏起来，以让张博士发现不到我的痕迹。我会成为天堂来客之一，做点逆向的否决的事情。但凡是梦，总有破绽，想象有时是离谱的，不够真实的，是跳跃的，有时就像诗，有时甚至会让她有过度跨越的不真实感。以北北的聪明，总能发现自己是在梦中。"

粗声男声说："这不要紧……只要她的故事在继续，陷入对主神的热恋，就算最后验证这是梦，梦中人也愿意陷入梦中……"

细声男声说："这样对张博士是残酷的，万一她醒来，还迷恋梦中人可怎么办……这个梦这么长，已深入她的情感……"

粗声男声说："就算现在结束，她就能立刻与梦中人划清界限吗，现在都不可能了，是吧……不过，最后必是全毁灭的，她才会醒来。

毁灭的，她是找不回来的。"

细声男声说："好吧，头儿，就照你的意思办吧……其实，我们也不是特意想以人为实验品，只不过，谁让她自己喝了不该喝的东西，要怪还是要怪张博士本人。"

"……"

唐真听到这些话，猛然从梦中醒来，但转瞬间又想不起具体的对话内容，只隐约记得两个男声对话，小白鼠，猴子，竟然与鸽子屋上的怪人说的相似，她拍拍头说："唉，日有思所，夜有所梦。"她摸出床头柜上的表看了看，才晚上下一点，她又倒下去进入第二个梦境……

在召开"百变仙衣"新闻发布会的下午三点，唐真与专门请来的业内专家陈新儿、吴绮君、赵晓云一起驱车赶到聚源大酒店的新闻发布会现场，她还没下车，就看到小报记者们蜂捅过来。当她们打开车门下车的时候，记者们涌到唐真身边。唐真打扮得十分清雅，她穿的是"百变仙衣"的一种淡蓝色组合套装，得体又大方的显露身段。记者纷纷为她拍照，据事前的安排，陈新儿与吴绮君分护左右，赵晓云跟在她的后面，防止有人靠近唐真。唐真远远看到，李易隐稍有倾斜的站立在人群之外，他的眼神碰触到她的目光后，即点头微笑。这样，唐真忽然觉得有了些力量，如同神来之笔的照耀。

新闻发布会开始，唐真在主席台上居中而坐，台下闪光灯不断。有一个时装杂者社的记者提问："请问，百变仙衣能变出多少种样式？"

唐真微笑说："一百种，二十多个小部件组成。"

龙城晚报社记者问："那也就是说，穿的人必须记住一百种变法才能穿这种衣服，大家工作都很忙，事情很多，这样做，是不是给爱美的女士增加记忆上的负担，现在讲求快节奏、高效率，你的创意是不是与时代特点背道而驰？"

唐真回复："我倒不这么认为，记忆力也是一种能力的体现，现在爱美的女性也大多是高知，如果这些穿衣方法也记不住，岂不有负其名。我设计的裙装系列，经济实惠，一衣在身，百种变化，比较适合校园里的女学生以及刚参加工作的女性使用，从对应的人群来说，是有针对性的，是绕开了年纪大的中老年女性的。"

华夏娱乐报社记者问："不知你这套新品种在哪儿展示？"

唐真回答："今晚晚宴上展示，欢迎大家到时来观看。"

龙城电视台记者提问："请问由谁来展示，哪个公司的模特替您效劳，展示的时候怎么保证衣服不碎成粉末？"

记者席开始有人笑起来，显然大家都对这个问题感兴趣。

唐真微笑说："我自己与另一个朋友一起展示这套新装，至于衣服碎不碎成粉末得看想让我的衣服变成粉末的人行不行动，使不使阴谋……"

一个记者立刻举手，唐真允准她说，记者好奇地问："那么，你认为此前是有人故意破坏了？"

唐真淡然说："难道不是吗？还能有别的解释吗？霉运是这样拙劣的显现吗？还是有人故意释放所谓的霉运特征？你们是迷信的，还是相信科学的呢？相信科学，就不要相信所谓的霉运。"

记者们开始互相间窃窃私语，唐真继续说："今晚将见证奇迹……"

记者们还陆续提问了十几个问题，唐真一一认真作答，她的朋友有时也敲边鼓，高调支持唐真的新设计。

新闻发布会平稳开过后，记者们陆续到达晚宴现场，王威从一个侧门钻出来，靠近唐真说："唐真今天真漂亮，祝贺你哦……"他上来就一个拥抱的动作。陈新儿立刻挡在唐真前面，歪头对王威说："从现在开始，谁都不能靠近唐真。请你后退一步。"王威看到陈新儿留着超短时尚的短发，大眼一瞪像铃铛，还真有几分气势，一旁叫起来："呵呵，还请来个女保镖，行啊，唐真，防得够严的，拒我于千里之外啊。"唐真微笑斜瞟他一眼，在女伴们的陪护下往宴会厅走去，边走边对王威说："谁让我总有所谓霉运呢……谢谢王威前来祝贺，欢迎参加晚宴。"唐真来到宴会厅后，请陈新儿把带来的两套百变仙衣暂时放到更衣室，陈新儿抱着两包衣服轻盈地向更衣室走去，王威暗暗盯着她的方向，尾随过去，他才刚走没两步，就被迎面而来的苏心撞见，苏心大声说："嗨，王威，你来了？"王威没料到苏心过来，满脸堆笑说："当然得来，你不说她的这个场必须到？"苏心大笑："你不是说陪我去电视台？"王威眨眼说："我要看，唐真的衣服怎么碎成粉末。"苏心生气地说："不许说这么坏的话，不能幸灾乐祸。替我拿着包，我去趟卫生间。"王威不得不接过包，看着苏心进了卫生间，他下意识地翻着她的包，发现她的包里除了补妆用的化妆品就是两张信用卡、一串钥匙，两小叠餐巾纸，然后就什么也没有了。小偷小摸惯的王威看到她的包这么空，不禁生气，人人都像她这样，他的哥们儿得饿死了。苏心出来后，就让他跟着去宴会厅，王威找借口说："我有个哥们儿没到，我到门口等他，你先进去。"苏心微笑说："知道啦，我陪你一起等，正好等我的同学与老师。"王威大吃一惊，眼见着苏心跟定他，竟没了主意。

这时，一个戴遮沿帽的中年男子突然走过来，他望了王威一眼，王威见到他来大大的诧异，想说什么说不出，那个男子狠狠瞪他，然后消失在拐弯的过道里。王威略略一思考，就随着苏心出了门，他们刚到电梯口，就见安娜及她的同学们以及她的曹老师出了电梯。安娜抱着苏心转了一圈，大叫大嚷说："唐真姐，人呢，人呢？我也要穿百变仙衣……"然后蹦起来。苏心见她疯了的样子，皱眉说："唉，真愁人，还没展示呢！"安娜说："我先看看啦……"几个女人一窝蜂向更衣室奔去。曹老师却四下打量了下过道，发现在更衣室旁边的侧门开了一道缝。她忍不住渐渐走过去，突然，她听到里面有声响，她侧着身用脚尖轻轻踢开门，却发现这是一处步行梯的梯口木门，一个戴遮沿帽的中年男人的身影忽然从楼梯拐弯处消失。

这时，也没进更衣室的王威斜眼望着曹老师微笑说："您也是……苏心的同学……"

曹瑞雪老师淡淡摇摇头说："不，是苏心的老师。"

"哦，老师，久仰久仰……"王威对老师向来没好感，翻翻眼珠不再理她，径直跟进更衣室。

曹瑞雪也顺势跟进，她进屋后，关注着王威的一举一动。

这时守着"百变仙衣"的陈新儿正对着穿衣镜照来照去，当她发现突然来了一群人，吃了一惊，立时把衣服抱在怀里，问她们是谁，要干什么。

苏心笑着说："我是与唐真姐同屋住的苏心，我的好伙伴想看看这些漂亮衣服，只看不碰，距离它一米以外。"

陈新儿慌忙打电话给唐真，唐真允准让女孩子们先睹为快。陈新儿每展示一件小部件，女孩子们就品评一番，当看完三十三个裙装组合部件，叽叽喳喳起来：

"怎么穿呢，光看组合部件不知是啥意思唉。"

"就是，怎么穿呢……"

"要穿这些部件拼搭，不像变戏法一样。"

"对，可以搞个百变仙衣穿衣大赛了，看谁穿得快，换得快，花样玩儿的多。"

"可能不止百种，或还能更多……"

苏心得意地笑着说："唐真姐教我了，我会穿的啦……"

女孩子们齐声说："厉害！"

王威皱着眉头、抱着把看，忽然计上心来，他突然走过去说："我摸摸布料，看看穿在身上是不是够舒服……"他的手还没碰到，防范森严的陈新儿就把衣服收到背后。

王威肚子里骂：靠，我就看出你鬼得很。他忍不住说："呵呵，这是啥宝贝，就吓成这样。"

陈新儿冷笑说："当然是宝贝，过去总有人暗算唐真设计的衣服，我现在护着它不对么？"陈新儿雪白的脸上一双大眼瞪起来又圆又有神采，她凌厉的眼神逼视着王威，王威竟然有些怯懦。

曹瑞雪老师看到这情景，微笑竖起大拇指说："唐真真的用对了人。我们出去，不打扰了。"曹老师引着姑娘们离开这个房间，王威也不得不出去，临走前，他恨恨地瞪了陈新儿一眼。陈新儿也回了他一眼。王威猛地把门关上。

这时，宴会厅百桌宴间人流渐渐多起来，来了一半左右。各界头头脑脑的人物纷纷露面，他们渐渐进入安排好的座位里，有些是长久不见面的业界的朋友，忽然在这个场合见面，互相快乐地问候。唐真与她的几个业界女友立在门口，迎接到来的朋友。百人宴对面就是一个还算宽敞的舞台，台上已有唐真请来的歌手唱着些欢快的歌曲。曹瑞雪带着女孩子们来到的时候，唐真与她们一一握手。曹瑞雪与唐真握手的时候，微笑说："我是苏心的英文老师。"

唐真微笑说："曹老师，很高兴您能来，谢谢。"

曹瑞雪含蓄地说："您的新闻，我关注很久了……您传奇的故事，我很感兴趣……"

唐真看她的时候，感到似曾相识，却又想不起在哪见到过，只从内心感到很亲切，她微笑说："好像在哪儿见过您的样子……"

曹瑞雪想了想说："我们过去真的是见过的，有空了，我们叙叙旧……"

唐真这倒吃了一惊，偶尔一面还是可能的，但能到叙旧的程度，好像还不太可能，但是她说竟然能到叙旧的程度，何况她还那么年轻，最少小她五岁的样子……尽管心中疑惑，她还是笑着点头说："好……"

曹瑞雪与她的学生们刚按坐次表坐下，宛婷、捷心、苏娜就先后到了，她们各自挽着自己的老公，穿着亮丽得体的裙装，亲切地与唐真寒暄，吵着要看新衣服，立刻看到。唐真拧不过几个好友，只好亲自带着她们去更衣室，几个女人说说笑笑来到更衣室门口的时候，却发现更衣室的门敞着，唐真略略吃了一惊，她轻轻推开门，却看到房内空无一人，但衣服安然无恙放在化妆桌上。唐真打手机给陈新儿，陈新儿说在卫生间呢，马上就回来。唐真问出去的时候为什么没有关上门，陈新儿说出去前是关上的。唐真觉得不对，摸了摸衣服，没发现有异样。她想到碎质胶是摸不出的，于是又给李易隐打电话，李易隐说已在会客厅，马上到。没多久，李易隐出现在更衣室外，当唐真的好友看到他的时候，充满了好奇，由于她们从没见过此人，所以格外关注他，发现此人身高在一米七三左右，腿一长一短，拄着单拐，长相一般，但还算文质彬彬、白白净净，尽管不怎么出众，倒也不丑陋，是那种随处可见的普通长相，很不容易记住的一张平常脸。李易隐留着简单的平头，穿着很随意的白色T恤，不管是面颊或是身形，均略显削瘦。唐真把衣服拿给李易隐看，他用手一触，就说："这件衣服如果没有我配制的抗胶剂，怕是不能穿了。"他从兜内摸出三个小瓶，小瓶里的液体是蓝色的，他将蓝色液体倒到裙子上，裙子开始变色，明显有胶装的东西化成胶水从裙子上脱落，唐真的女友们失声惊呼，有人就想去碰胶质体，李易隐阻止了她们，说有毒的。这时，陈新儿急急忙忙推门进来，很不好意思地说："我出去，忘了锁上门。"她看到裙装部件上出现的东西，立时吓傻了："这么大会儿，就有人动手脚了，无孔不入啊！"

唐真叫来服务员，要求她把中控室的监控调出来。服务员很快回来说，录像传到她的微信上了。唐真看了后，把微信里的录像传到苏心的微信上。苏心正与同学们说笑，听到微信的声音，赶忙观看，她一看视频不要紧，脸都白了。她迅速离座，赶到更衣室，见到唐真就哭起来："我真想不到王威这么人面兽心，全是他在捣鬼……"

李易隐让服务员通知中控室找到现在王威的位置，中控室方面说他在会客厅与一个中年男子在低声说话。

当唐真与好友们返回会客厅的时候，服务员已将探出舞台的T台搭好，红毯已铺上，宴会厅内各路记者闪光灯不断，百桌宴上座无虚席。

唐真冲苏心微笑了下，两人手牵着手，上到T台上，两个美女一上台，闪光灯凑过来。在台下的王威愣住了，他没想到苏心也上台了。

唐真用异常平稳内敛的口吻轻声说："谢谢朋友同事们、老师们、领导们参加宴会，我与苏心将在这儿一起展示百变仙衣四季装，敬请关注。"台下响起掌声与惊呼声，开始有人往台上扔花与送花。

一字排开的66名穿红色旗袍的女服务员用托盘托着两套裙装部件立在舞台后方及左右舞台边上，唐真与苏心手牵着手走过去，她们的背影婀娜多姿，苏心的同学尖呼起来，记者们兴奋了，开始疯狂拍照或录制现场视频。唐真的裙装偏冷色，苏心的裙装偏暖色，以国画粉荷为主要图案，她们现场配裙变装的时候有一群穿彩裙的舞蹈演员遮住她们，当她俩做为"花心"出现在舞蹈演员中间的时候，现场惊呼声阵阵。如此，她们的百变仙衣展示到一半的时候，王威却如坐针毡，他试图给苏心打通手机，但听到她的手机在座席中响起，曹瑞雪看到手机异动，拿起苏心的手机，她关掉王威来电，却看到唐真传到苏心手中的视频。她好奇地看了看，看到了视频中出现的情景：陈新儿出屋后，一分钟不到，她碰到的那个中年男子与王威偷偷摸摸走进更衣室，两个人进了房间就从兜里摸出两个绿色的液体瓶子，不停地往两套衣服上洒落绿色液体，直到把所有衣服上倒上液体。他们没走多久，唐真与女伴们就推门进到更衣室。曹瑞雪立时明白了怎么回事，她斜眼望了王威一眼，见他很着急的样子，几次想站起身，最终还是坐下。后来，他发现时间到了，苏心她俩还没有什么惊险，他倒惊喜起来，只顾得观看了。但他旁边坐着的中年男人坐不住了，他慌不停立在一边打手机，不多久，他离席而起，曹瑞雪发现了，悄悄尾随他而去。中年男人从侧门大步走出宴会厅，表面是上卫生间，但是没多会儿，从卫生间出来的时候，手中多了个类似喷枪的东西。曹瑞雪看他手中的喷枪有点怪异的样子，不似喷彩绸的东西。她转身想办法，突然透过玻璃窗看到外面大街对面有个杂货铺，她迅速冲出大厦，到对面买了两把小巧的漂亮的遮阳伞。等她回来的时候，看到那个中年男人已经回到座位上，他显然心不在焉。曹瑞雪拿着遮阳伞回来的时候，竟然没有一个人关注她，都在欣赏舞台上两位美女表演百变仙衣四季装。女记者们尖叫着："太神奇了，一定大卖……"具有商业投资眼光的人也有了投资意向，他们讨论着这套服装的市场可行性。

　　一个半小时，百变仙衣的百种变法展示完毕。唐真与苏心相视一笑与台上所有人走到舞台的最前方，台下欢声雷动，掌声一片。到这个时候，她们的衣服仍然完好无损。这时，坐在王威旁边的中年男人开始立起来，来到正对着唐真与苏心的舞台下。这时从门口的位置涌来一批拿喷枪的人，他们准备从舞台下往台上喷彩绸。曹瑞雪吓了一跳，她慌忙拿着两把伞，也来到台下。曹瑞雪一过来，唐真与苏心都看到了，曹瑞雪把伞送给她俩。唐真立刻明白，可能还有危险，立刻迅速拿过两把伞，一把交给苏心，告诉她可能还有危险，苏心立刻明白伞的重要性，一边装着摆造型，一边故意遮挡射来的彩绸。王威看到那个中年男人手中的喷枪，吓了一跳，紧急追过去，还没等他动手，就用身子挡在中年男人对面，但是中年男人的喷枪已发射，一股无色无味的液体喷到了王威上衣后背上。王威的上衣后背，没有三十秒，立刻化掉，当王威完全裸露上身的时候，中年男人也吓了一跳，撒腿就跑。他才跑没几步，就被一个穿黑色西装的高个子男人逼退。现在，不少记者看到王威的形象大变，而且后背出现大片被腐蚀的伤痕。王威突然疼痛地大叫一声，倒在地上。记者们发现了重大新闻，纷纷拍照，苏心则狂奔下台，拨打了120。台上台下乱成一片。半个小时后，王威被抬走抢救，中年男人被便衣警察带走。

　　唐真不得不随苏心同赴医院，有些厂家与记者堵住了大门，她不得不回答他们更多问题，得到不少厂家名片，后与苏心一起乘车去第一人民医院。她们显然发现王威这次竟然是做的好事，故意挡在前面的，唐真知道这个公子哥，只是为了苏心，能为自己的恋人挡一枪，也算是真性情的表现，她也不知说什么好。一路上，苏心只是不住地哭。到了医院，她们才发现，那种无色液体似乎对纤维质的衣服有较强杀伤力，只对皮肤有轻微损伤，不太厉害，比她们想象中要轻微。但王威始终闭着眼不说话，不知是真的晕了，还是装的。苏心倒在他床头哭的时候，王威一只手握住了她的手，但眼睛依然闭着。苏心就知道他一定是没晕，或刚醒，她想到王威对唐真一直不利，如果装病时间长一点，或者能让唐真原谅他。于是她的哭声虽然有，但是渐渐轻微。唐真却很烦地坐在一边，直到他父母赶到，王威的母亲说："是谁啊，杀千刀的害我儿子……一定是有人妒忌我们家……"

　　唐真很简短地跟王威的父母说了两句，她猜到王威现在一定是在装晕，如果她不走，王威也不会醒来，她只好咽下这口气，安慰王威的父母几句离开病房。她刚出门，就碰到曹瑞雪她们过来看王威，曹瑞雪与王威父母简单说了几句，就出去追赶唐真。

　　唐真听到后面有呼唤声，她忙转过头，却发现是曹瑞雪老师，她慌忙与曹老师握手，感激她送来伞。曹老师提议去附近走走，唐真于是与她乘车到附近一处街边公园处闲走。这处小公园占地面积不大，但很精致，花卉湖池古式建筑错落有致，像微型园林。

　　她们走到一处小桥上，拾阶而行的时候，唐真这才问她："曹老师，你说早先认识我，却是在哪儿，我怎么不太记得了……"

186

　　曹瑞雪呵呵笑笑说："我说了，你会吃惊的。"

　　唐真笑着说："这世上还能有让我大吃一惊的事么，我可是什么都见过的……"

　　曹瑞雪点点说："你说得没错，的确，你什么奇怪的事都见过。但你见没见过一个过去六七十岁的人现在却是个年轻的女子？"

　　唐真不再走了，立在桥上，仔细望着她，见她脸面年轻极了，不相信地说："这怎么可能……难道你是七十多岁的人……"

　　"不。"曹瑞雪笑了，她清纯文静的脸上显出神秘的气息，她停了会儿才说，"我是阿来婆……北北……"

　　唐真差点没晕过去，她竟然是天堂列车上的旧人，竟然是阿来婆……她一想到阿来婆满脸皱纹的脸，再看看她现在年轻清纯的样子，真的不敢想了。她惊喜地摸着曹瑞雪的脸，失声说："天哪，现在的你太年轻了，比我还年轻，我简直不敢想象……"

　　曹瑞雪快乐地说："可不，我也觉得新任主神对我太好了，他好像知道我其实是真正的好人似的，也可能几个神使对他讲了我的历史……所以，同情我，让我在人间衣食无忧，还能成为大学老师。"

　　唐真耸耸肩说："新任主神，长什么样子？"

　　曹瑞雪想了想说："与你喜欢的那个主神长得很像，像双胞胎，只略略有一点差别……"

　　唐真瞬间怔住了："一样……为什么……"

　　曹瑞雪摇了摇头说："为什么，我也不知道，可能上帝就认为那个样子就是男人中最帅的样子，所以，再弄个主神过来，还是个差不多的。"

　　唐真立时烦闷起来："我这些日子，对天下最帅的样子可是看得够够的，麻木了，已经没有帅不帅的概念了……"

　　曹瑞雪立时在桥头上大笑起来："知道，你一定是见了好多与主神很像的人……可是，主神是不能复制的，特别是你的那位。也许，他来到了人间，但是，我有句话不知该不该说……"

　　唐真急忙说："快说吧……"

　　曹瑞雪分析说："你看，你现在的样子与过去的你的样子是一样的吗？"

　　唐真立时说："不一样，我长得与过去的完全不一样了，我一开始都不能适应我自己的新样子，对着镜子看习惯了，也就习惯了，我现在比过去胖了，而且，脸也是圆的了，眼睛比过去的大……总之，主神故意在轮回的时候，把我变漂亮了……或者是，故意让我降生到一个长相漂亮的人家。"

曹瑞雪微笑说："主神是偏心爱你，不忍你变丑。我也是大变了样。那么，如果主神还活着，假设他还活着，与我们一样轮回了，他会长成什么样？还能是过去的样子么？他违反了天条，天帝怎么也得多少生些气，他怎么会比过去还帅呢？好，他不帅，不是过去的他了，你怎么找到他？也可能天帝故意惩罚他，给他点残疾啥的，也是可能的，或者瞎了一只眼……你得从这类人里找。"

唐真呆住了，这不完全就像在说李易隐了……她一时心潮澎湃，但又不知怎么去验证。她想着验证是什么呢……她转着眼珠，想了一会儿，忽然恍然大悟，验证就是看眼睛啊，只有他的黑瞳里能发出纯蓝纯蓝的神采，李易隐不正符合这个特点……她立时明白了一切，兴奋地抱住曹瑞雪，激动地说："你说得对，阿来婆，你说得对……"

曹瑞雪推开她白她一眼说："唐真，我们得说现在的名字，我是曹瑞雪，你是唐真，否则，万一让朋友们听到，会当我们神经病了。"

唐真微笑说："不怕，就说那是小名，谁知道小名……"

曹瑞雪跺跺脚说："还是不好啦，小朋友的小名怎么可能叫阿婆啦……"

两个人立时大笑起来……她们手拉着手下了桥，谈了好久，也感到有说不完的话。

唐真后来突然想到那个神秘人，就将神秘人的故事讲给曹瑞雪，曹瑞雪一听就吓傻了："这怎么可能，我们怎么可能是梦中人，反正我可不想成为你的梦里的人，我是真实的，不要吓我哦……"

唐真皱眉说："我一直在想，我是在真实世界，还是虚拟世界，这个问题好头疼的……我也不想成为虚幻。"

曹瑞雪突然想到一件事，她说："要想验证很简单，跟踪他啊，看看他是哪路人马！他再找你，说你在梦中的时候，就找人跟踪他，就是别跟丢了……"

唐真点点头说："有道理，如果这个人本身有问题，就说明他说的都是假的了……但是，也不对，我过去就有过双重梦，第二重梦境中，的确是躺在医院里啊……"

曹瑞雪脸都快气白了，坚定地摇头说："一定是赶巧了，我怎么可能只是你梦里的人……不可能，绝不可能。"

唐真笑着说："别生气、别担心，我也不想自己在梦中，也可能这就是那人的圈套。你放心，我会找到真相的。"

她们说着话，在园子看着风景转了几圈，就回到车中。唐真把曹瑞雪送到住的地方，回返家中。在孤零零的公寓楼，她似乎听到谁的叹息，飘然传来，却又找寻不到。突然，她卧室的窗台上，又飞来一只白色身影，立时吓了一跳，解下鸽子脚下捆着的纸条，展开来看，只见纸条上写着：明晚老地方见——来自真实世界的心理师。

唐真很想把纸条撕了，但想起曹瑞雪说的话，又把它团了丢在桌子上。她看着家具、夜景无一不历历在目，实在想不出，那个人为什么要编这样的谎言，对他来说又有什么好处。她想到，这样编故事，对那人也没有什么特别的好处，又不禁奇怪，叹口气，决定再次赴约。

她给罗杰侦探发了条微信：

鸽子怪人又来信息，让我晚上赴约。

两分钟后罗杰回复：

你去就好，谁也不用带，我会安排好一切。

晚上有警察电话告知她，询问一下与她有关的事情。唐真应允。

苏心很晚才到家，她伏在唐真书桌上问唐真："王威是什么人，他与你无冤无仇，为什么害你……"

唐真用手指刮了下她的小鼻子说："睡去吧，这事儿，我来解决。"

苏心百思不得其解地回到自己的卧室，大声吼了句："困死我了——"倒头就睡下去。

她的窗户突然打开，风从那里飘进来……

谁在拨弄梦的情节

～～・～❀～・～～

在黑沉的天色映衬下，山道上的跑车飞速沿着弯曲的山道上行，车上的唐真心事重重去赴约。她找到鸽子们栖息的木屋，将车停下来。鸽子们引她来到门前。门前空空荡荡，一个人影也没有。但不少鸽子落在木屋顶上，木屋里发出幽微的灯光，可见是有人的，她不知该不该进去，想到孤身一人前往，还是小心为上，于是立在门前，并不进去，只是大声问了句："心理师，我唐真来了，你在屋里吗……"

屋里果然有人应答："我在。不过，我正在准备进入你的梦中，仪器出了一点点故障，稍等……"

唐真差点没气挺，还仪器出了故障，还没能进入她的梦中，她生气地说："请问您，既然没进我的梦中，为什么能说话，还能让我听到……"

"说实话，你的大脑很完美地设计了套很有故事性的、完整的故事，我承认它很可爱，我也很欣慰，我们课题组配制的试剂有强大的作用，能让零散的不成体统的梦，变得布局合理，很有章法，这确实令人振奋。我也想让北北的梦完成后再把你叫醒……可是，我作为你的爱人，得对你的生命负责，所以，不得不在不该出现的情节中出现。你要相信我，说的是真的。只有你相信，你才能活着走出梦中……"怪人顿了顿又说，

"我知道，你很奇怪，为什么我只能传出声音，你却看不到我的人影，我说过，仪器有些故障，所以，我还在修理仪器，这个仪器至今没有升级，我承认，它还有很多不完善的地方，它只是探梦仪初级版，我们课题组也必须面对这个现实……"

唐真气得打转，忍不住推开木屋的门，但木屋里除了一张桌子，一把椅子，就是桌子上的烛台，空空荡荡，什么人影也没有。她冲着空中说："那么，请问，连木屋情景也能创造，为什么，你的人形却出现不了？"

空中声音传来："因为……仪器的故障，什么情况都可能发生，人形进入你的脑海，比实体物质进入你的脑海难度要大，只要机器出了一点点故障，我都可能出现不了……"

唐真烦闷地说："好，就算我在梦中，那么，请问，你如何能让我确信是在梦中？我看到情景历历在目，根本就是现实，请问，哪有这么清晰的梦……"

空中的声音传来："我知道，你不相信。我也承认，我们的药物作用强大，而我们的探梦仪还没升级……也只能因着你已经发生的梦境，追寻你的定位，变更或加入故事情节，以使未来情节有所改变……请问，现在几月？"

唐真说："秋天，九月，苏心刚开学……"

空中的声音说："好的，九月，但现在树叶落光了……你还穿着裙子，你的世界不冷么……听着，梦中的世界，时间概念很模糊，你随时会找不到时间感，或有较大跨度……一旦这个时候，你就要想想，是不是在梦中……"

唐真笑着说："让我相信很简单，让你自己从天而降吧……或带着我在浮云中走动，或带着我在海上踩着海波行走，让我凌波微步，那样，我一准认为是梦了……"

空中的声音说："好的，我很想这次就从天而降……蝙蝠侠一样。但是，得等仪器修理好以后，但是现在仪器能不能好，确实不好说……"

唐真在屋内转来转去，后来，不得不坐在桌边，摆弄手机，她给罗杰发微信：

他说仪器故障了，人形显不出来。

罗杰回复：

那就再等等……

唐真又问：

现在几月？

罗杰回复：

12月。

唐真立时傻了，她走出木屋，观看月光下的树林，果然，树木们的叶子落光了，但她还穿着裙子，而昨天她还进行了百变仙衣的展示，不管曹老师，还是苏心，或是其他女伴都穿着裙子……

唐真回复：

天哪，我才觉得是9月，我穿着裙子，大家都穿着裙子……

过了几分钟，罗杰才回复：

你感觉中真的才到9月？但我很冷，都穿着皮衣了。你看看天上的叶子……是不是北方的树木都感到冷了……

唐真震惊地说：

那我真是在梦中了，而你也是梦中人……

罗杰否定：

怎么会，不能因为这点小事就把一切否定了，但我的感觉至少是正确的。

唐真回复：

问题是不止一个人穿着裙子……而且，我们不是前两天才商定的新闻发布会，这才几天的工夫……

罗杰坚定地说：

你的时间乱了，但我的准确，我的客户一个接一个……您只是我的客户之一……

唐真紧急回复：

请查一下我的拜访记录。

罗杰过了十分钟才回复：

没找到，无法确认时间。

唐真捂着脸，陷入沉思，她发现一直以来，时间确实有较大不确定性，总是没有时间观念。唐真冲着天空喊："那告诉我，我何时才能醒来……"天空中无人回复，这时天空中偶尔有鸽子飞来飞去，有的立在屋顶上歪头遥望她，像在童话中……唐真步履艰难地走向跑车，她拉开车门坐进驾驶座，却听到身后有人说话："别动，告诉我，主神在哪儿……"

唐真吓了一跳，却是不敢回头，她收了下心说："他……我也不知道的。……你是谁？"

　　"少骗我……你一定知道，只有你知道他的瞳色是纯蓝色的……"嘶哑的声音说。

　　唐真稳稳心神说："但是，他眼瞳的色彩，只有我能看到，我也没对别人说过，你是怎么知道的……"

　　后面的声音说："我也不知道怎么知道的，反正必须带我找到他！"

　　唐真问："你是郭连刚、程思源、陈浩然、金鑫、林森？"

　　后面的人猛然掐住她的脖子，大吼："我要找到他，抓紧带我去……"唐真觉得喘不过气来，那人继续掐下去，唐真昏了过去。掐她的人发现她不挣扎了，吓了一跳，慌忙跳下车去，沿着山道狂奔下去，如同一个黑色的蝙蝠消失了踪影。

　　深夜，跑车里的手机声响起，刺耳的声音让唐真清醒过来，她咳了两嗓子，迷迷糊糊中摸过手机，苏心的话声传来："姐，你在哪儿，外边下雪了，你还在外面……"

　　唐真果然看到天空中浓黑的云层滚滚而来，雪花从那里飘下来，而她还穿着裙子，她没有一点冷的感觉，车内也没有飘落一朵雪花。她发动跑车转向，沿山道行下去，竟然迷路了，发现有两条岔道，她记不住该走哪条。雪越下越大，道路上也满是积雪。冷风吹来，她终于感到冷了，开始瑟瑟发抖。她按动电钮把跑车车顶合上，车内空调开始起作用，但方向更难找。终于，她看到一座大佛出现在对面，佛身上满是积雪，一条道路直通大佛脚下的村落，隐隐约约是下山的路，她缓慢地开车，终于渐渐行下去，当到接近山脚的地方，却看到一幢非常豪华的别墅，她看着这里像在哪里见过。

　　她的跑车出现的时候，有人挥着手臂逼她停车。她看清是武天的脸，他笑着迎过来说："啊哟，不约而至啊，我通报主人。"

　　唐真阻止说："不，我是误到这儿，不要打扰你们主人。"

　　武天笑："这就是天意了，既然来了就坐坐吧……"他给陈熙坤打了手机，然后，邀请唐真将车开进山庄。唐真这才清醒过来，知道误到了望佛山脚下的陈熙坤别墅。但她看了看手机的时间，指向晚上8

点半。如果短暂逗留，也不算特别晚，她只好把跑车开进山庄。

当她下车的时候，武天抱过一个厚厚的大衣披在她身上，笑着说："唐大师，你怎么可以在大冬天穿这么少呢……"

唐真哈着冻僵的手，无语了，由于脚脖处进风，这个皮裘大衣显然也不能完全起作用。武天与一队保镖拥簇着唐真进入别墅里。这时，坐在客厅火炉边的陈熙坤微笑转过身来，他此时穿着厚厚的睡衣，显然穿着不太正式。唐真一进房间，就感到了暖意扑来。武天把她的大衣取过来，挂在门边的衣架上，让唐真坐进豪华宽大的布艺沙发里。房内只有唐真一人清丽动人、穿着少到可怜的裙子，别人都厚厚地包裹着自己。

陈熙坤看到她穿得这么少，也好奇地笑了："我的天，唐真哪，你真是美丽冻人啊，为什么十二月，还穿裙子呢……"

唐真皱着眉陷入沉思，不知该怎么说，想了会儿才说："昨天我百变仙衣展示的时候，还是刚入秋，现在怎么回事，我搞不清了……"

陈熙坤笑着说："你是不是记错了，百变仙衣的夜晚，是几个月前的事，你现在火到没法再火了。大学校园里一拨一拨的女学生在玩儿那种百变仙衣游戏，还评什么百变仙女，看谁换衣最快，都玩儿疯了……你完全不记得了？"

唐真惊异地说："你说什么，你说的我怎么一点不懂？"

武天一旁对陈熙坤耳语："她是不是忽然得上失忆症了……"

唐真隐约听到武天的话，脑子全乱了，是她忽然得了失忆症，还是就是在做梦呢。陈熙坤发现唐真确实忘记时间的感觉，好奇之余，把手机送到她的手中："你看看网上有多少新闻？从几日排到几日，清清楚楚，都有时间……"

唐真一把抢过手机，翻着厚厚的网页，果然，每天都有海量信息，一直排到12月20日。唐真真正傻掉了，她无法相信3个月时间记忆竟被自己的大脑自动过滤。但这是否是大脑自动生成的自动修复的梦境故事情节呢？又或者自己得了精神类的疾病呢？她又摸出自己的手机，手机显示与陈熙坤手机一样，显示的日期也是12月20日。

她来到窗前，看到窗户上的窗花，晶莹地透着亮光，情绪纠结，竟是想不透原因。陈熙坤忽然走到她身后，手搭在她肩上，低声说："雪是不会骗你的，看来，你得请个大夫看看病……"陈熙坤的手搭在唐真肩上的瞬间，唐真想起他可能就是天堂列车来客之一，内心突然产生一丝恐惧之感，转身后侧一步，微笑对陈熙坤说："可能是我失忆了，我想时间也不早了，我得回去了……"

陈熙坤摇摇头，挽留她："雪，越下越大，你这样下山，是很危险的……今晚最好留在山庄。"他笑的时候，眼瞳里的色彩突然闪现出来，纯绿的色彩，吓了唐真一跳。她立时意识到他是多么危险的人物，但是，她转而想到隋刘二人的死，想到她们屈死在天堂路上，想到那个杀人的人竟然尚未得到报应，如果他就是冷蓉转世的……尽管她想想都感到不可能，仍然不免有这样的想法，总要搞清真相……于是，她狠狠心说："好吧，我对苏心说一声……"唐真给苏心打电话说要留在这里住一宿。苏心不太放心她一人独宿在那儿，说明天去接她。唐真说不必了，现在大雪封路，她也是上不了山的，等雪停了再说。

唐真推开客厅的大门，冷风袭来，寒战不禁，眼见着大雪下个不停，大片大片雪花落在檐上，她伸出手，感到它们凉凉的，侵入肌肤深处。陈熙坤这时咳了两嗓子，说天已很晚了，让武天他们带着唐真到客房居住。唐真隐隐看到他凝紧眉头，苍白的脸上毫无血色，冷静的眼神中透出若有若无的忧郁。当她离开他时，他若有所思地望着她。唐真冲他笑了笑，故意显出一丝眷恋的神情，这让他稍稍诧异了一下，然后，他冲她笑着点点头。唐真转过身的一诧，想起他事实上是在冒充主神，只是他想不到，他的眼神出卖了他。

武天引领唐真穿越东西过道，转弯上行一段木梯，上到二楼右转，是一排客房，全是木地板，每一个房间上都有门牌号，唐真好奇地说："这里难道是宾馆？"

武天边走边说："我们这儿是风景区，旅行社有时会拉人到我们这儿住。有时旺季的时候，由于我们这儿有景可看，又幽静，住宿价格又便宜，所以，来的人很多，但现在是淡季，几乎没什么人来了。"

"原来是这样。"唐真想到，仅这处豪宅式宾馆，就能收入不菲。她说着话，来到她的房间311室。房间有一百平方米，宽敞，明亮，灯光灿烂，一张超大的床在左首居中摆放，床饰豪华，房间内有宽大的沙发，半个壁墙大屏电视，有笔记本电脑，有书架，有长方形的大理石桌案的餐桌，有微波炉等家用电器。武天向唐真介绍了客房服务电话，就退出去了，然后，有女服务员送来热水。

唐真并不喜欢这么宽敞的居室，总觉得过度宽广，而有不安全感。她将所有窗户关上合严，窗帘拉紧。仍然，感到陌生又空旷，颇不适应，她想到不过住一晚，时间很快过去，躺在床上休息。这时，她看了看微信，发现，罗杰的短信发来了：

那个怪人从没出现过，到鸽子屋里，找到了他残留的皮肤碎屑，可做DNA检测，以确定他到底是谁。

DNA检测？唐真对于罗杰检测DNA深表不解，难道真能通过这个找到真实的人？她闭上眼梳理这一时期的怪事，竟然是全无答案，这失忆的三个月却去哪儿了呢。她想不出原因，迷迷糊糊睡着了。

第二天醒来，打开窗帘，看到窗外大雪依然不停，麻鹊缩在树枝上，偶尔飞翔，掀动些雪花落下。她这才发现自己的裙子实在是不能穿的，她打开衣橱，发现橱子里什么都有，包括内衣，她挑了一件休闲的浅灰色的羊毛衫、羊毛裙穿上，又披了件红披肩，在穿衣镜前照了下，发现刚刚好，她又看了所有衣服的尺码，竟然完全吻合她的尺寸，连腰身的尺寸也是大体合适的，她怀疑，这处山庄的主人预谋很久的感觉。

7点整，山庄女服务员叩响她的房门，唐真走出房间，随女服务员到了山庄餐厅里。这时，陈熙坤已经穿着非常笔挺的西装坐在长方形的餐桌前，他微笑着，白肤色在强光线照射下更加光彩飞扬，他眉毛很浓，眼大有神，脸形棱角分明，上天竟然赐予他极帅气的外观。唐真看到这儿，又有些怀疑他是冷蓉了，如果是她，为什么主神要赐予他如此英俊的脸呢？不可能。这个念头产生后，她对他的敌视情绪，又稍稍降低。她笑着坐着在一边，夸赞主人："早安……陈经理，谢谢您的招待，昨晚的客房真的好宽敞……好华贵。"

陈熙坤笑："当然，那是总统套房级别的……不过，是专门为你准备的，你没事儿来我的山庄玩儿，随时可以住在那个房间。"

唐真没想到他想的还挺长远，这房间竟然是专门为她准备的，他如此处心积虑，让唐真猜不透他的目的，问他："长久以来，为什么要这么特殊照顾我……"

陈熙坤微笑说："你猜……你是我的故人，我不照顾你，却去照顾谁。只不过，你好像不太领我情……一天天想着找那种画出来的人……"

唐真稍囧，一时不知该怎么回答他，想了会儿说："故人……这个的出处，能否说一下。"

这时女服务员已把他俩人的早餐用托盘端过来，她看到陈熙坤接过托盘里的餐具的时候，他的手指上巨大的宝石蓝的戒指忽然地闪了一下。唐真立时看傻了，这不正是被那个怪人抢走的……

陈熙坤看到她明媚的眼睛已经注意到了他手上的戒指，于是笑："这是故人的东西，是不是……"

唐真点点头说："是的，但是我的戒指怎么到您手上的？"

陈熙坤笑着摇头说："这可就说来话长了。总有那种小生意人，喜欢送我一些莫名其妙的好东西，这就是别人送的其中之一。"

唐真有些郁闷与焦急："但它是我的东西，能否还给我……"

陈熙坤仰天大笑，笑完后说："那你得把它的来历说给我，是谁送你的……"

唐真转转眼珠说："不是送的，是我自己生下来就带来的。"

"贾宝玉，衔玉而生……你不是贾宝玉，为什么衔玉而生？"陈熙坤微笑问。

唐真确实被这个问题难倒了，的确，她不是贾宝玉，为什么衔玉而生？这个问题同样被那个怪人问到。她忽忽想到，难道陈熙坤就是那个怪人，奇怪的心理师？"这个问题，我没法回答，反正，我就像贾宝玉一样衔戒指而生了，你得把它还给我。"

陈熙坤摇摇食指说："否，这个戒指，是画中人送你的……"

唐真被骇了一跳，但她想到，本来此人就是天堂来客之一，当然会猜到是主神送的。她想，难道他是林森、金鑫或陈浩然？她联想到姓氏的因素，想到此人或者是陈浩然，也说不准。一想到他是陈浩然，她反而轻松了许多。微笑说："你认识画中人么？"

陈熙坤说："当然认识……刻骨铭心……我们的头儿，不是么……"

唐真发现他竟然说出真话，立时惊喜地脱口而出："你是陈浩然，是不是……"

陈熙坤听她说出这个名字，打了个愣神，随后认真点点头说："恭喜你，你猜对了……北北……"

唐真快乐地说："天哪，我又碰到一个故人，真是太高兴了……你是不是也被新的主神赏了个好的人生，我看这个新主神心性蛮好……"

陈熙坤眨了眨眼，不知怎么回复她，只是微笑点点头，说："你看，我们又聚一起了。你得在我这儿多玩儿些日子，是不是，大后天，我这里有个聚会。不如等到那天，我看今天下午雪能停也难说。"

唐真认真点点头："你看着安排吧……"她说完，又狼吞虎咽吃起来，尽管吃相不好看，陈熙坤看着熟悉，仿佛又瞬间回到天堂列车上，他一直盯着她吃完所有的饭，唐真才猛然看到他关注的眼神，天真地笑着说："是不是觉得我还与过去一样……"

陈熙坤笑叹："可不是，你总是狼吞虎咽，你吃饭的时候，我们编辑室的人有好多人笑话你的，说你吃起饭来，很没出息的样子……"

唐真大笑："那又怎么样，我喜欢，我不造作。"

陈熙坤微笑说："的确，你不像别的女人，装成千金小姐的样子。不过，你与她们区别也不大，你苦苦迷恋主神……"

唐真把餐布放在桌上，淡笑说："我有权力爱一个人。"

陈熙坤重复着她的话："爱一个人……不错，你的确爱得死去活来……只是不知，今世，你能撑多久……"

唐真冲他做个鬼脸："我决定了，做个尼姑，会做漂亮衣服的尼姑……"

陈熙坤讶异地说："有没有搞错，为了一个虚幻的人，要做尼姑，你这也专一地过了头吧……"他禁不住心生敬意。

他俩吃完饭，沿着山庄长廊漫步，廊外是无尽的飞雪，唐真被飞雪感染，奔到雪地上，打着转圈，捕捉错落而下的雪花，陈熙坤看到雪景与飘逸美丽的红披肩美女浑然一体，不禁呆住了，他倒喜欢雪不要停下来，一直下下去……

唐真团了个硕大的雪团，毫无预兆地砸向陈熙坤，陈熙坤单手迎向雪球，并将它瞬间旋转于掌心，唐真不禁说："厉厉害……功夫高手啊，风清扬，还是孤独求败啊……"

陈熙坤把雪球放到廊下雪地上，又团了个小雪球放在上面说："雪孩子说，我是金庸大侠……"

唐真大笑，继续在雪地中乱疯，廊下山庄里的保镖们被唐真感染，开始下到雪园子里，团了雪球，互相砸着玩儿，乱成一片。

陈熙坤忽然唤过唐真，握住她的手，就往走廊另一头走去。唐真吃了一惊，被一个男人这样拉扯着走，她感到既无法拒绝又很局促。只得边被他强拉着走，边问："这是带我去哪儿……"

"本山庄最神秘的大佛肚子里……"

"什么大佛的肚子……"

陈熙坤拉着她进了一楼的一间房间，按动墙上按钮，对面墙上嗵地一声打开一扇漆黑的拱形门，陈熙坤摸出墙边上的手电，拉着她向门里的深洞走去。

"这里能进大佛肚子？"唐真怀疑地问。

陈熙坤回复："是的……"

由于通往大佛肚子的地下过道阴暗，缺乏光线，又偶尔有些奇怪的声响，唐真有些慌恐，陈熙坤几乎是半揽着她走的，他的手劲道其大，这让唐真又有些局促，在这么黑暗的地方，孤男寡女，甚不方便的感觉，他又特意贴得那么紧，眼见着过道漫长，心生怯意，她喃喃说："要不，我们回去吧……"

陈熙坤却不容分说说："我们山庄最好的地方就是能抵达大佛肚子的通道，你既然来我们山庄了，就要见识一下这里最好玩儿的地方……"

唐真语滞，只得被他揽着前行，她明显感到，有时小手瞬间有被他的大手揉捏的感觉。那时，他却是故意望着她的眼睛，唐真不敢看他逼视的眼神，只想把他的手甩出去，却是不能，只好被他半挟持状态在黑暗中前进。陈熙坤突然低声说："有件事，我一直搞不懂，你与主神在哪里幽会呢？我始终见你很正常地与他交流，你与他是不是也拥有这种黑暗的通道……"唐真这时要挣脱他，却被他拥得更紧，"如果我说，前面什么都没有，只是一个黑暗的房间，房间内只有一张床，你会怎么想……"

唐真震惊地反抗说："你放开我，我不要去看什么大佛肚子了……"

"所以，你不能轻易相信别人，包括我说的话，你要预见到你会有危险，像你这样冒冒失失，总会出事儿的……"他这样笑着说出来，突然放开她的手说，"到了，不过，我是不会骗你的……"

他把手电照向前面的壁墙，大声说："芝麻开门……"

墙上的石头大门突然洞开，心有余悸的唐真不知该不该进去，陈熙坤突然推了她一把，她跟跄着进入了石门后，陈熙坤打开打火机，将四壁上的烛台依次点燃。石室亮了，唐真看到一幅幅惊人的画面，四壁上挂满了长幅画卷，每张画上画有人的一种死法，血腥的场面，不忍一视。她吓得捂上眼。

"你也会害怕吗？你天天翻死人档案，不早就习惯了？难道他们没在死亡档案中出现过？"陈熙坤阴阴地说。

唐真摇头说："我已好久不接触了，还是害怕这种情景。你真是变态，在大佛肚子里挂上这些东西……"

陈熙坤淡然说："佛已了悟一切，不惧生死，看淡生死，他才不会害怕呢，不是吗？"

唐真的手从脸上移下，叹了口气，环顾了下四周的画像，极其无语。

陈熙坤按动墙上的按钮，又一扇门开启，强光线从门里射出来，唐真惊奇地发现这是真正通向外界的门。她向门口冲过去，拾阶而下，终于看到山崖，看到金色的巨大的佛脚。她抚摸着佛脚终于有了新奇的感受，这时大雪依然未停，雪花飞落佛脚上，有的又滑下去，这里依然不是尽头，她可以拾阶而下，但是非常危险，由于地上有雪，很容易滑倒，或踩空。

陈熙坤在她身后说："从前面走下崖去，可不是明智的选择……"

唐真执意前行，陈熙坤只得跟着她下山，下到正对着大佛的位置，唐真看到高大的尊严的佛像，不禁有些感慨，她暗想，如果这是主神就好了，起码可以偶尔望见，但是，他在哪儿呢……

陈熙坤在她身后说："你一定在想，主神在哪儿呢，我的心中的佛啊，你在哪儿……"

唐真被这个家伙说中心事，回过头，狠狠瞪了他一眼，继续沿阶而下，由于她十二分的小心在意，竟然没有滑倒，她又走了一小段斜坡路，终于来到平地上，漫天雪野中……

陈熙坤喃喃说："唉，你真傻，以为光天化日下，就不会受到伤害了……"他突然从背后拥着她的腰说："到处都是雪，一个人也没有，你以为这里安全吗？"

唐真囧到极点，想挣脱却是不能。陈熙坤突然把她扑倒在雪地上，压着她的身子与手，冷笑说："记住，没人的地方，就叫危险……你现在高度危险……"

他突然吻向她的脸。唐真奋力地扭动头，陈熙坤大笑："主神能拥有的，我也可以拥有……"他们翻动在雪地上，一片片的雪地凹进去……

突然，一个身影箭一样射过来，那个人一手就把陈熙坤扯起来，并高举过顶，冷笑说："梦中的骗子，你的计谋可以休息了……"

陈熙坤在空中尖声大叫说："放下我，放下我！你是谁……"

"我是来自真实世界的心理师，你只是程北北梦中的小丑，小丑是不能发挥关键性的作用的……"来人戴着恐怖的面具，穿着黑色的紧身衣，活活一个天外来客般的怪人。

唐真震惊地从雪地上踉跄地爬起来，惊奇地说："你来了……"

来人面具上唯一活动的眼睛转过来，他望着唐真说："你说过，我只要从天而降，你就相信这是梦，你看，我在你最需要我出现的时候，出现了吧，而且是从天而降……"

唐真皱眉说："谢谢你来，可是，我并没看到你是怎么从天而降的，也可能你从一条山道上走过来的……"

"时间、地点、事件……这么巧合，你有没有搞错？"来人郁闷地问，"难道还得让我再来一次，而且，刚好让你看到，我是从天上掉下来的。

那时，你又会说，是在某个地方踩了个弹簧类的装置被反弹到天空又落到面前……只要你不信，你总有理由，总有借口……"来人由于生气直接把陈熙坤狠狠丢在地上。

陈熙坤浑身疼痛，竟是一直爬不起来，索性歪在地上，装昏迷，以听清他们的对话。

唐真抱着把，歪着头，望着这个怪人，竟不知说什么好……

怪人继续说："你，不信我，而且，找人调查我，这一切，我已通过探梦仪察觉，我没说错吧……"

唐真仍然无语，她实实无法回答他，难道他不该被调查？如此诡异！

怪人走近一步，冷冷说："既然这样，我要求你立刻清醒，跟我到现实去……"

唐真叹口气，作出无奈的表情，说："我倒希望你把我带走，让我醒来，如果你可以，请电击病床上的我，或者掐住我的鼻子，这样，我总可以醒来……"

怪人叹了口气说："这些全试过，你醒了，继续睡……"

唐真叹口气说："是吗？那我就无能为力了……你的方法用尽，而我仍在梦中……难道梦中的我，又可以让自己的梦结束？"

怪人黯然道："也许，只有你的梦中大灭绝，没有一个人，你就会认真醒来……"

唐真无语，转了两圈，扭头冲他说："你就让我的世界灭绝一次，请吧，催我醒来……快啊，我真的希望你实现它，如果你可以！！"

怪人深情地望着她说："但那时就太晚了，真的太晚！任由你的故事发展下去，你会大梦三年，谁知你的命体还撑不撑得到那个时候……"

唐真不知他说的真的假的，但听他的语气，竟是满怀关切，她暗想，不是她自己疯了，就是这个人疯了，摇摇头，向雪野中走去……怪人跟在雪地中，望着她渐远的身影，大声说："听着，相信我，相信我！！！请相信！！！你的时间是无序的，错乱的，有跳跃感，但梦中的其他人，会根据情节的需要，变得貌似客观又合理，你不要被你梦中自动修复的情节骗了……"

唐真幽幽说："如果我自己有臆症呢，你是我脑子里特定产生的情节，而别人却是看不到的呢……"

"怎么会……"怪人怔住了。

"怎么不会？"唐真百感交集，扭头问他，眼中泪花涌动，"拜托，不要再来烦我，提醒我一些奇奇怪怪的话……以让我精神错乱，看轻这个世界。我还想正常的生活，好不好！"

怪人望着她怀疑的眼神，喃喃说："看来，我得出现在你的朋友圈中，让她们相信我的存在喽……好吧，我知道该怎么办了……"

唐真欲言又止，她知道，她是无法阻止这个疯子继续疯狂的。她沿着雪地走下去，雪地上留下她一串串斜斜的脚印。怪人没有再追过去，望着她渐渐消失的身影陷入沉思，他发现，这样做也许仍然是徒劳的，就算梦中人确实知道自己是在梦中，就能醒来吗？真的能醒来吗？他开始怀疑自己的试验效果，立时陷入无尽的苦恼中，为什么：只能制造开始，却无法控制如何结束？深深自责的情绪，令他无比沮丧，连连拍着自己的胸口，在雪地里咆哮，山野被震响，落雪纷纷……当他吼累的时候，天光大暗，他在无比的失意中渐渐消失在雪野中……

陈熙坤从雪地上爬起来，自语："这个世界，越来越有意思了……"

活跃在朋友圈的疯子

～❀～

　　唐真返回她的宿处，发现苏心与王威已在隔壁同居。对于这个速度，她多少有些惊异，不知是因为失忆的缘故，抑或已忽略不少情节，所以，她也没多问，就像早知道他们已同居一样，向他们很平和地问安。王威对于她的平静很好奇，耸耸肩说："嗨，我们的唐真同学现在变成乖乖女了嗨……"

　　唐真望着主神一样的脸，几乎气得发疯。王威的痞气，简直玷污了主神形象。她想不通，天意为什么这么安排，故意毁了她心中的白马王子的形象。她忽忽想明白了，一定是上帝搞的鬼，他恼怒她没有继任为新的主神，故意整出个王威这样的假冒伪劣产品恶心她呢。唐真越想越生气，恨不能想往天空扔手雷，把天庭炸开花。她强忍着怒气，甩门进了自己房间。

　　王威发现这才像极了平时的唐真，松了口气，然后对着苏心指着唐真的门说："我就说过了吧，她就不可能看顺眼我。你瞅瞅她，就能装芝麻大点儿会，是不是，哈哈……"苏心理解唐真不喜欢王威这种类型的人，哼了一声说："你就别贫了，抓紧回屋……"王威被苏心扯着耳朵进了卧室。

　　唐真回到自己的房间，发现被褥变厚，不知是她自己换的，还是苏心换的。桌布色彩也换了，由冷色调变成了暖色调，明显适应天气特征。衣架上多了几套冬装，书桌上多了一些新的设计稿。她翻了翻设计稿，竟然也全不记得自己何时画的，但是，看着画风是自己的。她合上设计稿，心全乱了，她明显感到变化太大，时间概念的跳跃感果然是不同寻常的。她又翻了翻客户记录本，果然增加了一堆客户的名字，对于这些新的名字，又全无印象。她上网翻了翻客户订单以及留言，又发现订单与留言多了好多好多，她又是全无印象。目睹此景，唐真推开微机，倒在温软的沙发上，思索整个过程，却又是全无答案，她发现不管是相信是梦，或不相信是梦，都有些不合理。她开始回味与主神的点点滴滴，发现只有那个时候是最天真的，又是最开心的……她想到李易隐，想到只有他的眼睛中发现纯蓝的神采……她禁不住打开手机，给李易隐发微信：

我回来了，请问明天中午有时间吗？

大约五分钟后，李易隐的微信回复：

正在搬家，暂时没空。

唐真又回：

我帮你搬……

李易隐沉默了片刻，回复：

你搬得动？

唐真没想到她这么问，怔了怔，笑着回：

总能搬动花瓶……

李易隐回：

你怎么知道花瓶不是大礼堂前面才摆的那种超大的需要两三个人搬的花瓶呢……

唐真忍不住笑了：

难道你能买得起？

李易隐回：

问题是我没有花瓶，只有少到可怜的家具，大约两辆三轮车就可以搞定了。

唐真回：

我当马车夫好了。

李易隐发现她很坚定地要来帮忙，只得回：

既然你这么想来，就来吧，仁义胡同丁字路口向北小区的砖房从东往西数第二户。

唐真一想到能见到他，就快意地笑起来，安然地进入梦乡……
梦中病床前的大夫说："辽远的介入，故事情节发生了改变……"
另一个大夫说："他快升为男二号主角了……"
"难道升为主角，就可以催醒她吗？"
"天知道……"
"相比来说，你的介入，作用还不够强大。"

"这个，也许我的选角产生了问题……"

……

唐真第二天醒来，隐约记得听到两个大夫的对话，但是，竟然想不清楚他们说的具体内容了。她联想到病床前，她的真身的位置，浑身打了个冷战。但她看四周逼真到毫无虚拟感，又否决了第六感。她精心化好妆，来到客厅的时候，发现苏心房门紧闭，于是在客厅里说了句："你们自己买外卖，我不做饭了哈。"苏心在里屋应了声。唐真推门出去，急步出了小区，来到清寂的大街上，7点的大街上，人流不多，但拐进一个小吃胡同，就突然多了很多人。唐真随意买早点的时候，一个人轻轻拍了她的肩一下，唐真扭头一看，竟然是曹瑞雪。她穿着飘逸的白色风衣，长发飘飘，显出教师独有的温和内敛的气质。

唐真说："这么巧啊，你也在这附近买小吃吗？"

曹瑞雪点点头，微笑说："可不是，我们很近了，我刚搬到梨园小区，与你住的地方也就隔一条巷子。"

唐真高兴地说："那好，我们可以常来往。"她俩买了小吃一起找了个僻静的林荫下有石桌、石椅的地方。她俩把一起买的烧饼油条豆汁肉夹馍什么的摊了一石桌。曹瑞雪问她这两天去哪儿了，说打电话竟然是打不通的。唐真叹口气，就把所见所闻又说给曹瑞雪听，曹瑞雪震惊地说："这，你也信？如果他也是主神的仇家，你想想，他是不是想让你陷入虚幻感后，就淡化了你对主神的感情……"唐真没想到过这点，但她疑虑地说："至于吗？你是说，他也是天堂来客之一，不过，手段更高明，更具毁灭性。"曹瑞雪耸耸肩说："我也就是一猜……还得你自己分析。"唐真陷入沉思，后来吃了口烧饼，又问："但是，我真的忘记了好多事，真的是有时空感知空白处……"曹瑞雪摇摇头说："也许你自己得了怪病了，或者这种怪病就是那个人悄悄做下的……比如，失忆气体……那是一种无色无味的东西，但你只要嗅一下，你就完了，好多事儿都忘了……"唐真大吃一惊："啊……这也太科幻了吧，现实中能发生吗……"曹瑞雪笑笑说："阿来婆会骗你吗……你想想，那人说你喝了他做实验的药物，梦就长到可怕，不同样太科幻了……"唐真转眼珠想了想说："说的也是哈，那也挺科幻的……"

唐真发现左右都太像是假的了,晃晃脑袋说:"算了,吃饭,不想它了,想起它就头疼!"她们大吃二喝起来。

她们吃完饭后分别的时候,相邀每天早上到附近的公园去晨练。唐真看了看表,发现已到八点半,正是去帮李易隐搬家的时间,此间又接到几个陌生人的电话,都是要她的新的服装设计稿,虽然她想不起什么时候与他们说过话,但还是一一套出他们早前说过的设计要求,默默记下,应允何时完工。她通过手机银行查看自己的银行账户,发现里面钱多到吓人。她想了想,翻着眼珠暗骂:我再见到张辽远,一定骂死他,或者离他十万八千里……或者戴上防毒面具。

唐真开着跑车,按照李易隐说的地址找到他的住处,发现那是处简陋至极的平房,在不远处,有在建的高楼耸立云霄,李易隐的宅子或者正处于待拆迁区域。李易隐的回复也证明了这一点。他见到唐真的时候,还有些局促,眼神扑朔迷离。他的门前果然停着一辆三轮车。唐真忍不住笑了:"开什么玩笑,真想用三轮车拉家具么?"她钻进他简陋的房间,发现里面有三十平方米,中间打有间隔,以区分卧室,显然,他已打包完毕,只剩下木板床铺、书桌、饭桌、衣架等几件简易的家具,还有打好包的书、床被与炊具。唐真显然看出,此时的他正在拆床,方便架走。唐真不由分说,就把他的包裹丢到自己的跑车上,然后又调来搬运工,把床架到找来的货车上。李易隐发现阻止不了她,只好由着她来。李易隐坐进唐真的车里,他偶尔望向她,眼神温暖,唐真发现很是受用,微笑说:"李先生,您搬到哪儿呢?"李易隐说南外环第九区白石岭子。唐真开车前行,当车行至白石岭子的时候,被眼前美景认真吸引住,白石岭子被溪水环绕,其上白玉小桥从流水的不同位置穿越而过。在山后,有个很小的集镇,卖着各种小吃、民间手工艺与旅游商品。李易隐的新家就在小集镇的拐角处,拐角是个深巷子,深巷子幽深又安静,一片干净的青砖平房。李易隐的新平房面积依然不大,只有六十平方米,但院子正处于胡同头上的缘故,院落特别大,里面被超大的塑料大棚占据,里面种有花卉。唐真想到外面冰天雪地,里面却鲜花盛开,感到像神话一般,就迫不及待地钻进他的花房,发现里面春意盎然,什么鲜花都有。她想起主神的主神室就是百花争艳的情景，瞬间呆住了。唐真处身鲜花丛中，仿佛来到主神室，她兴奋冲动，喃喃说："你也喜欢花……"李易隐说："以此糊口……喜欢，总是有些喜欢的……"唐真微笑试探说："你是不是天生喜欢花，过去也是养花的……"李易隐望着她痴情的眼神，怔了下，赶忙回避，幽幽说："最近才养，过去到处打工，现在很想清静清静。好在，现在鲜花市场生意还可以……"唐真说："可我听说，各处鲜花店的鲜花是从南方种的，通过航空运来的，你的大棚养花倒是少有……"李易隐笑笑不语。唐真看到里面果然有些南方花卉，不禁驻足观看。

搬运工在外面吼："怎么摆家具，还是就放到房间里就行了。"二人慌忙走出花室，李易隐指挥着搬运工把家具放到指定的位置，要付搬运费，唐真非要抢着付款。李易隐扭不过她，只得由着她付了。唐真笑着说："嗨，我现在是大财主，不花白不花。我也没什么可花钱的地方。再说，你可是我的救命恩人！"李易隐微笑说："什么，我怎么成救命恩人了？"

唐真故意做出夸张的表情，说："你这么健忘啊！难道你想不起来，是你告诉我那种可恶的碎衣胶的秘密！"

李易隐这才想起来，他摇摇头说："你不要把我当恩人，我受不起，你那种情况，我必须帮的。"

唐真很想再问他点什么，想了想又咽下后话，她要一点点了解他，一下子把他的全部秘密解开，她就会索然失味。他是不是就是主神，唐真也不是有十足的把握，毕竟外观一点都不像。当唐真临走时，李易隐除了说些感谢的话，然后就十分好奇地说："我记得你天天戴着蓝宝石戒指，戒指呢？"

唐真这才想起戒指还在那个阴险又危险的陈熙坤手中，她皱眉说："我忘带了……"李易隐摇摇头说："看来，这枚戒指对于你来说不重要啊……"唐真被这句话点得心突然狂跳了一下，她暗想只有主神才会这么关心它，知道它的真正秘密。她不知如何向他解释，索性说："谁说它不重要了！我一出生它就跟着我了……戒指是我最爱的人送我的，我来到人间，总是在寻觅他……希望他会奇迹般的出现……"

李易隐没有任何吃惊的表情，反而追问："所以，你就大肆把他的照片公布出来，让所有人窥知你与他的秘密？然后找一个貌似他的人结婚、生子，了此一生？"

唐真凝望着他，不知怎么的热血沸腾，她强压住激动地情绪问："难道我这样做有错？谁让真正的他始终不出现？他与我有着前世的约邀，他为什么不能在人间见我？因着我的指引，与我谋面？"

李易隐还想再说什么，忽然咽下后话，他微笑说："好的，你的事，你自己把握就好，我不多说了。我没有资格过问你的事，只是有点好奇，你知道……你的事，龙城几乎没有人不知道……"

唐真强按着冲动，点点头说："谢谢关心。我也知道，我心中的人可能已经不是原来的样子了，变得我几乎完全不认识，没有英俊体面的外表，但却有着金子般的内心。我有时想，也许我该更多关注那些外表不起眼的，但心灵却认真纯正的人。还有一点，我想提醒你，你的眼神很特别，我已关注很久了……"

李易隐吃了一惊，轻轻退了一步，不敢直视她的眼睛……

唐真郁闷地说："你不知道你的眼神有多么多么蓝吗？或者，你自己也是不知道的……"

李易隐胸口开始起伏，说话也有些不自然，他否决："那你或者看错了，我的眼瞳是黑色的……"

唐真轻轻靠近他，幽怨地说："你是不是也能看到我的黑眼瞳里射出的光芒也是纯蓝纯蓝的色彩……"

李易隐继续后退，他发现后面竟然是桌角，他不得不立定，深吐了口气说："唐真，我累了，得休息，你也回家休息吧，多谢你今天的帮忙……"

唐真的眼泪在眼圈里打转，险些滚落下来，她还是强忍着，继续说："好的，我这就走。只是，我还想对你说，我一直在想，当我的爱人粉身碎骨的那一瞬，是否痛苦至极，他是怎么又被搭救的，万能的主在他身上做了些什么……我多么想知道真相，但我不能……这些岁月，我总是坐在高高的屋顶上看星星，在天界，他指引我看流星雨，我竟是不看的，我想我好傻啊，我为什么不看，我应珍惜那段时光，它那么短暂，那么有趣儿，是我一生的珍爱……"

李易隐终于忍不住，抬起眼，盯着她的美丽生动的眼睛，眼睛有些潮湿，但他不能,他强忍了下，突然转身去摆弄他的床,低声说:"唐真,我的床还没搭好，过几天再来吧，那时,鲜花会更美,方便你来采摘……"

唐真突然想起什么，喃喃说:"如果我丢了戒指，我的爱人是不是就不爱我了……"

李易隐边安装床铺，边轻轻安慰她:"我想他不会那么小气，区区戒指，丢了可以再买……"

唐真很想找见他的目光，可是，李易隐不停地安装床铺，竟然不再理她。唐真见此情景，既焦急，又无奈，只好说:"那我走了，改天我还会来的，记着给我准备些最美的鲜花……"

李易隐这才抬起头，望向她，微笑说:"那我就不送你了，随时欢迎你来玩儿，只是，我星期二、星期四、星期六都不在这里，有些别的事，所以，要找我，就要错开这几天。"

唐真看到他认真望着她了，心中兴奋又欣喜，加之看到他瞳中闪闪的蓝光，更坚定了信心，她冲动地说:"我一定会来的……我走了……"她虽说走了，几乎是倒退着出门，胸口起伏，却又不能明言。李易隐拿起一块毛巾，擦了擦手，立起来说:"来，我送你走……"唐真急中生智故意在转身的时候，摔了一下，李易隐赶忙扶住她，一瞬，四目相对，李易隐怔住了。唐真从他的眼神里读出了属于他的真正的情绪，瞬间，她突然似哭似笑，眼泪唰地一下流下来……李易隐久久无语，停了约三十秒，他们渐渐松开手，唐真头也不回地离开院落，她怕忍不住会大哭起来，她想，她总能让他亲口承认他是谁，但或不是今天……让他有足够的心理准备，以适应将来的暴风骤雨……

李易隐目送她离开，颓坐在椅子上，过了一会儿，他感到躁闷，把发套摘下来，又把脸扯下来，主神英俊的脸于是裸露出来，他缓缓立起身，对着新置的穿衣镜照了照，无限郁闷地说:"为什么天帝永远只喜欢制造出我这种样子，难道他认为只有这样才算够英俊？难道天堂通道的主神必须只能长成这样，我不能选择丑陋？天帝为什么又把我分配到人间，难道特意要成全我们，这是不是太不符合天帝的逻辑了呢？天帝啊，你到底想做什么呀……好吧，为了揣测你的居心，我准备测一下字背……字是合，背是离……"

李易隐把一枚硬币丢向太空，瞬间接住，手心中的硬币正面向上……他瞬间露出笑意，冲太空说："天帝，这可是你说的，你选择的字……"

唐真一路开车甚是缓慢，回味与李易隐今天的会面，她从心底确认这人就是她要找的心中人，但是她不得不叹息天帝对他的不公，故意让他长相如此平常，甚至让她找不到天界上的他的一丝一毫的英俊。她想不清楚，是心灵更重要一些，还是外表更重要些，她又怀疑自己的爱不够纯洁，不能只关注心灵的重量与能量……好在，天帝还没坏到让他丑到不可一观，最少很正常的样貌，这不是又值得庆幸呢？这样想想，她有些坦然，车速渐快。

当唐真回到小区里，顺着电梯上来，听到门口人声喧哗，她定睛一看，她的几个好友围在门口，像在集体讨论什么问题。唐真一出现，她们立时就炸了营，围着她你一言我一语：

"唐真，你真行啊，瞒着我们让你的新任男友，给我们下马威……"

"就是啊，唐真，你真不当我们是朋友，发财了，就可以搞突然袭击了……"

"天哪，他的车，太气派了，不成心气我们……"

唐真听着宛婷、捷心、苏娜说得太乱，吼了一嗓子："什么啊，进家后，宛婷一个人慢慢给我说——"

家门打开，唐真引着她们进来，三个好友一股脑地坐进沙发里。刚坐定，宛婷就说："唐真啊，今天有个身材非常非常高大的男的，戴着四川鬼面具，开着一辆超级豪华的车身特别特别长的凯迪拉克，到我的公司门前，他一下车，就把我公司全部的人震住了！然后，他递给我一张名片，说他叫张辽远，来自遥远的城市，他是你的新任男友，要求我们明晚八点在会江大厦十五层福禧堂参加你们的订婚典礼。这人还找到了捷心与苏娜，还有你的其他女朋友。赶巧，你的手机一直关机。所以，我们都跑你家来核实情况。"

唐真不禁皱紧眉头，她没想到张辽远真的会到她的女朋友中大秀存在感，竟然自行决定所谓的订婚典礼，没有她的首肯与参与，这岂不是一场闹剧！但是确实证明了，他是真实存在的。唐真否认有订婚，说张辽远脑子有些问题，他的话没法信。苏娜瞪着圆眼尖叫："难道是精神病患者，如果他是个精神病，为什么能开一辆那么豪华的车，难道是某个大老板的精神病儿子？"

唐真哪里知道呢，她点点头说："或者是，我也不了解他，反正他总说一些疯话……真的没法信。"

捷心好奇地问："他戴着面具，他长得什么样？"

唐真微笑说："他长得像王威，也就是与我画像中的人一模一样……"

三个女人异口同声尖叫一声："天哪，又一个画中人！"她们你看看我，我看看你，感到讶异极了。唐真见到她们惊奇的表情，微笑挽留她们吃饭，她系上围裙，进厨房为她们准备饭菜。

苏心与王威这时返回家中，他们一开门进来，就发现屋里突然多了几个女人，苏娜一看到苏心又与王威在一起，就生气地说："苏心，妈妈想你了，要你回家住。"

苏心发现姐姐来了，反而局促，她翻着眼珠说："我才不回家住，唐真姐这里挺好的。"王威没好气地说："苏娜大姐，你不要一来就说搬家的话好不好呢，大冬天，说点热乎话，死不了吧！"苏娜一听王威的口气，就气得恨不能把他掐死，她冷笑对王威说："公子哥，你最近又骗了几个女孩子？我们家苏心，太好骗了，是不是啊！"

唐真听到动静，探头来看，一看苏心他们二人来了，就又返回厨房。此时宛婷与捷心一旁忙岔开话题，指着电视上的巴黎时装周上的衣服品评起来，宛婷对苏娜说："嗨，苏娜，你看这件衣服不错吧，赶明我们也做套穿穿啦……啧啧，这个女模特要多丑有多丑，可人家是世界名模唉，小细眼，脸黑，想不通啊，外国人什么欣赏眼光。"苏娜现在正在气头上，哪会接她的话。

王威听了苏娜的话却立时火了："你这做姐姐的，怎么说话呢。看来，你没少找情人，是不是啊，大姐。"

214

苏娜立时火了，上去就要扇他一耳光，苏心慌忙握住姐姐的手，焦急地说："你们都不要吵了，我们进屋去。"苏心拉着王威就去了卧室，哐地一声就把门从里面锁上。

捷心抱着把笑着对苏娜说："苏娜啊，他们正火热呢，你劝什么也不管用的。人家生米都成熟饭了，你还管啥呢，最后还不是苏心吃亏。好在这个公子哥，家里很有钱，苏心与他好了，总是不愁吃穿的……"

苏娜气得很，跳脚说："妈妈给我下任务了，这可怎么好……我得让唐真把他们轰出去。"

捷心低声说："假如，你不让他们住这儿，或者人家会远走高飞，租别的房子住，领证结婚，也不会通知你……"

苏娜听捷心这么说，不禁叹口气，或者果然如此。此时，宛婷一边帮唐真在厨房做饭，一边问："那你明晚去不去那里……"

唐真白她一眼说："你想想可能吗？让他一个人订婚去吧……"

黄昏夕照，远阳的日芒斜斜落在窗扇上，玻璃折射出的金黄的影子又飘落在窗台上的鸽子身上。唐真瞪着眼望着它，既生气又无语，此鸟未曾带来任何信息。鸽子歪头望着她，似在想什么。唐真歪着头望着一动不动的鸽子，忍不住说："你来干吗，以为你不走，我就不敢扁你？"她伸出拳头，竖在半空。鸽子突然开口说话："在设计的情节中，你应当去订婚现场，你不去，会有麻烦到来……"

唐真的眼立时瞪圆了，真真被它的开口说话震住了……"你再说一句……"她不相信地说。鸽子不再理她，扑着翼子展翅飞走，渐渐成为一个细小白点消失楼宇中。

唐真惊惧地几乎透不过气来，她怀疑地想，难道我真的在梦中，全部是幻象？她慌忙给罗杰发信息，说明情况。

罗杰回复：

鸽子身上是否带有某种传音装置，你并不清楚。它既然说你会有麻烦发生，不如等等看，总不能就按那人的意思出现在现场。

唐真决定哪儿也不去，坐等"麻烦"到来。

她呆呆地望着窗口，忽然听到窗户的位置有动静，她推动推拉窗，忽然，一张大幅的宣纸飘扬而来，她吓了一跳，虽然后退，仍然被宣纸遮住了脸，她一把把宣纸从面前扯下来，发现宣纸上是一排毛笔行书：

麻烦来了……

唐真甚是无语，原来"麻烦"就是这么来的……但是这张纸是怎么飘进来的呢？她往窗外仔细看了看，没有发现绳索之类，在这么高的楼上，飘进这样的字，果然也算诡异……她把宣纸展开，仔细看哪儿不对劲，有没有特殊痕迹，但她看了很久，什么特殊性也没发现，她把宣纸丢弃在桌案上，开始坐立不安，从书房踱步坐进客厅，斜倚在沙发里思索种种可能性，想了半天，依然想不明白。

这时门声传来，埋在一堆气球里的苏心的声音传过来："唉，总算到家了……"她边扯着气球的绳边往沙发这边来，谁知，下面有个小凳子，她没有看到，一下被绊倒，气球与苏心一起往唐真身上猛然倒下去，唐真耳侧听到啪啪的气球爆炸声，听到声音的同时，被苏心的半个身子压得透不过气来，被砸得生疼。唐真使劲把苏心扶正，生气地说："弄这么多气球来干吗？"

苏心一边捡气球一边说："有个人说，你今晚上要订婚，那时我快到家了，赶巧路边有为小朋友卖气球的，我急中生智，买气球送你啦！"她把气球捆好，全部塞进唐真卧室，又坐回客厅沙发里问："姐姐，能告诉我不，你和谁订婚啊……"

唐真生气地挥挥手说："别提了，一个地道的疯子……没有的事。"

苏心吃惊地说："疯子啊，好有意思啊，他今晚会不会去呢？"

唐真淡淡地说："他应当会去的，但我是不可能去的。"

苏心哈哈大笑："天哪，太有意思了，还有这事儿啊！我替你去吧……让他知道我的厉害！"

唐真歪着头说："你去？好，你去吧，替我赏他两个耳光！"

苏心心花怒放，对于这种好玩儿的事，她是乐于参与的，越好玩儿越任性，越符合她的胃口。她急急忙忙穿上花格子休闲上衣，浅蓝色的牛仔裤，蹬了双运动鞋，草草收拾好就走人，她临走前冲唐真微笑说："姐，听我的好消息哟……"唐真不知她会送来什么消息，只是挥挥手说："早回家……"

苏心兴冲冲搭车来到会江大厦门前，发现大厦门前热闹非凡，有不少报社记者的专用车也停在路边上，也有的向地下车库开去。苏心暗想，靠，还是记者最爱凑热闹，看来我的唐真姐大大有名，有一点风吹草动都能惊动他们……她噗嗤一笑，大眼不停地扫描了下环境，渐渐向人满为患的楼里挤进去。

她乘着人流拥急的电梯上到十五层福禧堂的时候，被亮光闪闪的匾额照了下，她关注看了"福禧"二字，想了想，忽然笑起来："哦，原来是伏羲堂……"她自以为有了重大发现，喜滋滋走进福禧堂内，发现大厅内竟然坐满人。而她却是一个不认识的，她来了就被服务人员安排到一个邻近舞台的较靠前的圆桌前。看到舞台上方挂着个红色横幅：张辽远唐真订婚典礼。

苏心张大嘴，怪道：天哪，这么正式，可这里缺了女主角，怎么演啊……

当苏心纳罕的时候，突然看到舞台上有人活动，一队举着油纸伞的穿旗袍的女人陆续走向前台，她们摇摆着身段，做出各种优雅唯美的动作，她们笑得灿烂，台下就有掌声。突然，灯光大暗，全场漆黑，所有来客禁声不语，估计会有奇迹发生。当灯光再次打亮之际，旗袍女们围拢的中心出现一个戴面具的高大男人。

全场哑然，他们搞不定这人是谁。

面具人推开女人们，向台前走去，他的金色风衣飘摇而起，他冲全场发表演讲："台下的梦中人，你们好！今天是我，张辽远订婚的日子，但是，唐真因事暂未到来！就像你们看到的，我一个人的典礼，你们或者奇怪，一个人怎么典礼？于是我请来我未来妻子的替身，她现在已穿戴整齐，请她上场……"

这时，旗袍女的中间又出现一人，她头上遮着红盖头，被众旗袍女拥着缓缓向前台走来。当女人们立定的时候，面具人把那个女人的手托起，那的确是纤细白嫩的女人手指，面具人把一枚蓝宝石戒指戴在她手上，他笑着说："怎么样，她的替身在发挥唐真的作用，而唐真正开着车，往这里赶……"

苏心发现他竟弄了个冒牌货，忍不住在人群中叫了句："错，她根本就没来，也不会来，请不要编故事……"

台下的人开始议论纷纷，不知发生了什么。他们一起望向苏心，有偶然认识苏心的，低声说："唐真的室友、大三女生苏心。"苏心的名字开始在台下迅速传播。

面具人的目光开始关注苏心，对她说："苏心，你多管闲事的毛病又犯了。难道你说出这种话，就能取信于民？有图有视频吗？"

苏心这才发现，她什么证据也没有，翻翻眼说："大英雄，唐真不来，就是明证。还有，你这订婚的，为什么还戴个面具，就不能以真面目示人吗？"苏心想到唐真要她赏此人一个耳光，尽管看着台下众目睽睽，仍然脚步轻盈地跨上台去，微笑说："你太恶搞了，真不知你从哪儿弄得这么多人。既然你这么脸皮厚，就请摘下面具吧……"

面具人轻声在她耳边说："要是我摘下面具，怕是要吓着你……"

苏心瞪眼说："我怎么会怕你！"

这时台下的闪光灯不断，热门新闻正在酝酿中，台下议论声越来越大。

面具人突然摘下面具，他望向苏心说："这样，一定满意了？"

苏心仔细一看，竟然是王威的样子，她差点没昏过去："是你——你不是人！"苏心挥手就是一耳光，耳光响亮中，面具人捂着半边脸，冷冷说："你有什么资格打我？女士！"

苏心立时又气又怒，愤愤说："你说呢……"她抱着脸，疯跑下台，头也不回逃离现场。台下开始有人喊："王威，王威，银行家的儿子……"

苏心一逃回家，就看到坐在沙发里的翻着《龙城晚报》的唐真，她搂头就是一顿乱打："唐真，你好恶心！明知我们在一起，你还与他暗中来往！"苏心没头没脑的乱打，逼得唐真不得不躲藏，但她还是绕不开，身上挨了很多拳，脸上也受伤。唐真狠命推开她，愤愤说："疯了，丫头，就不能好好说嘛！"

苏心指着她的鼻子说："我与王威早同居，你都知道，为什么他却要与你订婚！肯定你们两个又好上了！"

唐真立时明白她误把张辽远当成王威了，她想了想说："你有看到我去吗？"

苏心怔了下，狠狠说："那是你装的。"

唐真摆摆手说："这是个局，那人名叫张辽远，不是王威，只是，两个人长得一模一样……我不该让你去的。"

苏心一下怔住了，瞪着圆眼说："什么，不是一个人？怎么证明？"

唐真微笑说："他俩同时出现的时候，你就清楚了……你也知道，我有过征婚启事，王威长得很像我画像中的人，而这个龙城还有更多人像我的画中人的，我们玩儿过人像翻牌游戏，你不记得了？"

苏心这才回忆起这事儿，略略消了些气，还是不相信地说："你一定是喜欢王威的样子，怎么保证你不会慢慢喜欢上他？"

唐真大笑说："天哪，他那性子，我怎么受得了？你觉得呢？像他的样子的人，有好多，他已属于你，我为什么再抢呢？再一个，他比我小很多，我会找个比我小的男人吗？是不是很没安全感……"

苏心这才渐渐放心，她狐疑中敲门声传来，王威赫然出现在门口，一进门就抱起苏心，亲了下说："有个人长得很像我，你可别被骗了，长得再像我，也不是我……我听说了这事儿，从朋友酒桌上赶回来的……我的哥们，还有酒楼监控能证明我出现在丽影国际。"苏心这时气已消了大半，反而不好意思地望着他说："你能带我看监控？"王威边翻动手机，边把苏心揽进卧室，低声说："我手机上下载下来了，你随便看，你想，我怎么会喜欢旁边那个老女人呢，是不是，我脑子有病啊我……"苏心扑哧笑了……二人蜜泡着走进卧室。

坐在客厅的唐真郁闷地把《龙城晚报》丢在客厅，缓缓进了卧室。她想到，今晚果然是有麻烦的，是巧合，是设计，还是真的是……她不敢想下去，辗转难眠。她忍不住在子夜两点给罗杰发信息：

我真的有"麻烦"事……这是怎么回事呢？

不到30秒就有回复打过来：

明天下午3点到我这儿来。

唐真想到罗杰下半夜还能回复，一定是守着她的短信的，不禁有些感动，决定第二天下午再次去罗杰私家侦探所。

当唐真下午三点来到罗杰私家侦探所的时候，发现内门对面墙上出现嵌着电子表的动感风景画，其上出现"星期一"字样，她这才想起今天是星期一。唐真工作室的人找她处理些事情，唐真在不停回复中上到罗杰房间。

罗杰的房间依然昏暗，几乎看不清房间摆设，大白天密闭厚重的隔光窗帘，罗杰的座位处落地灯灯光的暗角，他仍然戴着面具，而她要坐下去的位置，被强光照射，她无法看清此人眼睛的色彩，而她完全处于亮光中，被他注视，这种情景，她其实并不舒服。

戴着面具的罗杰在黑暗中，递给她一堆稿纸，稿纸上记录着骆红尘的行动记录，以及他与王威的师父最近刚刚碰头的情形，他分析说："这两个人就是能威胁到你的人，他们可能最近会有活动，因为接触频繁。"他又把两张两人神秘兮兮的碰头照片交到她的手中，唐真看到他的左手手背上有颗很小的黑痣。唐真一看骆红尘的照片，立刻认出是那天在溪水旁见到的小眼瞳家伙，她叫了一声："骆红尘……可能是程思远。"

罗杰指给唐真看左手的墙，左墙上有块白板，白板上用磁石吸着两张照片，第一张照片是骆红尘，第二张是王威的师父申老大。罗杰问："还有多少人是可能的天堂来客……"

唐真沉思了下说："还有冷蓉，她也很危险的。下界后，是男是女不清楚。"

罗杰低声说："这个女人不太好查，但是，她有可能是个命运极坏的人，也或者她的表象并不差，她更有可能是个男人……"

唐真怀疑地说："你是怎么猜到她可能是个男的……"

罗杰微笑说："说不定她早就知道你的存在，她认识你，你却不认识她。"

唐真问："那张辽远呢？"

罗杰皱下眉说："DNA快分析出来了，他的确是个很奇怪的人，我正在分析他出现的规律……"

唐真忽然也分析说："我觉得他与你也有些像，他也戴着面具。那么，请问，您的面具何时可以摘下呢？"

罗杰被这个问题问住，他拒绝说："我的职业要求我必须保密，不让别人发现我的身材、样貌，请你理解。我与你说的那个人，是完全不同的人。"

唐真微笑说："你可以贴个胡子，戴个眼镜，也不至戴个面具，你与他真的好像哦……"

罗杰只得应允说："好的，下次，你再见我，我或者会让你见我的本来面目……这段时间我发现有一个人与我一样关心张辽远的行踪……"

唐真问："是谁？"

罗杰沉声说："望湖山庄的那个危险人物……"

唐真惊问："陈熙坤？"

罗杰叙述这几日的怪事……他为了搞清张辽远的行踪，在其出现过的小木屋前寻觅踪迹，就在前几天发现张辽远从木屋中出现，在隐秘的通道开出一辆凯迪拉克，他开着车去约见不同的人，夜晚7点整，他把那辆车开到胡同里。罗杰在车中观察的时候，发现陈熙坤的手下武天的车也停在旁边。但当他们先后进入胡同后，却发现那是一处死胡同，很少有人走过，关键是空无一人，车与人都不见了。罗杰回忆说："我当时就怔住了，怀疑他是来自未来，或者未来的科技可以实现轿车平地飞起……"

唐真喃喃说："如果是梦呢……"唐真把她昨晚的情形一五一十说出来，罗杰也无语。他最后说："DNA结果出来后，我就告诉你……

不管他是来自哪儿，与我们都有些不同，总会查出原因……"

入夜，唐真睡意蒙眬中，从遥远的地方飘来对话音，但她的眼睛睁不开。

"她的睡眠尚未达到极限，辽远也太心急了。这样下去，他可能真的会成功。"

"我觉得，不如顺其自然吧……"

"你的介入与辽远的介入，作用大不一样。你的构思有问题，还应调整一下，这是伟大的实验，一项从没有人做过的实验。"

"但实验对象不是小白鼠……主任……"

"问题是过去除了小白鼠没有更高级别的实验者……"

"……这得看怎么理解。再说，如果我换置另一个人，作用怕还不如这个，你明白，我的情节设计也正在发挥作用。"

"但仅那一个点的介入，还不能抵消辽远的猛烈直白的冲击。"

"那您也介入吧，这样，您也有希望成为一个好演员。"

一束强光直射唐真的眼睛，唐真一下子惊醒过来。但她醒来后，却发现还是自己的卧室，房内也空无一人。唐真烦闷地想：难道又一个可以连贯的梦？与上次不同的是，清清楚楚听清了每一个字。

就在唐真内心疑云丛生的夜晚，在龙城西北外环路上，急驰而来一辆超级凯迪拉克。车主人发现始终甩不掉一辆不紧不慢跟随着的车，当他驶向不同方向的车道的时候，总能发现可疑车辆尾随其后，但在车主人出行之前的设计中，必须赶到自己设定的位置，才能走出这个维空。显然，这次有些突然，陌生又紧盯着的车辆太多。他不无担心地想，这次过于招摇，以致让梦中人捕捉到他的存在，甚至梦境自主启动追捕现实中人的行动。他后悔过去让程北北看过很多侦探类的书，这会让她爱幻想的大脑，自动产生各种新奇百怪的追捕场景，而他此时或正成为她梦境中人狩猎的对象。他担心自己的助手，现在正忙着，且无暇顾看到他，那么，他走不到指定位置，将不能走出梦境。或者，助手忙完总会回到仪器前面，发现他醒不了，或者会想到调整返回节

222

点，但如果助手竟然不能熟练操作探梦仪，且无法正常传达新的指令，或者他也想不到暂时弄坏仪器的显示功能，以屏蔽他的身影，他仍然会陷在梦境，并被捕捉到。但他相信，课题组主任总会救他出来，助手可能会在举足无措的情况下，去向主任求救。他于是想到主任可能向他发出指令的方法，也是主任教过他的：可以用一艘渡船捎他回来。他想到主任会想到他会想到这点，会在有河道的地方放置一艘红色的渡船……他想到这一点，紧张地边开车，边查找电子地图，电子地图上显示，河道有三条，距他最近的一条在白石岭子一带。他现在陷入两难境地，这白石岭子与他设置的胡同正处在相反的位置上。要么去胡同，要么去白石岭子。但是胡同那条路，可能已被发现，去了也或者只能是自投罗网。那么，直奔白石岭子，却又不能保证课题组主任发现并启动救生点的时间……

就在他犹豫不决的时候，车速慢下来。当驶入转盘路段的时候，有四辆车急速向他靠拢，车主人发现竟然其中还有一辆调度车，在指挥其他三辆车。他惊出一身冷汗。最后，他的车被逼向一片路边的丛林地带。由于地图上没有标出地名，他只知道这是一片无名丛林。但他的车下了车道，聚拢的车越来越多，他倒希望这是一群便衣警察。但是，所有车辆都是高档车，也不是警车，他怀疑他陷入了危险的境地。

在二十余辆高档轿车把他的车围在中央的时候，他不得不停下车，通过车玻璃镜观察他们的举动。许多穿着黑色西装的健壮男子，从车中走下来，有人手中转动着飞刀，有人手中握着绳索，渐渐向他逼近。

有一个人举着喇叭向他走来，超级刺耳的话声从喇叭里传来："张辽远，玩儿够了么，你喜欢玩酷，我们还有比你更酷的玩儿法……"

张辽远仍然没从车中下来，他想起车顶上暗藏的弹箱设计，由于一次没使用过，不知梦中的效果会不会如设计中那样。他将头探出车厢，对他们冷笑说："你们来的人太少了，如果你们全数过来，能空手赢我，就算你们比我酷！"

张辽远这时从车中下来，他仍然戴着他的招牌面具。当他下来的时候，许多打手感到他的面具吓人，但很有气场，自觉不敢靠得太近。

后来，在拿喇叭的人的鼓动下，开始有人向张辽远拳打脚踢，张辽远一边敏捷迎敌，一边暗想，莫不是北北会功夫吧，大脑编出的自动打手，手法还挺老到，有套路感，他不禁地叹气，又是一阵后悔。他尽管不是功夫高手，左右学过搏击之术，不管进攻的人玩儿什么花样，他只是以快拳飞腿逼退进攻的人。

　　他眼见远处车中人下来的越来越多，他估计着聚拢过来的人差不多了，就突然翻身纵到车顶上，启动弹箱，他立时被弹在半空中，落地位置正是车圈的外围。当追捕的人惊呼中警醒的时候已经迟了，张辽远冲出包围圈，随便驾了一辆车就驶向远处。他隐隐听到后边乱作一团："陈总，他逃啦……"

　　这些追捕的人上车的时候，张辽远已拐离他们的视线，他从车中下来，把手机卡取下丢在草丛中，沿一条无人的小道向白石岭子方向奔去。他知道，这些人找不到他，一定以为他会去那个巷子，追赶的方向刚好相反，那样他就安全了。

　　张辽远徒步行进的路果然是安全的，一个追兵也没有。他穿越丛林外的小道，抵达丁字路口，他看到街头的标牌：石岭前街。他摸了摸身上，发现一分钱也没带，他现在是绝对的穷人，路边小摊上的小吃水果均无法购买。他必须抓紧赶到河边，哪怕野营，捞到一条鱼，总能充饥，喝口河水，总不会渴死。他咬咬牙，快步走向白石岭子里的河道沿岸。

　　当他走了半个小时，来到岸边的时候，发现一个人默然地坐在一块岩石边上，岩石边上有条单拐。张辽远愣了下，似乎意识到他是谁。张辽远默默坐到岸边的另一块大石头上，两人的目光对视了一下，互相看清对方，张辽远认出此人正是李易隐，是北北梦中最重要的人物。

　　李易隐没有急于与他说话，而是继续捧着一本厚书在看。

　　张辽远却在一边先开口："请问先生曾动用了几个分身？"

　　李易隐侧头望了他一眼，微笑说："不懂，你是来避难吗？"

　　张辽远不禁吃了一惊，没想到这人也是很了解他的，他好奇地问："你怎么知道我的情况？"

　　李易隐把书合上，放在岩石上说："你该走另外一条路，你现在来到我这儿，那意味着你在这里还藏着一条外维的通道。"

张辽远默然无语，他没想到北北梦中的人也能这么聪明，难道北北也读过一些与实验课题相近的书，说不定她也知道他们的部分探梦理论，尽管那时课题组还没造出仪器来，但不等于她不懂得基本原理，如果她知道，那么她的大脑刚好能分析出他现在要做什么。

李易隐继续追问："你在等待可以接你走的人与物？"

张辽远过了几分钟，一边随意往河边丢石子，一边说："你太聪明了，不，北北太聪明了。这种事她也分析得出来。我倒担心她的聪明会诱引更多因素变幻方法围过来……那我不是很惨。"

李易隐侧头望他笑："算了吧……你不是说我们都是北北脑子里的梦中人嘛。既如此，梦中人怎么伤得了你，是吧，不用杞人忧天了。"

张辽远望了望天空，又望了望四周，叹了口气："我们课题组制作出来的第五批药剂，过于成功，能让梦境更像真的，还能辽阔到不可思议。我身处其中，要不是事前知道一切是假的，又怎么能辨出真假呢？更别说你们这些实实在在的梦中人。"

李易隐心头忽然掠过淡然地伤感，他叹了口气，问他："如果，北北长久在梦中，会不会死。"

张辽远皱眉说："不好说，事实上她随时会有生命危险，她现在的肌体全靠营养液维持，能与正常吃饭、正常活着的人一样吗？"

"植物人？"李易隐追问。

张辽远微笑："不，比植物人要好一些，只要她能醒来……"

李易隐不禁担忧起来，他皱着眉头，轻声问张辽远："那么，她如何才能醒来？"

张辽远望着他，冷冷地说："你知道，在梦中，她只留恋你，你不存在了，她在梦中没有牵挂的人，应当就会醒来……"

李易隐哑然无语。

张辽远点醒他说："你躲躲藏藏，不肯承认你就是主神，她就一直追逐虚幻，永远不清醒。如果你承认了你是主神，而且，当着她的面死去，她就能清醒，她的自杀等于她的清醒……"

李易隐内心纠结，竟不知怎么办好，他想了会儿说："你如何证明我们确实是在梦中呢……只有你真真正正证明得出，我才会选择自杀，这个你放心。"

张辽远嘴角显出笑意："这个，我是必然能证明出来的。今天我得回去，以后还会回来……"

李易隐其实已经清楚，张辽远可能是真实的人，因为，自己的身份从未真正表露过，除非他用天眼看到过。李易隐为了证实这件事，又问："你知道我真正的样子吗？"

张辽远大笑："当然知道，你长着一张与我完全一样的脸，黑睛中有纯蓝的眼神。这是她的脑子设定的古怪。你为了搞清天帝的意思，用一枚硬币测字背，结果天帝允许你表明身份。"

李易隐彻底惊呆了，过去只是隐隐地怀疑，现在他已经是加倍地怀疑了。他叹了口气，缓缓从石头上下来，这时，他看到一艘在这一带从未见过的红色的船从太阳升起的东方驶过来，他讶异地说："就是它吗？"

张辽远顺着他指的方向望去，果然看到了红色的渡船，他兴奋地蹦起来说："太好了，主任设置节点来接我了……"他从石头上蹦下来，向大船挥舞着衣服，红船向他的方向飘来，泊岸的时候，他登上一个人影也不见的红船，红船渐渐驶离视线，飘扬而起，消失进层叠的云层……

李易隐目睹一切，既惊又诧，他的心一片死寂……

周末的早上，天气不算十分寒冷，相较前些时日的严寒雪封，现在已算温暖。在小区外，少人行走的小道上，趁天色未明，唐真与曹瑞雪开始晨练跑步。唐真跑步之时，忽然产生微许幻觉，觉得哪一日也在以同样节奏缓慢跑步，她那时似乎穿着一件从没穿过的衣服。她晃晃头，以消除突然的异样。唐真看到自己代言的羽绒服广告出现在某个丁字路口正对的邻街楼上。自从她出名后，找她作代言的企业越来越多，现在对于她来说，品牌代言费竟然占了她收入的三分之一，现在可谓衣食无忧。唐真公司的人员越来越多，她也有了自己的服装公司。龙城不少人知道她，而她的婚姻问题仍然是大家议论的焦点，而她的麻烦仍然很多，有不少小报记者在不停编排她的花边，比如与张辽远的奇特订婚现场，也被小报记录在案。张辽远的名字莫名被网络热炒，搜索引擎显示的网页厚度达上百页。有的地方称"张辽远疯子"，有地方称"神秘外星人张辽远"，如果搜索"疯子"两个字，也必然可以得到他的名字。搜索引擎同样收录"王威张辽远""王威与苏心""王威与唐真""苏心与唐真的关系""张辽远是不是王威"这些并连的名字与疑问句钩起大家高度关注的兴趣。以致苏心的同学都埋怨苏心不该冒冒失失上台的，导致铺天盖地的报道，但也有同学笑着对苏心说："嗨，额的神，你出名了！"后来网络上又出现苏心的闺蜜同窗揭秘"四角关系"的杜撰文章。然后苏心的大学急忙出来辟谣，说查无此学生，纯属子虚乌有。然后又有文章说，校方心虚，紧急出来洗白。然后该校校花又被曝光，该校校风又被抹黑，甚至又传出师生恋的花边，包括教授抄袭学生论文的丑闻……记者发现苏心长得甜美，又封苏心该大学"最美女校花"，然后又有"最美女校花苏心最新绯闻"的杜撰文章。然后，苏心被跟踪，苏心与某男生一起走出校门，即出现"苏心甩了王威，另觅新欢"的杜撰文。苏心与王威眼看着铺天盖地的报道，着实看傻了，于是在一场同学聚会上手拉手唱《伤不起》，结果苏心与王威齐唱《伤不起》，又成了报道的焦点……龙城一时间被唐真、苏心、王威、张辽远关键词们钩动起了议论的神经，沸沸扬扬……

曹瑞雪一路上也是笑个不停，不停讲苏心被报道的故事，结果，唐真后来干脆不跑了，慢走起来，她哭笑不得地说："唉，我连累了她，那晚上我就不该让她去……"

曹瑞雪问她："那个张辽远，你查清了么，他到底想干什么啊……"

唐真摇摇头说："他的意思，反正就是说，我们都在梦中，我自己在我自己的梦中，你们在我的梦中……"

曹瑞雪摇头说："怎么可能，他太扯了，我们怎么可能是梦中人，梦中人能在这么逼真的现实中么，一个人作梦能作这么长的宽广的梦么，打死我也不信，难怪人家都叫他疯子……"

唐真不置可否，事实上，她也有了一些动摇，思想在摇摆不定中徘徊。晨练结束，她们俩在一个岔道口告别。这时，一个中年男人突然给唐真打招呼，他笑着说："唐真！"唐真转头一看是装裱店里的曹老师，她笑着说："曹老师！"

本来已经要走的曹瑞雪慌忙转过身来："你找我——"唐真大笑特笑："我找他……他叫曹老师……"唐真对着曹老师指着曹瑞雪说："她也是曹老师……"

两个曹老师相视尴尬，然后互相打招呼，算是认识。唐真终于忍着笑说："他的名字叫曹老师。"曹瑞雪失笑说："好，好，好名字呀……"于是两人开始互相问候，曹老师决定与曹瑞雪单独走一程，于是唐真与他们道别。

唐真在回返的时候，看到四下的行人仍然很少，这时一辆吉普车突然从后面开过来，唐真纳闷："这年代竟然在大街上开吉普车……"她正想着，吉普车突然停在她身边，从车上突然下来两个人，扭住她的胳膊就塞进吉普车里。

唐真在吉普里就被捆绑起来并蒙住眼睛，吉普车一行到红绿灯处就把唐真塞进座位夹隙。唐真的手机被没收，有人翻着她的手机说："呵呵，还与大侦探罗杰有关系……难怪了……"另有话声传来："看来她诡计多端，老早就想办法自保了。我早说过这丫头不一般。"唐真听不出这是谁的声音，惊惧又无奈，她问他们："你们需要钱吗？我可以给的。"车内一人冷冷说："我们很有钱，不比你的钱少，但是，我们很郁闷，挣得很辛苦，所以，一定抓了你，以解心头之恨。"唐真这才真正吓坏了，他们竟然不是为了钱，唐真试探地问："请问，我是怎么得罪你们的呢？"车内人烦闷地说："程北北，你不说话会死？塞上你的嘴。"唐真的嘴里被强行塞进毛巾。

唐真立时明白他们可能是申老大与骆红尘。此时车向国道505开去，没多久又下了车道，沿一条乡村小道狂行，溅起飞尘滚滚。此车又行进2000米路，抵达一座灰色的小洋楼，车停下，唐真被推到楼内。其中一人从兜里摸出烟，用打火机燃着，闷闷地说："与唐真同屋住的小苏心，也就是你徒弟的女人，一定会最早发现。万一一天看不见她，必会报警，沿路都是监控，我们是逃不掉的。"另一人笑笑说："这个，我早想到的，否则也不会把车开到这儿。我这里有处地下通道，可以穿越到村子另一头，那边没有监控，我的另一辆车就停在那里。

我们走后，就把这个地道的门填实，我的小伙计会做这件事……那样，公安查到这个位置就找不到我了。而这处房产的主人是子虚乌有的，根本无法落实。""厉害，申老大，神机妙算啊。"

很快，唐真被推进一处潮湿的地道里，唐真明显闻到潮湿晦腐的气息，她明显感到地道道路的不平整，只能深一脚浅一脚被人架着行进。他们走了大约半个小时，终于来到洞口，一个个鱼贯而上，唐真感到强光线出现，气息开始清爽。这时有人打招呼："申老大，你们终于来了，快上车。"他们又复上车。

车驶进深山，鸟叫声越来越多，车爬行而上盘山道，后来在一处荒废的土地庙前停下。唐真下来后，听到一人说："唉，为什么选择这里，这么破烂。"

另一人沙哑嗓子说："这里方便围猎主神。只要他们来，就得上这条盘山道，我看哪个傻瓜会来救她。"

"但万一救她的不是主神呢？"

"试试看。"沙哑嗓音的人说，"我已把一篇奇文发在晚报上，如果他们不傻，应当会找到这里。"

"什么奇文？"

"一篇公开发表的故事，故事的主人公名叫程北北。"

"情节？"

"你自己看啊。"

唐真好奇极了，不知这篇奇文以什么样的方式传递信息。

这时，唐真的眼罩被摘下来，嘴里的布也被取出。唐真看清自己处身在一处土地庙里，她就倒在土地爷的破败的塑像前。她坐起来，看到三个男人冷冷地望着她。其中一驼背人果然是王威的师傅申老大，松弛的眼眶皮肤中一对很小的双色眼冷冷地望定她。他的脸色依然惨白，麻鼻子依然又红又翘，满脸皱纹，头发蓬乱。另一个人则是西装革履，但外貌丑陋眼瞳又小。

唐真不快地说："申老大，郭总编，你为什么抓我？"

对方的眼睛立时瞪圆了，愤愤地说："你，忘恩负义，还问我，为什么抓你。你帮过我吗？帮过一次吗？没有我，你能轮回吗？"

唐真甚是无奈，苦笑了下说："你自己做得不好，总想期望以其他手段让自己成功，你的想法从头到尾都是错的。"

申老大食指指着她的脑门，恨意徒涨："丫头，你死脑筋，他的帮凶，我不给你废话。总之，我过的日子太憋屈。不管我经营什么，总会破产，凭什么给我安置这样的命运。他不是强调神界说众生平等么？为什么我就不算众生了呢？为什么就该生来倒霉？就该是叫花子命？"

"你是有钱的叫花子……"唐真反驳。

申老大听这话更来气，怒说："有钱的叫花，还是叫花，我只有干这个，才能积蓄点钱，做别的，统会完蛋，你以为这是我的选择？"

唐真这次倒是无语了，对于天界的设计，她又怎么懂得，至于天界设置的矛盾，又岂是她能破解的。

一旁观察她的骆红尘情绪也上来了，愤愤说："我也一样的。我做什么都不好，只好行骗，以我的修养，为什么只能做这个……也是主神们的安排。"

唐真冷笑："你就别说了，骗了那么多女人，生了那么多小孩，也该知足了。"

骆红尘愤愤地说："知足？请问，我没有一个安定的家，能够知足？吃上顿没下顿，哪个女人愿跟我。骗她们的钱，花完了，我还得再想办法，对于一个穷人，没有工作的人，女人们又怎么会怜惜？何况，上天又赐我一张这么丑的脸……我没有杀人，我还编了那么多期报纸，没有功劳，总有苦劳吧……"

唐真叹了口气，不再与他们对话，因为他们说的，她也解答不了。她怀疑是因为他们斗得太厉害，过度明显的争名夺利，主神特意送给他们较差的命运，让他们得到必要的惩罚。

到了中午时分，山道上依然没有一辆车停下来，骆红尘开始焦急起来，他问："你那篇文章那么隐晦，主神能看懂吗？"

"他要看不懂，能是主神？何况，现在苏心可能还没有十足明白，唐真失踪了，她要想确定唐真失踪，得过一个晚上。而那个主神就算看到了信息，没有苏心的报警，传媒的传播，他也不会立刻明白。"申老大翻翻眼说，"我们先布置好陷阱，然后等他来上钩。"

一个中年男子从土地爷塑像边拿出一个包裹，从包裹中取出食物让他们吃饭。唐真的手解绑，也被分到一块面包，一小撮辣咸菜，一瓶矿泉水。三个人看管唐真森严，就是吃饭的间隙也是从三个角度围着她并盯着她。她想到深更半夜或是逃跑的好时机，于是等待夜晚的到来。

但是入夜后，唐真的嘴里就被塞进几片药，然后骆红尘强行迫她喝水，她想到是安眠药之类，急中生智把药藏在牙膛里，假装把药咽下去。

吃完饭，骆红尘手机上网，观察龙城动态，终于，看到龙城的头条新闻上出现唐真神秘失踪的条头新闻，他们同时兴奋起来，又有些紧张。申老大担心主神马上就要到来，开始检查庙内各个角落的机关，检查窗外门口的设置，测试遥控器是否管用。他检查完毕，返回庙内，坐在铺团上，闭目养神。骆红尘有些坐卧不安，反复问：“你的机关管用么？”

申老大白他一眼，自信地说：“怎么不管用？你就装睡好了，这样，主神才会大意一些。”

眼见晚上十二点已过，仍无人来，骆红尘与另一个看守眼睛开始打架。突然，几道身影隐约出现在窗外，申老大立时睁大双眼，低吼了声：“他来了……”突然，外面火光突现，火苗越来越大，快把窗户燃着了，申老大惊呼：“不好，他们在用火攻之法！”

外面有人阴阴的冷笑声传来：“申老大，出来吧，你再不出来保证烧成烤鸡，不，是碳鸡。”

申老大与骆红尘眼见火势越来越大，呛鼻的烟味几乎使他们晕旋，他们也有些心惊胆战，土地爷庙只有一个出口，这是最致命的……他们料不到来人这么狠毒，竟然不怕把唐真也烧死。唐真一看这情形就知道绝对不是主神的作派。申老大三个人押着唐真逃出庙门，出门不久即被凌空飞来的网子罩住，申老大、骆红尘与帮手一一束手就擒，他们看清来了五六个人，个个膀大腰圆的打手的样子。中间一人戴着广西面具，他冲他们大笑说：“怎么样，申老大，你的机关很好破吧……”

申老大说：“你是谁？”

面具人冷笑说："我有什么必要回答你的问话，以你现在的情形，又有什么资格质问我？我料你个笨脑袋也是什么想不出的。"面具人让手下把唐真的绑绳松开。唐真已猜出他是谁，转身就走，面具人生气地说："你还没谢我，唐真……"

唐真转头冲他勉强地笑笑说："谢谢你救我，不过，你还欠我一枚宝石蓝的戒指……"

面具人想想说："这样，你跟我回去，我就把戒指还你……"

唐真迟疑起来，她着实不想再进他的山庄。面具人继续说："我认为买卖很划算的，也许你只有这一次机会了……"

唐真思考了会儿，想不出更好的法子，只得同意。唐真走上面具人的轿车，骆红尘与申老大、帮凶则被绑在树上，骆红尘尖叫："你们不能就这样绑着我们，放开我们！"

车中的面具人冷笑："送你们去公安局？与其那样，你们必认为，还不如就绑在这儿……"他说话间，把面具摘下来，丢在车窗外，轿车发动，向山下急驰而去。

唐真在后车窗看到越来越大的火光，看到消防车从侧面呼啸而过，武天担心地说："申老大会不会说是我们放的火……"

陈熙坤毫不介意地说："他们又怎么真的认出我们，顶多会说是被面具人劫持了，是面具人张辽远纵的火……"

唐真这才回过神来，生气地说："哦，我明白了，你在栽赃陷害。"

陈熙坤恼怒地说："他胡说什么我们都是你的梦中人，还不够可恶啊！"

这时，一只鸽子从敞开的车窗外飞来，它开口说话："唐真，辽远让我给你传个话，明晚你应当披婚纱在家门口等他……"然后它扑着翼飞走了。旁边坐上的陈熙坤着实吓了一跳，唐真耸耸肩，似乎若无其事的样子。武天却惊惧地说："别怕，陈总，一定是假的，有机关……"

陈熙坤一言未发，他也越来越搞不清真相。

行一段路，快到望佛山庄的时候，陈熙坤拨动手机上网，发现一条新闻报道：唐真的手机出现在土地庙火灾现场……陈瞟了一眼唐真，然后读出来："唐真与罗杰侦探有密切联系。"

"罗杰……"陈熙坤又读道，"张辽远曾密邀唐真三次。……申老大与骆红尘是威胁唐真的天堂来客，二人目前不知所踪，警方与之失之交臂。纵火的人可能是张辽远，现场发现一张面具。"

唐真不禁担心起来，她微信上与罗杰的信息定然全部被警方获取……她将来又如何解释奇异的事情呢？陈熙坤借着月光，看清她疲惫又哀怨的眼神。陈熙坤把自己的手机扬起来说："唐真，你要不要现在给苏心与你公司的人说一声，报一下平安？"唐真望着手机竟不知说还是不说，她还没想好怎么对苏心讲两个叫花子为什么要勒索她，特别是王威，他一定知道内情，苏心会不会怀疑王威联合申老大对她不利。唐真缓缓接过手机，还是给苏心打了家宅电话，但是无人应声，她似乎并不在家，又打手机，显示为关机的提示。她叹了口气说："明天再说吧，不差这一天。"

此时，副驾驶座的一个小伙子对陈熙坤说："山下的老宅子，据看门人老王头说，最近常听到动静……不知是不是有人悄悄住进去了，还是有人在偷老宅子的东西……"陈熙坤吓了一跳，眨着眼，陷入沉思。他晓得那里几十年前还是有个不大不小的故事的，但这么多年过去了，难道还有人惦记着它……

轿车驶进山庄，早有人在楼门前等待。他们全数下车，被迎进楼内。陈熙坤从内室抽屉里取出蓝宝石钻戒，递到唐真手中，笑说："你一定想它很久了，现在归还给你。不过，这枚戒指是自动走进我的抽屉的，事前我也不知它是怎么来的。直到你说破……"

唐真看到蓝宝石钻戒在荧光灯下发出耀目的光彩，抑制不住地冲动，颤抖地握着它，似乎主神在冲她微笑，她又陷进无限甜蜜之中……陈熙坤见她如此痴迷的抚摸戒指，就有些醋意大发，他用手在她的胸口前的空中挥了挥，以阻隔她的视线。唐真不得不从痴想状态转到现实中。她瞟了陈熙坤一眼，陈熙坤摇摇头叹息："唉，这枚戒指事实上没有什么意义，是不是唐真？"

唐真没有回复他，由于已到下一点，陈熙坤示意武天让他领着唐真回到客房休息。他却没有回卧室，而是等武天回来后，一起打开山庄后门，沿一条山间小道，穿越一片竹林，迂回行进到后山山下，山下有一处民国年间的旧宅院，全是陈旧青砖瓦顶，面积不小，甚是荒凉。院门紧锁，有月光落下，却如鬼屋一般。他俩敲响院门，许久才有老年人缓缓打开红门，老年人看清主人回返，慌忙说："哎呀，陈经理，你怎么这么晚来这儿……"

陈熙坤坐进他的西屋，低声问："你最近听到过什么动静没有……？"

老看门人低声说："有，确实有。我很担心，我年纪太大，你得再加两个人过来才好。我听人说，你们家过去曾是民国时的一个绸缎商的旧宅子，还有人说，他把宅子盘给你外公时很匆忙，还听说，这院子里埋有宝藏。我担心，有人来盗取传说中的宝藏。"

陈熙坤吓了一跳，奇怪地说："我自己都没找到，外人又怎么可能找到？但这个传闻是不是附近村子里有不少人知道……"

老看门人点头说："是啊，知道的不少，我担心，我老头子看不好你的宅子，出了问题，我担不起……"

陈熙坤思索了下说："好吧，我明天就派三个人过来。如果还有动静，再通报我……"陈熙坤与武天走出西屋，打着手电向宅子深处走去。这处大宅院，有若干排错落有致的厢房组成，中间有连山脊，有正房，有耳房，有长廊，檐牙斗拱、木雕纹饰，既有文化品味，又显出原主人富足气象。院子四四方方，小园林精致古典，陈熙坤曾一度想把这里收拾好，变成第二处山庄，招徕更多望湖山庄游客在此游览或留宿，终因可能有的宝藏问题，暂时没有开发管理。他们从前往后转了一圈，没有听到一点特别的动静，只得沿原路返回。又向老看门人交待几句，匆匆离开。但陈熙坤回去的路上，担心真的有人特别关注他家的宝藏，只是他自己还不知谁在关注，他觉得他得自己抓紧先发掘出来宝藏才好。

第二天早上，陈熙坤与程北北在餐厅边聊天边交谈，有人报说，外面有个人说有事儿找他。陈熙坤让问是什么事，山庄的人回来后说："那人说您要的檀香木茶几到了……"陈熙坤诧异地问："我要过檀香木茶几吗？"尽管十分狐疑，陈熙坤还是对手下说，"让他进来吧，我当面问问……"

卖家具的被带进来，此人一进房间就满脸堆笑说："陈经理，您难道不要预订的檀香木茶几了？"

陈熙坤见这个人模样陌生，三十多岁的样子，印象中从没见过，他皱眉问："我没预订过啊，你是从哪儿见过我？"

卖家具的好奇地说："不对啊，你在网上预订的……"他把订单从手提袋里掏出来，交到陈熙坤手中，陈熙坤一看订单就有些生气，质问身边的工作人员："谁要的？也不给我报批？"

身边工作人员摇头说不知情。陈熙坤反复看着订单，发现留下的联系方式是服务台的电话，这个电话号码外人也是知道的。武天此时说："陈总，要不我们买一个算了，据说檀香木茶几很名贵的……我们这儿还真没一个是檀香木家具。"

卖家具的老板怕业务黄了，慌忙说："我这个不是国内的，是印度的檀香木，品质好，价格低，檀香木外边均价2000元一斤，我只按1000元一斤，3万元。"

陈熙坤想，莫不是商人惯用的骗人手段，明着推销不行，用这种怪方法。陈熙坤挥挥手说："好啦，好啦，你把它抬进来吧……我看看再说。"

很快，檀香木茶几被2个人抬进来，茶几放置在沙发前面，陈熙坤见檀香木茶几与其他原木家具差距也不太大，正想细细再看，突然，其中一个搬家具的人从怀中甩出一只飞镖，由于陈熙坤也练过武功，一侧身就躲开，还没等他高吼，第二三只飞镖也突然向他脸上射过来，几个保镖同时发现，张手接住飞镖。使飞镖的人见不成功，迅速窜出房门。陈熙坤让保镖去抓他，但那人尽管是个驼背却像野猫一样，轻灵地窜上墙，向山后逃跑，保镖们也向山后追去。

卖家具的老板吓傻了，被陈熙坤扇了一个响亮耳光，问他那人是谁。卖家具的老板说，是自己找上门的，他也不知那个人是谁，他说他的家具店店员流动性较大，有不少帮工进进出出，这两个帮工仅是试用人员，今早上刚来找工作。陈熙坤问武天："黑道上有几个驼子？"武天想了想，肯定地说："似乎就只有一个——申老大……"

陈熙坤一拍脑门说："知道啦，他一定把我当成……他计划得真快，这人得提防了……他手下不少人，他怎么可能自己上阵，他像申老大吗？"

武天摇摇头说："不太像，太年轻，手脚太利落。要是申老大前些年还能飞墙飞到这么快的程度，但这些年他明显老了，飞不太动了……"

陈熙坤分析说："一定是又收了一个年轻徒弟，刚好还是一个驼背。"他让工作人员调取监控，把视频通过网络转给警方报警，警方很快找到那个人，绰号：神飞怪驼，确是申老大新收的徒弟，不过，不太见面，只有事儿的时候才会碰一次头。曾经入室偷盗，有过三次前科。

唐真见陈熙坤遇到这么棘手的事，打算抓紧离开，不再打扰他。但是陈熙坤却挽留她说："你给我惹上麻烦，却想走么？"唐真不知他说得什么意思，陈熙坤轻轻就着她耳边说："申老大把我当成主神了，他要对我动手了……你就不觉得你是麻烦制造者么？你想一走了之？你能保证你自己的人身安全么？在没抓住申老大与骆红尘之前？"

唐真吃了一惊，呆呆地望着陈熙坤邪异的眼神，竟不知该怎么办。她晓得此人也具危险性，两相比较，他比申老大二人还要有些恐怖的诱因。关键是她搞不清，此人究竟是谁，但是要是搞清他的前世身份，又不能保证个人的人身安全问题，而现在她手中没有手机，早被切断了与外界的联系，甚至罗杰与她的秘密也被外人知晓，缺乏可以商量的人。唐真思考了很久，也不能确定是否可以留在这里，于是眼神犹疑不定。陈熙坤盯着她的眼睛，像盯着一只宠爱的小猫，他越来越觉得转世后的唐真比在天界的程北北美翻了几倍，尽管唐真年纪已经不小了，但是她的风韵气质、无痕娇嫩的面颊，明亮又超大的黑眼睛，以及玲珑诱人的身材，雪白的肌肤，无处不散发着她独有的魅力气息，以致，他一看到她就魂不守舍，尽管，他承认，在少年时一度认为自己仍然应当是个女人，也偶有异变的想法，排斥所有女性，但是，随着他的发育长大，男性特征越来越明显，前世的印痕慢慢变淡，他不得不接受男人的身份，尽管这对他来说是无比痛苦的，难以想象的怪异，以致多少美女环绕着他也毫不动心，但是，后来，他不得不相信命运这东西是无法抗拒的，特别是连续的破产，已把他打倒，竟然很期望有一个女人的关心与照料，这时他已察觉，他正变得很像男人了。这时，他的性取向已有了彻底的逆转，刚好，唐真神一样的出现了，他知道她的忠诚与迷人，连主神也无法抗拒她的魔力，所以，他的目标立时变得如此明确……他无数次狂想，像主神一样压着她柔软性感的嘴唇，吻到她几乎无法呼吸……碾压她所有柔软的，占有她的灵与肉，但那仅限于他自己的单相思。偶然，他也会在梦中梦到这样的情形，同样会梦到他自己在狂爱着唐真的时候，突然又变回女人，他也会在梦中大喊大叫，自己把自己吓疯。好在，他的手下已经习惯他突然而然的半夜吼声。但是这种情形，对他来说是够残忍的……而真实的唐真偏执得像一头牛，前世与今世竟然一直在寻求梦一样的主神……甚至她丝毫不会留意他的哪怕一丝一毫的真情，甚至把这种刻骨的爱情当成危险品。现在，他明显看出她对他的提防有多深，自从那次雪地强吻之后，她显然担心他会再次有所行动……陈熙坤不得不挤出一丝笑容，向她虚假保证："你只要住在这儿，我保证秋毫无犯……老实得像石柱下子压着的神龟……"唐真望着他的眼睛想看出他是否说谎，由于陈熙坤尽量的掩饰自己的冲动，尽量地显示坦诚，唐真确实没看出明显的过激的非分的情绪。陈熙坤还保证说："嗨，我已经有女朋友了，她漂亮极了……世上少有……"唐真听这话才释然，笑笑说："真的吗？那太好了，祝福你啊……"陈熙坤发现这一招很管用，立时有了真正的主意，他笑着说："你在我这儿，引那两个老家伙上钩，然后，我们把他们来个瓮中捉鳖，一网打尽……那时你就能放心大胆地休息了，去找你画中的白马王子……"

唐真觉得这个主意确实不错，脸上有了红光，提防之心立时小了下来，她冲动地笑着说："这样最好了，我们策划一下……"与狼共舞的序幕拉开，唐真却不知晓，她分析着那两个仇家会从山庄的哪个门口出现，分析得很认真，而陈熙坤却是偷偷地欣赏她的美貌与情趣，心思根本没在这次策划上，他倒希望，反复有几次抓不住野贼的故事发生，以诱使她爱上他。他想起《简·爱》中的情节，幻想自己就是山庄的男主角。这种构思一经他的大脑酝酿，立时生动起来，兴奋起来……

第二天，陈熙坤检查他的山庄有什么地方不像《简·爱》中的情景，他发现花园中的植被太少，藤萝类的伏墙而行的植物太少，让工作人员抓紧批量购进，他要开一个party，以让一直爱着他的女人们同时出现，让她们争风吃醋，让她们打打闹闹，看着唐真像简一样孤独地坐在一个小角落里，默默地爱上他，或者还能被他邀请弹首悠扬的钢琴曲……他一想到美梦计划正在执行中，脸上红光充斥，以致让他手下都感到奇怪：平时毫无血色的脸，竟然奇怪的有了红晕……都猜到是唐真到来的缘故。

唐真看着陈熙坤如此紧罗密锣的布置，兴奋地跑来问："熙坤，那两个坏老头儿真的会混在聚会的人群里吗？"

"当然啦，千载难逢的机会啊，傻瓜才会不来……"陈熙坤说。

唐真好奇地说："他们也会清楚警察也在调查这事，他们会这么放心大胆的来？"

"所以，他们会想一些奇怪的办法混进来，在我们不提防的时候，自以为得计……"陈熙坤说，他胸有成竹，因为他已在园子、楼内到处安装了监控，包括最私人的卫生间，他的园落里布置是没有任何死角的监控，连一个苍蝇也不会飞出他的视线。

唐真继续说："他们会先断电可能，我记得侦探片里的小贼都是这样子先。"

陈熙坤冷不防听到这话，觉得还真的有可能。那么，能切断电源的位置是两个野贼最先赶到的位置。他紧急重新布置了几个功夫好的保镖埋伏在指定好的位置上。

唐真与苏心联系上，邀请她晚上来，与她一起抓贼。苏心一听说能亲自抓贼，情绪立时涨满，快乐得要死，说一定要亲手抓住他们，一手一个。唐真问："你就不怕他们带刀子伤着你……"苏心却哈哈大笑着说："我怕谁，我是天下无敌，天上的神仙都得听我的，何况二三个毛贼。"唐真立时笑道："今晚就指望你了……女侠……"

唐真想到这是聚会，总得挑件可体的衣服才行，于是返回自己临时的房间，在衣橱里挑服装，这两天天不太冷，也不太热，她忽然想不起现在是几月了，她使劲想也想不起来，脑中忽然出现张辽远说过的话：梦中人往往会有忘记时间的倾向……她奋力甩甩头，扯着头发，后来干脆直接横倒在床上，她终于想起没多久前大雪封山，也曾到这儿，中间大约过了四五周，现在应当是1月份左右。她却看到衣橱全是春秋天的薄衣服，她慌忙叫来服务员，问："现在几号了？"女服务员笑着说："姐，现在4月11日了。"唐真立时吃惊起来，她皱眉问："不对啊，现在应当是1月啊……"女服务员从兜里掏出手机，为她翻了翻网页说："姐，我没说错，你看……4月11日……"唐真一看网络上的日期，立时惊呆了，因为互联网不会搞错……唐真让女服务员出去，她一个人坐房间里发呆，她想不通，3个月的时间哪儿去了……她突然有些害怕，生怕一切是幻觉，为了冲掉一切不快，脱了衣服，裸着身体，倒在洗浴间的浴盆里，让泡沫溢满浴水。这时，一阵香味扑来，幻觉开始出现，似乎主神走过来，披着金色的外氅，凝神望着她，神的双手轻轻探过来，抚着她的脸，她的臂膊，她的赤裸着的星朵的敏感，动作开始有力，她的一切开始饱满起来、冲动起来……不知多久，她开始苏醒，却然发现仍然衣着完好地倒在床上，头发是干透的，未曾洗浴过的样子，她冲动地照镜子，发现脸上身上也没有异样……她叹了口气想："白日梦……"她不禁嘲笑自己起来，她禁不住想起摆弄鲜花的李易隐……

唐真看了看身上穿的衣服，还是自己的旧衣服，有些厚，她再次打开衣橱，发现里面的衣服像大变活人一样，又都花样翻新，全是晚礼服……她以为看花了眼，她再次打开门呼唤服务员，女服务员过来问什么事，唐真说："我衣橱里的衣服怎么全变了，你换的……"

女服务员转着眼睛，望着她说："你自己开开门说，今晚上有宴会，得拿几件晚礼服，我就把山庄里存放的最漂亮的晚礼服都放你这儿了……"

唐真转转眼睛，彻底无语了，她发现自己竟然有严重的遗忘症，竟然自己让服务员换衣服这事都忘得一干二净了……她点点头说："好吧，我刚才忘了……不好意思……"女服务员用异样的眼神望着她，退出房去。

夜幕降临，唐真没有换衣服就到山庄里转了一圈，发现一天之间，山庄像大变活人一样，变得鲜花四溢，藤蔓漫溢，处处是优雅的园林风光，而且装上了彩灯……她以为看花了眼。这里确实是春天的场景……这时她脑子里却也找不到山庄昨天还像冬天的场景了，什么都翻新了……她颇不能适应新的变化，手足无措地立在庭院的中间。四周有些远方的客人徘徊在花园的林荫里，他们的议论也传来了……

"这里的主人为了开一个聚会，连花园也重新布置，真漂亮啊……"

"是啊，这里的主人真是疯了，这得花多少钱……"

唐真听到这些议论才定了定心神，阿弥陀佛，这次总算不是幻觉，是山庄的主人用的心思。唐真觉得时间差不多了，再次返回自己的住处，回去的时候，在楼道里与两个同样住宿的男人打了个照面，两个男人在议论着："听说山庄的老总准女友就是六个，听说她们今晚上都会来，我们可以看热闹了……"唐真听了这话，暗想，如果陈熙坤就是冷蓉，她又怎么会近女色呢……应当远离女人才对。唐真一这样想，心中突然像放下块包袱：那么，她一准不是冷蓉了……唐真立时无比轻松起来……

唐真在客房中，脱了旧衣服，换上了晚礼服，自觉晚礼服上有种特别的香味，闻着闻着就有飘飘欲仙的感觉……她浑身打了个抖，这是什么香味啊，这么诱人，闻了后心性浮动，像无根的人在游走。但是，这件雪白的晚礼服实在是太漂亮了，上下都有闪闪的钻石镶嵌，不管它是真的或是假的，足够亮丽，而且穿在身上正合体，刚好的显出身材，腰束得足够紧，刚好把美胸饱满的顶起来，以让过于敞开的胸襟显露出女人的性感。唐真不自觉地也陷入小女人的情怀里，会不自觉的选择最漂亮，展示性感与漂亮。她的鞋子也是水晶鞋，亮闪闪的秀气又招人喜爱。

当她化好妆，戴上项链饰品，推门出屋的时候，有看到的女服务员连连赞叹："真漂亮啊……太适合您了……"

她缓缓沿着红毯步梯下到楼下大堂内，看见陈熙坤正坐在大堂的沙发里指挥调度，陈熙坤一见盛装的唐真下楼，立时立起来，被她惊心的美貌震住，简直看傻了，陈熙坤毫不掩饰地说："我说唐真，你这不是诱惑别人犯罪嘛……"

唐真没想到他开口就说这样的话，驳他道："你的女宾都会穿成这样，挨个诱你们犯罪是吧……还是小心那两个坏老头子吧，别让他们得手，我们得抓住他们……"

陈熙坤微笑说："好的，听令，女王……"

唐真笑着白他一眼，向他布置宴会的后花园走去。这时，花园里已摆上不少雪白的桌子，桌上已罩上雪白的桌布，桌子上是各种西餐。花园的路灯全换成的高亮的那种，光线温暖又明亮。这时，花园里已陆续来了不少客人，由于来的人都不怎么认识，她就坐在一个角落里。作为目标人物，她应当首先出现。她观察着四周黑暗的角落，以寻找那两个可能到来的恐怖身影。在陈熙坤的设计中，是不会请唐真的一个熟人的，否则，请了能与唐真相熟的熟人，唐真就会与她的熟人不停聊天，必然无法像《简·爱》里的情节……她必须无依无靠似的躲在一个角落，观察一大堆女人向他大献殷勤，以激发她还没有认真存在过的爱情。

半个小时后，来的人越来越多，包括陈熙坤的前女友与前前女友、现任三个女友，与一个暗藏的备胎。她们纷纷来到，发现其他女人也来到了，有的起身就要走。陈熙坤赶忙做挽留状，勉强把她们留在后花园里，而这些女人除了与自己相熟的人说话、喝酒，彼此是不会打招呼的。这时，有人找到陈熙坤说："嗨，听说，你就要订婚了，亲问哪位是我未来的嫂子？"陈熙坤一看他是高中的同窗鬼小八，微笑说："没订呢，你看着哪个好，给我个意见……"鬼小八就他耳边说："别装了，同学都说你与那个电视台的一姐最要好了，抓紧吧……"这时旁边的穿天蓝色晚礼服的高个女人一把把鬼小八扯到一边，冷笑说："鬼小八，你刚才说得什么呀，也对我说说……"鬼小八一看是陈熙坤前任绯闻女友，慌忙逃也似地说："嗨，我说，让他抓紧招呼客人……你看他太懒了，也不上节目，是不是……我上那边与我哥杨军说话去了哈，再见高美人。"他这样说，并不能消除高美人的疑心，由于鬼小八个子太矮又瘦小，几乎是被高美人掂着扔到无人的地方。鬼小八着实吓了一跳，他没想到个练舞蹈的女人也能这么泼妇。高美人把鬼小八处理了，冷冷对陈熙坤说："行啊，又找了一个？第六个了吧，秘密情人……"陈熙坤见逼得紧只得冷冷说："别忘了，你是前任女友的身份……"高美人那个郁闷，高跟鞋突然跺向陈熙坤的脚趾尖，陈熙坤低声尖叫一声，刚好被他现任女友李玉可看到，她愤愤地走过来说："高云儿，你有完没完，总缠着熙坤，不是你的就不要再强求了……"李玉可虽然是电视台主持人中最美的一个，但是与高云儿比起来，个头儿还是差了一头，高云儿呸了一声说："瞧你的矮样，也敢跟我比，你的什么情况，你自己最清楚，你有那么多男人了，何必再骗一个？"李玉可受不了这样的污辱或说揭穿，怒不可遏地用提包往高云儿身上砸，谁知高云儿胳膊长，一下子就把李玉可的晚礼服从肩部扯起来，她冷笑说："再敢给我斗着玩儿，你的衣服就会没了……"李玉可挣扎着用力护住裙装。这时，维持秩序的保镖们慌忙过来拉架。陈熙坤生气地说："让她俩走人……"与陈熙坤有关系的另外几个女人在暗中观察，她们见此情景，不禁笑了，没想到李玉可这么厉害的角色会被一个傻大个儿女人治了。她们暗中向陈熙坤贴过来，陈有时逐一逗她们说笑，她们偶有打情骂俏的举动。陈熙坤暗中观察独自静坐的唐真的举动，却发现她根本没往这儿看，只是四处张望，显然是在找那两个傻瓜。他郁闷地想，早该先解决了他俩，把他们押来见她，她才会安心地看他演戏。后来，最要命的苏心突然杀到，唐真就与她滔滔不绝起来，陈熙坤立时明白今天的这一出，准是没人看了，他逗其他女人的兴致立时没了，恨不能把她们统统踢一边去。后来，他调来武天主管，武天说监控中已发现申老大二人的踪影，已派出人去抓他们。又过了半个小时，汇报已抓住。陈熙坤可不想这么简单的收场，他冲武天交待了一番，武天大吃一惊说："陈总啊，您好有才啊，但是这样怕不好吧……"陈熙坤拿眼狠狠瞪他，武天慌忙说："好，我照办……"

唐真与苏心正说着话，就发现花园的灯光突然灭了，后来，楼内的灯光也全灭了。客人们也都慌了神，纷纷问："老陈，怎么回事，什么鬼啊……"

"大家别慌，可能跳闸了……我派人去修……阿刚啊，去把我们的蜡烛找来……我们开烛光晚宴……"陈熙坤很镇定地说。

有人黑暗中应声说:"好的,陈总。"有人从黑压压的人群中走出去。好在晚上也有月光,不算太黑暗。陈熙坤悄悄穿越到唐真身后说:"唐真,跟我来,出事了,他们进来了,别让苏心跟过来,她小丫头,一惊一乍的……"唐真猜到是这情况,低声说:"好,我们走……"她悄悄从苏心身边走开,被陈熙坤强拉着她的手向更黑的地方摸去,他们离人群越来越远越黑暗,在树丛中,陈熙坤简单描画:"武天说,他们就藏在这一带,就是找不到。他们的目标是你,你要小心,不要出声。"陈熙坤紧紧揽着她伏在一处斜坡处,由于唐真的手被攥得生疼,不得不低声说:"放手啊,好疼的……"黑暗中,忽然有蒙面人来袭,吓了唐真一跳,陈熙坤向那人挥拳打去,蒙面人躲闪,又向唐真打去,唐真吓了一跳,轻叫了一声。陈熙坤紧紧揽住她的腰,像跳舞一样转了三百六十度,险些把唐真转晕了,唐真现在闻了足够量的香味,隐隐的醉意正在发作。陈熙坤很能耐地揽着唐真又与蒙面人来了几个回合,唐真迷迷糊糊中说:"陈总,你武功好高啊……"然后,她就昏睡了过去……陈熙坤正游戏得开心,突然发现唐真睡着了,他这才想起来,他派人在她的最漂亮的衣服上动了手脚。面对睡着的睡美人,他竟然一时举足无措,不知该不该进行下一步的更实质的行动。

就在这时,一个人影突然出现,他低声说:"陈熙坤,你玩儿什么把戏……你个梦中人,用心不良……"此人一脚踢向陈熙坤的脸,陈熙坤丢下唐真,认真迎对来人,他低声说:"你一定是张辽远,总是这么神神道道的让人烦。我说,武天,你们一起抓住他,不能让他再跑了……看看他是神是鬼……"

望湖山庄的保镖们一起在黑暗中把张辽远围在了中间,张辽远淡淡笑笑说:"你们,就是一堆虚幻,竟然敢与我这样的真实的人较量,真是吃了熊心豹子胆……用不多久,你们就是一堆空气。"保镖们全部愤怒了,同时发力踢他,纷纷叫道:"叫你真实……让你出不去望湖山庄,还真实个屁!"谁知他们一齐发力,全踢在一起,却没踢到张辽远,张辽远的上方竟然有九只飞鸟把他吊到了半空。他们全傻了,这是什么情况,他们从没见过,他们的脚统统受伤,只一招,几乎乱了奇经八脉。张辽远哈哈大笑说:"不懂了吧,俺回到家后就研究出最佳救生方案数种，这是九鸟凌云，俺飞多高都没事的……"武天忍着脚痛说："要是九只鸟乱飞，像九头鸟一样怎么办……"张辽远继续大笑："仍然没事的，管它们的是一个鸟人，他只要一声令下，所有的鸟都必须按命令做……"突然，九空中传来一个人的话声："辽远该回去了，撤……"张辽远却急了，求道："大哥，俺还没把人救下呢……"九空中的人说："救啥救，你真认为你是主神啊，一群梦中人，再大的灾也是梦……好啦好啦，玩儿够了，该回家啦……"张辽远被扯着渐渐升高，他大叫："不，不，我还没救下人来哪……"

陈熙坤直着脖子望着渐渐消失的黑点，问保镖们："咱们是不是真的在作梦啊……这也太变态了吧……"武天皱着眉说："谁说不是呢，不过，脚可是真的够痛啊……"这时，他又想起了脚疼，倒在地上抚摸他的痛脚。

这时唐真喃喃说："主神，你的武功好高啊……"陈熙坤立时傻了，难道没大会儿功夫，唐真就把主角张冠李戴了？他生气地捏着她的小脸说："否，是我陈熙坤救下的你……"

唐真继续自语："主神，你不要走，我要跟你学武功，抓住申老大……郭连刚……"然后，她又睡着了……陈熙坤眼见着她睡着无计可施，他等她睡着冒犯她终不是长久之计，他想想忍痛作罢。

这时，烛光晚宴由于缺乏主角，不少人已悄悄离场走人。而陈熙坤的女友们有等不及早走的，还有一两个剩在花园里的，陈熙坤却对她们吼了一嗓子："你们也滚……"她们不知什么事触怒了他，竟发这么大的火，纷纷逃离现场。等客人走光了，望湖山庄又恢复了灯光。

武天这时脚痛好了一些，走到陈熙坤身边问："陈总，还审那两个老家伙么？"

陈熙坤正有火发不出去，冷冷说："现在就审……"

陈熙坤私设的审训室在望湖山庄的西北角，那个方向是一个二层的小洋楼，窗户很少，整体是西式圆柱形建筑，拱门较高，像一个密不透风的小型监狱。申老大二人被关在二层的无窗的牢房里。陈熙坤一进去，两个人就吓坏了，没有了往日的威风。

武天在监牢外给陈熙坤放了个木椅。陈熙坤坐在椅子上问他们："你们想干什么，想杀了我么……"

申老大鼓起勇气说："是……你作为主神，你办事不公，你自己说众生平等，你却让我们生不如死的生活，你太残忍……"

陈熙坤又问骆红尘："你也是这样想？"

骆红尘鼓起勇气说："没错，我也是被你逼的……难道你是对的……"

陈熙坤笑笑说："可是，我不是你们说的主神……"

两人齐呼："那你是谁，你怎么会读懂那篇文章……"

陈熙坤看着他俩傻瓜一样的脸，冷笑说："我是谁凭什么要告诉你们，反正唐真的事我全知道，你们两个活该倒霉……我要剁掉你们的手与脚，让你们不能再威胁到唐真……"

申老大与骆红尘吓坏了，他们纷纷给他磕头："陈总，饶了我们，把我们交给公安……"

陈熙坤阴狠地说："交公安局？刑满释放仍然作恶，有手有脚，继续威胁人？你觉得我有这么好心？"

申老大没想到遇到这么厉害的主，比他当年还狠，心思百转，他最后咬咬牙说："陈总，只要你能放了我，我可以告诉你一些，你不知道的秘密……"

"什么秘密？"陈熙坤有点好奇。

申老大看了看武天，低声对陈熙坤说："秘密只能我悄悄对你一个人说……"

武天隐隐听到此言，有些异样。陈熙坤处于好奇，让武天及其他人离得远一些，他贴近监牢门口，让申老大附耳说来。申老大在他耳边大约说了二十分钟，陈熙坤的脸色变白，冷汗直冒。陈熙坤听完他说的，点点头说："你说的可以让你免罪……但需要印证。我印证了，就放了你两个，但是，不要再找唐真麻烦……继续找那个主神，只要有一点线索，就向我报告……"申老大点点头，恭送他出去。等陈熙坤阴沉着脸出去以后，申老大蹲坐回监牢的角落。骆红尘眼见此景一头雾水，轻声问申老大："我们没事儿了么？"申老大闭目养神胸有成竹地说："应当没事儿了……"

武天谨慎地跟陈熙坤出去，走到前面的庭园中，警觉地问陈熙坤："他怎么那么神秘，他说了什么……"陈熙坤摆摆手，作坦然状说："没什么，就是我多年前的一个好朋友，突然反目的原因……"武天听着这话，感到似是而非，揣摸不出真假。武天这时忽然想起一事，请示说："陈总，我们派谁去您的老宅子呢？"陈熙坤挑挑眉说："三个会功夫的，一定要捉住那个胆敢进我宅子的人，一定要生擒。"武天奇怪地问："陈总，你觉不觉得奇怪，你们家的秘密知道的人真不少哦。"陈熙坤低声说："宝藏在哪儿，只有我知道，很隐蔽，根本不会被发现，所以，我并不担心。"武天略略一惊，然后哦了一声，不再言语。

　　当天夜晚，武天带着功夫比较好的孙后、袁立与吴君3个保镖入驻陈熙坤山下旧宅。按照计划，武天晚上值守旧宅，白天返回望湖山庄汇报情况。由于天色已晚，旧宅里的看宅人住处还亮着灯光。看宅老者见几个年轻力壮的小伙子也来了，心里踏实。当武天问及详细情况的时候，看宅老人说："前几个晚上，我路过第二排正屋的时候，听到那个位置传来挖土声。"挖土？武天立时意识到可能真是有人在动宝藏的主意："那后来呢？"看宅人说："我走近的时候，声音就消失了，可能我被发现了……有一次，我看到一个身影，但那人逃得太快，我根本看不清。"武天听这情况，安排孙后与袁立两个人住在第二排正屋里，安排四个人，在晚上，隔一个小时巡视一次。当夜，巡视的几个人无人发现有人偷盗。

　　武天第二天去见陈熙坤，将他昨晚的情况说一遍。陈熙坤要求他继续盯紧，不能大意。早餐时间，唐真追问昨晚有没有抓到申老大二人，陈熙坤见到她清澈明晰的大眼，就禁不住撒谎："不，没抓住。他们太警觉，昨晚……"唐真笑笑说："我看到了，你尽力了，你竟然练过武功……是不是你的保镖也打不过你……"陈熙坤没想到她脑子清醒了反而记着他英雄救美的情景，不禁心中一喜道："不不，我没有我的保镖厉害，他们有的能拿到全国的散打冠军……今晚，申老大与骆红尘可能还会来，你……再住一晚上吧……"唐真皱眉说："今晚上他们真会来吗？"陈熙坤点点头说："应该会……怎么样，留下吧，看我把贼抓住！"他打量着她的神态，见唐真托着下巴陷入沉思，她思考一会儿，说："行，再住一晚。"陈熙坤打算饭后带她四处转转，但是，唐真却无心去转，还让他找了一部多余的手机，与唐真工作室的公司人员联系上，交待几个需要立即拿出成品的服装式样。然后，她又伏在房内设计一套职业装。陈熙坤几次邀她出去，均未能如愿，他不快地想，她竟然是个工作狂，没有一点生活情趣，就是一台高速运转的工作机器。

入夜，他的灵感就来到了，晚九点，突然楼内停电，不少住宿的人打电话问总台怎么回事，总台说，正在维修中，请耐心等待。闷在房内的唐真工作的时候发现停电了，在一片漆黑之中，摸索到门边。刚好突然传来敲门声，她慌忙打开，黑暗中隐约望见一个高大的男人的身影出现在门边，此人拉着她的手就走："唐真，他们来了……"

唐真听出是陈熙坤的声音，只得被扯着奔跑，陈熙坤说："这一次，一定要抓住他们！"她走得慢了，就被他揽着狂奔，她明显感到这动作的突然与刻意，极力要摆脱他，却是做不到。出了楼，他们就到达昨晚的小树林，伏在斜坡上。还是那个地方，多出几个人影，互相在拳打脚踢，很有声响。唐真看着眼花缭乱，由于光线黑暗，不知谁才是申老大。她刚想抬头仔细看，就被陈熙坤的胳膊压在头上，他低声说："不能暴露，他们也想把你抓住！藏好！"由于被他压得几乎喘不过气来，她极力地想挣脱。她看不到打斗的双方，只能听到声音。如此，他们打了半个小时，竟然还在打架。唐真郁闷地问："申老大这么厉害么，打了这么久，还抓不住……"陈熙坤就着她耳边说："当然啦，申老大嘛……"唐真既没法抬头，只能说："还得打多久啊……"陈熙坤啧啧说："唉，这谁知道呢……得看我的保镖厉害还是申老大厉害了……你没见金庸笔下的功夫高手，那得打个上千回合，才能分出胜负……"唐真皱眉问："不会吧……"

如此，又一个小时过去，唐真几乎都在陈熙坤旁边睡着了，仍然没能盼到结果。后来，她实在熬不住了，要求回房休息。陈熙坤却紧紧攥着她的手说："那怎么行呢，快抓住他们了，激动人心的时刻就要到来……"唐真由于一直保持一个动作的缘故，眼皮开始打架，她迷迷糊糊中说："不行了,我撑不了了……"这时,陈熙坤冲守在一旁的一个保镖使了个眼色,他慌忙冲向打斗的人群,于是传来更激烈的打斗声,然后有人惊呼:"不妙,他们跑了,追……"

听到这话,唐真立时有了精神,挣开陈熙坤的臂膊,探出身子问:"怎么样,有结果了么?抓住了么?"她紧张地从地上爬起来,却发现对面的一群人迅速跑远了……陈熙坤装作极度懊恼地说:"唉,怎么又让他们跑了……真是一堆蠢材!"唐真甚是无语,默默转回身说:"你本事不行,还是找警察来吧,我明天就走了……"陈熙坤没想到她说这话,他脑筋来了个急转弯,说:"尽管申老大武功高,我想我手下,今晚上就能把他抓住了……"唐真打个哈欠,伸个懒腰,从斜坡上下来,转身时看到楼内还是黑漆漆的,她奇怪地问:"你们电工是放假了吗?修了这么久,也没修好?"陈熙坤慌忙说:"嗨,可不是,他们正闹情绪,说别人涨工资,就他俩没涨,所以,这两天在故意使坏……"唐真边往楼里走,边说:"涨,抓紧给人家涨工资,人人平等,一视同仁,你才会是一个合格的领导人……"

两人一前一后,进了楼,大堂阴影中,一个眼尖的女服务员迎过来说:"陈总,电停了很久了……是不是该好了……有不少客人在发脾气,总台电话都快打爆了……"陈熙坤气愤地说:"我还快气爆了,这么多人就没抓住两个贼……"

由于没有电,两人只能上步梯,陈熙坤让唐真一手扶着楼梯,他一手握着她的手指上行。唐真最怕他这样握着手,想甩开,他却无限关心地说:"天黑,别摔着,小心……"唐真想,不能再待下去,明天一早,必须走人。

唐真回到自己的卧室门口,立刻转身对陈熙坤说:"陈总回去吧,我马上休息了……"陈熙坤立在门口,意犹未尽,却也无计可施,只得点点头说:"好吧,早早休息,明天听我的好消息。"唐真进了门就把房门上锁,她已感到陈熙坤靠不住,打定主意,不管明天结果如何必须抓紧离开。

唐真刚进房没多久,忽然听到窗前有动静,悄悄来到窗前,看到一只银白色的鸽子,在月光的窗台上驻留,唐真一看到它来,差点没晕过去。鸽子开口说话："由于你没有披着婚纱出现在指定位置，所以，你将有一难。"唐真拍着窗台说："我什么难？不要瞎说……"鸽子后退了两步，说："你现在就能发现可以与我对话，那证明，我的声音不是提前录好的，这一定会打击你对你的梦境的自信。至于是不是瞎说，需要你自己验证……"唐真一把把它抓住，这次她是下狠心了，要找到发音设备。她握着鸽子的时候，鸽子不说也不叫，只是任由她拨弄羽毛、检查脚趾、掰开嘴，她检查了十几分钟，什么也没发现，真正怔住了。鸽子这才说："什么也没找到吧……因为所有声音都是自然而然地从我口中发出的，你不相信神话，不相信奇怪的事会发生，不相信梦境是真的，现实是假的……"它一口气说出这么长的话，唐真一字一字听清确实是从它嘴里发出的。唐真生气地说："我知道了，发音设备藏在你的胸腔里……尽管我不知它是怎么放进去的，但我相信，你作为一个鸽子，是不可能说出人话的，你没有人的智商，也没有八哥的舌头。"鸽子说："你可以把我解剖开，检查……"唐真听鸽子说让她解剖它，立时骂它："疯了你，你以为我会杀生嘛……"她生气地把鸽子丢回窗台上，鸽子说："你不解剖我，你还会认为我吞进肚子里什么放音设备。我可以对天发誓，确实是由我说出的话……"鸽子说完就扇着翅膀飞走了，消失在月光中……唐真从内心深处真正开始害怕了，因为声音确实不像用机器发出的，太真切了……而且它竟然可以与自己无痕对话……难道真的是一直在做梦……她想想，觉得不可思议，又不敢深想。

第二天，由于窗帘拉得严实，早上七点，唐真还在酣睡中。客房电话声突然传来，她从梦中惊醒，她迷迷糊糊中趿着鞋下床，接听电话，只听电话里传来陈熙坤兴奋的声音："他俩终于被我的人抓住了，我的人狂追他们10余里才算把他俩抓住！"唐真脑子立时清醒了，兴奋地差点跳起来，快乐地说："真的，太好了，我这就过去……太感谢你了！"她冲动地随意穿上件外套，就开门下楼，还差点撞着一个女服务员。她像一只狂飞的燕子飞速下到楼下大堂，看到陈熙坤正坐在大堂沙发里向她招手。唐真坐到他对面，冲动地问："他们人呢？"

陈熙坤对他的手下说："那两个家伙呢？"

他的手下忍住笑说："他们，被关在侧楼上，寻死觅活的……他们想自杀。"

唐真皱眉说："什么？想自杀？"

陈熙坤的手下很认真地说："是的。让他们吃饭不吃，说不能报仇，就要死。如果我们把他们交给公安，他们还得死。"

唐真看看陈熙坤耸耸肩说："看来还挺麻烦的……不管怎么样，也得让警察来处理他们。"

"只怕警察没来呢，他俩就自杀了……死在我们山庄，很晦气的……"陈熙坤故作焦虑状说。

唐真也不知怎么办好，忽然抬头说："把他们捆起来，不准他们乱动，直到警察赶到……"

陈熙坤叹息："唐真啊，死法有很多种，还有一种叫咬舌头自尽……你总不能把他们的舌头也麻醉了……"

唐真也无计可施了，她皱眉说："如果他们真想自杀，我们是拦不住他们的，只能抓紧让警察赶到这儿……"

陈熙坤挥挥手立起来说："走，看看去，你可能把警察请来，他们真的见到警察就自杀……"

唐真转转眼说："你傻嘛，警察抓走他们的时候，他们自杀，由警察来处理，没你的事，如果警察来之前，出事了，你就有了责任。这个还不懂吗？所以，抓紧报警。"

陈熙坤没想到唐真在这一点上还挺较真，而他又怎么可能把那两个人放给警察……他想想，还是说："你可以给他们做做思想工作，劝劝他们……"唐真只得跟在他的后边，走出主楼，沿着斜坡车道向侧楼走去，唐真这才发现，这所侧楼的造型有些与众不同。她一走进楼内，就觉得气氛有些阴森，真似监狱。他们上到二楼，唐真看到这里面还真是一所监狱，她不禁怔住了，因为不是官方机构，怎么能私建监狱呢？她吓了一跳，怀疑陈熙坤或陈天宇是涉黑的……

250　　陈熙坤依旧坐回昨天的凳子上，他对监狱里呆坐着的申老大与骆红尘说："你们为什么绝食，为什么自杀？"

申老大与骆红尘尽管不知陈熙坤为什么这么安排，还是很认真很装作地回答："我们想报仇,但我们无能为力了,不自杀,还能怎么样……"

陈熙坤责备他们:"行了,不要整天想报仇!怎么能跟神争呢,何况,你们也不知谁才是神……"

唐真忍不住说:"你们不能心存恶念,应当学会赎罪!你们只要放下屠刀就能立地成佛,我唐真也不会计较你们的过去……"

申老大冷笑说:"不让我们报仇,休想。我们得到不公平待遇,都是主神安排的。假设,我们出去,不过,还是噩运缠身,度日如年……天界的神做事不公,不该这么对我们!"

其他旁听的人都好奇起来,不明白,申老大二人怎么可能与神仙干上了,神仙哪是他们能找到的呢……唐真见申老大表情冲动,面部肌肉颤抖,不似装出来的,暗暗叹了口气。

后来,申老大冷冷地望向陈熙坤,陈熙坤开始离开座位,走向前去,他轻轻安慰他们:"不,天界的安排自有定数,你们不可以违抗天意……"等陈熙坤走到监牢铁栅边的时候,他向申老大示意了一下,申老大按照他安排好的情节,突然一下将手臂探出栅栏,搂住陈熙坤的脖子说:"你别装了,你就是主神!我有你是主神的证据!我要你死!!"

陈熙坤立时被控制住,陈熙坤的手下慌了神,有的人抓紧打开监牢门,有的去搬申老大的胳膊,申老大趁机与骆红尘拳打脚踢冲出监狱,陈熙坤低声对一个亲近的手下说:"放他走……"他的手下尽管不知为什么这样,还是装成打不过申老大的样子,被申老大逼退数步,申老大与骆红尘从容逃下楼去。

当陈熙坤与唐真追下楼去的时候,俩人已消失了踪影。唐真一下子吓坏了,他们怎么又逃了……陈熙坤喃喃说:"这下麻烦大了……"他长长叹了口气。唐真反回身,惊奇地问他:"他们说有你是主神的证据,为什么?"

陈熙坤摆摆手说:"不要信他们的话,他们是病急乱投医,胡说的……"

陈熙坤这个推脱的表现,反而让唐真暗暗吃了一惊。她反复在想,按理说,主神应当拥有纯蓝的目光,但是陈熙坤的眼神却看不清楚,像罩着层玻璃。而李易隐的眼神却是清清楚楚的纯蓝色，难道，陈熙坤是主神，李易隐却不是？难道，李易隐只是一个心地纯真的人，与主神无关。唐真想到她的自己的戒指会莫名其妙跑到了陈熙坤的抽屉里，是碰巧了，还是前世有缘？如果他就是冷蓉，不该有如此逍遥自在的人生……她该像申老大一样，甚至比他俩还悲惨的命运……但是，他在第一次会面时就回答错了问题，难道他是在故意隐藏？申老大掌握他是主神的证据又是什么呢？唐真真正糊涂了，她呆呆地怔在那儿。

陈熙坤发现这一招非常之灵，一下子就抓住了唐真的心，他暗中观察她迷茫的表情，叹了口气说："这世上，总有这类人，名利熏心，得到报应，还不知悔改。唉……"

唐真观察着他的表情，轻声问："你也认为，惩罚他们是对的？"

陈熙坤盯着她的眼睛，尽量勾住她的视线，轻声说："难道主神对他们的惩罚有错，天道轮回，丝毫不爽！"

唐真望着他的眼睛，彻底迷惑，显然他望着她的深情度不次于主神，这些日子，她也发现了这一点，他的情愫不是假的。唐真想了想，对他说："我得走了……改天再聊，公司里的事儿太多，我出来的时间不短了。"陈熙坤担心地说："他们再抓住你怎么办？"唐真摇头说："不，现在他们的目标是你，你还是小心为好，要不就报警……"

两人默默互望一眼，都没再说什么。陈熙坤派望湖山庄的司机把唐真送出山庄，唐真临走前扫描了下他的保镖们，好奇地说："武天呢？"

陈熙坤微笑说："我安排他做点别的事去了……"

在回家的路上，唐真细细梳理这几天发生的事，总觉得哪儿不对劲，又说不出，忽忽又想起鸽子的事，更加迷惑，她想到鸽子可以准确无误地找到她，仅凭这一点就够令人震惊。当她回来后，第一件事就是向警方要回手机，警方很好奇她与罗杰的对话，并问这种怪事为什么不找警察。唐真无法解释自己的想法，只是说感到私家侦探更有神秘感。警方又问什么是轮回车厢，唐真把想好的说辞和缓地说出来："就是一节列车的车厢，我们几个谈得不错的朋友赶巧坐同一节车厢，又过一年，我们不约而同坐了同一列车同一节车厢，所以，我们认为很有魔法，很巧合，我们就都戏言是轮回车厢。"警方的人感到很好奇，尽管疑惑，还是放她走了，让她带走警方的联系方式，方便再有危险打电话给他们。

唐真觉得再用微信的方式与罗杰联系，恐怕会让警方察觉，据说所有微信数据警方都能调取，只要他们想。而她不想公开她自己的秘密。她想到还是最原始的面谈更直接更隐秘。于是她回家后，先给罗杰打电话，要求与他面谈，罗杰接到她的电话就答应了，要求她二、四、六的任一天都可以到来。唐真问为什么分二、四、六，而不是一、三、五，罗杰说，他一、三、五有事，不可能在这儿盯着。唐真忽然脑子中一个念头闪电般的出现，一三五、二四六，谁也这样分过？曾经？她努力地思索，猛然想起李易隐说他二四六不可能在家。怎么这么巧合？他俩能见她的时间正好是可以交叉开的，不冲突的？她开始故意与罗杰在电话里多说话，但是听着罗杰的声音与李易隐的声音还是差距很大的。她突然想，无论如何要把罗杰的面具摘下来……

自从唐真回来以后，找唐真签约的商家越来越多，她不得不认真筹划下一步公司的发展，她的公司新近召了一批新人，在她的调教下，这批新人的构思越来越大胆，越来越接近时尚潮流的尖峰之作。她为了进一步扩大规模，提升唐真品牌的市场占有率，也招了一批懂得市场营销的尖端业务员，在他们的强力推动下，公司前景向好。

终于一日，唐真抽出时间去罗杰那里，这次她穿了件羊绒套裙，V领上系着红色丝巾。她刻意画了下妆，尽管这与她平日淡妆的风格不太一样。她出去的时候，被苏心看到，她好奇地问："姐，你这是去哪儿呀……"唐真微笑说："去相亲……"苏心仰头大笑，说不信，但后来，她突然说："我与王威5月底结婚……"唐真本来要出门，又探回身子说："这么快……神速啊……"苏心奇怪地回："快什么啊，我认识他的时候，还没毕业，现在我都毕业了有工作了，都三年了，别人早结婚了，我够晚的了，再晚，我就得换人了……"唐真听到"三年"两字，立时怔住了，苏心现在不该毕业，也不该与王威认识三年啊，要不是她的时间丢失大半，就是苏心脑子错乱。唐真抓紧打开手机，看了下日期：2025年5月。她头一下子蒙了，怎么快速递进到2025年……

唐真心情沉重地来到罗杰侦探所，他文质彬彬的助手李腾空雷打不动地过来迎接她，带她上到二楼。这时罗杰仍然戴着面具，坐在大板桌后的转椅里，他见唐真来了，起身请她坐下，他的助手为唐真沏上杯茶。仍然是唐真坐的位置光线强，而罗杰坐的位置光线昏暗。唐真在强光中很难看清罗杰的面具，更别说他真实的脸。

罗杰观察着她的表情，幽幽说：“听说最近你发生了很多事……而我却没能帮到你……”

唐真盯着他面具后的眼神，希望从这里能看到他眼睛的色彩。但是由于他那边光线过于昏暗，她竟然是看不清的。唐真挑挑眉说：“没什么，都过去了。申老大、骆红尘劫持我，不过是想抓住主神……”

“主神？哪个主神？”罗杰显然有些吃惊。

“就是天堂列车上的我爱着的主神……他们说后任主神对他们惩罚过头儿了，让他们无家可归，生活没有着落，他将这笔账算在与我相爱的主神头上。他们怀疑，他还活着……”唐真轻缓地说出来。

罗杰黑暗中淡淡说了句：“原来旧账是可以这么算的……”

唐真微笑说：“如果主神真的活着，那倒好了。就怕他们找的都是假的。他们认定望湖山庄的主人陈熙坤是主神……”

罗杰不禁笑道：“哦？他，原因呢？”

唐真说：“不知，申老大说有证据……”

“这倒是越来越有意思了……”罗杰点点头，表现出对这件事的兴趣。

唐真试探地问：“在你认为，主神是否来到人间？”

罗杰忽然打断她的话说：“说说你感兴趣的那个张辽远吧，他现在又出现了么？”

唐真发现他竟然答非所问，可是她不想绕开这个话题，继续追问：“你认为，主神来了没有？”

罗杰笑着说：“唐真，神的力量，很难估量，我们都是凡夫俗子，怎么能知道神到底来到人间没有呢？”

唐真微笑说：“我倒觉得主神可能来了，我认为一个人可能就是主神……”

罗杰好奇地望着她说："是吗？"

"一个眼睛里现出纯蓝光泽的残疾人……"唐真微笑说，"因为只有主神的眼睛会是纯蓝的色泽……别人都不可能有。"

罗杰在黑暗中思考着，他后来不得不说："纯蓝色，不一定只在主神一个人身上出现，品格端正的人，可能都会有纯蓝色……"

唐真微笑说："哈哈，罗杰大侦探，你还是很明白的嘛！难道你也见过眼中散播纯蓝色泽的优良人品的人？"

罗杰一时语滞，他这才发现唐真这句话里是有圈套的，但是话已出口却没法收回。他忽然怔住，这其实是致命的错误。

唐真立时也意识到他才是铁打的主神，震惊之情立时排山倒海的压过来，本来，她刚才只是一试，谁知一试就试出他来了。一想到这个面具人就是主神，她的心情哪能再保持平静，她含泪咬唇，双手颤抖地支着他的桌案，强忍激动的情绪说："罗杰，能不能让我看看你摘下面具的脸，我听着你的声音好耳熟，好像是一个故人，所以，你摘下它好不好？"

罗杰待在黑暗中，心思百转，一言不发。

唐真又爱又气又恨地说："我说呢，为什么我坐的位置总是这么亮，你坐的位置总是这么暗，你一定是怕我看清你的眼神……"

罗杰再也坐不住了，从座位上缓缓立起来，四目相对，他竟不知说什么好，他从没相信他可以真正让唐真认出，他以为，他总可以躲在暗处，她总不会有十足的把握猜到他，谁知，只一句话，就把自己的真实放置在她的面前。天堂列车上，只有他与她才可能看到黑眼睛中的蓝眼神与绿眼神，别的人是不可能看到的，他竟然如此大意，这么轻易就暴露了自己。

"神，是不能说谎的，是不是……"唐真狠狠地摘下他脸上的面具，把面具狠狠丢在地上。她看到主神的形象果然分毫不差地出现在面前，他的眼神中充满对她的怜爱与内疚……

唐真悲喜交加，泪流满面，她痛苦地说："我找了你那么久，你知道我的存在，却不回应，你好狠的心……还记得在圣母殿外，我们的一夜吗？你真的……忘了？！"

罗杰缓缓从大板桌后绕出来，走到强光灯下，轻轻搂住唐真，眼泪夺眶而出，他轻声在她耳边说："北北，我怎么会忘呢……我粉身碎骨的那刻，也记着，只是，当我转世以后，在想，情爱这东西真的是我应有的吗？天帝给了我第二次生命，他不是让我再次沉沦的，他让我从情关中走出，就算他准我与你有缘，难道我就可以肆无忌惮？"

唐真双手掐着他的胸口，愤然地说："你，当神仙太久了，总是天帝天帝，天帝那么冷酷，毫无人情味……你既到人间，管他作什么！难道你还想当回神仙？"

罗杰抚摸着她的长发，皱眉说："北北，你变了，天帝改变了你的样子，却没改变我的样子……我其实更喜欢过去的你……尽管过去的你没有现在的你漂亮……"

唐真立时怔住了，她抚摸着自己的脸，震惊地想到这件事，事实上她自己是完全变样了，可以说是大变活人，她早已不是过去的程北北，其实没有一丝一毫相似的地方，尽管她现在的美丽确实超越从前。唐真悲伤地说："我去整容，我去整容，整回过去……"

罗杰摇摇头，食指堵住她的涂了唇膏的红艳的嘴唇，闭上眼，吻下去，手的深细动作，足以融化种种不足，他轻声在她耳边说："放心，你还是我的北北，永远的北北……你早就生长在我的心中，我也在期待……"唐真被他拥吻的一瞬，久违的激情终于鲜活地涌动而出，一切不再重要，他们贪婪的，真正无拘无束的，在人间世上，完成一次迟到的融合。正像所有激情恋人，他们尽情挥洒着爱，让冲动主宰，让原始蛮荒之力生长，让所有阻碍的去见鬼……门被恋人狠狠地关上，衣服不再重要，他们不需要体体面面的，装模作样的，让感情套上枷锁，他们要让肉体主宰，让呻吟爆棚，让久违的激情再次燃烧，他们也要让天帝去见鬼……两个神说，这是我们的拥有，谁也不能阻挡……

不知何时，唐真从酣睡中醒来，她从铺着毛毯的沙发上坐起来，却发现罗杰不见了。她又紧张起来，她看到桌上有个便条，拿起来读：

北北，如果你能再次找到我，我们就可以在一起了……我相信，以你的聪明，一定超过我……

"什么意思？"唐真立时惊呆了，她不懂，为什么好好的，他又逃了。她恨恨说："逃得了和尚，逃不了庙！哼，我下次再来……"她抚摸着赤裸的上身，发现身上到处都是他的吻痕，她又从心底快乐地笑了："神仙怎么样，神仙也是我的老公。哼！"她简单穿好衣服，穿上鞋，背上包，拉开房门，却发现整个楼内静悄悄，她隐隐感到不安，她下到楼下的时候，他的助手也不见了。她出了门，冷风一吹，她开始有些清醒，给罗杰打电话，电话那头出现"未在服务区"的语音自动提示。

"怎么回事？他人呢？"唐真生怕他飞了，又给他发短信：

你在哪儿，你躲哪儿去了……

后来短信出现回复：

再次找到我，你就彻底赢了……我就娶你。我是大侦探，需要一个有侦探头脑的妻子。

"我要成为侦探的妻子，必须再次找到他？"唐真恨不能把手机摔了，没想到主神多此一举的玩儿这种游戏。唐真转念一想，我再次到他的侦探所来不就行了，给我卖这关子……

唐真当晚回去后，一夜冲动，未曾合眼，她太兴奋，整个晚上荷尔蒙过度膨胀。第二天醒来，她就急急忙忙开车去罗杰的侦探所，但是到了那个位置，却发现侦探所的大牌子不见了，而且大门被上了大铁锁。她以为还没到上班儿时间，谁知，等了整整一天，也没有人开门，她没精打采地回到家。第二天又去，还是一样。第三天，她再去，却发现牌子换了，成了心理理疗室，有3个坐班的大夫。她急了，辗转问到房主家，问原来的侦探所呢，房主说，前天就退房了，不知他们去哪儿了。

唐真这下迷惑了，她忙给罗杰发短信，问他在哪儿，罗杰的短信仍然重复头一次的话：

再次找到我，你就彻底赢了……我就娶你。我是大侦探，需要一个有侦探头脑的妻子。

　　她这次明白，这次的任务并不简单。好在不管怎么说，主神是存在的，是铁打的事实，而且，她只需要动用她的聪明，就能找到他，他在明目张胆测试她的侦探能力。唐真生气地想：我又不是学习破案的，怎么可能跟上他的节奏呢。

　　一个月的时间，她不断打听新的侦探所的位置，却始终未发现罗杰的丝毫信息。她近日的活动情况，又被一直暗中跟踪她的申老大发现。申老大分析认为，她不停找的人可能就是主神，因为她可以很轻易地换家侦探所，而不需要只找一家。于是申老大也发动丐帮的人普遍查找罗杰，所有人的回复都是他在人间蒸发了。这更引起申老大的怀疑，他想到，唐真苦苦找他，罗杰却刻意回避，这说明，此人正是主神。申老大开始发动第二波更大规模的查找。由于丐帮的人较多，很快找到线索：他的助手李腾空曾经三次出现在白石岭子街，这里应有罗杰的一个暗点。这对于申老大来讲，是一件令他振奋的事。圈定范围，距找到罗杰就不远了。这一段时间，申老大也同样被警方监控，警方得到申老大所在的地下丐帮在查找罗杰的信息。警方通过对唐真手机的监控查询，看到了唐真与罗杰回复的短信，定位罗杰的手机位置正在白石岭子街。而此时，唐真却因为查不到丝毫线索而愁闷。真正的罗杰也已经知道丐帮的行动，他与助手李腾空的通讯暂时中断，要求助手不要再来找他，常用手机变更号码。申老大及时把情报传递给陈熙坤，陈熙坤将这事儿当成头等大事，他也派出若干自己的人潜入白石岭子。

　　五月的白石岭子，不管从哪个角度看都美不胜收，五月正是山花烂漫时，各种准备好的大自然的盛宴邀约着全国各地的游客。其间溪水奔涌，小桥横陈，错落有致的八角凉亭上驻满了游客。白石岭子山脚下的白石岭子老街上，走过来一个女人，她穿着飘逸的雪白的百褶裙，如仙子一样从街市上飘过，孑然独行。看到她的人，大多会不住回首，因为她不仅衣裙雪白，脸色也白得透明，美得惊心……会认为是哪个电影明星忽然降临他们简陋的老街巷。

此时，李易隐正在白石岭子街的院落里摆弄花草。他最近生意很好，由于在街口挂了块醒目的牌子——"易隐鲜花店"，附近很多人都知道他卖鲜花并插花，而且整个白石岭子就只他这一家，看病号的，送女朋友的，或开门营业的商铺都会找到他这里。居住的花厅也装修一新，到处摆满鲜花。李易隐坐在院落里插着一束预约的花束，忽然闻到淡淡的清香，这种体香，他闻到过，他立时知道谁来到了……果然温柔的女声传来："李易隐……"

李易隐看到美得惊心的唐真，他微笑说："怎么，终于有空过来了？请坐。"他指了指他对面的一个马扎。唐真按他说的坐在马扎上，看着他摆弄鲜花的样子，很好奇，问他："你插花插得很熟练，能教我么？"李易隐从院落中间的方桌上，拿下一堆百合、玫瑰、金鱼草等花草交到她的手中说："你看着我的样子插花……"唐真没想到他还真让自己学习，笑笑说："我很笨的，慢慢教啦……"李易隐很耐心教她先摆什么，再摆什么，唐真看到他剪掉一堆堆的大叶，有些疼惜，李易隐说："没用的就得剪掉，否则没有整体美。"

唐真后来终于难过地对他说："我的一个朋友丢失了，我怎么也找不到他，所以，到你这里散散心……"李易隐微笑说："他很重要吗？朋友不太会丢吧，只要是成人，总会自己找到家。"唐真郁闷地说："不是啦，是他故意不让我找到他。"李易隐忍着笑，故意皱眉说："我可能帮不到你，你的朋友，我没见过……"唐真脱口而出："他长得像王威，是个大侦探，本来很有名的，不知怎么就不见踪影了，打电话也不回。"唐真把整了一小半的插花放回石桌上，她实在无心做这种事。

李易隐微笑说："你一定是忘了什么细节，大侦探嘛，总是会给你一些破案线索的……"

唐真摇摇头："太难了，他在给我打哑谜，在逗我玩儿。也或者他在自保。"

李易隐不再就这个话题深入下去，请唐真到他的花厅看看摆满的鲜花。唐真走进这里，感到像来到主神室，特别是老板桌旁边堆满鲜花盆栽的情形像极了。她略略怔了下。唐真若有所思地望着李易隐，喃喃说："我真怀疑他是不是躲到你这儿来了。"李易隐笑："怎么可能呢……"他又带着唐真到他的花室，里面全是南方花卉，花们争奇斗艳，甚是壮观。唐真在花室留了影，走出去时仍然追问："我该怎么找到他……"

李易隐见她眼神中充满渴望，又不好拒绝，想了想说："为什么要找他？如果一定要找他，就一定分析他的特点，他周围的人……如果，你真的需要，我可以把他的画像放到我的花室，凡是让我插花的客户来到这里都能看到……"唐真听到他肯帮她，非常高兴，转而又一想，她又困惑了："但是，他总戴着个面具，很多人不知他的长相。"

李易隐微笑说："那好啊，那就挂两个，一个戴面具的，一个真实的……"

唐真尽管觉得他这个办法可能不起作用，但有总胜于无，她还是感激地说："那就这样吧，我明天送来两个画像，一个真实的模样，一个是戴面具的。不过，明天星期二，我能来么……"

李易隐微笑说："现在嘛，你哪天都能来……"

唐真忽然想起与罗杰的见面时间是二、四、六，与李易隐的见面时间只能是一、三、五，然后，罗杰消失，李易隐却说哪天都能来……她隐隐察觉了什么，呆呆地盯着他的眼睛、他的脸……她想不通的是，为什么李易隐的脸与主神的完全不同呢……唐真的表情突然异样起来，李易隐看在眼里，低下头去摆弄花室里一枝倾斜的玫瑰。他低头的一瞬，唐真开始比较他与大侦探罗杰的身材特征。她忽然发现，两个人的高度、肩膀的宽度、甚至身材比例都是一样的，她是一个老画手，对人的轮廓特征几乎是过目不忘，闭着眼也是可以画出的。她的心开始颤抖起来……唐真又返回他的客厅寻找线索，她看到他的窗台上放着一个一掌长度的俄罗斯套娃，由于整个房间没有玩具之类，这个套娃分外醒目。她把套娃拿到手中，反复观看，然后把套娃一层层拿开，最后只剩最里面最小的套娃。李易隐透过玻璃窗望着她的举动，不禁生出敬佩之情。唐真呆呆地望着套娃，陷入沉思。

李易隐在窗外说："我们出去吃顿饭嘛，最近我们这条街上有一个很好的拉面馆，干净卫生，去的人不少。"

唐真慌忙说："不不，我得回去了，工作上还有很多事……明天我再来……"唐真临出门前，又认真仔细地望了望他，此刻，李易隐送她出门，挥手道别。唐真坐进跑车，透过车窗，在强光下，再次看到李易隐眼神中幽蓝的色泽，她忽然明白一件事，冲他微微一笑，开车走人。她的心在狂跳，她想她一定有办法找到真实……

第二天，唐真再次开车到李易隐家门外，路边申老大的人盯着她的一举一动。唐真把两卷画从后备箱里拿出来，抱着画卷进了门。李易隐此时正在庭院里插花，看到唐真抱着画卷而来，多少有些惊异，他微笑说："呵，来得可真早，以后每天到我这儿报到。"

唐真凝神望着他，略有气苦地说："就怕你赶我走……"

李易隐笑着立起来说："怎么会呢……"他一瘸一拐地把画卷接过去，然后把画挂在房檐下，正厅门楣两侧。

唐真微笑对画像中人说："你，以为穿了件马颊，我就不认识你了么……"

李易隐吃了一惊，转过头来问她："你在说么？"

唐真观察他的表情后，轻笑着说："不，我说的是画中人……他总喜欢戴着个面具罩着他自己，他以为他穿了个马颊，我就认不出他了，你说他是不是好笨啊……"

李易隐眨着眼，半晌没言语。

唐真看着罗杰（主神）的画像，自己给自己点赞："很好，我画得太好了……"她又转身望向李易隐，轻声说："能不能陪我去河边走走……我发现，你的白石岭子风景好美哦，难怪那么多人喜欢来这里旅游……"

李易隐发现唐真的眼中现出无可拒绝的强烈神采，为了不致让她失望，当即答应关门去河边。两个人步出大门的时候，丐帮的人就紧紧跟在他们后面。

他们步行了很长一段白石岭子街，才拐到可以通到河边的小道上，路边各种不知名的小花儿开放，由于昨夜新雨，花花草草身上挂着些水珠。四下涌动着新鲜清冷的气息，让他俩全身心通透。受好天气的感染，唐真像一只飘在花丛中的蝴蝶边走边转着圈，瞬间年轻十岁……李易隐望着唐真快乐的样子，真心笑了，他没想到她还是那么孩子气，童真未改，稚气未消，这不正是他曾喜欢的她嘛……

当望见河水的时候，唐真不停摆弄手机拍照，一会儿倚在大山石头上，一会儿倒在草丛中自拍，偶尔也会照向帆影……但李易隐来到河边的时候，眼神却瞬间忧郁了……他似乎看到那艘飘向空中的红色的船再次出现，玄奥又可怕……他正呆呆出神的时候，唐真却爬上一块沿堤的大石头，正是那日李易隐看到红船的巨岩……而此刻，唐真不仅爬上去，还在上面转圈玩儿自拍，李易隐预见了危险，他高声阻止："唐真，从上面下来，那个石头很危险的……"唐真却是不管，她大笑说："危险什么，我还能在上面跳芭蕾呢……"果然，她在光滑的巨石上跳起了芭蕾，谁知，她突然踩滑，身子猛然栽歪了一下，显然失去了重心，瞬间踏空，随着一声惊惧的尖叫，她掉落到岩石下的涛涛河水中……

李易隐见此情景大吃一惊，瞬间扔掉拐，大步流星直冲河堤，跳入唐真落水的水域去救唐真。唐真在水中尖叫："李易隐救我……"奋力扑打水花，却渐渐向水中沉下去。李易隐游到她身边时，只能从水中摸到她的长发。他一个猛子扎下去，极力想把唐真的身体从水中托起，唐真用尽最后的力气抱住他的脖颈，终于两个人都从水中浮出水面，唐真睁开眼睛，看到李易隐的瞬间，笑起来，她的微笑，让李易隐吃了一惊，太诡异，这时，她竟然可以这样笑。两个湿淋淋的人同时倒在岸边，唐真笑得就更大声，尽管她还会呕吐口中的河水，她的胳膊没有离开李易隐的脖颈，这倒让李易隐有些酸痛，想移开她的胳膊又担心她生气，只能由着她套圈……唐真翻身在他上面，托起他的脸微笑说："李易隐，你的脸变样了……"她从草丛中拿出手机，用自拍界面让他自照……这时，李易隐发现他自己的脸在手机中严重变形、肿胀，一张人皮面具经过河水的浸泡很醒目、不融洽地脱离于正常的皮肤……唐真生气地说："你看，你的人皮面具都变形了，就别要了，我帮你摘下来……"然后，她很认真很仔细把他的假面从他的脸上揭下来，此时，李易隐显露出一张与主神一模一样的脸……唐真说："我就知道，天帝总是死性不改的，他认为什么样子最英俊，就雷打不动的造出同样的英俊……他一点不民主，很固执……"

李易隐此时已无话可说，他终于坐起来，抱起唐真微笑说："好的，我认输，你赢了……不过，如果，我不把俄罗斯套娃放在窗台上，你会想起来吗？"

唐真转眼珠说："一天想不起来，难道两天还想不起吗？我总可以想起来的……"

李易隐摇摇头说："有时破案，可能就在一线之间，你不要小瞧它的作用哦……"李易隐抱着仿若无骨的唐真直挺挺地立起来，这时唐真整个躺在他的臂弯里，唐真的胳膊依然未离开他的脖颈，两个人的身体缠绵在一起，狂吻着，无所顾忌……这时有些游客偶然看到他们，迅速掉转脑袋只作不见，他们已经司空见惯这类情情爱爱的蜜侣，早已麻木。唐真撒娇说："你今天必须吻够我，这是对你欺骗本女士的惩罚……"李易隐大笑说："好，我接受，不过，唐真，我们回家再惩罚好不好……"唐真望着李易隐主神一样的脸，无限快乐，但她知道这个场合不方便恋人的情事，这才松开他的脖颈，从他身上下来，与他手牵着手往回返……李易隐又把那张面具捡起来，皱眉说："我的客人，只认这张皮……"

他们刚刚回到白石岭子花居，就看到一只雪白的鸽子飞临窗前……它娇声说："你们都在梦中，恭贺你们梦中相遇……"然后，它就飞走了，飞得令他俩几乎窒息……唐真忽然忧虑起来，问李易隐："它说的是真的么？"

"DNA 结果是……我与张辽远的 DNA 数据完全一样……而且我们长得也是一模一样……"李易隐不无担忧地说。

唐真不相信地说："不会吧，怎么会？！"

尽管白鸽送来的信息，令他们多少有些不快或忧虑，但他们的人间重逢与相认还是值得庆幸，在短暂的缠绵之后，唐真因接到多个电话，不得不回公司处理事务，她临走前，两人在门前热吻……

一周后，唐真接到陈熙坤的邀约，他电话中说，他有一个酒吧在望湖山庄一侧开业，请她务必参加开业庆典……他的声音急切又冲动，仿佛她不来就不给他面子似的。唐真只得答应下来。

　　周末，唐真开车去望湖山庄，沿途情景有些异样，四季花同时开放，遍布山的四周，在晚春，当只能开放晚春花卉才行，怎么四季花全开了呢？她边开车边诧异……在山道上，她越开越快，收不住车的感觉，前方似有巨大磁铁把她的车猛然吸入山庄近处，当前方放行，车开进山庄，却发现山庄前面的花园里人多到恐怖。她下车后，孤零零立在人群之中。这时，山庄一侧果然出现一个简易的二层酒吧，玻璃镶嵌、钢架结构，里面灯光耀目。酒吧前面早早铺好红毯，有十余束超大的插花花篮摆在典礼现场，酒吧玻璃墙上彩球飞舞，挂满各公司送来的祝贺条幅。一些地方上的头面人物出现在典礼正中。不久，工作人员派发唐真漂亮的飘红鲜花胸花。

　　陈熙坤出现在红毯上，他旁边的西装革履的人，据说是某局局长、某公司董事长、某网站总裁。主持人宣读完开业庆典开场白后，剪彩、鸣炮、放气球，在临时搭建的台子上，演艺人员鱼贯而上，上演精彩的歌舞。部分来参加庆典的人信步走进酒吧，酒吧的人越聚越多，唐真也走进去，闻到一阵阵异香扑鼻，看到前面一排插花，很似李易隐的手艺。

　　有不少人认出唐真，纷纷与唐真握手，尽管有些人是熟人，有些人面生，唐真仍然背负起名人应有的责任，不停寒暄。酒吧的酒水削价销售，轩尼诗XO、人头马XO价格不足1000元。唐真向调酒师点了甜味、低度、薄荷香味的鸡尾酒，新任调酒师的手艺不错，调出的口味令她满意。

　　同样走进酒吧的陈熙坤立在一边，向唐真微笑敬酒，问感觉怎么样，唐真看着豪华上档次的装修，好样的调酒师，当然得好好地夸赞一番。她品酒的时候，也时不时望一眼插花，似乎李易隐就在眼前。陈熙坤也望见她望向插花的神态，他微笑对唐真说：我这儿的插花全部是用的易隐牌的。"易隐牌？"唐真恍然悟出，果然是让李易隐插的花。但是唐真转念一想，又感到太巧合了，怕又没这么简单……她转而问

264

陈熙坤："插花店那么多，你怎么就用他的？"陈熙坤大笑说："插花店多吗？龙城市内不多，最出名的就李易隐一家，因为他是自产自销，全市独一份，只有他可以培育出四季花，你说是不是怪事，全市的花匠也没他厉害啊！"唐真估不出这些话的真假，仍然觉出了他的刻意。陈熙坤说完就离开了酒吧，去外面招呼熟人。

　　到半下午的时候，唐真要离开酒吧，却觉得浑身酥软像踩着棉花，她毫无知觉地倒在吧台上，随后，在此驻留的人开始纷纷歪倒或摔倒，先后倒下二十余人。酒吧的新任经理立时惊呆了，拨打120，谁知，在打电话的过程中，又倒下十余人，再后来，酒吧接连栽倒五十余人。门外看热闹的人见此情景纷纷涌进来，拍照、录像，有的试图把晕倒的人晃醒，竟然是徒劳的。当数辆120救护车同时壮观开来的时候，看热闹的人又成为临时护理员，帮着抬架人事不省的病人。警方的车很快开来，他们把住出入口，控制现场。刑警队的队长派人抽取残饭、酒杯中残剩的酒液，第二日化验结果出来了，中毒昏厥事件与酒水食物无关。医院方面传来的结论却是突发性呼吸道疾病。一刑警终于闻出鲜花中含有一种异香，对着闻一小会儿就会头晕，他立时报告其他刑警，刑警把所有鲜花抱走化验。经化验，百荷上喷有能致人昏厥的剧毒性香水，只要闻过不久的又在密闭的室内就可能中毒晕倒。此消息引起当地管理部门的高度重视，又被嗅觉灵敏的记者察觉。李易隐立时成为新闻报刊的头条人物：花香有毒——易隐插花引发的悲剧。随着医院方面传来有关人员重毒较深，死亡3人的消息，李易隐已百口莫辩，身陷囹圄。

　　唐真苏醒的时候，却发现李易隐已被拘留，震惊悲痛之余，忽忽想起这事绝没这么简单，唐真去探看李易隐，易隐告诉她，根本没喷过任何香水，因为百荷自身也有些毒性，他更不敢再在这种花上喷香水，因为香水都是有毒的。唐真于是想到陈熙坤如此巧合的使用李易隐的插花，怀疑是他在做手脚，又无证据。后来，就在唐真到处托找最有胜算的律师的时候，一个惊人的消息再度传来：李易隐被无罪释放，陈熙坤锒铛入狱。她惊喜之余看到新闻头条上讲：李易隐百荷花上的香毒是被陈熙坤偷偷喷上去的，被望湖山庄的员工武天偷偷录像并揭发。唐真疑惑不解，她暗自心惊：武天不是陈熙坤的死党吗？怎么死党会揭发他的主人？难道真是良心发现了？她再往下看，看到陈天宇指责陈熙坤经营场所不善，多年亏空，挥霍无度，并刻意诬陷他人，构成严重犯罪，他表示深为痛心，并向死者家属道歉，并声称决不姑息迁就，还要还世间以公道。唐真记得陈天宇莫名其妙失踪了，现在关键时刻，他却突然像从地底下钻出来一样出现了，足证他的出现也必非正常。

李易隐给唐真打了一个电话，电话中说，他肯定是被天堂列车来客发现了，这是被报复的一个步骤，但是，作恶者始料未及的是，螳螂捕蝉，黄雀在后，更有算计的在后面罢了。据他所知道的消息，陈熙坤的旧宅被人挖空了，寻宝的人终于找到一批旷世财宝，古董正悄悄在黑市上销售。指挥的人是陈天宇，销售古董的是武天。唐真恍然明白，原来陈熙坤一直被陈天宇悄悄监控，一方面陈天宇把他调虎离山方便找寻他家的宝藏，一方面寻找时机把他一打到底。李易隐分析：陈熙坤应当就是冷蓉……

冷蓉？唐真立时惊呆了。她认为绝对不可能，因为冷蓉是不可能爱上她的，因为她曾是女人，又有着前世的刻骨的记忆……李易隐不得不承认："这是我做主神时给她设定的惩罚，本来有轮回体验的人最好不易性，易性后，心理与生理会有强烈的矛盾与痛苦，造成不男不女的间歇式心理疾病。起因是：她杀了两个无辜的鬼，于情于理都是不可原谅的。"

神的惩罚……唐真当真呆住了，想起申老大、骆红尘的郁闷愤激，她多少感受到天意有多么不可变更……为什么天意设定人的区别，并且使人无法逾越界限？难道"变化之道"不正是人类自身前进的必然性决定的？然而，基于世界展示的特征，自我修复式的前进只存在部分成功的人士之中，如果人人不受拘束的发展，或者世界会更美好……也就是说，世界不需要这样一个万有的随意操纵的神，反而更公平。

266

这念头一出现，她又感到不能这样想，李易隐也曾是这样的操纵者，而她一直以来全身心爱着他，又怎么能怨责他呢？

就在唐真有所感的时候，在龙城看守所内，陈熙坤发了疯一样在监狱里徘徊，他时而大叫大吼，说关错了他，时而陷入沉思，特别是他的一个旧友突然来看监，告诉他一些他从未知的秘密的时候，几乎崩溃，他不相信，一夜之间几乎丢失所有朋友，那些曾被他认为的死党，全是刻意装作出来的。这时，他才惊奇地发现，他果然是在主神的算计之中，他陈熙坤（冷蓉）根本就不可能出现真正的好运。特别是当他想到，他一对某女人有了某种情愫的时候，冷蓉的面孔立时会漂浮过来，一半女人的性情会突然攫夺灵魂。他一忽男人，一忽女人，根本搞不定这种变来变去的感觉……他被残忍地宰割，却不能与天争……他发誓，一定要出去……他后悔没能早一天觉悟，以致早前还对主神有所宽宥。那天，丐帮的人发现河边李易隐与唐真的秘密，一路小跑来到申老大的天机房，申老大与骆红尘思谋调查李易隐来历，谁知两个盯梢的小乞丐一回来，就带来令他们震惊的消息。申老大把消息转告陈熙坤，陈熙坤听到汇报，立时惊呆，他没想到主神真的隐姓埋名来到人间……他不是采用直接暗杀的手段报复，而是企图以栽赃陷害的方法把主神整倒，谁知，结果竟然是他自己身陷囹圄。他恨自己的鲁莽，恨自己仍然没有认真将申老大说给他的话当成事实，以致，全如申老大预言的那样，陈天宇倾巢而出，直接把他端掉，而且端得合情合理……他恨冥冥中的天意，他以为他可以改变天意，他不受天理轮回的影响，作恶而不会有所恶报，事实上，他从没跳出过神的诅咒。他开始恨所有神仙，所有可以控制他命运的暗中作恶的鬼。这时，监牢中的他尽乎疯狂的狂想着，种种报复主神的手段，浮想联翩，却最终被他仍然陷在监狱中的现状折磨，就算他有千种方法折磨主神，却如何逃得出去……

就在陈熙坤焦虑不安的时候，看守所内的灯光忽然昏暗。有个年纪大的老者给他送饭，他的眼神像在哪儿见过。陈熙坤接过饭菜，开始狼吞虎咽地吃起来，突然，他觉得吃到两个硬物，当把硬物从口中取出时，就着昏暗的灯光，发现竟然是两把钥匙，一把是用来开明锁的，一个是用来开暗锁的，他不知是不是开他牢门的钥匙，那个送饭的老者已不知去向。他握着钥匙心中狂想着，难道是申老大的人在暗中帮他？他算定早上3点钟是看守人员最困倦的时候，于是，他忍着兴奋苦苦等待那个时间，终于，他透过门上的小窗看到看守人员在过道里疲惫地走着，有的打着哈欠。他悄悄摸到门边，试着小心翼翼地将胳膊探到门窗之外去开门，果然，一开就开开了……他的手掌攥紧铁锁的一刹那既惊又喜，他悄悄开门走出去，没有立刻狂奔，而是在黑影中穿越，来到第二层铁门处，这处铁门仍然是紧闭的，他开始用第二把钥匙悄悄打开暗锁，终于，锁又被打开。他兴奋极了，迅速钻出去。他来到楼道内，楼道内也是封闭的，这时他想到垃圾道，他迅速钻进楼道一侧的垃圾道内，里面的垃圾臭不可闻，他还是忍着恶臭下到一楼，当他钻出去的一刹那，突然看到楼内的灯光全亮了，开始有奔跑声，有叫喊声，似乎楼内的人已察觉他的消失，正在追捕他。这时，院墙墙角下有人突然扯住他的手，他吓了一跳，扯住他手的人，他并不认识，那人说："我是救你的……"然后，陈熙坤就被他强拉着钻入一个墙边的地道。当他们从地道中出来的时候，陈就立在了看守所高大的院墙外。他还没有说感谢的话，就被草丛中隐藏的人推进一辆很小的没有车牌号的面的中。这时，他看到申老大阴森的老眼正冲他微笑，那笑意让他似乎进入天堂。陈熙坤冲动地握着他的手说："谢谢，申老大。"申老大阴沉地说："下一步计划：抓捕主神……"

第二天上午，唐真正在看公司员工设计的新的服装样式，突然接到李易隐的电话，他说，陈熙坤越狱了……唐真吓了一跳，李易隐让她先找个地方避一下，唐真不知该避到哪儿好。李易隐的电话突然断掉了，似乎他遇到紧急情况。不多久，唐真想到苏心的姐姐家里，她急匆匆下楼，她刚出楼门，就被在暗影里的人捉住手臂。她定睛一看，竟然不认识，她瞬间闻到一股异香，立时昏迷过去……

唐真醒来的时候，发现处身在一处昏暗狭小的房间中。暗影中，她还看到一个身影伏在另一个角落。她低声问："你是谁？"

暗影中看不清的人说："李易隐……"

唐真兴奋地说："晕，你也关进来了……原来神仙也是可以关进来的……"

李易隐黑暗中坐起来，忍着疼痛说："不仅关进来，还被人打了一顿……"

　　唐真立时吓了一跳，黑暗中摸过去，摸到他冰凉的手以及黏稠的东西，她怀疑那是血液……她担心地说："你受伤了，严重吗？是陈熙坤把我们关起来吗？他要报复你……"

　　李易隐叹了口气说："他说是审判……"

　　唐真好奇地问："审判？他有什么资格审判？"

　　李易隐惨然笑了一下："他们觉得我们主神的轮回操作，对他们有所不公……"

　　唐真叹了口气说："他们不管怎么做，总是霉运，这好像也有些过头儿了……"

　　李易隐叹息："除了公平之外，还有惩罚……否则，怎么会让那么多的人敬畏！"

　　这时，铁门突然洞开，三束强光射进来，强光后的黑暗处，有人阴阴地说："敬畏！好漂亮的词汇！我该怎么感谢你的敬畏呢！"

　　三个人分别打着强光手电，走进来，他们的样子丝毫看不清楚，但听声音，能听得清是陈熙坤他们。由于光线太强，李易隐就算紧闭上眼，也是亮得刺目，不得不用胳膊挡住光线。陈熙坤命令："把胳膊拿开！"李易隐只得放下胳膊，任由他们肆无忌惮地照着。

　　申老大冷笑说："怎么样，被打的滋味不错吧，你还不认错吗？你的好日子，才刚刚开始……"

　　李易隐一言不发。

　　陈熙坤暗影中对申老大说："他，高傲惯了，神仙嘛，他怎么会向我们屈服呢？我们得来硬的，比如，砍了他的手臂，挖了他的鼻子，或者……"

　　唐真愤然打断说："冷蓉，你还是不是个女人？心这么狠……"

　　陈熙坤开始望向唐真，他慢慢走过去，冷冷说："你都这样了，还多管闲事啊？你不累吗？哦，你的情人要受罪了，你受不了了……但是，你知道我过的什么日子？不男不女！亏你还记得我叫冷蓉……"

　　唐真被强光照着，看不清陈熙坤的面目，只得用手臂挡着光线说："不管怎么样，他也没杀你，还让你轮回了，你也过了那么久的好日子……"

陈熙坤痛恨地说："错！我从没快乐过，请问：你愿意嫁给我这样不男不女的人么？我的所有的金钱都成陈天宇的了，请问，他的恶报在哪里？"

唐真一时语滞。

陈熙坤冷笑："所谓天道轮回，就是让无辜的人永难翻身，厄运连连……"

唐真反对道："不是，是你自己心存恶念，害人不成，反害自己……"

骆红尘在一旁烦恶道："你们给他们啰唆什么呀，把他俩直接丢火炉子里去……别人既找不到他们的尸体，我们还能闻到他们烧化的味道……"

唐真叹了口气，对李易隐说："易隐，惩罚并不能改变他们的心性，反而更邪恶，你觉得呢……"

李易隐一言不发，这也不是他可以作答的，整个上天的体系原本就是这么制定的，他能破坏了秩序，重新设定么？

申老大挥挥手说："你们疯了？他们还不能死！到处都有行车记录，警察迟早查到这里……让他们受受罪就可以了，可以把他们打得遍体鳞伤，但要保证让他们活着……我们打伤他们，再给他们涂上疼痛的药膏，伤疤好了，再继续打……那样，我们又能出气，他们又得到生不如死的待遇……"

陈熙坤赞叹："厉害，这样最好，杀了他们，他们就没有痛苦了……不过，你们把唐真给我留下，那个李易隐怎么处置都好……我要当着李易隐的面，让他看着我怎么羞辱他的老婆……"

唐真的惊悚地立起来，冷声断喝："冷蓉，你疯了……"

"不要叫我冷蓉！你个恶毒的女人！我现在是标准的男人！"陈熙坤愤怒地说，他猛然走过去，扯掉她的外衣，压在她身上，强行亲吻她的脸，唐真尖叫，李易隐奋力立起来……

突然，半空中一个声音传来："冷蓉，你个梦中人，还挺大胆的……"

陈熙坤脸上挨了一记响亮的耳光，他整个人被一股无形的力量推到对面的墙上，又被反弹回来，又被打到墙上，又被墙面反弹回来，如此十个来回，陈熙坤噗通一声栽倒在地上，人事不省。

这时，整个房间突然亮了，房间里原有的人看清与主神一模一样的脸的人微笑着立在房间正中。唐真猜到他就是张辽远，这时，她看看张辽远再看看负伤的李易隐，真正分不清二者的区别。张辽远转向唐真说："北北，你怎么就不信我说的呢……还与这些梦中人纠缠什么呢？他们就是你的脑子虚构出来的一堆人，不会有未来，只会危害你的本命……醒醒吧……我的鸽子提醒你那么多次，怎么就是不听呢……"

唐真不知该说什么好，想了会儿说："若果然这是梦，你就让我醒来，我醒来自然不会在这里……"

张辽远焦急地说："晕死了，要是我真能立刻让你醒来，还用来苦苦求你醒来？只有你自己相信这是梦，才会从梦中醒来……你的本心，一直不相信……"

唐真奋力摇头，不知怎么回答他。

李易隐低声说："他可能说的是真的……我见过接他的红船飞在半空中，要么，他来自未来世界，要么，我们全是你梦里虚构的人物……他刚才是从墙壁中钻出来的，我亲眼所见……"

唐真震惊地望着李易隐，追问："真的吗？"

李易隐点点头说："真的……"

一边旁听的申老大、骆红尘吓得脸都变色了，震惊地问："你们说什么？我们是程北北梦中的人……"

张辽远冷笑望着他们说："你们以为你们都很真吗？你们除了与程北北有纠结的故事，你们还做过什么？想得起来吗？"

申老大努力想努力想，什么也想不起来……冷汗从额头上冒下来。

这时，张辽远一挥手，他们所见的墙上就出现一面宽屏电视，这时电视里正播放他录制的播放到全市的录像，他穿着超人的衣服拿着话筒说："龙城百姓，你们好！我，张辽远，不是美国大片里的人物，只是来自真实世界，凡是能看到我的电视观众，你们统统是程北北（唐真）梦中的人，我公开宣布这个消息，知道你们会很惊讶，不相信，认为我在说谎，但是故事情节就是：你们全部是程北北的梦中人，在不久的以后，你们全部会消失……"

唐真震惊地呆住了，电视出现得太突然，以致她缓不过劲儿来。只一小会儿，她的好友纷纷打来电话："唐真，那个张辽远又在发神经，他竟然在电视上发表奇谈怪论，他究竟是怎么回事？"

　　"唐真，张辽远又在发疯，你抓紧想办法找到他，把他关进精神病院……"

　　"唐真，你的朋友又发疯，求你让他消失吧……"

　　"……"

　　唐真一句话也没回，她不知如何回复。张辽远冲她耸耸肩说："看，他们受不了了，你的梦境快要动摇了……"他的笑意充满调侃，而这却是唐真无法真正接受的。终于，唐真扑到李易隐身边，焦急地说："易隐，你对他说，一切都是真的，你是主神也是真的……"

　　李易隐却怅然无语，他一直在观察张辽远，没有放过所有细节，正如张辽远表现出的，全部不可思议……

　　这时，陈熙坤渐渐醒来，他忍着疼痛叫着："谁在打我……"然后他勉强坐起来，他的脸部青一块肿一块，惨不忍睹。申老大怕陈熙坤完全醒来，与他们搭话，反而逃不脱，他与骆红尘使了个眼色，二人悄然退到门边，突然开门撒腿逃跑。

　　张辽远抬手一指，一条无名的绳索就把陈熙坤捆绑起来，张辽远又抬手一指，陈熙坤整个被悬吊在没有房梁的房顶，竟不知绳索挂于何处。陈熙坤尖叫："放下我，你个疯子，放下我……"当他惊恐地发现房顶上的绳索没有套在任何可悬套的位置上的时候，立时惊惧地瞪大了眼睛……

　　张辽远听他叫得烦，很生气，怒道："你个令人讨厌的梦中人，给我闭嘴。"一个封条凭空贴在陈熙坤嘴上，陈熙坤现在既惊怕，又疼痛，还叫不出声来……然后，又密如雨点的耳光声啪啪传来，陈熙坤不住地闷闷地哼哼，脸部火辣辣的疼痛，却只能硬挺着，不一会儿，他又继续昏死在房顶空间上。

　　李易隐、唐真与张辽远走出这个房间，他们出现在破败的民房的顶层，天空群星灿烂，张辽远对唐真说："你一定见过流星雨，我让你再见一次……"他手指冲天空一划，流星雨就出现了，纷纷坠落的流星分外灿烂……

唐真伤心地说："那么，你让我醒来吧，你现在就让我醒……"

张辽远摇摇头说："得你自己醒来，我只能告诉你真相……"他无奈地望着唐真，真想现在带她走，但是，又怎么带走梦中的她……张辽远突然从楼上纵身飞向太空，唐真与李易隐吓了一跳，但见他像飞人一样，安然无恙地飞翔向远空，又都被震住了。

唐真伏在李易隐胸口上说："易隐，他究竟是谁？他说的是真的吗？……"李易隐紧紧揽着她的肩，遥望张辽远消失的方向，却无法回答。

当天晚上，唐真回到家的时候，苏心给她开开门，就尖叫："姐姐，不得了了，你抓紧逃吧，全市的人都在找你……他们要求你解释一切……"苏心的小脸显然被吓白了，她本来要结婚的，现在她被这样突如其来的怪事吓得魂不守舍，因为全市的电视频道不停地播放张辽远的录像，没有一个台可以停下来播放别的。

唐真按照苏心说的打开电视，果然发现张辽远的录像是不间断播放的，根本停不下来，只要打开电视，不管哪个频道，全是他的声音，全是他的形象。她的头立时晕了，她没想到竟是这种情况……

唐真完全无力地倒在客厅沙发里，她相信她无力挽回一切……

天快亮的时候，楼下传来喧哗声，她不得不来到窗台下，看到黑压压的人聚集在楼下，水泄不通。有人敲响了她的房门，她不敢开门。苏心担心地说："不开门，我们吃什么，家里没有储备的食物呀……"唐真长叹了声，把房门打开，门前站满了惊望着他的陌生人，他们见她开门，反而不好意思直接拥进去，有人先问："你是唐真吗？"

唐真只得点点头说："是，我是……"

人群开始骚动，有人窃窃私语说："她就是唐真，真是她……"

领头的人问："那个神经病张辽远不停地播放录像，你知道吗？"

唐真点点头说："对，知道……"

领头的人又问："拜托，让他不要再播放了好吗？这是严重的扰民行为……他使用的什么仪器干扰电视的正常播放？"

唐真摇摇头说："这个我就不清楚了，我与你们一样不清楚。"

"她在撒谎，她想出名想疯了……让她说出来……"人群里开始有人愤怒地批起来。

唐真唯恐他们冲动起来，急得几乎哭出来："不不，我真不知道……我已经很出名了，用不着用这种方式继续出名……"

"对啊，她过去就很出名，龙城没有不知道她的啊……"人群里开始有人不安。

领头人想了想又说："那么拜托，告诉我们张辽远住在哪儿，我们找他去……"

唐真不知该怎么回答，想了会儿说："他来无踪去无影，我也不知他住在哪儿……"

人群开始乱起来，人们开始议论纷纷，他们不相信唐真不知道张辽远住在哪儿，纷纷说："唐真，你作为公众人物要说实话，告诉我们他住在哪儿……"

唐真摇着头说："我真不知道……你们再问我，我也不知道……"

有些十几岁的少年这时也大声说："不行，我们一定得找到他，连游戏也不能玩儿，一打开游戏界面，也是他在发神经……"

"所有网络都瘫痪了，全是他，他就是撒旦！是魔鬼！"

这时，一个西装革履的四十多岁的中年人推开人群，走到最前面，对唐真说："市长请你去市政府谈话，请你务必跟我们走一趟……"

唐真看他的派倒很像机关上的工作人员，只得说："好吧，我随你们去见市长。"

唐真跟随几个市政府的工作人员从人群里挤出去，坐上电梯，下到楼下，被他们遮蔽着坐进公车里，车开得很慢，因为人们不愿移动，都在看唐真。唐真看到一片片素不相识的乱七八糟的眼睛们，就把头垂下去，在无数的目光巡视中，车渐渐驶离小区。当唐真抬头的时候，看到车窗外街道上的宣传视屏上也出现张辽远抱着臂讲话的情景，她实在看不下去了，只得又低下头去。

车驶进市政府，她与工作人员进到一楼大厅的时候，看到对门的视屏宣传轮播处也是张辽远的形象。她不得不问："你们既然控制不了，怎么不把视屏关了……"工作人员皱眉说:"已经关了,关了,继续播……"唐真的头一下子就大了,视屏已关闭,还在播,这不是闹鬼么……

市长办公室在三楼,当唐真被带进来的时候,看到常市长正坐在宽大的办公桌后批示文件。常市长的秘书将唐真引见给常市长,常市长忙给她握手,并请她坐在沙发里,秘书给她沏上茶。常市长坐进她对面的沙发里,笑着打量她,他发现这个女人除了长得特别漂亮有气质以外也没什么特殊之处,于是问她:"唐真,张辽远是不是一直在追求你啊……"

唐真不知该怎么回答这个问题,苦思了会儿才缓缓说:"也不算是,他一直在说,我在做梦……他是我现实中的爱人。"

常市长自以为找到了问题的关键,笑笑说:"你看,他还是想办法想让你与他在一起……"

唐真仍然不知该怎么回答。

常市长继续说:"我有一个办法,你如果喜欢他,就抓紧嫁给他;如果不喜欢他,就让他立刻死心……死了心的人就不会再穷追乱缠了……但是,如果,你让他有所遐想,他就会不停地找事儿、添乱……他又那么厉害的高科技手段,一定会搅得全市不得安生。"

唐真想了想问:"常市长,那您说怎么办……我立刻结婚?"

常市长点点头说:"对,抓紧结婚,越快越好,让他早早死心,就没心情乱来了……"

唐真点点头说:"好,我回去就筹办婚事……"

常市长立起身来与唐真握了下手说:"我就知道唐真冰雪聪明,一定可以办好这件事,让全市的电视、网络、信息秩序恢复正常……"

唐真着实汗了下,无可奈何地摇摇头……秘书把唐真送出市长办公室。唐真出了市长办公室紧张的情绪有所缓解,想到现在马上要结婚,又有些快乐,但也有些不安……

当唐真冲动地对电话中的李易隐说"我们结婚吧……"的时候,李易隐却没有丝毫的快乐,他心情异常沉重地听着,当他得知市长的关切的时候,更加皱紧眉头……月夜,唐真与李易隐相约在白石岭子白石河边，唐真望着滔滔流水，斜倚在李易隐肩头，低声说："我们明天去拍婚纱照吧……"李易隐却指着一片流水的方向说："就在这儿，我看到一艘很大的红船接走了张辽远，飞在了半空中……"唐真突然眼中涌动泪花，伤心地说："我们不提他好吗？就算这是梦，我愿意陷在梦中……"李易隐缓缓托起她的脸，端详了很久说："我也想，这一切不是真的，但是，我直觉在说，他是对的……"唐真用纤纤食指堵住他的唇说："不要再提他，什么都不要管，我们结婚吧……"唐真倒在他怀中，两个人紧紧拥抱，互相抚摸着，陷入一种遐想的宽慰中，热吻如浪汹涌，水花溅湿了她的裙袂……

一周后，白石岭子迎来它最欢庆的一天，到处张灯结彩，白色岭子群山中间有一片宽阔的草坪，上面支起一个个圆伞，有无数的人涌过来，唐真要在白石岭子结婚的传言，像长了翅膀一样飞到龙城各个角落，于是，相识的或不相识的聚集过来，当唐真来到现场的时候，被无数人流的巨大场面惊呆了……她感到得来了上万人，在众目睽睽中，她穿着自己设计的雪白的婚裙，沿着红毯款款而来，这次的造型，像极一只雪白的飞鸟，肩膀后有透明的羽翼在风中轻轻飘摇……她头上戴着彩色的花环，有昂贵的饰品衬托，闪闪发光。而李易隐则摘下他惯用的招牌式的假面具，显出他正常的超酷的英俊的脸面，穿上雪白的燕尾服，胸口上别着鲜花。俊男靓女的同时出现，也引来闪光灯疯狂的闪动。主婚人开始宣读证婚词，他的话音未落，人们听到半空中传来巨大的声响，他们开始抬头仰望，发现头顶上空飞来成千上万雪白的鸽子，唐真也警觉起来，她最怕听到鸽子们的声音，忽然一片鸽子缓缓降落下来，一个黑衣男子神一样地踩着鸽子们的翅膀飞落了下来……人群中发出一片恐怖的尖叫："张辽远……"

张辽远为了与李易隐有所区别，特别储起了胡子，就像好多天没有刮过脸。他来到唐真面前，微笑说："这么重大的婚事，怎么没通知我呢？"唐真下意识地往后退了一下，紧紧握着李易隐的手。李易隐不知张辽远想做什么，紧紧盯着他。

张辽远微笑说："这样吧，我给大家变个戏法吧，我每出现一次，就送给唐真一件新婚礼物……"

唐真不知他想做什么，只是紧张地看着……

突然，张辽远的身影消失了，就像化在空中一样。所有观看的人都尖叫起来："他不见了……"

就在人们哄叫的时候，张辽远突然又像拨开迷雾一样，出现在人们面前，这时他身边多出一只半人高的卷毛白狗，他说："唐真寂寞时就可以领着它散散心了，阿白，给你的新主人说句话啊！"卷毛白狗前腿悬在半空，向唐真作揖并说话："祝贺唐真新婚之喜，我叫阿白……我喜欢吃肉骨头，吃半个月亮……"当狗开口说话的时候，观看的人都尖叫起来："狗能说话啊……"

然后，张辽远忽然又消失了，人群里又尖叫："他不见了……"

当张辽远又出现的时候，他手中多了一个火红的"中国结"，他把中国结抛在半空，中国结越来越大，越来越大，以致所有观看的人全张大嘴，被彻底震慑了……中国结顶天立地，闻所未闻，见所未见……有人吓得当场晕过去，因为他们立时意识到，这可能真的是在梦中……

唐真的冷汗立时涌出来，她紧张地望着李易隐，李易隐冲她苦笑着，惆怅又忧伤。

张辽远再次消失，当他出现的时候，从空荡荡的手心中抽出一堆堆的彩绸，彩绸越抽越多，越来越多，以致每一个来到现场的人都被彩绸淹没，最后，张辽远立在彩绸的高高的山顶上，向大家鞠躬说："这就是我送给梦中的唐真的新婚礼物，也祝愿大家在唐真的梦中玩儿得愉快，阖家欢乐……"

一群白鸽立在绸山的各个角落，摆出文字造型："新婚快乐"。

唐真实在撑不了了，昏倒在李易隐的怀中……

当天晚上，不管电视还是网络，全部是唐真婚事的现场实况转播。全城的人看到电视直播，都吓傻了，本来有自杀倾向的人从十层楼上往下纵，发现虽然摔得疼但是竟然死不了。看到的人又吓坏了，他们开始疯狂做实验，在路上开快车，互相撞碰，车辆变形，人仍然安然无恙……有些人从惊惧状态转变成对幻想的渴求，他们想到既然是在梦中一定是想怎么飞就一定可以怎么飞，于是他们开始用手臂作飞翔动作，果然，他们飞了起来，像鸟儿一样灵巧，在云层间飞来飞去，充分体验了像鸟儿一样飞翔的感觉，他们能抓住身边飞过的燕子麻雀与喜鹊，甚至高飞的大雁。全城的人目睹此景，从初期的惧怕转成脑洞大开。人们不再上班，手拉手在大街上狂欢，跳舞跳到空中。有的人爬到市政府的大楼顶上，架起通往天堂的天梯，拉着市长一起爬上去，果然在很远的天梯之上，天堂之门出现了，天帝在天堂之门向地面上的龙城百姓摆手，所有人同时看到了天帝，他们一起下拜。有将军梦的，在龙城之外幻想出大片蒙古草原，鹰群、狮群、虎群、熊群、狼群成片对阵，穿着鲜亮铠甲的兵士也高吼着对阵。他们杀向一处，杀来杀去统统死不了，他们打累了，虎群与羊群率先跳舞，然后是狮群开始跳舞，象群开始跳舞，狼群开始跳舞，人们欢腾了，动物们欢腾，动物们开口歌唱，人们开口歌唱……穷亲戚终于有勇气敲开富亲戚的家门，他说："嗨，我终于有钱还你了……"他向身边一划，富亲戚家门口堆满了金币。富亲戚大笑说："我不需要这个了……我们下棋去吧……"天空出现巨型棋盘，他们飞身在棋盘两端，棋盘上的马变成了真的飞马，棋盘上的车变成真的车，车中还载着绝色美女，引来不少棋迷飞到空中围观。围棋爱好者不甘示弱，把天空上的星子拿过来当围棋子，棋盘比象棋盘还大。围拢了众多高手高手之高高手。象棋高手与围棋高手因天空的地盘问题发生了纷争，天帝看不下去了，要求他们各据天的一方。九重天上分别被小朋友、年轻人与老年人占据，小朋友的滑板滑到了云朵上，某老者采集闪电聚合成宇宙强光灯，天下亮如白昼。恋人们可以边飞翔边热吻。连生小孩的妇女也解脱了，纷纷走出产院，一把就把小朋友从身体里扯出来，小朋友瞬间长大，丑的变美，十分钟后就能背《四书五经》……

唐真目睹此景，不禁流汗，她知道，梦境还是最终被证实了，她的梦境全乱了套。龙城的人不再能正常生活，龙城变成巨大的幻想乐园与精神病院。她绝望地望着李易隐（罗杰）叹息说："怎么办呢……我们去哪儿……"李易隐百感交集地说："去海边吧，散散心情……"

他们手牵着手来到海边，却发现海边也聚拢了龙城成片的群众，海底的鱼全部飞到太空上，它们似乎集体得到了指令，可以这么干。

而天空的飞鸟也不少潜入了海水中用翅膀拨动浪花，开展全新的飞鸟潜水游戏。

唐真长长叹了口气："没想到连这里也这么荒唐了……"

李易隐勉强笑着说："我们也潜入海底吧，在水晶宫中，我们去寻找安静……"

唐真怀疑地说："如果水晶宫中也满满是恋人……"

李易隐说："那我们就去深山老林里寻找安静……"

唐真又有些隐隐地担心："你可不要骗我，我不能没有你……"

唐真与李易隐手牵着手向深海游去，海底的鸟儿在他们身边飞翔，他们感不到任何不适的症状，李易隐忽然在水中紧紧拥抱唐真，深蓝的眼神中呈现极度不舍，他吻着她的唇、额头、脖颈，唐真迎合这缠绵的感觉，完全陷进情感的旋流中，一瞬间，她突然感到李易隐的身躯僵硬了，不再灵活，保持一个姿势……他忽然直挺挺地沉下去，正好落在水晶宫中，唐真惊呼："主神，主神……"但他全无反应，她的流泪的呼唤不起丝毫作用，她被这样的突如其来打击得几乎晕过去，在昏迷中，她看到连他的躯体也幻成了蓝色的巨大泡沫，她快速捕捉泡沫，泡沫又在她的拥抱中破裂消失，一个个消失，最后，什么也没有，只有蓝色的海水。她抑不住悲痛冲出海面大吼了一声，又倒在海水上……但她未曾死去……等她醒来，有快艇碾过她的身体，她仍然安然无恙，她慢慢走向岸边……夕阳落下，天下陷入一片诡异的紫色之中……

当程北北睁开眼的时候，发现她躺在医院的病床上，床边坐着一个男人，由于过度疲惫，他半个身子埋在她床铺边上。这时一个护士刚好走进来，她发现程北北竟然睁着眼，尖叫一声，大呼："不得了了，程北北醒了……"她兴奋地冲出病房。

程北北打量着四周，转动着大眼，发现这里既陌生又安静，没有离谱变态的情况发生，内心感到无比宁静，她搞不清这是龙城的哪所大医院，估计是一处她从没到过的地方。这时，床边的男人听到动静抬起头来，他望到她眼睛的一瞬间，激动得险些昏过去。但程北北开头的一句话，却把他立时打入地狱……"你是主神吗？你没死？你又活过来了……"程北北兴奋地晃着他的肩膀。此人其实是张辽远，他极力控制住自己郁闷地情绪，缓缓说："北北，你终于清醒了，太好了……"

程北北生气地说："什么呀，我现在又不是在天堂列车上，我轮回到下界了，我现在叫唐真嘛，你叫我唐真……"

"……唐真！"张辽远尽管极不情愿，又不好马上点破，半晌无语。

唐真想从床铺下来，却发现动一动就有极虚弱的感觉，发现还有吊瓶，只得又倒下。

这时，门边出现一个老年女人，她文质彬彬，很有老教师的范，戴着金丝眼镜，尽管皱纹布满眼角，但眼神神采依然，仍隐约可测出她年轻时的美丽。她来到程北北床前，尖叫一声："天哪，北北，你醒了，我真想你啊……"由于兴奋，她的脸部不由自主地抖动起来，眼泪瞬间滑落面颊。她扑到唐真床边上，抚摸着她的小脸，激动难抑。唐真却不认识她，想不起她是谁，但见她这么冲动，定是有原因，或是相识，她竟然是忘记了，于是很礼貌地笑笑，并不流泪。老年知性女人感到有些不对劲，拿眼望向张辽远，张辽远只得说："妈，她还没完全清醒……好多事还不记得……"老年女人立时明白发生了什么事，禁不住又生出些悲伤，流泪不止。

这时两个男大夫从外边随护士走进来，他们紧张注视着程北北的一举一动。张辽远慌忙把他们拉出房间，低声商量："不妙啊，她完全不记得现实，你们还有什么好法子么，她竟然把我……当成梦中人……"

中年大夫皱眉说："可能是做梦时间太长了，梦中的记忆太牢固，反而抵消了她部分对现实的记忆，恢复记忆怕还得需要现实事物的刺激来唤醒她……医院的环境怕是做不到的。"

中年大夫的年轻助理试探说："用些辅助药物，让她早早回家休养，在家中的环境中，她或会慢慢想起过去……"

张辽远叹了口气说："只能这样了……"

没过多久，张辽远就给程北北办理了出院手续，当程北北坐进车中回家的时候，发现沿途情景陌生，不像龙城的景象，更像到了一个陌生的城市。

当他们抵达江畔文苑小区的时候，程北北眼见着陌生，这处小区虽然是沿着江畔，却是高高的城堡的样子，树木们种在二层楼顶上，她得拾阶而上才能抵达。她的印象中，从没到过这么奇怪的小区。她迟疑说："这是我们的家么？我怎么完全不记得这里了。"

张辽远很肯定地说："这儿就是我们的家……"

程北北奇怪地问："难道是你新买的房产？"

张辽远很勉强地说："算是吧……"程北北的母亲一旁听了这些对话，立时悲从中来，忍不住抹泪。

他们抵达自家过道，有邻居鱼贯而过，他们看到程北北就惊呼："呀，北北终于醒了……你瘦了呀……回家好好养养……""是啊，比两年前是瘦了不少啊……"

程北北纳闷地问："我认识她们吗？我两年前来过这儿吗？"

张辽远想了想说："你有时会有记忆丢失症，是不是，你认识她们的一段，就是你曾遗忘的记忆的一部分。"

程北北沉默不语，这段时间来，她确实有记忆忽然丢失的情况。他们走进电梯，程北北看到电子表指向2017年，立时怔住，她记得现在已经到了2025年。他们推门进家，程北北看到对面阳台上摆满鲜花，不禁欣喜，她笑着说："花匠，李易隐，你果然还是喜欢花……"

张辽远被"李易隐"三字又搞得十分烦乱，他闷声不哼地坐进沙发里。

程北北忽然想起什么，对张辽远说："易隐，我们请苏心他两口子来吧，看看我们的新家……"张辽远听她说到梦中人的名字，又被刺痛，却不知怎么回答她。程北北想了想又说："还是算了，看到与你长得一模一样的王威就够够的了，还是别让他们来了。"她笑着去闻花香。后来，程北北四处观看，发现这里不算很新的房间，装修有一段时间的感觉。

程北北的母亲见此情景，回到孩子们住的房间，伤心地抹起泪来，她不知程北北何时能够清醒。

没多久，门外传来孩童的话声，三个人推门进来，一个十六七的乡下姑娘，一个三四岁的小男孩，一个五六岁的小女生，两个小朋友一看到程北北就惊呼起来："妈妈……你终于醒了！太好了……"

程北北一下子震惊了，她竟然连小孩都有了……

这时张辽远的手机声响起，张辽远接听了电话，有人问，你是张辽远大夫吗？张辽远说："对，我是张辽远，请问您有什么事？……"

"张辽远——"程北北惊惧的眼睛瞪大了，瞬间明白一切，她冲动地推开膝下的孩子，冲进卫生间，并把门反锁了。她看到镜子中的她，清清楚楚，她的蓝色的眼神不见了，褪变为永远的黑眼睛……她想到，她将永远看不到他虚幻的纯蓝的眼神、优雅的微笑以及永远再不能触摸的泡沫，她独自步回现实，与所有虚幻中的朋友作别，龙城的一切灰飞烟灭，她的悲伤忽然疯狂来袭，泪水肆涌……

此时，门外却传来孩子们强烈地拍门声："妈妈……妈妈……"

最后的清歌

~·~❦~·~

（一）云中雀

云中，她百灵的羽翼起落

七彩飞舞，一如白茫茫的天际

突然而来的敬意。在天堂的通道上

一切如梦，我不知道

期待千年，留下的呼唤如此真切

那时心脏颤动，手臂推送的流星滑落

我训导的话语次第失陷，孤城中独燃一盏烛火

我的天空，千年呓语，梦境在列车尽头结束

顽石如我，是星子的前世今生

永恒为未知浇灌光亮，重启轮回，从生到死又如往昔的寂寞

看惯争斗，休息在石头，当热量不再

躯壳僵冷，当她高冈上的眼睛还能燃烧

当我假意泯灭一切，我愿意

守着宇宙的空虚过活

主，一刻不停记念
受苦受难的尘沙，包括我与宇宙同在的功业
而我渴望清静一下
比如，看清她流动的清澈，满溢的留恋，以及
她抱有幻想的一瞬，堂皇进入殿堂

我不告知主，停留私密的眷恋
我不告知那个孩子，假设一切是梦境

作为宇宙的仆人，没有力量说爱
不如她看到的高大，占据永恒并主宰
似乎，我生杀予夺，逆天或超生
规则之下，荒芜的心房却无一物
阳光不进，寸草不生，既住不进任性的流水
也住不进飘来掠去的落花，蜂蜂蝶蝶是满眼过客
蓝如此纯粹与无尘
在寂静又喧闹里，只期待一次顺利的交接
一如天帝期许的，在更高阶的攀升中继续伟岸
令所有神，匍匐脚下，我执掌天地的刑罚
为正道清扫道路，让人们习惯更新的世宇
更新的光明，以及我派到人间的天使广泛传播正道
那时，我仍坐在宝座上
莲花自由开放。神使或人鬼轮番领受教义
而我的教义未曾写过爱人的名字

那时，她忽如其来，与我的蓝碰撞，一只无邪的云雀
就这样到来，携着她的使命，又袭来她的可爱
就这样到来！一个老人，长着年轻俊朗的外表

甚至用金黄包装起神的威仪，常年策划惊世对白
品尝埋进岁月的老酒，醉了还要醉，去麻木
面对蓝女郎，眼睛的蓝湖，在天帝的盘算下势不可挡
明知陷阱步步逼进，缠绵情感，抛却誓言

瞳湖的方舟开始拨弄平凡的涟漪，身体燃烧
凡人一般，要爱！一瞬微不足道，如指尖飘息的轻云
曾在的永恒早已苍老，要用新鲜酝酿一瞬间的爆发
用梦境发售潜在的潇洒，与我的女郎

我步入天帝的试场，不需要及格线以上
来，让我做唯一一次劣等生，去堕爱

她轻盈如一只蝴蝶，却看不透前世今生
飞临轮回的窗口，被我折磨、被我摧残

我的流星，我永毅的兄长们劝我说出真相
比如，两个时空的蝴蝶不能相亲相爱
比如，宝座上的神使必须永恒存在
比如，毁灭荒冷的石头永恒去孤独，它的漫长竟不可承受
无始无终

这些，浅浅地甩在脑后，并不疼痛
既已决择，别无怨悔，我放大一微秒的快意
仿佛天帝不在，我爱上一个人设的梦境

她与众多人，攀爬向我，那时，夜星迁移
一如望星人要变迁。神使傲然地接过这群被抛弃的
安慰热爱生命并向上的生灵，给他们最后一次机运
涅槃，开拓，由鬼而人，多大的造化——平等

也如他们看到的，在公正的舞台上闪亮登场
他们必须适应新生活。而她的渴望去哪儿了？
似乎一切与她无关，仿如天下的渴望扫尽，在她的内心只有散漫
的声音
从不敲击坚硬。一个喜欢丢弃重要物品的女人，规避人生最大希望
只因她自认的潇洒。我的惩罚，要赏给她

在我的诡计下，她开始躁动，不满，去反抗
诚如，一切被压制的灵魂，更渴望冲动
虽如此，她也没说半个"不"字，顺从命运，宁愿做一个绵羊
在绵羊的世界里，既不完全听从主的安排，也不完全违逆
她在一切束缚下说出蓝色，惊到我的色彩

我的考量深藏，夜王子在思索，袭卷过宇宙的执着
是什么迫使柔弱的去统引，瞳光分明写满无知
在迅速的成长中，虽放大希望，宇宙的铃声却提醒
你来了，还要去，夜空从不存放客栈
请休栖在来世。或者，我将永恒的孤独束缚她的今生
或者，将一瞬的海洋放满一尾鱼的生命

那么，请让我永恒的休息
做一次粉身碎骨的决择
当石头开始僵冷，流星一瞬滑落
那不是我的泪，是微笑的蓝永恒放歌

（二）重启人间

当碎片的国度烟消云散，上神在云端浩叹
曾收获天帝一粒慈悲的泪，得以元神合聚

一万个分身中，唯有滴泪的涅槃

于是第二季花世界，浸溢传奇，爱花人的故事里
鲜花群落隐逸山下，等待神话开放

我隐藏的干冰未曾蒸腾时，不要期许画作里的亲切
不要期盼虚无中走下来的神，开启心门
死过一次的，坐拥无为

外表并不写明神圣，心却向阳而开
抱守林荫沉浸凝重，厚积千年拨不动的尘埃，将自己掩埋
你不见，花自开。习惯思索，探知神妙，包括
将高高低低的忏悔锁进尘世的牢房

她失明的眼底，跛足的人曾无关地行走
她未将蓝底希望看穿，误入庄园，并在迷雾的夜晚
又聆听真实召唤。鸽子只是道具
诉说，令人战栗，塌陷引以为傲的天宇
假如世界是场巨大的骗局，在失意的泥潭
风不起，鸟不惊，习惯裹起爱，独自受伤并深陷
还有被我判的，早早晚晚要偿还

内心一万个声音说不，企图完满结局
当血液验证虚妄，蓝绿不再重要，在爻无梦底
谁在意虚假的能量？最可悲
茂盛森林的王突然独坐荒漠
流星的兄弟说这一切怎么了，包括天帝荒唐地走下云端
不再设坛授法，卑微地牵引下民的手，当游鱼上天
而内心的鸟却坠落海

最可悲，戍守成空，坚强隐忍的盾与刻薄负仇的矛
同样虚幻

霓裳羽翼既已沉落，朝花夕拾也是亏负了，虽在
犹死，眼见她的惶恐壮大，成山的福咒下
任疯子的手印证时空真相，漂白了记忆

那时，白茫茫大地上多少梦自由开了又败

（三）决别

当夜晚永黑，我要打捞遥夜的希望，僵硬的躯壳
支撑她娇弱欲灭的灵体，诞生一缕朝光
那时，冰寒的水底并不可怖，如火
我是燃着自己的光，是小说情节赋予意义
舍生取义

如若，相知不能久长，一瞬即永恒归宿
我要占据整个宇宙，在误读的茫茫河谷，我的舟桨
与山河同在。在成群的布谷声中，播种仁爱

当声音颤抖，七律不调，我要与世间的爱说珍重
在现实的穹隆，吞吐蓝色泡沫，用永逝的歌声
唤醒真实阳光，那时，来处即归宿
白槐香天下，一缕奉起的白裳，全天候练舞
直至雪野的足印模糊而去
那时，她终将醒来，而不是海上的呐喊

终将回忆，回忆是一扇窗，不是神使的芭蕉扇

窗下堆积母亲的呼唤，孩童的婴鸣，不是一缕风
终将回忆，与我无关，我是一片云，一叶舟
但不是人鱼，不会诱引谁去怀念

就这样吧，来了又去，我愿意
是她看不见的翅膀，永生飞翔